토지

토지

박경리
대하소설

4부 1권

13

다산책방

차례

제1편 삶의 형태

제1편

삶의 형태

서(序) - 1장 - 17장

서(序)

어디로 가든지, 특히 소도시나 소읍 같은 곳은 거의가 다 그러한데, 양과점을 위시하여 담배 가게, 이발소, 목욕탕, 대개 그런 비슷한 업종은 일본인 경영이다. 다른 업체라고 그렇지 않다는 얘기는 물론 아니다. 비교적 일인과의 접촉이 잦은 업종인 데다가 눈에 띄어야 장사가 되고 사업이 되기 때문인데, 눈에 띄어야 한다는 것은 결국 대중적이라는 내용이며 눈에 띈다는 그 자체가 벌써 식민지 백성들의 하층 구조에까지 스며들어 일상화되어가고 있다는 것을 뜻한다. 그러나 일상화되어가고 있음에도 불구하고 그런 것들이 조선의 산천과 사물과 사람들에게 어울리지 않는 것은 보급이 된 지가 오래지 않아 그렇기도 하겠으나 다만 생소하다 하여 오는 거부감만은 아닐 것이다. 그 새로운 업종은 어디서 왔는가. 누가 들여왔고 누구의 손에서 경영이 되는가. 일본에서 건너왔고 일본인 그들에 의해 주로 경영이 된다는 사실, 그 사실에 대한 적개심이나 거부의 감정을 쉽사리 지적할 수 있을 것이지만 한편 유교사상에 길들여진 조선 백성들의 잠재된 의식 속에는 예절과 검소 그 격조 높은 선비 정신의 잔영(殘影)이 있었을 것이요, 생략할 수 있는 데까지 생략하는 세련된 미의식, 수천 년 몸에 배고 마음 깊이 배어 있는 안목에서 본다면 서양 것은 요란해 뵈었을 것이고 일본 것은 저속하고 치졸해 보였을 것이다. 그러니까 서양 것 일본 것이 혼합된 그 같은 새로운 업종을 이용하고 거래하면서도 못마땅했을 것이며 보수파들은 더더구나 모멸하고 혐오하기도 했을 것이다.

곡물과 면포와 시탄(柴炭)이면 족하였던 종전까지의 서민들, 하기는 어떤 세월, 태평성세라던 치하에서도 그런 것들은 충분했을 리 없고 늘 흡족하지 못했을 것인데 하물며 일제에게 강토를 빼앗겼고 인성이 유린당하는 민족적 수난 속에서 없어도 생존이 가능한 가외의 것들, 서두에서 말한 바 있는 그런 것들이 서민들 생활에 기어들어가고 있다. 얼핏 생각하기엔 수수께끼요 이상한 일이다. 이씨왕조가 무너질 그 무렵만 해도 바다를 건너온 문물은 싫든 좋든 지배층에 속하는 것, 언감생심 눈깔사탕 비누 한 조각을 어디서 구경했겠는가. 한다면 일본 그네들이 염불 외듯 하는 말인데 미개국을 개명시킨 시혜국이란 것도 그럴싸하긴 하다. 어떤 경박지사가 아이스크림의 맛을 어찌 나폴레옹이 알쏘냐! 하며 현대문명을 구가했다던가, 그런 가락으로 말한달 것 같으면 연산군도 전차는 못 타보았을 것이다. 조선의 서민들이라고 뽐내지 말라는 법은 없을 것이다. 그러나 슬프게도 뻔한 이치는 동쪽에서 바라보는 산과 서쪽에서 바라보는 산의 모습이 다른데 어쩌랴. 금관에 용포도 왕이 쓰고 입으면 왕을 나타내는 것이요, 종이 쓰고 입으면 종의 신분을 나타내는 것이니, 연이나 지금은 배부른 종의 얘기를 할 때는 아니다. 이 대명천지 굶어 죽고 얼어 죽을 자유는 있을지언정 섬겨야 할 강산도 상전도 모두 괴멸되어 없는 터에 종의 뿌린들 남아 있을라구. 각설하고 편리하다는 것, 소위 그 위생적이라는 것, 혀끝에 감칠맛이 남는다는 것, 그걸 누가 모르겠는가. 그렇다고 해서 금종이 은종이에 싼 유리통 속의 꿈과 같은 고급과자 무슨 옥(屋)이니 헌(軒)이니 하는 명(銘)이 찍힌 생과자를 아무나가 먹는가. 사십 전 하는 'GGC', 십오 전의 '가이다', 그런 고급담배를 아무나가 피우는가. 재주껏 발돋움을 해보아야 '메이지 캐러멜', '모리나가 밀크'가 고작이며 담배는 십 전짜리 '피전'이 상한선, 조선인은 그 정도로 상류에 속한다고 착각들 한다. 거의 모든 사람은 엽초를 피웠고 젊은 층은 '마코'라는 오 전짜리 담배를 피운다. 아이들 역시 동전 한 닢으로 향료도 없는 흑설탕의 눈깔사탕 한두 개, '센베이'가 두세 개, 그걸 입에 물면 행복해지는데 단순한 그 행복도 위협을 받고 마음에 상처를 받아야 얻어진다. 과자점의 하얀 앞치마 입은 오카미상은 동전을 내미는 아이를 노려보기 일쑤였고 과자 집게가 아이 손에 닿지 않게 사탕을 떨어뜨려주곤 했었다. 식민지의 서민들과 일본인 업주와의 관계는 늘 그런 식이었고 거래라는 것도 대강 그런 정도였지만 '마코'를 피우고 눈깔사탕을 먹는 편이 절대 다수인 만큼 영업 성패에 무관하다 할 수 없건만 일인 업주는 소비자를 거지 보듯 오만불손하였고 식민지의 가난한 백성은 내 돈 내고도 빌어서 먹는 시늉을 해야만 했다. 하기는 농토에서 잡초같이 뽑혀 나간 농민들과 뭐 다를 것이 별로 없다. 소도시나 소읍에서 우왕좌왕하는 가난뱅이 소비자도 어차피, 조만간에 뽑혀서 버려질 잡초인 것은 매일반이며 결국 거지로 전락할밖에 길이 없는 것이다. 엄밀히 말하면 그 같은 부동(浮動)인구는 본래가 농민으로 보아야 할 것이다. 남부여대(男負女戴) 땅을 찾아 간도로 만주로 떠났고 모집에 휩쓸리어 광산 등, 노동력을 팔러 일본으로 건너갔고 혹은 하와이에 농장 노예나 진배없는 그런 조건으로 이민 간 사람들, 나머지가 이곳의 부동인구로 보아야 할 것이다. 조상 대대로 살던 땅에서 쫓겨나 산 설고 물 선 남의 고장에서 그들의 처지가 나을 것도 없겠으나 소도시로 소읍으로 밀려 나와 방황하는 무리의 참상 또한 목불인견인 것은 사실이다. 그들 무리를 살펴보건대 거리마다 밥 빌러 다니는 걸인들이 태반이요, 부두, 정거장, 여관, 저잣거리에는 팔짱 낀 지게꾼이 그리운 님 기다리듯 짐을 기다리는 광경이 그들의 형편이었다. 일본인 왈, 조선인은 게으르다, 조선에는 웬 거지가 이리 많으냐, 그 실정은 누구보다 잘 알고 있을 총독부에 가서 물어볼 일이다. 가렴주구에 항거하는 민란도 수없이 있었지만 조선조 오백 년, 나라에서는 공전(公田)이라 하며 농민으로부터 땅을 거둬들인 일은 거의 없었고 설사 거둬들였다 한들 결국 조선 백성이 경작하기 마련, 사유지의 경우도 땅문서라는 것이 애매모호했으나 땅문서 이상으로 윤리도덕이 견고하여 남의 땅을 도적질하는 일은 없었다. 항상 족하지 못했지만 마을마다 대개 객사라는 것이 있었고 여염집에서도 한두 끼의 끼니, 잠자리를 거절하는 풍속이 아니었기에 나그네는 있었으나 거지는 흔치 아니했다. 그런데 어찌하여 삼천리 강산, 남의 땅으로 쫓겨간 사람이 부지기수인데 이 불운한 강산 거리거리에 거지들이 떼 지어 방황하고 있는 것인가. 일인들 왈 조선에는 웬 거지가 이리 많으냐, 총독부에 가서 물어볼 일이다. 땅을 약탈하여 배가 불러 터지게 된 동척(東拓)에 가서 물어볼 일이다. 조선인은 게으르다, 어째 게으른가 그것 역시 총독부, 동척에 가서 물어볼 일이다. 조상 대대로 살아온 땅에서 내쫓긴 수많은 사람들, 날품팔이 행상, 남의 집 고공살이, 그런 일자리나마 과연 충분하며 입에 풀칠할 만한 수입인가. 그러나 어쨌든 거지가 아닌 그런 부동인구가 우선은, 앞서 말한 새로운 업종의 구매자요 이용자인 것만은 사실이다. 자리를 얻기 위하여, 얻은 일자리를 부지하기 위하여, 장사를 하기 위하여, 상투가 잘렸으니 이발소라는 곳에 가서 머리를 깎아야 하고 등물 할 내 집, 마을의 시내도 잃었으니 목욕탕에 가서 몸도 씻어야 한다. 이발관에서는 머리에 바르는 지쿠 냄새가 났다. 활동사진관 주변에서 올백한 건달들이 사이다, 라무네* 등을 마시며 오가는 사람들에게 시비를 걸곤 하는데 그들에게서도 지쿠 냄새가 났고 손가락 사이에 면도날을 숨긴 새로운 직종, 일본서 기술을 배운 쓰리꾼, 그들도 지쿠 냄새를 풍겼고 이타바*, 일인 상점의 점원 등, 쥐꼬리만 한 급료를 받는 부류의 청년들도 월급날에는 이발하고 목욕하고 지쿠 바르고 유곽을 찾는다. 일인들이 들어오면서부터 곳곳에 세운 성곽과도 같은 거대한 청루(靑樓), 그러고 보니 쓰리꾼, 유곽도 과연 새로운 직종이요 업체다. 칼날과 섹스, 그것이야말로 진실로 일본의 수천 년 역사의 진수가 아니었던가. 목욕탕에선 '가오세켄'이라는 비누 냄새와 '우데나' 크림의 냄새가 났다. 그 냄새는 등바닥까지 회칠을 하는 일본 기생을 연상하게 한다. 목욕탕에서는 언제나 그들 일본 기생을 볼 수 있었다.

늙은 할미는 손녀를 보고 물었다.

"머 묵노?"

"사탕."

"어이서 났노?"

"아부지가 한 푼 주데요."

"댓끼 놈의 가시나! 양식도 못 팔아묵는데 배부릴 기라꼬 그거를 묵나! 회만 생기고 이빨은 안 썩을 기든가? 애비도 애비다. 죽물도 안 들어간 창자에 사탕이 웬 말고."

내일이 없는 아비 어미의 자포자기한 생활, 자포자기한 사랑 때문에 아이는 배도 안 부르고 이빨만 썩을 사탕을 먹게 된다. 떡 할 쌀, 엿을 골 엿기름 한 줌이 없어서 그런 것만은 아니다. 없는 것이 어디 그것뿐일까. 코딱지만 한 남의 곁방살이, 처마 밑이 부엌이며 아궁이에 지필 나무 한 가치 없고 간장 된장도 사 먹어야 하는 뜨내기 살림, 아이 입에 사탕만 물리던가? 돈 생기면 허기부터 달래려고 우동을 사 먹게 된다. 우동만 사 먹는가? 환장한 가장은 야바위판에 주질러 앉아 돈 털리고 호주머니 바닥 털어 술 사 먹고 돌아와서 계집 자식 친다. 내일이 없는 뜨내기, 그들은 모두 허무주의자다. 허무주의는 소비를 촉진한다. 바닥을 털어가며 사는 사람들, 끝없는 노동력을 제공해도 바닥은 메워지지 않는다. 노동을 팔고 싶어도 팔 자리가 없어 빈털터리요 어쩌다 얻어걸리는 품팔이, 급한 김에 아이 입에 사탕 물리고 허기 달래려고 우동이며 국수며 혹은 떡이며, 해서 이들은 왕도 손님도 아닌 거지의 시늉을 내는 소비자인 것이다. 머지않아 거지로 전락할 사람들인 것이다.

청루에 몸을 판 여자는 순결할 때 쓰던 녹두가루, 팥가루 같은 것 대신 비누를 쓰고 화장품을 소비한다. 혀가 꼬부라지게 과자를 먹고 창자가 썩을 만큼 술을 마시고 어차피 성병 따위로 천당 갈 날이 머지않았으니 말이다. 아편보다 못할 것이 없다. 저속한 그 모든 것들은 서서히 서서히 노동력을 소모하고 가진 것을 소모하고 하나씩 사라지면서 그네들에게 압제자들에게 자리를 내어줄 것이다. 그러면 도시 말고 농촌은 형편이 다를까. 아니, 가까스로 발붙인 농민들은 살아갈 만한지. 그게 그렇지가 않다. 잿빛 돌담에 비치는 햇빛은 비정하고 생활은 가열하다. 강가에서 주운 돌을 하나씩 쌓아 올려 돌담을 만들던 시절, 삼태기를 만들고 물통을 만들던 가난했던 시절, 가난은 여전한데 아니, 더한데 돌담을 쌓고 삼태기를 만들던 생활을 농민들은 잃었다. 부평초 신세는 도시 유랑민뿐만은 아니었다. 개척민 성격을 띤 일인들이 많은 농토를 차지했다. 처음 삼강오륜을 헤아리는 조선의 농부들 눈에 본토에서 버림받은 비천한 일인들이 짐승으로 보였다. 그들은 입에 담기조차 부끄러운 야만인이었다. 탈망한 사내가 온다고 숨던 부녀자들이 샅바 하나 찬 벌거숭이 왜인들을 만났을 때 기겁하는 것은 무리가 아니다. 그러나 일본 농부들의 무례보다, 넓어진 경작지에 과중한 노동을 하는데 수익은 전과 다름없다는 것이 문제였다. 경작지가 넓어지고 보다 많은 노동력을 투입하면 수익이 느는 것이 이치다. 하기는 인심이 그렇게 후했다면 애당초 잡초처럼 농민들을 솎아냈을 리가 없다. 보다 많은 노동력을 제공한다는 것은 짜낼 수 있을 만큼 시간을 짜낸다는 것을 의미하고 여가가 없다는 결론이 나온다. 기계가 짜내는 광목, 옥양목에 밀리어 농가의 수직 면포가 상품으로서 쇠퇴해가는 추세도 추세려니와 아녀자들은 이제 베틀에 앉을 체력을 잃었고 남정네는 나무 한 짐 해서 장에 내다 파는 시간을 얻을 수 없게 된 것이다. 결국 생활에 보태는 방도가 끊긴 것이며 뿐인가 흉작, 풍작에 관계없이 소정된 소작료는 세금보다 무섭다. 액수가 부족하면 등바닥에 불난 것처럼 장리변, 일수 가릴 것 없이 아구를 맞추어내야 하는 것이다. 빚이 눈사람 모양으로 불어나는 것은 전에 없던 복리의 요술이겠으나 그 요술 때문에 식구들이나마 등 덮어주기 위해 베를 짜던 딸은 청루로 가거나 도방에 더부살이로 가거나, 나루터에서 울며 이별할밖에 없다.

"아부지 점심때가 된 것 같소."

"아직 멀었다."

돌아보지도 않고 김을 매는 아비와 나뭇가지에 매달아 놓은 보리밥 한 덩어리를 보고 또 원망스럽게 해를 보던 아들, 한숨을 쉬며 다시 김을 매던 아들은 선금에 홀리어 모구리*질을 하러 가는데 동네 사람들이 말린다.

"이눔 아아야, 물속에서 시비레*가 한분 오믄 그냥 죽어부린단다. 차라리 일본에나 가지 그랬나."

아들은 등을 돌리며,

"부모 형제가 있는데 멀리는 가고 접잖소."

어미는 돈이 원수라 하며 울었고 아비는 뒷짐 지고 먼 산만 보고, 뿌리가 뽑히기론 매한가지다. 농촌에서 딸 팔아먹고 아들 떠나보내는 것은 이제 다반사가 되었다.

훌륭한 개명파 지식인들, 일본물 마시고 서양서 온 기독교에 목욕한 사람들, 미신타파를 외치고 민족개조를 외치고 조선인을 계몽하려고 목이 터지는 사람들, 미신타파하면 땅을 찾고 수천 년 내려온 조선의 문화를 길바닥에 내다 버려야 땅을 찾고, 나물 먹고 물 마시고 이만하면 대장부 살림살이, 대신 사탕 빨고 우동 사 먹어야 땅을 찾을 것이던가, 사실은 긴구치*나 하마키*를 피우는 족속, 금종이 은종이에 싼 과자 먹는 족속, 우리 것을 길바닥에 내다 버리는 족속 때문에, 그들 때문에 조선 민족은 말살될지 모른다. 남부여대 고국을 떠나는 사람들, 바가지 들고 거리를 헤매는 사람들, 지게 지고 그리운 님 기다리듯 서 있는 사람들, 그들의 신세는 마을 큰 나무에 돌 얹고 절한 때문인가 성황당에 제물 바친 때문인가 용왕을 모시고 터줏대감을 모신 때문인가, 그것을 총독부, 동척 아닌 어느 곳에 가서 물어볼꼬.

1장 노상(路上)에서

사팔뜨기 광주리장수는 이발소에서 지쿠 바르고 사이다, 라무네를 마시는 건달들, 그들이 서성대는 활동사진관을 멀리 바라보며 번화한 거리를 걸어오고 있었다. 그 활동사진관에서는 주로 잔잔바라바라*의 일본 무사영화를 상영하는데 항상 간판이 요란했다. 두건 쓰고 칼 든 사무라이며 한쪽 눈에 칼자국이 있는 애꾸 검객, 어떤 때는 지팡이 끝에 보따리를 매달아 어깨에 메고 옷자락은 걷어 올려 허리띠에 찌르고 그러자니 엉덩이가 드러날 수밖에 없는 사내가 간판에 나와 있기도 했다. '다카시마다*'인지 '마루마게'인지 아무튼 정신 시끄럽게 큰 머리 모양에 꽂이며 천 조각을 주렁주렁 늘어뜨린 여자도 종종 볼 수 있었다.

강쇠는 통영서 아침 배를 타고 부산 부두에 내린 뒤 번화한 거리로 들어선 것이다. 머리는 수건으로 동여매고 체, 바구니, 솔 따위를 칡넝쿨로 엮어 어깨에 걸친 모습으로. 초겨울의 바람은 파도 소리와 함께 스산하였다. 막 활동사진관 앞을 강쇠가 지나치려는 순간이었다. 팔 척이나 될 성싶은 거구의 사내와 마주치게 되었다. 백계 러시아인이었던 것이다. 강쇠는 당황했다. 말로만 듣던 양인을 처음 보았기 때문이다. 얼굴은 주라통같이 시뻘겠다. 노랑머리에 눈시울은 하얗고 눈동자는 잿빛이었다. 손등에까지 터럭이 나 있어서 강쇠 눈에는 짐승으로밖에 보이지 않았다. 그는 헐거운 회색 양복을 입었으며 강쇠 꼴과 마찬가지로 어깨에 양복지 몇 감을 메고 있었다. 이쪽도 거구였지만 그럼에도 턱을 치켜들며 상대를 올려다봐야만 했다. 길 가는 사람에게 강쇠는 물었다. 왜 옷감을 어깨에 메고 있느냐고, 했더니 행인은,

"라샤장사요."

라샤가 무엇인지 알 수 없었으나 장사라는 말을 생각건대 하하아, 옷감장수로구나, 납득이 되었다. 극장 앞을 지나가는 사람에게 혹은 극장을 드나드는 사람들을 상대하여 옷감을 파는 모양이었다. 걸음을 멈추고 넋이 나간 것같이 바라보는 강쇠 시선을 느꼈던지 그쪽에서도 강쇠를 쳐다보며 실쭉 웃었다. 엄지손가락으로 콧등을 문지른 러시아인은 강쇠를 향해 손가락질을 했다. 그리고 다시 자기 어깨에 멘 천을 가리켜 보인다. 그러니까 어깨에 물건을 멘 본새가 비슷하지 않느냐? 그런 뜻인 것 같았다.

"그러고 본께 아닌 게 아니라 임자하고 나하고 신세가 같은 모양인데 나는 묵는 것하고 상관이 있는 거를 걸머졌고 임자는 입성……."

말이 끝나기도 전에 어떻게 된 영문일까, 길바닥에 나가떨어지는 동시 강쇠는 굉음을 들었다. 일어서지 못한 채 얼굴만 들었을 때 자전거 한 대가 바로 옆에 나동그라져 있었다. 코를 찌르는 술 냄새, 술병이 구르고 부서지고 연방 술이 쏟아

지고 있는 판국이었다. 삼십 남짓한, 단쿠바지를 입은 한 사내도 저만큼 나자빠져 있었다.

"이 얼빠진 새끼야!"

단쿠바지의 사내가 먼저 일어서며 일본말로 욕설부터 시작했다. 바구니며 체는 활동사진관 매표구 가까이까지 굴러가 있었다.

"어이구 허리야."

일어서며 강쇠는 옆구리를 짚었다. 얼굴 광대뼈 언저리에서 피가 배어나고 있었다. 넘어졌을 때 길바닥에 까진 모양이다.

"곤치쿠쇼! 나니도 보케데루카!(이 짐승 놈아! 무슨 엉큼을 떠는 게야!)"

일본말은 모르지만 욕설 몇 마디쯤 부두노동을 할 때 귀에 익혀두었다. 험악하게 눈을 부릅떴던 강쇠는 다음 순간 등신 같이 어리석은 본시의 광주리장수로 표변하는 것이었다.

"뒤에서 내리꽂아놓고 이 사람이 무신 소리 하노?"

"뭣이 어쩌고 어째! 뭐라 짖는 게야! 짖어봐라, 소용이 없단 말이다! 변상해! 부서진 자전거, 쏟아진 술 모두 변상해야 한다! 이 조선놈의 새끼야!"

강쇠에게 잘못이 없다는 것은 명확했다. 단쿠바지는 족쳐 보아야 쇠전 한 푼 건져낼 처지가 못 되는 뜨내기가 상대라는 데 더 화가 치민 모양이다. 고양이가 쥐 노리듯 눈은 잔인하게 빛났다. 강쇠로서는 지독하게 재수 없는 날이었다.

"눈까리가 뒤에 있는 놈을 봤나? 가만히 용나시도 않고 서 있는 사람을 저쪽에서 딜이받아놓고, 허 참, 날벼락이란 이런 때를 두고 하는 말이다."

언성을 높이지는 않았다.

"조선놈의 주제에 뉘 보고 따따부따 말대답이야! 조선놈의 새끼들은 모두 사기꾼이다! 도둑놈! 야만인이다! 그래 술하고 자전거를 어쩔 테냐!"

"똥 뀐 놈이 성낸다 카더마는 옛말 하나 그른 것 없네. 허리가 뿌러졌는지 모를 일인데 이쪽에서 치료비라도 물어돌라 카믄 우짤 긴고?"

서로 모르는 조선말 일본말의 실랑이였는데 실랑이를 하다 보니 행인들이 모여들기 시작했다. 활동사진관 주변을 배회하는 날건달들도 바지 주머니에 손을 찌른 채 다가왔다. 가장 정확한 목격자 러시아인은 어느새 모습을 감추고 없었다. 조선인과 일본인 싸움에는 끼어들지 않는 것이 현명하다는 망명자의 결론이었을 것이다.

"이 사팔때기 개새끼야! 가자! 파출소로 가잔 말이다! 조선놈의 새끼가 일본인한테 손해를 끼치고 대들어도 되는가 안 되는가, 맛을 보아야 알게 될 게다!"

"빌어도 씨원찮을 긴데 일월겉이 명백한 일을 가지고 생사람을 잡으니 왜놈이믄 못할 짓이 없다 그 말이제?"

생각 같아서는 주먹으로 몇 대 갈겨서 길바닥에 늘어지는 꼴을 보고 싶었다. 그러나 오기대로 할 수는 없었다. 일본 관서만은 피해야 했기 때문이다. 처음부터 언성을 높이지도 않았지만 강쇠는 계속 고의춤을 잡고 뒷간 앞에 서 있는 사람같이 엉거주춤 응수했던 것이며 어떻게든 이곳에서 빨리 빠져나가야 한다는 궁리에 바빴다. 옆구리가 결렸다. 그러나 아픈 것 이상으로 엄살을 떨며 절룩거리며 강쇠는 걸음을 옮긴다. 굴러간 광주리 체를 챙겨들려고 허리를 굽히는데,

"곤치쿠쇼! 어디로 도망갈려구! 연기 피우지 마라! 그렇게는 안 될 게야. 파출소로 가잔 말이다!"

단쿠바지가 달려왔다. 그는 뜻하지 않게 본 손해의 대가를 기분으로나마 풀려고 작심한 눈치다. 힘없는 가난뱅이, 조선놈이면 분풀이 상대론 안성맞춤이라 생각했을 것이다. 그 역시 대단찮은 신분이고 보면 이런 경우 이런 상대 아니면 언제 폭군 노릇을 해보겠는가. 강쇠는 잠자코 흩어진 것을 주워 모은다. 입으로만 잦아대던 단쿠바지는, 그도 그럴 것이 상대는 거구에다 통나무 같은 뼈대, 작은 사내로서는 휘두를 곳이 없었다. 그러나 솟구쳐 오를 것도 없이 단쿠바지는 허리를 구부리고 있는 강쇠 귀를 잡았다.

"와 이라노?"

귀를 잡힌 채 강쇠는 일어섰다.

"이거 놓으소!"

뿌리치면 때렸다 할 것이다. 몸을 흔들면은 상대가 나자빠

질 것이다. 어느 쪽이든 상해죄의 구실이 된다. 진퇴양난, 강쇠에게 상대는 유리그릇만큼 조심스런 존재였다. 귀를 잡고 끄는 대로 비실비실 따라가는 외에 도리가 없다. 키 큰 사람이 키 작은 사내에게 귀를 잡혔으니 떠밀어버리지 않는 이상 몸이 휠밖에 없다. 얼굴도 잡힌 방향으로 기울어졌다. 눈동자는 각각 하늘과 땅 양편으로 나뉘어졌고, 처음 건달들이 킬킬대며 웃었다. 모여든 구경꾼들이 웃었다. 그리고 다음에는 마음 놓고 모두가 웃었다.

'조선놈이 조선놈을 보고 웃는다. 야아! 이 불쌍한 것들아! 이자는 왜놈우 새끼들 마음 놓고 조선놈, 음 우리 조선놈들 허파를 뫼까매귀맨크로 파묵을 긴께 두고 보아라!'

강쇠는 귀를 잡힌 채 파출소까지 끌려갔다. 조선놈의 새끼가 일본인한테 대항했다! 조선놈의 새끼가 자전거를 부수고 술병들을 박살냈다! 일방적으로 단쿠바지는 왕왕댔다. 강쇠가 순사에게 쥐어박히고 걷어차이는데 단쿠바지는 계속 왕왕대며 반주를 했다. 강쇠의 개진(開陳) 따위는 아예 들으려 하지도 않았다. 들으려 하지 않았던 것은 조선말을 아는 바로 그 조선인 순사였다. 일본 순사보다 강쇠를 많이 때린 것도 조선인 순사였다. 대일본제국에 대한 충성심을 의심받아서는 안 되겠기에 더욱더 때렸을 것이다. 자식 데리고 개가한 계집같이, 남편 자식을 두둔해야 하며 데려간 자식의 말은 무조건 들으려 하지 않고 남편보다 앞장서서 제 자식을 때려야 하는 개가한 계집같이. 피의 배반, 제 피를 부정하고 배반한 자에 대한 분노는 핏줄을 부르는 감정보다 더욱 격렬한 것인지 모른다. 그리고 혈흔같이 지워지지 않는 원한이 되는 것이다. 며칠을 경찰서에서 시달림을 당한 강쇠는 풀려났다.

'오냐, 내가 눈감기 전에는, 내 목심이 붙어 있는 동안에는 네놈들하고 대항하겄다.'

마음속으로 뜨겁게 맹세하면서 강쇠는 보수동 검정 다리 근처에 숨어 사는 송관수를 찾아갔다.

"대관절 우찌 된 일고?"

화가 잔뜩 난 목소리였다. 그러나 관수 얼굴에는 안도의 빛이 역력했다.

"말 마라. 재수 옴 붙었다."

"아재씨예, 아부지가 얼매나 기다렸다고요."

송관수의 딸 영선이 문간에서 따라 들어오면서 말했다. 열여섯쯤, 해사한 얼굴이다.

"몸이 말을 들어야 오제. 영선아 세숫물 좀 떠줄래?"

"야아."

댕기꼬리를 흔들며 영선은 이내 세숫물이 든 대야를 가져왔다. 강쇠는 세수를 하면서 가끔 신음 소리를 냈다. 영선은 눈살을 찌푸렸으나 왜 그러느냐고 묻지는 않았다. 다소 훈련도 됐겠지만 속이 깊은 아이 같았다. 수건으로 얼굴을 닦으며 방으로 들어간 강쇠는,

"아, 아이고우 허리야!"

앉으려다 말고 신음한다.

"대기 당한 모양이구마."

"작두로 목을 쳐 직일 놈들!"

"온다는 날에 아무 소식이 없어서 무신 일 터진 줄 알았다."

관수 얼굴도 까칠했다.

"참말이제 못해묵겄다."

"답댑이, 나이 들믄 느는 거는 엄살이라."

"니도 당해봐야 알겄나?"

"물구신맨크로 끌고 들어가야 씨원컸다 그 말가?"

"젠장!"

"의관은 어디 벗어 던졌기 동저고리 바람인고?"

"의관?"

"광주리가 자네 의관 아이가. 없이믄 못 나간께로."

"지랄 겉은 소리 하네. 광주리고 나발이고 어느 놈이 줏어 갔는지 내 알 턱이 있나. 그 소릴 한께 산 넘어갔던 부아가 또 치민다."

"김장사도 이잔 세월 다 갔구나."

알면서 이죽거린다.

"힘쓸 처지가 됐이믄 약조한 날에 안 나타났이까? 되잖은 소리는 두었다 하고 술이나 내놔."

"야아야! 영선아!"

대답과 동시에 영선은 방문 앞에 왔다.

"아부지, 술상 채리까예."

"아마도 그래야 할 것 겉다."

미리 차려놓고 기다렸던 것처럼 술상은 이내 들어왔다.

"아지마씨는 어디 가싰나?"

영선네는 낯가림이 심한 여자였으나 강쇠에게만은 형수처럼, 때론 제수처럼 마음을 터놨었다. 그러한 사람이 코빼기도 내밀지 않았으니 강쇠는 궁금했던 것이다.

"모르지. 절에 갔는가."

"영선이도 이잔 처녀 꼴이 나는데 마땅한 자리가 있이믄 치아야겄네."

"마땅한 자리가 있을 턱이 있나. 백정한테나 주지. 오금이나 안 박히고 살게."

관수는 술을 들이켰다.

"사람 나름이제."

"백정도 사람 나름이다 그 말가?"

관수 눈에 순간 핏발이 선다.

"이자가 와 또 물어뜯을라 카노?"

"곧 죽어도 내 며누리 삼자는 말은 못하겄제?"

눈이 이글이글 탄다.

"뭐라꼬?"

"놀란 척하지 마라, 난감해지믄 사람들은 모두 놀란 척하더구마. 김강쇠는 머 별다른 인간이겠나."

판 위에 술잔 놓는 소리가 요란하게 울렸다.

"자네 그 버릇 아즉도 개 못 주었고나. 혜관시님 말씸이 송관수는 다 좋은데 백정 말만 나오믄 사람이 달라진다 하더구나."

"달라질밖에."

관수 목소리는 약했다.

"내 여편네는 평생을 남하고 상종 안 한 채 살아왔다. 사람만 보믄 죄인겉이 숨을라 카고……."

그 말은 들은 척도 않고 강쇠는,

"혼사 못하겠으믄 못하겠다, 머가 무섭아서 놀랜 척할 기고. 입때꺼지 그런 일은 생각해본 일이 없인께 놀랄밖에 더 있겠나? 나이야 머 한두 살 아래는 상관없겠제. 그러나 영선이는 보통핵교를 나왔고 우리 휘는 낫 놓고 기역 자도 모리는 산놈인께, 가이방해야 생각도 해보았일 거 앙이가."

관수의 얼굴이 풀리면서 손을 내저었다.

"고만 없었던 얘기로 하자. 오기 때문에 한 말인께. 안 그러지 안 그러지 함서도."

강쇠는 콧방귀를 뀌었다.

"술이나 퍼묵어라! 이 졸장부야."

강쇠 말에 송관수는 허허 허허어 하고 웃는다.

"새양내 나는 떡이니께 안 받아묵을 기다, 그래 아아나 니 줄까 했제? 넙죽 받아묵을라 카이 아깝아서 못 주겄다, 흥!"

송관수는 여전히 허허허 하고 웃는다.

"인심 참 고약하다. 수십 년을 새긴 친구가 이 모양이니 생판 모리는 조선놈, 왜놈한테 희롱당하는 조선놈을 보고 웃는 거야 말해 머하겄노. 다 죽게 돼서 왔건마는 눈썹 하나 까딱않고, 제 식구 말이 나온께 눈까리가 뒤집어지고, 참말이제 누구를 믿고 살겄노."

"사설 그만 까고 자초지종 이야기나 해라."

술을 부어준다.

"일진이 사나윘던 기라. 제기랄! 참을라 카이 속에서 불기둥이 치미는데……."

"참을라 캤이믄 덜 급했던 모양이제?"

"급하고 안 급하고, 그런 일이 앙이라 말이다."

술을 마시면서 강쇠는 활동사진관 앞에서부터 겪은 일을 관수에게 들려준다. 얘기가 끝나자 관수는 박장대소했다. 강쇠도 쓴웃음을 띤다. 결코 유쾌한 일은 아니었다. 분노가 치밀었으나 사건 자체가 희극적인 것만은 사실이었다.

"양놈이 머가 그리 신기스럽아서 한눈을 팔았더노. 산중 놈이라 할 수 없다 카이."

"이 도방 놈아, 양놈 보았다고 뒤서 자전거가 딜이받았다카더나?"

"내가 그러라고 시킸나? 와 나보고 성을 내노."

"남은 솟치서 죽겄는데 부아를 실실 돋군께, 젠장! 베룩이 겉은 놈이, 그놈한테 휘둘린 생각을 하믄 어이가 없어서, 아 엄지손가락으로 문때서 직이도 직일 놈한테 말이다!"

"사또는 지나갔고 암만 나팔을 부니 무슨 소앵이고."

"어디다가 비하노! 사또라니?"

"와, 내가 못할 말 했나?"

"그라믄 옳은 말 했다 말가?"

"니가 양반의 자손이라서 깃대를 치키드나? 선비 자손이라서 깃대를 치키드는 기가? 그놈이 그놈, 억울한 백성 잡아다가 곤장 치고 주리 틀고…… 다르믄 얼매나 다르노."

"그래도 같은 우리 백성 앙이가."

"흥, 그럴 기다. 조선놈 순사한테 맞은 거는 하낫도 안 분하제?"

말문이 막힌 강쇠, 얼굴이 벌게진다.

"니놈 하는 짓이 엎친 놈 꼭 뒤 차는 격이다. 서울놈, 유식쟁이들 하고 상종하더마는 꼬고 비틀고 말꼬리 잡고, 잘하는 짓이다."

"하하하핫 그렇던가? 술이나 들어라. 참아온 김에 끝까지 참아야제, 신양에 해롭다. 하하하핫……."

"용이 물 밖에 나믄 개미가 침노한다* 카더마는, 이놈의 세상, 맴 겉애서는 번쩍 들어서 엎어부렀이믄."

술을 들이켠다.

"내 옛날에 똥물 묻은 손으로 순사 놈 뺨을 때린 일이 있었지.”

“호랭이 담배 묵던 시절 얘기, 새삼스럽기 와 하노. 자랑 늘어놓을 나이는 아니거마는.”

관수는 술잔을 눈높이까지 치켜들며,

“소레구라이노 하라가마에다타라 에라이 햐쿠쇼자. 다가히도가타네. 난토잇데모 다이닛폰데이고쿠노 게이샤쓰자. 미세시메노 다메니모 유루수 와케나이칸.”

“무신 놈의 옴대가리 찜쪄묵는 소리를 하노.”

“그 당시 순사부장 놈이 한 말인데 배짱 좋은 농부다 그 말이고 그러나 대일본제국의 경찰을 수모했이니 용서 못한다 마 그런 뜻인 모앵인데 지금 같았이믄 며칠 구류로 끝났겠나?”

“징역을 살아도 한두 해는 살았겠지.”

“그 시절만 해도, 그렇지이…… 어중이떠중이 별의별 놈이 다 기어올라 오는데 허술한 놈도 더러 있었더라 그 말이고 원래 칼 쓰는 종자들이라 배짱을 숭상하더라는 얘긴데 지금이야 그런 털북시기 얼간이는 없제. 뺀뺀하게 생기가지고 소리도 안 높이고 웃지도 않고, 3·1운동 후부터 칼자루는 숨깄지마는 대신 쇳바닥으로 해묵는데 그기이 더 무섭다. 총칼 없이 소리 없이 때리잡은께.”

“칼자룬지 쇳바닥인지 그거야 내 겉은 산놈이 알까마는, 날이 갈수록 용나시를 못하게 그렇게 돼가는 것만은 틀림이 없다.”

"대신 우리도 영악해졌다."

"영악해지믄 머하노. 아무리 뛰어도 그놈들이 먼지 와 있는데."

"우리는 바늘 가진 사램이고 그놈들은 도끼를 가졌다. 바늘 가진 놈을 도끼 가진 놈이 못 당한다는 속담이 있제."

"저저이?"

"……."

"나도 그런 것쯤은 알고 있구마. 흥, 저저이 모두가 다 바늘을 가지고 있음사?"

관수는 말을 잇지 않았다. 두 사내는 침묵한 채 술잔만 비운다. 밖에서 누가 돌아왔는지 영선의 높은 음성과 나직한 다른 음성이 어울려 들려왔다.

"대관절 혜관시님은 우찌 됐다 카노?"

관수는 묵묵부답이다.

"석이 소식도 캄캄절벽이니 답답해서 어디 살겄나."

"석이는 별일 없일 기고 한복이가 돌아와야 자세한 얘기를 들을 수 있일 기다."

하다가 별안간,

"다 죽어가는 소리는 치아라! 김환이 혜관 없이믄 일 못하겄나!"

무엇에 들린 사람같이 소리쳤다. 작은 눈동자가 동그랗게 응고된다.

"와 이라노? 누가 머라 캤나?"

사팔눈이 동그랗게 응고된 듯한 눈을 쳐다본다. 힐난과 서글픔이 감도는 눈빛이다.

"내가 너거들 맘 다 알지. 그래도 옛날에는 일하는 보람이 있었고 신이 났다, 그런 생각들 하는 거를 어째 내가 모리겄노. 겉으로 보기에는 물에 물 탄 듯……."

"그거는 과히 먼 이야기는 아니다. 하지마는 죽은 성님을 두고 니가 삐딱하니 말하는 거는 마땅찮다. 시샘하는 것도 아니겄고, 사람마다 다 자게들 가진 기이 다른데."

어세에는 약간의 멸시도 있었다.

"강쇠, 자네까지 그럴 줄은 몰랐다. 내 맘을 보선목이라 뒤집어 뵐 수도 없는 일이고오. 우리가 머 정에 쏠리서 일 시작했더나? 애당초 김환이라는 사내를 위해 나선 거는 아니었은께."

"그는 그렇겄지. 하지마는 내 경우는 다르다. 성님한테는 정으로 쏠렸던 사람인께, 그렇기 때문에 지금 성님이 없어도 나는 중도지폐[中道而廢] 못한다."

숨을 들이마신 관수는 술 한 잔을 들이켰다. 안주를 집으면서,

"요새 나는 내 심이 부친다는 생각을 하게 된다. 그래서 성을 내는지 모리겄다."

"그렇다믄 김환이가 없어서 일 안 된다는 생각은 나보다 자네가 한 거 앙이가."

“…….”

“세상이 그때하고는 달라.”

“그거 모리는 시레비자석도 있나?”

“성님이 살아 기싰으믄 그때맨크로 귀신겉이 일을 쳐냈일지……. 지금 시절에는 안 맞는 사람 아니까?”

“맞고 안 맞고가 어디 있노. 그 사람 식으로 밀었겠지. 허나 귀신겉이, 그게 탈이거든. 사람겉이…… 나는 요새 윤도집 그 어른 생각을 하는데…….”

김환이 죽은 뒤 이 정도나마 터놓고 얘기하는 것은 아마 처음일 것이다.

“여하튼 간에 성님은 평생을 몸 하나로 때운 사람이다. 죽어서 세월이 흘러도 생각하믄 가심이 찢어지는 것 겉다. 아무리 머니 머니 해도 거기 비하믄 우리는 청풍당석 앙이가. 그렇기 살다 가기도 어럽어.”

“그만두자, 그만두는 기이 좋겄다. 죽은 사람 귀 간지럽울 기고……. 내가 심이 부친다 하기는 했다마는, 우리 생전에 우리나라가 독립할 거란 믿음은 전보다 훨씬 굳어진 것만은 틀림이 없고.”

“우리 생전에, 그라믄 오죽이나 좋을까.”

“아까도 말했지마는 옛날에는 싸우는 데서만은, 시쳇말로 우리들 황금시절이었다. 물론 우리 동학당 처지에서는 그렇다 할 수도 있겄지. 그러나 그때는 뚜렷하게 독립할 거라는 생각은 못했고 왜놈한테 대항한다, 한사코 대항한다, 따라서 그 한도 내에서 재주도 넘을 수 있었지. 지금은 아무리 팔 뻗어봐야 허황하다. 우리가 그렇다믄 상대, 왜놈도 안 그렇겄나? 와 그랄까. 노동자, 학생들이 싸우는 시대니까, 또 싸움의 방법이 다르고, 그렇다고 해서, 머 죽은 형님이나 자네가 내가 동학 서학 가리감서 이 길에 나선 거는 아니었제. 해서 윤도집과 맞서기도 했고 지삼만이 겉은 악종의 배신도 당했다마는, 그러나 동학이 아주 갔다고 나는 생각 안 하는 사램이다. 동학하고 농민들은 마지막에 올 기다. 지금은 학생, 노동자다. 나는 원산의 파업을 보고 희망을 가졌다. 남들은 항복했다고 끝장난 것겉이 말하더라마는 자꾸 일어날 기고 학생들도 자꾸 일어날 기고, 왜놈들이 끝끝내 학생들, 노동자들 숨통을 틀어막을라 카믄 그만큼 그놈들도 다급해진 거 아니겄나?"

"니가 그 말을 한께 생각이 난다마는 영광이는 우찌 됐노?"

송관수의 얼굴이 눈에 띄게 어두워졌다.

"요새 학생들 들먹들먹 야단이라 카는데 괜찮겄나?"

몹시 괴로운 듯 술잔을 놓고 담배를 꺼내어 붙여 문다.

'부자지간에 무신 일이 있었고나.'

강쇠는 대강 짐작이 갔다. 영선의 오라비 영광은 중학 졸업반이었다. 아비보다 더 똑똑하다고 강쇠는 생각해온 터이다. 장차 무엇이 돼도 될 놈, 열혈청년임이 분명하다는 칭찬을 하기도 했었다. 송관수의 남다른 가족에 대한 애정은 진작부터 주변에서 다 알고 있지만, 그러나 항상 아들을 저지하며 일이 시끄러워지는 것을 경계해온 것은 송관수의 경우, 아들이 무사하기를 바라는 어버이의 사랑이라기보다 자기 하는 일에 누가 될 것을 염려해서인데, 그런 만큼 송관수는 괴로웠을 것이며 영광이는 영광이대로 반발하며 아비의 마음을 이해하지 못했을 것이다. 가족을 끔찍이 사랑하면서, 그러나 항상 자신이 하는 일 편에 서서 가족이 남의 눈에 두드러지는 것을 싫어했고 있는 듯 없는 듯 하기 위해 압력을 가해왔으며 영선네나 장인 장모는 신분상 스스로 그런 생활 태도를 취해오기도 했었다. 그러나 아들 영광이 이십 세에 가까워지면서 그러한 균형은 깨지기 시작한 것이다. 광주학생사건을 두고 부자간에 의견 충돌은 쉽게 짐작할 수 있는 일이었다. 여느 때와 달리 관수가 안정을 잃었던 것도 그 때문이라는 것을 강쇠는 비로소 깨닫는다. 송관수는 영광에 대한 말은 일절 하지 않고 애써 태연한 척, 하다 만 말을 계속한다.

"저이 놈들이 편할라 카믄 우리 조선사람들이 모두 일본놈이 돼주어야 하는 긴데 사방팔방에서 우리는 조선사람이다, 조선사람이다! 하고 아우성이니 편키 잠잘 수 없지. 언제든지 지키는 일은 어렵고 지키는 사람 열 있어도 도적 한 놈을 못 당한다 했는데 그놈들이 옛날에는 도적이었지, 그러나 이자는 우리가 도적이다. 그놈들은 지키는 기고, 노동자들 파업은 왜놈들을 향한 공격이다. 학생들 맹휴도 왜놈들을 향한 공격이란 말이다. 옛날에는 총 든 놈 대가리 수만 가지고, 나라 찾는 일이 우리 당대에는 어렵울 기라 생각했지. 어렵더라도 싸움은 하자, 우리는 모두 그렇기 말했다. 해서 도처에서는 의병들이 잽히가고 총 맞아 죽고, 왜놈들은 총이믄 그만이었다. 대포만 믿으믄 되는 일이었다. 그러나 지금은 어떻노? 일 안 하겠소, 공부 안 하겠소, 물러나는 긴데 실상은 달라드는 기거든. 수천, 수백의 대가리들이 몰켜서 그리하니 여기서 저기서, 힘이제, 무섭은 힘인 기라. 총이나 대포 가지고도 쓸 수가 없고 부셔부릴 수도 없는 힘 아니겠나? 아닌 게 아니라 전쟁보다 어렵운 일일 기구마는. 그놈들은 몇 분 있은 전쟁 덕분에 오늘 저렇게 떵떵거리는데 앞으로는 지보다 못한 놈하고 붙지는 않을 기고 센 놈하고 붙을 터이니 전쟁으로 흥청거리다 전쟁으로 제 가심 찌를 기고…….”

또박또박 이치가 닿는 말이었으나, 그러나 평소의 육성 같지 않은, 마음과 말이 따로 노는 것 같아서 강쇠는 불안했고 지루하기조차 했다.

“언변은 그 정도 하고 술잔이나 비워라.”

“으, 음.”

관수는 상체를 좀 흔들었다. 그리고 술잔을 들었다.

“희망이고 실망이고, 그런 거는 잠시잠시 왔다 가는 거 아니겠나. 배운 도둑질, 늙도 젊도 않은 나이라 이대로 가는 기지 머. 하기야 산 놈 무지랭이가 고생은 쇠 빠지게 했다마는 운동가 됐이니 출세했고, 허허헛헛…… 허허헛헛 신이 날 때도 있었고, 자네 말마따나 우리 생전에 독립이 된다믄 세상 나온 보람도 안 있겄나."

"아까는 죽는소리 해쌓더마는 술 들어간께 간 커졌다."

"내 말 사돈이 하네."

"산에는 언제 갈래."

"여기 일 돼가는 거 봐감서."

"나도 거기 한분 갈 일이 있다. 도솔암에 새 중이 왔다믄?"

"그런갑더마. 나도 해도사한테 들었다만 공부 많이 한 중이라 카던가?"

"해도사는 누고?"

"그런 사램이 있다."

"점쟁이가?"

"자네는 어이서 들었노?"

"그러씨……."

"점쟁이라 칼 수는 없고 토정비결을 봐주는 정도다."

"하여간에 일간에 강쇠 니도 함께……."

"누구를 만날 긴데?"

"그때 가서, 그보다 여기 돼가는 꼴은 우떻노."

"원산 일이 있고부터는 경찰 놈들 지랄발광하는 바람에 고무공장, 방직공장 아이들이 얼어부렀다. 뭔가 해보고 싶은 마음이야 꿀뚝겉지만 서로를 못 믿는 기라. 부두에서 몇 명 풀어 넣기는 했다마는, 조심스럽고 신실한 사람들이라 걱정은 안 하는데 그래도 살얼음 밟는 것 겉다."

"밖에서 쑤시는 것도 니를 내믄 안 되제."

"니를 내게 돼 있지는 않다."

'니'란 쌀 속에 들어 있는 벼 이삭(뉘)을 말함인데 눈에 띄지 말라는 뜻이다.

"부산도 원산만큼 못할 것도 없는데, 관부연락선하고 그 밖에 입항하는 배에서 짐짝 하나 풀고 싣고 못한다믄, 군산, 목포에서는 쌀을 못 나가게 할 수만 있다믄……."

뉘를 내면 안 된다는 말을 할 때부터 관수는 단단한 자기 자신으로 돌아가 있었다.

"참 어렵운 일이다. 할 수 있다는 맘이 목구멍까지 차 있음서도, 원산 일들이 있은 뒤 맘들이 요상하지. 원산한테 발등 치기 당했다는 오기도 있고 무신 일이 일어날 기라는 기다림도 있고, 누가 앞장서는 사람 없나 하는 안타까운 마음도 있고, 어수선하지. 젤 기죽이는 거는 때놈들 왜놈들 노동자 실어오는 일인데, 결국 원산서도 그것 때문에 일 그르친 거 앙이가."

"때놈 왜놈뿐이던가? 조선놈도 모집해 갔으니."

"개만도 못한 놈들."

"함께 앉았다가 나가는 놈은 우짜고?"

"그러니께 그기이 민족 반역자지 머겄노. 그나저나 허리 아파서 오도 가도 못하겄다."

2장 아무렴 그렇지 그렇고말고

멧상 드느라고 간밤에 잠을 설치기는 했다. 휘야네는 이불을 뒤집어쓰고 누운 채 어디 가는가, 가면 언제쯤 돌아오게 되는가 물으려 하지 않았다. 강쇠 역시 간다 온다 말없이 집을 나섰다. 강아지가 쫄랑쫄랑 따라오다가 울타리 삼아 쌓아놓은 나뭇단 옆에서 주저앉았다. 그리고 우우 하며 한 번 울었다. 심하게 다툰 부부같이 서로 외면하며 지낸 것이 달포가량 되는 성싶었다. 아들 휘도 그러한 부모를 피하여 밥만 먹고 나면 숯가마 쪽이나 짝쇠 집 헛간으로 가버리곤 했다. 숯가마에서는 물론 숯 굽는 일을 했고 짝쇠네 헛간에서는 솔, 채판, 광주리 따위 목기를 깎을 때도 있었다. 해동하면 곧장 장에 내갈 물건들을 안서방과 짝쇠랑 함께 만드는 것이었다.

"저눔의 피리는 와 부는지 모리겄네."

요즘 가락 하나에 사로잡혀 있는 자기 자신의 이상한 상태가 마치 그 피리 탓인 것처럼 강쇠는 중얼거렸다. 언제였던지 김환이 광대한테서 빼앗아 왔다 하며 어린 휘에게 피리 하나를 갖다준 일이 있었다. 자신이 가지는 것은 말할 것도 없고 남에게 무엇을 갖다주는 행위를 일체 생략하고 살다 간 김환으로선 아마 휘에게 준 피리 하나가 유일한 것이 아니었는지, 강쇠는 가끔 그것을 어떤 암시같이 받아들이며 휘의 운명에 대하여 두려움과 자랑스러움 같은 것을 동시에 느끼곤 했다.

두루미병을 든 강쇠는 눈 덮인 산길을 지나 고개 하나를 넘고 또 한 고개를 넘는다. 망태나 짐짝 같았으면 어깨에 메면 거뜬할 터인데 두루미병은 그럴 수도 없다. 들고 가자니 손도 시렵고 여간 거추장스럽지가 않다. 언덕을 오를 때나 급한 내리막길에선 미끄러져서 술병을 깰까 봐 신주 뫼시듯 해야 한다.

"한 오백 년으은 살자아더어니이이!"

목청이 터져라 강쇠는 소리를 지른다. 그러나 하늘 밑을 빈틈없이 메운 듯이 산 너머 산, 그 산 너머에 또 산, 어디를 둘러보아도 산으로 가득 찬 공간은 미칠 것 같은 외로움과 무력함을 일깨울 뿐이다. 벌써 몇 번인지 모른다, 소리를 질러 보는 것이. 그때마다 노래는 그 대목 한 절에서 잘리고 가락만 혼자 마음속 밑바닥을 맴도는 것이다. 심장을 핥는 것같이, 쪼아대는 것같이, 새벽녘에 삽짝 밖을 바라보는 청상과부의 탄식같이 맴도는 것이었다. 간밤에는 산속의 모든 영신, 무덤 속의 모든 망령들이 합세하여 울부짖듯, 바람은 석벽을 내리치고 나무를 둥치째 뽑아버릴 듯이 날뛰더니 새벽녘에는 소리 없이 눈이 내렸다. 날이 밝으면서 눈은 멎고 차츰 개기 시작했는데 지금은 멀리, 산봉우리 위의 겨울 하늘은 눈이 시리게 푸르고 솜같이 포근한 조각구름을 볼 수 있었다. 그러나 기온은 혹심하게 떨어져서 나뭇가지에 실린 눈은 설화(雪花) 아닌 빙화(氷花)였고 빙화의 끝없는 수림이었다. 계곡과 언덕과 능선은 눈 속에 깊이 묻혀 영원히 잠들어버린 것만 같았다. 달콤한 봄의 입김은 언제 일이었던지, 버들가지의 그 여린 연둣빛은 꿈속에서나 보았던 빛깔은 아니었던지, 굳어버린 적막 속의 끝없는 빙화의 수림은 전율같이 참혹하게 아름다웠다.

"아무렴 그렇지이 그렇고말고오오!"

뜻밖에, 새로운 구절이 저절로 굴러 나왔다. 그것도 한 절로 잘리고 만다. 그러나 마음속에, 귓가에서 계속 맴돌던 가락은 별안간 질풍같이 달려들어 아우성으로 변했다. 마음 바닥을 핥고 쪼아대던 것이 도끼질로 난도질로 변했다. 간밤에 울부짖던 그 바람이 심장을 내리치고 삶의 지렛대를 뽑아버릴 듯 날뛴다.

"아무렴 그렇지이 그렇고말고오오! 아이구 그만."

두루미병을 놓고 배 아픈 사람같이 배를 움켜쥐며 강쇠는 눈밭에 무릎을 묻는다.

"참말로 와 이라는지 모리겄네."

이상한 일이었다. 그 가락에 사로잡힌 것은 벌써 여러 날째였다. 평소 노래 같은 것은 불러본 일이 없는 강쇠였다. 하기는 노랫가락 한두 개쯤 불러본 일이 없다 하더라도 어느 주막

술판머리에서 귀동냥은 했을 터이고 하여 어떤 서슬엔가 생각 속에 떠오를 수 있으며 혼자 흥얼거릴 수도 있는 일이다. 그러나 집요하게 떠나지 않고 떠났는가 싶으면 허겁지겁 뒤쫓아와서 기어드는 것은 아무래도 심상찮은 일이며 성가신 일이 아닐 수 없었다. 그저께는 구례장으로 나갔었다. 부친의 기일(忌日)이 섣달 초엿샛날이다. 그러니까 어젯밤인데 제수를 마련하기 위해 장으로 갔었다. 장터는 한산했다. 난전은 그런대로 구색이 갖추어져 있었으나 설을 앞두었기 때문에 대목장을 볼 심산인지 물건 사러 나온 장꾼들은 드문드문했다.

"모갯돈이 들어서 그렇제, 짚세기를 신는 거는 만고에 어리석은 짓인 기라요. 촌사람들 개멩을 못해서, 발가락이 쑹쑹 빠지는 짚세기, 와 못 버리는지 모리겄네."

신발을 펴놓으며 하는 고무신장수의 말이었다.

"그래도 짚세기는 품만 든께."

장바구니는 옆에 놓고 하얀 고무신 한 켤레를 뒤집어보고 만져보며 아낙이 말했다.

"짚세기 팔아서 고무신 사믄 될 거 아니오."

뜨내기 신발장수는 농담 삼아 말했다.

"그러씨……. 그러자니 객일이 늘고, 이기이 비싸기는 비싸요."

"비싸다 캤소?"

"그라믄 안 비싸다아 그 말이오?"

"짚세기 수십 커래 묶은 할 긴데 그라믄 아짐씨는 짚세기값으로 팔아라 그 말이오?"

"누가 운제, 그, 그런 말이사, 아 그러씨 흥정하는데 싸다 비싸다 못할 것도 없는데 징(성)을 내요?"

"징을 내는 기이 앙이라, 고무라는 거는 생전 가도 닳아지잖은께 그만큼 값이 나갈밖에 없는 기고, 아 생각해보소. 눈비가 오니 버선이 젖나, 신어서 편코 때가 묻으면 물로 싹싹 씻어보소. 백옥이지. 우리네는 공장에선 도리떼기를 해 온께 다른 뜨내기하고는 값 차이도 많소. 머 사고 안 사는 거는 아짐씨 알아서 할 일이요마는……."

"돈 좀 더 보태믄 깔진(가죽 신)을 지을라."

"깔진을 지어요? 돈 좀 더 보태서? 하하하핫, 아짐씨, 말도 가이방해야제요. 그렇기 싼 거라믄 고무신공장이 서지도 않았일 기요. 우리네야 물건 없어 못 판께 그따우 실없는 말 안 하는 기이 좋겠소. 오늘은 장꾼이 없어서 하품 삼아 이러니저러니 하지마는 대목이 코앞에 있는데 물건 못 팔아 걱정이겠소?"

얼굴이 조막만 하고 눈매가 사나워 뵈는 고무신장수는 계집아이 신발을 우두커니 내려다보고 서 있는 강쇠에게 곁눈질을 했다. 분홍 빛깔의 앙증스런 고무신, 당혜를 본따서 하얀 전을 두르고 코끝 양켠에 꽃이파리 하나씩을 놓은 작은 신발이었다.

"생각이 있이믄 그만 망태 속에 집어넣는 기라요."

"……."

"못 팔아서 하는 말이 아니라요. 아이들은 발 크기에 층이 많아서 장사들이 어른 신맨치로 많이 가지오지 않은께, 귀찮거든요. 발에 맞일 성싶으믄, 애댕기이실(맞딱뜨리실) 때 사 가소."

"이 사람아, 사주고 싶어도 이자는 신발 임자가 없네."

내던지듯 말을 남긴 강쇠는 신전 앞에서 돌아섰다.

망태를 짊어지고 산으로 들어가려다 말고 비연의 주막에서 강쇠는 막걸리 몇 사발을 들이켰다. 주막 술판을 치며 성가신 가락을 토해버리려 했으나 일어선 강쇠는 산속으로 들어온 후 비로소 목청껏 소리를 질렀다.

"한 오백 년으은 살자더어니이이!"

살자는데, 살자더니, 그런 차이 같은 것은 아랑곳없었다. 그나마 입 밖에 나온 것은 그 한 구절뿐이었으니까. 고장난 유성기처럼 한 오백 년만 되풀이하던 강쇠는 자신이 노래를 하고 있었던 것이 아니라 통곡을 하고 있었다는 사실을 인정하지 않을 수 없었다. 며칠을 계속하여 통곡을 하고 있었던 것을, 가슴이 멍든 것같이 아픈 것을 깨달은 것이다.

"와 이리 조용노. 사람들 모두 다 직이뿌릴라 카나!"

눈 속에 무릎을 묻은 채 하늘을 우러러본다. 김장사라는 칭호가 아직까지는 허명이 아니었다. 골격은 전과 다름없이 완강했지만 근육이 줄고 탄력을 잃은 것은 부인할 수 없었다. 생시의 지삼만이 말하기를 썩은 복쟁이니 막걸리살이 허옇게 오른 배때기니, 그러던 얼굴빛도 전과 같지 않게 누리끼리해졌고 홈같이 입언저리로 흘러간 주름은 표정이 움직일 때마다 흔들렸다.

"어매!"

눈물이 솟아오른다.

"어매! 우찌 이리 적막강산입니까!"

강쇠는 흐느껴 운다.

"어매, 생전에는 새끼들이 더 소중타는 생각을 안 했는데와 그놈의 제집아아 신발만 눈에 보있이까요. 미련한 놈이지요. 밥만 처믹이믄 절로 크는 줄 아, 알았인께요. 좌우간에 잘 가싰십니다. 험한 꼴 안 보시고 허, 험한 꼴, 어매는 먼지 잘 가, 가싰십니다. 으흐흣흣……."

얼마 동안을 그러고 울었는지.

'나는 갈 나이가 돼서 간 기고 아아는 지 멩이 그것밖에 안 된께 안 갔겄나? 사나아 눈에 눈물이 나믄 산천초목도 운단다. 아범아, 울지 마라.'

바람결같이 갈대가 흔들리는 것같이 모친의 음성이 들려오는 것 같았다.

'예 맞십니다. 이 세상에 삼천갑자 동방삭이 어디 있겠소. 지도 갈 때가 오믄 안 가겄십니까?'

일어서서 눈을 턴다.

"흥, 산신이 들어줄 기라고 내가 울었더나, 저 하늘에 기시다는 옥황상제가 들어줄 기라고 내가 울었단 말가, 허허헛 허허헛……."

두루미병을 들고 걷기 시작한다. 눈앞에 걸리적거리는 눈 실린 나뭇가지를 휘어잡으며 걷는다. 해는 중천에 가까워지고 있었다. 해는 설원에서 희번득였다.

"오살할 놈의 김환아!"

고함을 질러놓고 소리 내어 웃는다.

"그 빌어묵을 김환의 넋이라도 실렀단 말가. 성님! 성니임! 와 이리 오만간장이 찢어질라 카는지 알믄 말 좀 해보소오!"

하얀 능선이 허허롭다. 코를 풀고 옷섶에 손을 닦는다.

'성님.'

……흠……

'참말로 견디기가 어럽소.'

……견디어보아라……

'이렇그름 서럽운 것은 무신 이치 때문이까요.'

……핏줄 때문이네……

'핏줄이 머길래,'

……징그럽게 질긴 거지 뭐겠나, 늘 가슴이 떨리는 것……

'와 떨릴까요.'

……죽어야 하기 때문이며 이별해야 하기 때문이며 끝날 수 없는 한을 남기기 때문이며……

'지로서는 좀 모릴 점이 있소.'

……흠……

'성님은 효수를 당한 아부님하고 버리고 간 생모 따문에 그렇기도 했겠지마는 지가 알기로는 그보다 한 여인네를 가심에다 두고 평생 한으로 삼지 않았십니까?'

……평생 한으로 삼아…… 허허헛헛, 평생 한으로 삼아? 강쇠야, 태초에 계집과 사내가 있어서 핏줄은 시작되었느니라……

'그러고 본께 그도 그렇겄소마는, 지야 머 여인네로 인해서 눈물을 흘린 일이 없는 목석이고 부모 자석 간의 애착이야 사람마다 있는 거니, 옛날에 밤새도록 혼자 앉아서 말 한마디 없이 술을 마시던 성님 생각이 나요. 그렇기 외로운 모습이 세상에 또 있이까 싶었는데 지금 내가, 내 심정이 그런 것 겉소.'

……사람이 되어가는구나……

'흥 행복시럽기 사는 사람은 그라믄 사람이 앙이다 그 말씸 겉소.'

……설움을 모른다면 어찌 마음이 있다 할 것인가. 마음이 없다면 사람이라 할 수 없고 시궁창인들 어찌 더러울까……

'그렇지마는 기쁜 것도 맘 아니겄소?'

……만물이 본시 혼자인데 기쁨이란 잠시 잠시 쉬어가는 고개요 슬픔만이 끝없는 길이네. 저 창공을 나는 외로운 도요새가 짝을 만나 미치는 이치를 생각해보아라. 외로움과 슬픔의 멍에를 쓰지 않았던들 그토록 미칠 것인가. 그러나 그것은

강줄기 같은 행로의 황홀한 꿈일 뿐이네. 만남은 이별의 시작이란 말도 못 들어보았느냐?……

'그거는 머, 다 하는 얘기 아니겠소?'

……부처는 대자대비라 하였고 예수는 사랑이라 하였고 공자는 인이라 했느니라. 세 가지 중에는 대자대비가 으뜸이라. 큰 슬픔 없이 사랑도 인(仁)도 자비도 있을 수 있겠느냐? 어찌하여 대비라 하였는고, 공(空)이요 무(無)이기 때문이며 모든 중생이 마음으로 육신으로 진실로 빈자이니 쉬어갈 고개가 대자요 사랑이요 인이라. 쉬어갈 고개도 없는 저 안일지옥의 무리들이 어찌하여 사람이며 생명이겠는가……

'성니임!'

범패의 게송같이 읊조리는 환의 음성, 귀에 쟁쟁한 음성, 강쇠는 저승의 삼도천 강가를 지나가고 있는 것 같은 착각에 몸을 떤다.

……마음으로 육신으로 고통받는 자만이 누더기를 벗고 깨끗해질 것이며 뱃가죽에 비계 낀 저 눈물 없는 무리들이 언제 그 누더기를 벗을꼬. 고달픈 육신을 탓하지 마라, 고통의 무거운 짐을 벗으려 하지 마라, 우리가 어느 날 어느 곳에서 만나게 된다면 우리 몸이 유리알같이 맑아졌을 때일까……. 그 만남의 일순이 영원일까, 강쇠야 그것은 나도 모르겠네……

'참 내, 무신 그런 말이 있소? 아아 그렇다믄, 성님 말씀에 따르자믄 성님도 후회도 여한도 없겄구마요. 흥! 그렇그럼 고

달프게 고통시럽기 살다가 갔인께요. 무신 후회가 있으며 한이 남을 기요.'

……하하핫핫…… 하하핫핫 후회라, 후회, 후회는 없겠구나. 내 생전에도 후회는 아니했으니, 한이야 지가 어디로 갔겠나……

'우째서 한이 남소? 후회 없이믄 한도 없제요.'

……한이야 후회하든 아니하든 원하든 원치 않든 모르는 곳에서 생명과 더불어, 내가 모르는 곳, 사람 모두가 알 수 없는 곳에서 온 생명의 응어리다. 밀쳐도 싸워도 끌어안고 울어도, 생명과 함께 어디서 그것이 왔을꼬? 배고파서 외롭고 헐벗어서 외롭고, 억울하여 외롭고 병들어서 외롭고, 늙어서 외롭고 이별하여 외롭고, 혼자 떠나는 황천길이 외롭고, 죽어서 어디로 가며 저 무수한 밤하늘의 별같이 혼자 떠돌 영혼, 그게 다 한이지 뭐겠나. 참으로 생사가 모두 한이로다……

환이 살았을 때 조금씩은 다 들었을 얘기였을 것이다. 소위 산중문답인데 생생하게 박진감을 주며 강쇠에게 압도해오는 것이었다. 오늘 처음 들려온 목소리는 아니었다. 김환이 죽은 뒤 강쇠는 가끔 생시의 그 목소리, 그 말을 산속에서 듣는 일이 있었다. 그럴 때는 산중 어느 곳엔가 김환이 살아 있을 것만 같다는 생각을 하게 된다.

'목을 매달아 죽었다. 경찰서에서 죽었단 말이다. 죽은 기이 언제라꼬.'

강쇠는 김환의 죽음을 확신하려고 애썼다. 그리고 동시 이십여 년 긴 세월을 함께해온 알지 못할 그 사내로부터, 그의 말년 무렵 해서 조금은 알 듯 뭔가 보이는 듯했었던 그 사내로부터 물려받은 것은 전술전략도 아니요 포부나 경륜도 아니요 인간이 사는 이치도 아니요 오로지 그가 품은 평생의 한, 그것뿐인 것만 같은 생각을 하게 된 것이다. 요즘에 와서 강쇠는 더욱더 그런 생각을 하게 되었다.

'활동사진관 앞에서 내가 당했던 일을 성님이 보았이믄, 그보다도 만일에 성님이 당했다 할 것 겉으믄 어쨌일꼬? 실성한 사람맨크로 허허허, 허허헛 하고 웃었일까? 능구렝이겉이 백배사죄를 했일까? 글안하믄 따깨칼로 그놈 배애지를 찔러 직있일까?'

성가신 가락이나 스스로를 비웃을밖에 없었던 울음은 정녕 그 일로 인한 것은 아니었을 터인데 그러나 강쇠는 그때 일을 되새겨가며 걷는다. 웃음이 솟구칠 것만 같았고 이놈들아! 하고 외쳐보고 싶기도 했다.

부산에서 있었던 일, 그런 일쯤, 한으로 삼아야 할 만큼 강쇠의 삶은 물론 한가한 것은 아니다. 부산에서 며칠을 묵은 뒤 산으로 돌아왔을 때 아들을 한 번 보고 눈을 감으려 했던 것처럼 노모는 세상을 버렸으며 장례를 치른 지 열흘이 못 되어, 이번에는 열 살 난 딸애가 벼랑에서 떨어져 죽은 일, 그것이 응어리다. 마치 게으름을 피우고 있던 죽음의 사자가 아이

크! 이러고 있으면 안 되는데, 하며 급작스레 달려와서 숨 돌릴 새도 없이 일을 끝내버린 듯, 강쇠는 두 죽음을 넋 빠진 사람같이 바라보아야만 했었다. 시간은 달포가량 흘러갔다. 모친의 초상 때는 해도사가 와서 장례 절차를 도와주었다. 언제부터 지리산에 들어왔는지 오래전부터 안면은 있었으나 이삼 년 만에 한 번씩 거처를 옮긴다는 내력밖에 모르는 해도사라는 인물, 강쇠 집에 이르는 길목, 길목이라 했지만 상당히 먼 거리였으나 그곳에 해도사가 옮겨온 것이 한 이 년쯤 됐을까? 서로 무관해지기로는 모친의 장례를 치른 그때부터였다. 딸애는, 짝쇠와 채귀에 쫓겨 산으로 도망온 안또병이 산비탈 양지바른 곳에 묻어주었다. 묘를 만들고 안또병이 떼를 써서 묘에 입히는 것을 본 강쇠는 무덤 앞을 떠났다. 짝쇠는 곡괭이를 치켜들고 허둥대며 강쇠를 따라왔다.

"이눔 가시나! 와 죽었노!"

무덤에 발길질을 하며 울부짖는 휘의 소리가 뒤통수를 쳤다.

"허허어, 그라믄 쓰나. 아아도 영신인데 발길질은 마라."

삽 등으로 떼를 다지며 하는 안또병의 말이었다. 언덕을 돌아가던 강쇠는 마른 풀섶에 주저앉았다. 담배를 꺼내어 붙여 물었다. 짝쇠도 강쇠와 좀 떨어진 곳에 엉거주춤 엉덩이를 붙였다. 강쇠의 눈은 유리알 같았다. 영혼이 빠져나가고 없는 죽은 사람의 눈이었다. 콧구멍에서 입술에서 계속 연기만 내

뿜었다. 담배에 기갈 든 사람같이 계속 피워대는 것이었다.

"그래도 마침 흙이 얼지 않아서, 음지는 벌써 얼어가지고 꼭괭이가 튀는데 마침 그래도."

어떻게 할 바를 모르던 짝쇠는 기껏 한다는 말이 그런 식이었다.

"한 열흘 지나믄 눈이 올 긴데……."

할 얘기는 따로 있는 눈치였지만 짝쇠는 겉돌듯 혼자 중얼거렸다.

"그는 그렇고오."

한참 있다가,

"성님."

"……."

"저기, 성님."

"할 말 있이믄 해라."

"아무리 생각을 해봐도……."

"……."

"우찌 한 달에 초상이 두 번이나 나겄소? 께름직해서 못 견디겄소."

"……."

"이기이 어디 심상한 일이겄소……."

"무신 소리를 할라 카노?"

"저기, 이 말 하믄 성님이 또 후박을 기요마는 저어 그런께 지삼만이 그자가 환생을 못하고.”

“이 미친놈아, 지가 놈을 내가 직있더나?”

“하, 하기는 그, 그렇구마요. 우리가 한 짓이 앙인데 그 생각을 안 하는 것도 앙인데 우떤 때는 우리가 직인 것겉이, 꼭 우리가 직인 것 겉은 생각이 든단 말이오.”

“두 분이나 묏구덕을 파다 보니 대가리가 돌았구나. 니 차례 될라, 정신 채리는 기이 좋을 기다.”

하기는 했으나 강쇠 역시 지삼만을 자신이 죽인 것 같은 착각을 한 적이 한두 번 있었다. 죽은 자에 대하여 두려움을 느끼거나 사위스런 생각은 안 했지만 그러나 짝쇠의 말로 인하여 강쇠는 팔이 길었던 한가의 모습을 생각한 것이다.

다만 그의 모습이 떠올랐을 뿐이다.

“그나저나, 아이구 음, 그나저나, 불시에 식구가 두 멩 줄었으니 형수가 우찌 젼딜란고 모리겄소. 굽이굽이 생각이 날 긴데, 없는 사람한테는 그저 무벵한 기이 젤인데.”

노모는 연로하여 세상을 떴고 아이는 사고로 죽었는데 짝쇠는 기껏 위로를 표한다는 것이 무병해야 한다는 초점 잃은 말이었다.

강쇠는 걷다 말고 두루미병을 발부리에 놓는다. 누비저고리 속주머니 속에서 궐련을 꺼내어 붙여 물고는 다시 술병을 들고 걷는다. 그때 무덤 가까이 풀섶에서처럼 연달아 기갈 든 사람같이 담배를 피워댄다.

'흥, 그런께 한가 그놈이 환생을 못하고, 해야만 아귀가 맞는 얘기 앙이가.'

강쇠는 마음속으로 중얼거리며 쓴웃음을 띤다. 한가의 죽음을 짝쇠가 어찌 알 것이며 어느 누구도 한가의 죽음은 모른다. 시체는 짐승밥이 되었는지 아니면 그 골짜기에서 아직도 썩고 있는지, 팔이 길어서 원숭이 같았던 사내, 살려달라고 애원하던 그 눈동자, 소름이 돋아난 목줄기며 입언저리가 선명하게 강쇠 눈앞에 떠오른다. 비수를 씻던 개울가며 흐르는 물에 번져나던 붉은 피, 붉은 노을이 악몽같이 떠오른다. 그러나 한 줄기의 연민이나 죄책감이 없는 것은 그만큼 김환의 죽음이 처절하고 빈틈없이 강쇠 마음을 가득 채운 때문일 것이다. 사실 강쇠가 한가를 생각한 것도 짝쇠 말에 연유된 것이며 노모의 죽음이나 어린것의 참사를 한가의 망령과 결부시키려는 그런 마음은 터럭만큼도 없었다. 담배꽁초를 버린 강쇠는,

"아무렴 그렇지이이, 그렇고말고오오, 한 오백 년 살자아더어니이 이!"

소리를 냅다 지른다. 가사 한 절이 더 붙으니까 훨씬 속이 후련해진다.

3장 아들의 스승

"해도사 있소오!"

마당으로 들어서면서 강쇠는 소리부터 질렀다. 암벽으로 된 언덕을 등지고 남쪽을 향해 읍하듯 엎드린 오두막에선 아무런 기척이 없다. 마당의 눈은 말끔히 쓸려져 있었고 올라올 때 눈길에 발자국이 없었던 것으로 미루어 사람이 밖에 나간 것 같지는 않다.

"해도산지 달도산지 젠장, 있소오! 없소!"

기척이 없기는 마찬가지다. 방문 앞을 바라본다. 눈에 익은 그 독특한 신발이 놓여 있었다. 짐승 가죽으로 만든 신발이다. 해도사가 방 안에 있기는 있는 모양이었다. 강쇠는 집 전체를 휙 돌아본다. 집이라기보다 산의 일부같이 눈에 잘 띄지 않는 움집인데 어딘지 모르게 완강한 느낌을 준다. 암벽을 등지고 있었기 때문인지 모르지만 탄탄해 뵈는 문틀 때문인지, 그리고 댓살 문에 하얀 문종이가 눈에 설다.

"어디 아픈가?"

강쇠는 방 앞으로 다가가서 가죽 꼬리를 잡고 거칠게 방문을 잡아당긴다.

"아아니?"

해도사는 방 한가운데 정좌한 채 눈을 감고 있었다.

"멀쩡해 있음서, 사람이 부르는데그래, 코대답도 안 할 기요?"

해도사는 미동도 하지 않는다.

"사람을 기(忌)할 요량이믄 삽짝에다가 작대기나 놔둘 것이지, 어멍(어멍) 그만 떨고 좀 알은체나 해보소."

민망스러워진 강쇠는 그러나 들어오라는 주인의 말 같은 것은 기다리지 않고 방 안으로 쑤욱 올라간다.

"어허헛!"

기합인지 고함인지 해도사는 눈을 번쩍 떴다. 황황히 빛나는 눈, 온통 얼굴이 눈으로만 채워진 것 같은 느낌이다. 강건한 모습이었다. 아무리 배짱이 좋기로, 강쇠는 깜짝 놀란다. 그러나 다음 순간 머쓱해진다. 해도사는 앉은 자리에서 손바닥 하나로 방바닥을 짚고 팽이같이 빙그르르 몸을 돌렸다. 벽을 등지고 책상다리를 하며 앉는다. 편안하게, 아주 편안하게 수양버들같이 양어깨의 힘을 빼버린 자세로, 그러고서 강쇠를 바라본다. 머쓱해하던 표정은 사라지고 강쇠 얼굴에 노기가 떠오른다.

"신대 잡았던 기요?"

낮은 목소리다. 해도사는 웃는다.

"아니믄 부채 들고 장대 탔던 기요?"

역시 해도사는 웃기만 한다.

"아아 밴 사람이믄 아아새끼 안 떨어졌겄나."

"장석같이 서 있지만 말고 앉기나 하소."

"야, 앉으라 마라 할 것도 없이 앉을 기요마는."

들고 온 두루미병을 한 곁에 놓고 강쇠는 자리에 앉는다.

"방 안이 따뜻한데 그 누더기도 벗으시오."

강쇠는 해도사를 한 번 노려보고 나서 기장이 훨씬 긴 누비저고리를 벗는다. 속에는 비교적 깨끗한 솜저고리를 입고 있었다. 두 사내는 한동안 투계같이 머리를 숙이고 눈을 치켜뜨며 상대방을 노려보다가 제물에 웃고 만다. 해도사는 강쇠의 나이쯤 됐는지, 한두 살 더 되는지 모른다. 몸집은 보통이었다. 부릅뜨지 않아도 눈은 커다랗고 시원했으며 범눈썹이었다. 그 이외는 별 특징이 없는 흔히 보는 촌부다. 해도사의 인상보다 훨씬 강한 것은 그가 거처하는 방 안 분위기였다. 좀 과장하여 집 외모와 내용은 천양지간, 운니지차(雲泥之差)라 해야 할지, 대가댁 사랑방만큼이야 할까마는 또 값지고 유서 깊은 기물이 있는 것도 아니었지만 청량수로 씻어놓은 듯 방 안은 청결하였다. 무쇠 주전자가 오지 화로 위에 올려져 있었다. 물이 끓고 있다. 칠을 안 먹인 박달나무의 백골 판과 역시 백골인 문갑은 닦아서 길을 내어 반들거렸다. 문갑 위에는 약간의 낡은 서책과 붓통, 벼룻집 등이 놓여 있었으며 출입문 맞은켠은 벽장이었다. 그러나 방 안이 정결하고 풍월 냄새가 풍긴다 해서, 아까도 말했듯이 해도사는 결코 선비풍의 사내는 아니었다. 어허헛! 하고 기합 같은 고함을 칠 적의 그 강건한 모습과는 딴판인 평범한 사내였다.

"봄도 멀었는데 눈병을 앓았소? 눈자위가 왜 그리 불긋불긋한고?"

강쇠 얼굴을 보며 해도사는 말했다.

"말도 마소. 그놈의 환장할……."

하다가,

"그기이 꼭 청 보따리 끼고 찾아온 제집 겉더란 말이오. 떠나보내노라고 한판 설게 울었구마요."

그것이 〈한오백년〉이라는 노래였었다는 설명은 하지 않는다. 해도사도 듣기만 했을 뿐 청 보따리 낀 제집 같더라는 것이 무엇인지 묻지 않았다.

"담배 안 할라요?"

강쇠가 담배를 권했다. 해도사는 손을 내저었다.

"담배도 안 피우고 무신 재미로 사는고? 신선 될 사람도 아닐 긴데."

궐련 한 개피를 물고 강쇠는 성냥을 긋는다. 해도사는 판 밑에 있는 뚝배기 하나를 강쇠 앞으로 내밀어 준다.

"왜 신선이 안 된다는 거요?"

"덫 놔서 짐승 잡고 산 밖에 나가 온갖 잡스런 거를 다 묻히옴서 신선이 될 기다, 그라믄 그 말이오?"

해도사는 껄껄껄 웃는다. 웃다가,

"그래 이웃 사람은 편안한가요?"

"편할 것도 없지마는, 또 안 편할 것도 없지요. 게울이 어서 가야 나물이라도 훑어 묵을 긴데.”

안또병을 두고 하는 말이었다.

“일전에 내가 이 집 비워줄 테니 와 있겠느냐 했지요. 질겁을 하더구먼. 김장사 겨드랑에서 떠나면 죽는 줄 아는 모양이지요?”

“또 벵이 도지는 모앵이오.”

“이 년을 넘겼으니.”

“그렇기 엉덩이 박을 만하믄 털고 일어섬서 머한다고 신방겉이 꾸미기는 꾸미는고?”

“신방이라…….”

“천년만년 살 것겉이 곰딱곰딱을 알뜰하게 해놓고, 우째서 해도사가 남자인지 나는 아무리 생각해도 모리겄소.”

“남자 여자 까다롭게 따질 거는 뭐 있누. 사람이면 됐지.”

“꽤 까다럽은 거는 그쪽이지. 내야 자식 있고 마누라 있고 남과 겉이 사는 사람 아니오? 안개 피우지 말고 남자믄은 남자답기 하나 뒤빗이 업고 오믄 될 긴데 청승스럽어서 못 보겄네.”

“사람이나 금수나 산천초목 그런 것이 순리대로 있어야, 그렇잖으면 명 보존하기가 어렵소. 바위에 주먹질하는 것은 안 하니만 못한 일이고.”

해도사는 왠지 시죽시죽 웃는다. 이번에는 소인배 같기도 하고 여성적으로도 느껴지는 모습이었다.

“머라 캤십니까? 순리라 캤십니까? 허허어, 서천 쇠가 웃일 일이네. 사람이나 금수나 초목까지 암수가 있기 매련이고 짝을 짓는 것이 생기난 이치로 알고 있는데 그거는 순리 아니다, 그 말이요? 살다 보이 별 희한한 소리를 다 듣겄네."

"강남을 가고 오는 철새는 모두가 다 가고 오는 것은 아니오."

"……?"

"가다가 고중절도*에 떨어지는 놈도 있을 것이요 떨어진 놈 중에서도 죽는 놈, 살아남는 놈, 암수가 맞아떨어지게 한곳에 내려앉는다 할 수도 없고."

"철새가 중도에서 떨어진다믄 살아남기나 하나 머."

"허허어, 아무튼 그렇게 되는 일이 새의 뜻은 아닐 것이며 사방이 불모인 암산에 홀로 소나무 한 그루 서 있는 그것도 어디 그게 소나무의 뜻이던가."

"어찌 새나 나무하고 사람이 같을꼬."

"생명이면, 그 근본이 같다 아니할 수 없지요. 사람의 경우도 몹쓸 병에 걸리고 조실부모 천애고아, 일조에 패가망신, 생이별에 죽어서 이별, 그게 어디 사람의 뜻이겠소?"

'흥, 어디 듣던 말 겉구만. 성님이 한 얘기하고 비슷한 긴가?'

"세상의 일이란 제 뜻대로 하자 해도 되지 않겠으나 제 뜻대로 됐다 하더라도 그것은 일시의 망상이며 망상은 순리가 아니지요."

"해도사 말씀대로 아무것도 제 뜻대로 되지 않는다면 가만히 누어서 믹이든지 굶기든지 처분만 바라믄 되겄네요.”

“사람의 주먹은 바위를 깰 수 없으니 그것을 감행하려면 역리요, 사람의 손은 흙을 팔 수 있고 연장을 만들어 나무를 뽀갤 수 있으니, 그것을 아니한다면 역시 순리가 아니라 할 수 있겠는데, 바위에 주먹질만 한다면 목숨을 부지하기 어렵고 흙을 파지 않고 나무도 뽀개지 않는다면 그도 또한 목숨을 부지하기 어려우니 두 경우는 다 같이 순리가 아니오. 생명에 집착하는 것, 버리는 것, 그것도 다 같이…….”

해도사는 주술에 걸린 사람같이 보였다. 그리고 이야기의 내용보다 바보스럽게도 보였다.

“그런께 해도사가 짝을 안 짓는 거는 그것이 바위라서 그렇다 그 말이오?”

“예? 아 예, 내 경우는 그렇지요.”

“우째서요?”

강쇠를 힐끗 쳐다본다.

“사람은 물에서 배워야 하는 거요.”

“허 참, 빠져 달아나네.”

“산에서는 열매를 따고 짐승을 잡으며 살아야 하듯이, 물가에서는 고기를 잡고 해초를 뜯으며 살아야 하듯이, 예 그렇지요. 물이란 모난 그릇에 담으면 모난 모양이 되며 둥근 그릇에 담으면 둥근 모양이 되고 그러나 물은 물이 아닌 때가 없었지요.”

"물만 그렇건데? 만가지가 다 그렇지."

"안 그렇지이. 억지로 넣으려면 상채기를 내야 하고 느슨하면 구멍투성이고 흐르는 것과 구르는 것이 어찌 같을꼬?"

"……."

"물은 역행을 안 하면서도 물방울이 되고 홍수도 되고."

"가만히, 좀 기다리보소. 알 듯 모릴 듯한 말인데, 그릇 따라서 물의 모양이 변한다, 그라믄 내 한 가지 묻겄는데요, 지금 우리 조선사람들은 왜놈의 그릇에 담겨 있는 판국 아니겄소? 한다면 우리 조선 백성이 왜놈의 그릇 모양으로 있는 것도 순리다, 그렇기 얘기할 수도 있겄네요."

"우리 백성을 담은 왜놈의 그릇은 어떤 그릇일꼬?"

"그거를 내가 우찌 알겄소. 도사나 알 일이지."

"허허허헛헛…… 허헛헛, 사람이 사람을 담는 그릇이 과연 있을 수 있을까? 산천이 그릇이지. 하기야 뭐 사람 담는 그릇을 전혀 사람의 손으로 못 만든다 할 수는 없을 것이요만 굳이 말한다면 감옥이라는 것이 그렇고, 그러나 그것은 그곳에서 물같이 되라는 것하고는 다르지. 쌍방이 다 순리가 아닌 결과의 것이거든. 독립운동하는 사람을 가두었다믄 그것은 감옥소 쪽의 역리요 도둑질한 자를 가두었다믄 그것은 도둑놈 쪽이 순리를 따르지 않았다, 그렇게 되지요. 한데 우리 백성을 모두 물이라 비유한다면은 왜놈의 그릇이란 접시바닥이지. 조선 백성이 홍수를 이룰 만큼 많은데 그 얇삭한 접시바닥에 담겨질 수 있겠소? 담았다 담겼다 생각을 한다면 그것도 망상이요, 담으려 하고 담기려 한다면 그것은 역리요."

강쇠는 경청한다.

"저 천상천하 빈틈없고 거짓 없이 모든 것은 가고 오는데 그것을 모두 왜종자가 다스리는 것도 아니겠고 풀잎 하나 맨손으론 만들지를 못하는데 우리가 그들에게 순리해야 할 까닭은 없는 게요. 아까는 물을 두고 그릇에 담긴 모양만을 비유했지마는 물이 모이면 넘치고 홍수가 되고, 그 부드럽고 나약한 것, 어떤 것도 쳐부수는 무서운 힘이 된다는 것을, 뻔한 이치를 사람들은 잊고 살거든. 노하여 뚝을 쳐부수던 물은 그러나 강이 되어 생명의 젖줄이 되는 것이니 물은 어머니요 해는 생명의 아버지라."

하다가 해도사는 기분 나쁘게 씩 웃는다. 불쾌감을 주는 상호도 아니었는데 강쇠는 도무지 종잡을 수 없는 사람이라 느낀다. 눈을 감고 앉았을 그때부터 지금까지 얼마나 시각이 흘렀는지 알 수 없었으나 그동안 강쇠는 실로 변화무쌍한 그의 여러 개 얼굴을 보았다. 왜놈에 대한 얘기는 대단히 기분 좋게 들었는데 찬물 끼얹듯 저 기분 잡치는 웃음은 무엇인가. 강쇠는,

"목이나 축이감서 이야기해봅시다. 술은 가져왔고 고추장 장맛이 지리산에서는 제일이란 이 집 안주가 있이믄 되겄소."

하고 화제를 부러뜨린다. 그리고 한켠에 놔둔 두루미병을 방 한복판에 옮겨놓는다.

"그거 조옿지요."

해도사는 방에서 나갔다. 그가 나가는 동시 강쇠의 얼굴은 생각 깊은 것으로 변했다. 해도사란 물론 본명은 아니었다. 산사람들과 산기슭 마을에 사는 사람들의 호칭일 뿐 그 자신이 인정한 호칭인지 아닌지 그것은 모른다. 해가 생명의 아버지라는 그의 지론과 해돋이 때면 바위 위에 서 있는 모습을 간혹 볼 수 있었다는 데서 아마 그런 거룩한 호칭을 누군가가 선사한 것 같았다. 그에 대하여 사람들은 별로 아는 바가 없다. 손재주가 있어서 목수들 뺨치게 기물을 만든다든가, 칠칠한 계집같이 장무새(간장, 된장) 솜씨며 살림 꾸려가는 것이 여간 아니라든가, 서당 개 풍월식의 식자는 있어서 정초가 되면 마을로 내려가서 토정비결도 봐주고 택일이며 방위도 봐주며 용돈을 벌어 쓴다든가, 대강 그런 정도였다. 그러나 소수의 몇 사람은, 그러니까 화전민 아닌 근동의 식자 몇 사람은 해도사의 지식을 서당 개 풍월식으로는 생각지 않았고 특히 풍수지리에 대하여 상당한 조예가 있다는 것을 인정했다. 그리고 그들은 해도사라 칭하지 않았다. 본명인 성도섭(成道燮)으로 호명했다. 해도사는 산채 무친 것과 무김치 몇 조각을 썰어 올려놓은 소반을 들고 들어왔다.

"무슨 술이오?"

강쇠는 병마개를 빼면서,

"매화주요."

"어디서 났소?"

"무신 맴이 생깄던지 초상 치고 내리간께 비연이가 주더구마요. 그 기집한테는 욕한 것밖에 한 일이 없는데 허허헛……."

쑥스러워한다.

"어, 그 술맛 좋다."

잔을 비운 해도사는,

"김장사."

"와요."

"아까 내가 한 말은 모두 신선 돼가는 이야기요. 으하하핫핫……."

어깨까지 흔들며 웃는다.

"들었다 놓았다 무신 짓이오? 이거 쪽담알 받듯기 사람을 갖고 놀았구마."

화난 척했으나 강쇠는 오히려 그 말을 들음으로 해서 마음이 놓였다.

"좋소. 그라믄 이분에는 해도사, 술값을 받아내야겄는데."

"그야 어렵잖지. 귀보리 두 됫박이면 족하겠지요."

"그런 말씸 마이소."

강쇠는 해도사 술잔에 철철 넘치게 술을 부어준다.

"이 술이 우떤 술이라고."

"산전수전 다 겪은 비연이가 설마한들 기둥서방 삼으려고 술 주었을까."

"아니믄?"

"욕값이겠지요. 불쌍한 그 계집한테 누가 욕이나마 했겠소."

"허허어 얘기는 그렇게도 할 수 있구마요. 그렇다믄 나겉이 몸 좋은 장사가 비연이 그년한테 욕이나마 시주를 했일 적에, 신선 될라꼬 도 닦는 해도사께서는 무엇을 시주하였이까요?"

"물으나 마나지. 하하핫하하핫……."

"그라믄 이야기하소. 우째서 해도사 경우에는 혼자 사는 것이 순리를 따르는 건지, 까짓 것! 물이고 나발이고 신선 돼가는 이야기는 처자식 달린 놈, 무신 소용이 있겄소."

오래간만에 독주를 마셨기 때문인지 쉬 취한 것 같다. 강쇠는 두 팔을 올려 춤추듯 하며 말했다.

"말 못할 것도 없지요. 귀보리 두 되보다 쉬운 일이지. 그러니까 내가 장가를 가기로는, 예, 세 번이지요."

얼굴에서 웃음은 사라졌으나 해도사는 덤덤하게 이야기를 시작했다.

"야? 한 분도 아니고 세 분이나 장가를 갔다니……."

"그렇소. 세 번이나 장가를 가게 된 것은 전혀 내 뜻이 아니었소. 말하자면 팔자가 사나웠던 게지. 처음 장가든 여자는 일 년이 못 되어 죽었고 두 번째 장가든 여자는 반년을 못 넘기더구먼. 상처는 두 번 한 셈이지요. 그러고 나니 장가들 생각만 해도 등골이 오싹오싹 한기부터 들고, 그래서 한 삼 년을 수양 삼아 절을 찾아다녔소. 머리 깎을 생각도 해보았고,

그런데 집에서는 절손이니 선영봉사(先塋奉祀)니 하면서 내버려두어야지요. 세 번째는 용모가 반반한, 초취 재취보다 월등 잘생긴 과부를 집에 들였지요. 이제는 남같이 자식도 보고 살려나 부다, 웬걸? 그때만 해도 양반 축에 끼지는 못하나 재물이 넉넉하여 제법 떵떵거리는 가세였지요. 여자는 아마 살림을 보고 개가를 했던 모양이라 선친께서 빚 봉수를 잘못하여 일조에 집안은 풍지박산(풍비박산), 설상가상으로 부친마저 심화병으로 세상을 뜨게 됐는데 식구는 졸지에 집을 비워주고 거리에 나앉을 신세가 되었고 그렇게 되니 여자는 보따리를 싸서 미련 없이 떠납디다. 아마 그래서 법으로 만난 여자가 아니라는 말을 사람들은 나뵈는지* 모르겠소만 하여간에 겨우 비바람을 면할 정도의 남의 집을 얻어서 초주검이 된 모친을 뫼셨지요. 일 년 만에 어머님도 돌아가시고, 그게 다 삼십 전에 겪은 일들이오."

모친 초상 때 해도사가 일부러 찾아와서 모든 절차를 자상하게 돌보아주던 일을 강쇠는 생각한다.

"그때부터 취처 안 하기로 마음먹었지요. 실은 내가 결심을 했다기보다는 네 번째 장가를 든다면 그거는 순리가 아닐 것이다, 생각한 거고 또 그렇게 되니 마음이 편안하더구만요. 아주 편안해요."

"그렇다믄 차라리 중이나 되지."

"지켜야 하고 막는 것이 너무 많아서, 목에다 쇠줄 매고 끌려가고 싶지 않았소. 부처님이나 산신령이나 겁 없이 생각해 보는 것도, 흐르면 흐르고 넘치면 넘치고, 머리 안 깎고 절에 안 가도 천지만물은 순리대로 생명을 다하는데 어째서 사람만이 아니 그런지 헛 참."

말은 끊어지고 두 사내는 술만 마신다. 이윽고 강쇠는 일어섰다.

"매화주를 마셨으면 머루주도 마시고 가야지."

강쇠가 떠나는 줄 알았던지 해도사는 말리듯 말했다. 그러나 옷깃을 여민 강쇠는 너부죽이 절을 했다.

"어찌 된 영문이오? 내일부터 천자문 배우려고 이러는 거요?"

"예, 천자문이든 신선 돼가는 길이든 허락만 해주신다믄 배워야지요."

"아들 일이구먼."

해도사는 기다리고나 있었던 것처럼 말했다.

"우떻게 그걸 알았십니까?"

"세상에서는 나를 점쟁이라고도 하는데 그걸 모르겠소?"

"메주가 되든지 감주가 되든지."

"가르칠려면 신학문을 택해야지요."

"형편도 안 되지만 된다 해도 그거는 싫구마요."

"그렇다고 뭐 내가 아는 게 있어야지요."

"아, 그런께 메주가 되든 감주가 되든 상관이 없다 안 했소오!"

"그거야 그쪽 형편이고."

곁눈질을 해보며 하는 말이다.

"앗따 참, 초정에 동네로 내리가서 토정비결이나 봐주는 것보다 나을 긴데 그러네."

너부죽하게 절할 때와 달리 강쇠는 다분히 강압적이다.

"우리 아들놈 혼자가 아니고 안서방한테도 아들놈 하나, 짝쇠한테도 아들놈 하나, 세 놈이믄 서당은 될 긴데 안 그렇소?"

"서당이라니? 데려다가 목수 일이나 가르쳐준다면 모를까."

"애키 여보시오! 나를 벅수로 아는 모앵인데 도사가 그러믄 쓰나. 맘속으로 탐을 내고 있음서 웬 어멍이오. 해도사 눈에도 우리 그놈 머가 될 것겉이 보있일 긴데, 내가 좀 참고 있었이믄 해도사 발로 걸어왔일 거 아니오?"

"허허허헛 허허헛."

"내 분명하게 메주로 맨들든 감주로 맨들든 했인께 목수 일이라도 개의 안 할 기니."

"좋소. 그러면 머루주나 마셔봅시다."

4장 귀향(歸鄕)

한복이가 평사리 나루터에 내린 것은 섣달그믐날 한나절이 좀 지난 때였다. 넉 달 만인가, 추석을 지낸 뒤 곧장 떠났으므로 그러니까 넉 달이 넉넉한 시일인데 몇 번 있은 만주 내왕에서 가장 긴 체류 기간을 보내고 지금 막 돌아온 것이다. 휘청휘청 강둑을 넘어서다 말고 한복은 지리산 쪽, 눈에 덮인 연봉을 바라본다. 때 묻은 목도리가 나부끼면서, 목도리 자락이 시계를 가리곤 한다. 뼈에 스며드는 찬 바람이 강상에서부터 계속 불어닥친다.

'내일이 설인데…….'

모양이 망가지고 빛도 바랜 갈색 중절모를 눌러쓴 얼굴에 긴 행정의 고달픔이 앙금같이, 땟자국같이 잔뜩 실려 있다. 한복은 두려운 듯이 시선을 옮긴다. 마을과 집이, 당연히 있을 곳에 그것들이 있었다. 변함없이 위풍당당한 최참판댁을 중심하여 전면에 좌우에, 바위 곁에 돋아난 버섯 같은 초가지붕들이 오목오목 널려 있다. 마을에서 외떨어진 곳에 밀려나 우두커니 서 있는 초가 하나, 삼십여 년 전에는 살구나무가 한 그루 있던 김의관댁이었고 지금은 김한복의 보금자리다. 물방앗간이며 텅 비어 있는 타작마당, 멀리 밤송이 같은 까치집이 얹혀 있는 벌거숭이 팽나무며 모두가 다 떠날 때 있었던 그대로의 것이건만 실감할 수가 없다. 한복은 정말 내가 여기 와서 서 있는 것인가 하고 생각한다. 아래서부터 거슬러 올리던 모래바람, 만주 벌판의 모래바람 속을 희망같이 보이기 시작하던 마차 한 대, 어지럽게 날아가던 기차 선로의 풍경이며 잎 떨어진 나무들이며 점철된 듯 무수히 떠 있는 섬 사이를 누비고 지나온 하얀 물보라의 뱃길이며, 그런 것들은 책갈피를 넘기면 나타나는 그림같이 선명한데 눈앞에 보이는 고향의 풍물은 어찌 이렇게 아득하고 낯설기만 한 것일까. 무슨 까닭일까. 한복은 고개를 흔든다. 설핏한 겨울햇살 속을 까치가 짖으며 날아간다.

'엿장수 가새 소리 겉다.'

까치 소리만은 정다웠다.

'내가 이런 소리나 하고 있을 처지가.'

바람 때문에 흐르는 눈물을 손등으로 닦으며 한복은 걷기 시작한다. 부산 부둣가에서만 하더라도 목마르게 집이 그리웠다. 군중에 떠밀리며 고함 속에 파묻히면서 가슴은 가족과 집을 향해 일직선이었다. 낮 배였으니까 그렇게 서둘 필요가 없었는데 식전 신새벽부터 여관을 나와 선창가를 서성대며 요기하는 것도 잊은 채 선표 한 장을 보고 또 들여다보곤 했었다. 개찰이 시작되자 한복은 허둥지둥 초행자처럼 윤선에 올랐다. 화물의 선적이 끝나지 않아서 출발이 늦어지는 동안 삼등 선실에 쭈그리고 앉아 고향에, 집에 돌아가지 못할 것만 같은 망상 때문에 미칠 것만 같았다. 출발의 뱃고동이 항구에 울리고 배가 움직이기 시작했을 때는 얼마나 가슴이 뛰었던가. 그런데 지금은 무슨 까닭일까. 낯설고 두렵고, 찬 바람 속에 서 있다는, 사철을 찬 바람 속에 아니 평생을 찬 바람 속에서 있었다는 느낌이 회오리바람같이 전신을 떨게 하고 목이 메인다. 바람보다 차갑게, 뼛속까지 스며드는 외로움이다.

'내 맘도 질정이 없다마는, 오고 가는 것이 마치 저승과 이승맨치로, 저승에서 이승으로 왔다가 갔다가 하는 것겉이 와 이리 까마득한지 모리겄네. 오만 기이 다 꿈길 겉고 나는 지금 꿈길 속에 서 있는 거나 아닌지. 부모 형제, 가숙과 자식, 많은 사람들하고의 인연도 꿈길인가 거짓말인가 믿을 수가 없네. 내 어릴 직에 소달구지를 타고 함안서 이곳으로, 이곳에서 함안으로 오고 가고 했일 직에도 바로 전의 일이 까마득하고 지척도 까마득하고…… 아아, 그렇구나!'

오랫동안 잊었는가 싶었던 일이, 아니 잊었을 리가 없다. 잊었다고 생각했을 뿐이겠지. 한복은 평사리에 내려서면서부터 엄습해온 마음의 찬 바람이 바로 어릴 적의 그 아픔이었던 것을 깨달은 것이다. 어릴 적, 노숙하면서 평사리 마을을 찾아오던 소년 시절, 운수가 좋은 날엔 소달구지를 얻어탈 수 있었다. 장터 좌판 밑에서 밤하늘의 별을 보며 잠들 수 있었던 밤도 그리 나쁘지는 않았다. 풀모기 떼의 습격을 받아 얼굴이 딸바가지가 되었던 수풀 속의 잠자리에 비하면. 소나무 밑둥에는 산개미가 많았다. 산개미는 하얀 송진을 개미구멍으로 물어 나르곤 했다.

"개미야 개미야, 너거들은 집이 있고 식구들이 많아서 참 좋겄다."

밀개떡을 조각내어 나누어 주고 구름 가는 하늘을 올려다

보던, 그런 한때는 평화스러웠다.

"아가 창대겉이 이 비가 쏟아지는데 비나 좀 멎거든 가거라."

낯선 여자가 말렸다. 한복은 가야 한다고 했다.

"부모가 없나?"

한복은 고개를 끄덕였다.

"말씨를 보아서는 상사람우 자식은 아잉갑는데 아이구 첫첫! 죄 많은 사램이 자식 두고 가지."

여자는 지붕을 덮기 위해 엮어놓은 이엉 몇 마디를 잘라서 잘려진 곳에 매듭을 지어주었다.

"그라믄 이거라도 덮어씨고 가거라."

한복은 이엉을 뒤집어쓰고 창대같이 쏟아지는 가을비를 맞으며 걸었다. 평사리로, 우묵장성 잡풀만 우거졌을 옛집으로 화살같이 날아가고 싶었던 것이다. 그러나 평사리 마을에 이르면 마을은 멀기만 하고 낯이 설고 두려웠다. 샐인 죄인의 새끼! 샐인 죄인의 손! 수풀 속의 풀모기 떼같이 동리 사람들은 일제히 아우성을 칠 것만 같았다.

'너무 서럽어. 자식도 가숙도 내 전사를 우찌 다 알꼬. 너무 서럽어. 내가 죽어 저승으로 가더라도 아부지는 보고 접잖다! 참말로 보고 접잖아! 참말로!'

한복은 그리운 식구며 집을 눈앞에 두고 여러 가지 응어리가 되살아나는 까닭을, 허무하고 외로워지는 심정의 연유를 알기는 안다. 아들 영호 때문인 것이다. 지난해 광주에서 발생한 학생사건은 아무리 보도관제를 하여도 사람들 입을 통해 소상히 파급된 사실인데 그 사건이 항일을 향한 학생궐기의 봉화가 된 것은 역사의 정석으로서 연일 전국적으로 치열한 운동이 전개되어오던바, 양력으로 정월 중순, 그러니까 얼마 전의 일인데 진주에서 진주고보, 일신여고보, 보통학교 등이 격렬한 시위운동을 벌였는데 진주농고는 좌절되었으며 그 후 다시 맹휴계획이 발각되어 김영호는 주모자의 한 사람으로 경찰에 연행된 채 현재까지 석방되지 못하고 있는 것이다. 이놈아! 머리빡에 피도 안 마른 주제에 머가 잘났다고, 남 하는 대로만 할 일이지 앞장은 와 섰노. 니가 그런다고 만사람의 지도자가 될 기가. 니는 샐인 죄인의 자손 아니가. 이놈아, 니는 남의 눈에도 띄지 않게 조신스리 세상을 살아가야 한다 말이다. 잘난 체할 기이 아니라, 못난 체해도 돌멩이가 날아온다. 이놈아, 수모를 견디고……. 그러나 한복의 감정이 그런 것만은 아니었다. 그렇게 말하고 싶었지만 아들 문제에 대해서는 범상하게 대처해 나가리라는 결의, 한복은 그 결의에 비애를 느낀 것이다. 주막이 가까워지면서 술 한잔을 마시고 갈까 그냥 갈까 망설이는데 한복은 주막이 붐비고 있는 것을 느꼈다.

'내일이 설이제. 나도 조상한테 물이라도 떠놓을라고 오는 길인께.'

읍내 장길에서 돌아온 마을 사내들이 언 몸을 녹이기 위하여 그곳에 진을 치고 있음이 분명했다. 걸걸한 사내들 웃음소리가 새 나온다. 한복은 그냥 지나치려고 마음먹는다. 그랬는데,

"아니 저눔 자식, 한복이 앙이가? 야아! 한복아!"

소피를 보고 나오던 바우가 소리쳤다.

"한복이가 왔소!"

이번에는 주막을 향해 소리쳤다. 다음 순간 늙고 젊은 사내들이 밖을 내다본다.

"한복이다."

"김서방!"

몇 사람이 달려나왔다. 바우는 한복의 팔을 잡았다. 뒤늦게 쫓아 나온 끝봉이 보따리를 든 한복의 다른 한 팔을 잡았다.

"와들 이러요?"

몸을 흔들고 뿌리치는 시늉을 하며 한복이 물었다. 그리고 땅 위로 시선을 떨군다. 만주를 다녀올 때마다 늘상 하는 한복의 태도였지만 마을 사람들의 수선은 다른 때보다 지나쳤다. 누구나 할 것 없이 외지, 부산만 다녀와도 무슨 신기한 소식이나 있을까, 호기심과 기대에 차서 모여드는 것은 옛적부터의 마을 사람들 습성이기는 했으나.

"와나 마나 칩운데 들어가기부터 하자."

바우가 팔을 끌었다.

"그려. 따끈한 국물부터 마시고."

솜저고리 짧은 소매 사이로 부지깽이 같은 팔목이, 그 팔목

을 떨면서 영산댁이 말했다. 목소리는 샛바람에 날리는 것같이 들렸다.

"와들 이러요."

되풀이 물었다. 주막에 남은 사람들은 얼굴을 내민 채 손짓하며 오라고 소리쳤다. 영산댁이 등을 밀었다. 끌리다시피 한복이 주막 안으로 들어갔을 때 사람들은 서둘러서 한복의 자리를 마련해준다.

"숙아! 어여 국부터 한 그릇 떠 내드라고."

수양딸로 들어온 계집아이에게 영산댁은 신이 나서 소리쳤다. 떠들썩했던 주막 안은 갑자기 조용해졌다. 국부터 마시고 난 다음 막걸리 한 사발을 들이켠 한복은 손등으로 입언저리를 닦으며 다시 같은 말을 했다.

"와들 이러요?"

입들을 다물고 있는 사람들을 둘러본다.

"와나 마나, 김서방은 몰루고 오는 모앵인디,"

영산댁이 입을 떼었다. 사람들 얼굴로부터 시선을 거두고 술잔을 내려다보며 한복이는,

"머 말입니까."

"나는 알고서 니가 돌아오는 줄 알았더마는 그기이 앙인가배?"

한복이 옆에 한 사람 건너서 앉아 있던 봉기노인이 목을 뽑으며 말했다. 다른 사람들은 봉기노인이 나서는 것에 눈살을

찌푸렸으나, 말하자면 대변자인데 그 역할을 묵인하는 표정들이다.

"학상들이 만세를 불렀다꼬 말짱 잽히갔다 안 카나. 사방에서 붙잽히갔단다. 영호 그눔아아도 잽히갔단 말이다. 참말로 니 모리고 오는 기가?"

한복은 당황하며 목을 뽑고 눈치를 살피는 봉기노인을 쳐다본다. 참말로 니 모리고 오는 기가? 그 어세의 정다움에 놀란 것이다. 인사를 하면 비 오는 날 강아지 걷어차듯, 말끝마다 샐인 죄인의 자손 하며 침을 뱉었고 근래에 와서는 농업학교에 진학한 영호를 두고 목에 걸린 가시처럼 증오하며 악담을 서슴지 않았던 봉기노인이었다. 믿을 수 없다는 듯 다시 당황하며 한복은 저도 모르게 어설픈 웃음을 웃는다.

"눈치를 본께 전혀 모리고 오는 거는 아닌갑는데."

"……."

"빌어묵을 놈의 세상, 머가 우찌 됐길래 이 나라 백성들이 이 고생이고. 쇠가 오만 발이나 빠져 죽을 놈들! 꽃봉오리겉이 피어나는 남우 자석들 데리가서 떡을 치는 판이라. 그런께 조선놈우 새끼들은 공부할 필요 없다, 자자손손 똥장군이나 지고 저거들 처묵는 쌀이나 맨들어라, 그 말 앙이겄나? 명천 하늘에는 이자 벼락도 동이 난 모앵이라. 생각 겉으믄 여기저기 사방에다 불을 싸질러서 말장 꼬슬러부리고 마아 세상 끝장내는 기이 상수 앙인가 싶다."

침을 튀기며 수염을 흔들며 제 말에 취한 듯.

"와 아니라요. 말깨나 하는 놈은 까막소 가고 힘깨나 쓰는 놈은 공동묘지로 가고, 또 머라 카더라? 아무튼지 간에 식자만 들었다 할 것 겉으믄 마구잽이라 안 카요. 식자 든 젊은 아아들이사 무섭은 기이 머 있겠소? 한께 그놈들이 지레 겁을 묵고 지랄발광을 하는 기라요."

봉기노인 또래와 그보다 좀 처지는 연배가 주동인 주막에서 감히 술은 못하고 국밥 한 그릇을 먹고 있던 복동이 용기를 내어 초점이 안 맞는 말 한 자리를 펴놓고 우물쭈물한다.

"무신 소리 하노? 모리거든 입 다물어라."

복동네 자살 사건 이후 사이가 좋지 않았던 바우가 쥐어박듯이 말했다.

"내가 무신 못할 말 했소? 내 말이라 카믄 자다가도 쌍지팽이 들고 나온다 카이. 쳇!"

"니 말대로 하자 카믄 무식쟁이 농사꾼은 마 걱정이 없다, 헛 참 그놈들이 남녀노소를 가린다믄 제법 양반 앙이겠나? 선악과 강약을 구별한다믄 부처님 가운데 토막일 기고. 인마 복동아, 그렇다믄 말이다. 니는 잡아갈 염려가 없인께 주재소 앞에 가서 만세를 불러보는 기이 우떨꼬?"

"그, 그거사."

"그런께 얼치기 겉은 소리는 안 하는 편이 좋고 입을 다물어라 그 말 아니가. 흥, 무식한 농사꾼은 더 조지더라. 만세만 불렀다 카믄 태워서 직이고 찔러서 직이고 목을 쳐서 직이고 눈치볼 것 어있더노? 유식한 사람들이야 재판이나 받지마는."

"그거는 바우 말이 맞다."

성근 수염의 오서방이 동의를 했다.

"그놈들이 지레 겁을 묵고 지랄발광을 한다는 말도 소금을 쳐야 할 얘기고, 겁이 어디 있더노? 아 개 끌듯기 끌고 가서 직일라 카믄 직이고 살릴라 카믄 살리고 그놈들 요량인데 지레 겁을 내기는 머를 겁내? 그거를 빤히 알믄서도 젊은 혈기의 학생들 앙이믄 이 서릿발 겉은 세상 누가 나서겄소. 당해도 한 분 두 분 당했어야제."

"하모, 하모, 그렇지러. 그런께 요새 의병은 학상들이다 그 말이구마. 식자란 자고로 나라를 위해서 써묵는 기니께, 지방이나 축문 씰라꼬 배우는 공부가 아닌 기라."

오서방 말을 받아서 봉기노인은,

"글공부해서 과거에 급제하믄은 나라의 충신 되는 기고 지방 축문 쓰는 거는 조상을 위해서 효도하는 기니께 다 같은 말인데 아무튼지 간에 우리 동네서도 공부 간 학상이 있고 또 그놈 아아가 넘한테 빠질세라 만세를 불러서 왜놈한테 붙잽히갔이니 기미년 만세 때맨치로 우리 동네도 근동에서는 제법 한다 하는,"

"보소, 덕수할배요. 다른 사램이믄 몰라도 듣기가 민망하요."

저눔의 늙은이 낯가죽이 아니라 쇠가죽이고나, 마음속으로 욕을 하면서 끝봉이 핀잔을 준다.

"머라꼬? 멋 땜에 니가 민망하노!"

봉기노인이 화를 낸다.

"얼매 전만 해도 상급핵교에 간 영호를 눈의 까시맨크로, 안 그랬십니까? 이런 자리에서는 가만히 기싰이믄 좋을 성싶은데."

바우의 말이었다.

"그기이 벵인데 우짜노. 눈에 흙이 들어가기 전에는 가맹이 없는 벵인께 장구 치고 북 치고 혼자 하게 내비리두어라. 허허헛……."

윗마을 강노인이 웃었다.

"지나간 일을 와 되배쌓노! 아 그때는 그때고, 오늘은 오늘이제."

화를 내다 말고 입술을 오므리며 웃는다. 느물느물하다. 모두 그 얼굴을 보고서는 계면쩍게 웃을 수밖에 없는 것 같다.

"김서방은 꾸린 입도 안 떼는디 넘들만 웨지 이 야단이라? 강노인 말씸대로 저 혼자서 모두 북 치고 장고 치고 그래 쓰겄는가 모리겄네잉. 어사화 꽂고 금의환향허는 것도 아닐 것이오. 김서방 심정이 지금 기막힐 것인디."

실상 영산댁도 김영호가 칭송의 대상이 되어 기뻐해야 할지, 철창 속에 갇혔으니 슬퍼해야 할지 마음이 복잡했다. 한복이는 제 일 아닌 것처럼 멍청히 앉아 있었다.

"하기는 그래. 안에서 얼매나 욕을 보는가, 부모 맘치고…… 장래 일도 걱정 안 할 수 없지. 쓰고 남아서 자석 공부시키는 처지도 아닌데 그기이 다 허사가 되고 중도지폐한다믄."

오서방의 외사촌, 전서방이 곰방대를 털며 말했다.

"거 다 씰데없는 소리라요. 나라가 있어서 과거를 볼 겁니까. 설사 왜놈한테 빌붙어서 어디 한자리한다 캐도 그기이 겔국에는 종질밖에 아닌 기라요. 조선놈 직이라! 카믄 직일밖에, 그 밥 묵자 카믄 말입니다. 그러니 동족 간에 원성만 사고 밤길 댕기기도 무섭고 역적이 되는 기지요. 당대만 그러고 맘사? 장사꾼이믄 몰라도 옛적부터 선비는 절개를 팔믄 안 된께, 공부한 사람일수록 독립운동은 더 많이 한께 그거를 보아도."

"바우가 제법 알찬 소리를 하누마. 돼지 팔아서 노름판에 날리던 니가 운제 그리 사램이 됐노."

"강노인도 참, 그기이 언제 일인데 그러요. 나도 이자 사우를 볼 나이가 됐는데, 명념도 좋소. 답댑이 연로하시믄 세월이 가는 줄은 모리고 고랫적 일만 생생해지는 모앵입니다."

"냇끼 이놈!"

강노인이 웃으며 말했다.

"그때는 바우가 어디 사람 되겄던가? 많이 변했제."

봉기노인이 삐딱하게 말했다. 이때 오서방이 느닷없이,

"한복이 니사 걱정 없다. 니 형이 소문대로라믄 순사부장, 높은 자리에 있다 칸께 조카 하나 안 건져주겄나."

앞뒤 생각할 겨를도 없이 사내들은 아연해진다. 그리고 복잡하게 가라앉는다. 다음 순간 오서방이 별안간 왜 그런 말을 했는가를 모두 깨닫게 된다. 여러 해 전에 우황 든 소를 속여서 팔려다 못 판 것을 오서방이 방해한 것으로 오해를 하고 경찰에다 의병질 했노라, 오서방을 모함했던 우가가 들어선 것이다. 그는 본시 토박이는 아니었다. 조준구 시절 타곳에서 흘러들어 뿌리를 박은 위인인데 마을에서 기피하는 인물로서 쌍벽을 이루었던 우둔하고 포악했던 마당쇠는 일본 헌병한테 총 맞아 죽은 지 오래요 살아 있는 우가는 영악하기가 발톱을 감춘 산고양이 같았다. 모함사건이 있은 후 오서방하고 상극인 것은 두말할 나위 없다. 갑자기 오서방이 순사부장 운운한 것은 한자리에 앉은 사람들의 주의를 환기시키는 동시 방어선을 친 것이며 한복을 그런 각도에서 존경하라는 우가에 대한 위협도 있었고 적대시하고 고립시킴으로써 늘 불타던 보복심리를 달래려는 의도도 있었을 것이다. 우가의 얼굴은 온통 수염에 묻혀 있었다. 눈은 음흉하게 빛났다. 망태를 내려놓고 사람들을 헤치며 자리를 잡는다.

"주모, 막걸리 한 사발 주소, 어허, 날씨 참 고약하다."

그는 어느 누구에게도 말을 건네지 않았다. 독불장군, 고립에는 이골이 난 듯 답답할 것 한 푼 없는 조소가 그의 입가에 맴돌고 있었다. 술 한 사발을 마시고 안주를 집으면서 우가는,

"옛날 옛적에, 그게 언제던고? 관가 출입을 한분 하더마는

순사라 카믄 저승에서 할애비 만내듯 환장이라, 이웃 사람의 순사형님이 아니고오, 사돈의 팔촌한테 순사형님이라도 있었이믄 웬간하겄다."

"뭣이!"

오서방의 몸이 솟구치려 했을 때 옆에 있던 끝봉이 허리띠를 잡았다.

"흥, 그것도 수천 리 밖에, 그런지 안 그런지 긴가민가하는 터에 참말로 애연하고 가련코나. 하하핫핫핫……."

"이 사람아, 무신 말을 그렇게 하나. 오래간만에 김서방이 돌아왔고 한 이웃에서 걱정들을 해 한 말인데."

강노인이 나무란다. 우가는 그 말 대꾸는 하지 않았다.

"씨잘데없는 소리는 그만들 허고, 어여 사람이나 보내더라고. 집에서는 식구들 다 죽어가는디, 이야기는 내일도 모레도 있덜 않겄어? 자아 김서방 어여 가란께."

영산댁은 키질하듯 부지깽이 같은 두 팔을 올렸다 내린다. 한복이 맨 먼저 주막 밖으로 나왔다. 사내들도 술값을 셈하고 망태를 챙겨든다. 강노인과 우가만 주막에 남았다. 강노인과 봉기노인은 장길에 들렀던 것이 아니었고 주막으로 마을 나온 셈이었지만.

"어, 어이구 날씨도 맵다. 간까지 얼어붙을라 카네."

"풀릴 때도 됐는데 조선 설도 왜놈 설을 닮아가는 모양이제?"

사내들은 공연히 왕왕대며 서둘러대며 한복의 뒤를 따라간다. 지휘관을 앞세운 병졸같이 따라간다. 이들 중에 한복의 심정을 이해하고 동정하는 사람은 곱상하게 생긴 전서방뿐이었다. 대부분 사내들은 잡힐 듯 말 듯 아른아른한, 실낱 같은 희망과 기대를 향해 들뜨고 들뜨다 보니 더욱더 들뜨게 되는 것인지 모른다. 확신할 수 없는 꿈, 아니 거의 불가능하리라는 막연한 예감 때문에 들뜨고 미치는지 모른다. 사실 희망이나 기대 같은 것도 그게 무엇을 향한 것인지 스스로 알지 못하는 상태라 하는 것이 정확할 것이다. 독립되리라는 희망, 더더구나 좋은 세월이 와서 볏섬을 그득그득 쌓아놓고 살 수 있으리라는 희망, 그것이 아니다. 현재가 견디기 어려우니 희망에 매달릴 수밖에 없고 생존을 포기할 수 없으니까 희망도 포기할 수 없는 것이다. 가난한 자여, 핍박받고 버림받은 자여, 희망은 그대들의 것이며 신도 그대들을 위해 있나니, 희망의 무지개는 저 하늘과 하늘 사이에 걸리는 것, 그것은 미래인 것이다. 아무튼 마을에서 김영호는 영웅이 되었다. 한복은 영웅의 부친이 된 것이다. 음지같이 빛 잃은 무반의 후예로서 그나마 영락하여 시정잡배와 다를 바 없었던 김의관댁, 중인 출신의 조모와 살인 죄인의 조부, 동네 머슴이던 부친과 거렁뱅이였던 모친, 그런 가계의 김영호가 지금 희망의 대상으로 부상된 것이다.

"샐인 죄인의 자손, 쪽박 차고 문전 문전을 빌어묵어 댕기는 비렁뱅이 아들이 상급핵교가 웬 말고. 세상 참 많이 변했네."

봉기노인이야 들내놓고 빈정거렸으며 욕설도 서슴지 않았으나 마을 사람들이라고 질시와 혐오, 모멸감이 없었다 할 수는 없다. 농업학교 교복과 모자를 쓰고 영호가 귀향할 때면 마음씨가 괜찮다는 사람도,

"이제 오나?"

건성으로 말했고 영호가 멀리 가기도 전에,

"개천에 용 났다는 소리를 들었이믄 좋겄다마는."

그렇게는 아마 안 될 것이다, 하는 식의 탄식을 하는 것이었다. 어릴 적에 같이 자란 영호 또래의 소년들도 마찬가지였다. 따돌리고 업수이여기던 어릴 적의 태도를 조금도 바꾸려 하지 않았다.

"영호 니 꼬부랑 말 배운다믄? 어디 한분 해봐라. 쇳바닥이 돌돌 말리는가 구겡이나 하자."

거침없는 야유, 유식한 데 대한 경의는 터럭만큼도 없었다. 한복의 부자가, 또 안사람 모녀가 아무리 성실하고 겸손하게 처신하여도 결코 회복할 수 없었던 인간으로서의 존엄성, 마을의 일원으로서 동등한 권리, 이제 그 존엄성을 찾았고 동등한 권리를 얻은 것이다. 진정한 뜻에서 한복이 일가는 마을 사람들과 화해한 것이다. 아니, 오히려 긴 세월 핍박한 몫까지 합쳐서 사람들은 한복의 일가를 인정하려고 서둘며 과장

하기까지 하는 것이다. 잡혀간 학생들은 모두 이들에게 있어서는 홍길동이다, 사명당이다, 신출귀몰하는 신비한 존재로 착각하는 것이다. 과대망상하는 것이다. 왕시 의병에게 그랬듯이. 그것은 이들의 한(恨) 때문이며 또한 그것은 환(幻)인 것이다.

"하야간에 무신 일이 일어나고 있긴 있는 기라. 보통핵교 꼬맹이들도 나섰다 하니 조선 팔도 핵교마다 벌집 쑤시놓은 것맨치로."

"학상들이 말장 들고일어나믄 어른들도 법구(장승)겉이 보고만 있일 일이던가!"

"누가 아나? 지금쯤 어느 곳이 쑥 둘러빠졌는가, 경찰서 면소가 박살이 나고 군수놈 볼기를 치고 있는지."

"볼기 정도 가지고 되나. 감질나는 얘기지. 대포랑 총칼을 다 빼앗고 왜놈들을 몰아내고 있다믄 얼매나 신바람이 나겄노. 옛적에 우리 이순신 장군이 하셨듯이 바닷속으로 말짱 처넣어부렀이믄, 그래야 후환이 없일 기고."

"세상이 변할라 카믄 하루아침이제. 세상일은 모리거마는."

"조선 없이는 안 된다는 말이 안 있나. 국운이 아주 간 거는 아닐 기다. 하야간에 만백성을 회생시킬 인물이 나얄 긴데, 우리 강산이 세계서도 명당 자리라 칸께. 우리 생전에 왜놈한테 호령하는 우리 조선을 한분 보았이믄."

"귓밥만 만지고 있는 기라."

저마다 내키는 대로 지껄이며 가는데 오서방은 우가 앞에서 말 한마디 못한 것이 분하였던 모양이다. 죽일 놈 살릴 놈 독사 같은 놈 우가 욕만 하는 것이었다. 마을로 들어섰다.

“저기 온다아.”

누군가가 외쳤다. 언제 소식이 갔던지 아낙들 아이들이 문 밖에 나서 있었다.

“형님.”

급히 걸어온 홍이 한복의 손을 잡았다. 홍이는 제사를 모시기 위해 평사리에 와 있었던 것이다.

“홍이가, 응, 그간 별일 없제?”

한복의 얼굴에는 처음으로 표정이 나타났다. 마음의 문을 열어놓고 지내던 몇 사람 중에 홍이도 한 사람이라는 것 때문만은 아니었다. 용정과 공노인과 홍이의 관계, 따라서 이번 만주행에는 홍이의 문제도 많이 얽혀 있었기 때문이다. 그리고 석이와 영호, 홍의 인간적인 접촉을 아는 만큼 봉기노인의 백 마디 말보다 홍의 눈빛 하나가 한복의 마음을 녹여주었던 것이다. 와글바글하는 속에,

“한복아.”

울기부터 하는 노파는 석이 모친이었다.

“석이어무니!”

한복은 노파의 등을 두 팔로 감싸준다.

‘걱정 마이소. 석이는 만주에 무사하게 가 있인께요.’

그 말을 입 밖에 낼 수 있다면 얼마나 시원할까. 한복은 목이 메인다.

"울지 마이소. 설 쇨라고 오싰습니까?"

"아, 아니다. 아주 이사를 안 했나. 아아들 데리고 홍이 집에 왔구마."

"야, 잘했십니다."

"세상이 이래가지고 어디 살겄나? 영호까지 붙잽히 갔으이 우야믄 좋노?"

"얼마 동안 지나믄 나오겄지요."

"소식은 듣고 오나?"

"야, 읍내서 장서방을 만냈습니다."

"그라믄 소상히 다 들었겄네. 최참판댁 둘째 도련님도 들어갔다 나오고 읍내 이부사댁도 부산서."

"그랬다 카더마요."

"그, 그라믄 어서 가야제. 영호네가 다 죽기 됐다."

야무네가 그 말을 받아서,

"기다리는 사람은 일각이 여삼춘데 어서 가야 할 기다. 영호네 성상이 말이 아니네라. 떠났다 한 연에는 감감소식, 마적 떼한테 잽히 죽었는갑다, 함서 울어쌓더마는 엎친 데 뒤친 격으로 영호까지 그리됐이니 와 안 그러겄노. 인제는 우리도 좀 맴이 놓인다마는."

"형님, 그러면 저는 밤에 가지요."

홍이 길을 비키듯 물러났다. 한복이 걷기 시작하자 더 많은 사람들이 그의 뒤를 따랐다.

"세상에 어질기만 한 줄 알았더마는 영호어매 깡다구가 보통 아니더마요. 가장 잃고 자석 잃고 살믄 머하겄나 캄시로 식음을 전폐하는데 우리가 애묵었거마는."

복동이댁네가 새된 소리를 지르며 은근히 자신의 공을 내세운다.

"김서방이 만일에 그믐날을 넘기고 왔이믄 마누래 얼굴도 못 봤일 기라?"

천일네, 그러니까 마당쇠댁네의 말이었다.

"등신겉이, 왜놈한데 잽히갔다고 다 죽는 기든가."

얼굴이 상기된 채 한복이 말했다. 그도 차츰 마을 사람 열기에 휩쓸리는 듯하였고 진정한 화해에 감회가 없을 수 없다.

"이자는 왔인께 걱정을 해도 함께할 기고, 영호네 애연해서 못 보겄더마는 한시름 놨구나."

영호네도 한복과 같이 이미 격상이 돼 있었다. 한복은 열기에 휩쓸려가면서도 마부가 말을 탄 듯 상놈이 도포를 입은 듯 당황스럽고 불편해지기도 한다. 집에 이르기 전에 막내 성호와 둘째 강호, 딸애 인호가 총알같이 뛰어왔다.

"아부지!"

막내가 매달렸다.

"오냐."

"아부지이."

강호는 불러놓고 이 손 저 손 번갈아가며 눈물을 닦는다.

"어, 어서 가자."

두 아들의 등을 민다. 인호는 재빨리 아비 손에서 보따리를 받아들었다. 한복은 두 활개를 저으며 걸음을 빨리한다. 부산 부둣가에서 목마르게 그리워했었던 가족, 윤선 속에서는 고향에, 가족 곁으로 못 돌아갈 것만 같은 망상에 시달렸던 그 모든 감정이 가슴속에 살아난다. 한 발이라도 바삐 떼어놓지 않는다면 아내의 얼굴을 다시 못 볼 것같이, 와글거리며 따라오는 마을 사람의 얼굴이 보이지 않았다. 외떨어져서 오도카니 서 있는 초가만이 시야에 뚜렷이 보일 뿐이다. 영호네는 마루에 나앉아 있었다. 들어서는 남편을 보자 쪼그렸던 두 다리를 뻗고 영호네는 초상이라도 난 것같이 아이고, 아이고오! 곡성을 터뜨렸다. 서둘렀던 마음과 달리 한복은 마루 끝에 걸터앉은 채 위로의 말 한마디를 할 줄 모른다.

"너무 서럽어도 눈물이고, 너무 좋아도 눈물이고, 요상한 기이 사람이라."

마을 사람들은 돌아왔느냐 말 한마디 없이 통곡하는 영호네와 또 우두커니 마루 끝에 앉은 한복을 번갈아 보다가,

"우리는 가자. 오늘이 우떤 날인데 여기 이러고 있을 기고."

"하기는 우리가 가야 저 사람들도 방에 들어갈 기고, 가자."

"인호야! 어매 미음부터 데파아서 주어라. 그라고 국 한 그

룻 끓이서 보낼 긴께 아부지 밥 해가지고."

야무네가 마지막 비질을 하듯 말하고 나갔다. 인호는 바가지에 쌀을 담아 나오며,

"아부지, 방에 들어가시이소, 칩운데."

말했다.

"음."

하다가,

"이자 그만했이믄 좋겠구마는."

아내를 향해 한 말이었다.

"무상한 사람, 사람우 애간장을 그리 녹이놓고오 아이고 아이고오! 이자는 금도 싫고 은도 싫소. 아무 데도 못 갈 기요! 쪽박을 차도 떨어져서는 못 살겄소오. 아이고 아이고오!"

통곡에 사설이 들어갔다.

"놀러 간 것도 아이고…… 이자 돌아왔인께, 방에 들어가자구."

"어무이요, 아부지 서 기십니다. 어서 방에 들어가이소."

부엌에서 인호가 내다보며 말했다. 막내와 강호는 부엌에 나무를 나르고 있었다. 방으로 들어온 두 내외는 비로소 서로의 얼굴을 쳐다본다. 영호네는 뼈만 남은 듯 앙상했다. 눈만 커다랗게 젖어 있었다. 남편을 외면한 채 사설을 늘어놓으며 통곡할 때와는 달리, 그랬기 때문인지 수줍음이 맴도는 얼굴, 자식을 다섯—하나는 잃었으나—낳고 살아왔음에도 영호네

한테 수줍음이 남아 있었다.

"제수도 매련 못했겄네."

"야."

"우짜노."

"지금부터, 나무새나 장만하지요."

"임자는 내가 죽은 줄 알았던가?"

"그믐날에도 안 오시믄, 그만 풍덩 물에 빠지 죽을라 캤십니다."

"남은 자식들은 우짜고."

한복은 미소 지으며 궐련을 꺼내 붙여 문다.

"애비 에미 없는 자식들도 살아 머하겄십니까?"

"영호 걱정은 하지 말고, 혼자가 아닌께 그놈들도 다 우떻게 하지는 못할 기구마. 또 학생들이니."

"이 칩운 날에, 밥이나 주는가 모리겄소."

"불상사가 있이믄 일이 자꾸 커지니께 함부로는 못할 기구마."

"만주서는 다 펜키 기십디까?"

"거기 걱정은 할 필요가 없고."

"알겄십니다. 그, 그라믄."

"나갈라꼬?"

"인지부터 나무새도 챙기고 제기도 닦아야 한께요."

"그 꼴 해가지고는 시러지겄는데?"

"괜찮소, 이자는 천수만 묵은 것 겉소. 신령님이 돌보아주신 기지요. 그라고 동네 사람들이 우찌나 걱정들 하고 죽 쑤어 오고 미음 쑤어 오고 그 은공을 우찌 했이믄 좋을지 모리겄소."

"살다 보믄 그런 일도 있겄지. 까꾸막 길도 오르다 보믄 쉴 곳이 있는 것맨치로."

한숨 같았다.

"우리 인호도 이자는 혼처가 생길란가 모리겄소."
해놓고 영호네는 남편의 눈치를 힐끗 살핀다. 그 말 대답은 없다. 사실 인호는 영호보다 한 살이 위인 노처녀였다.

"그라믄 좀 드러누으이소."

영호네는 장문을 열고 갈아입을 옷을 꺼내놓은 뒤 밖으로 나갔다.

"인호야. 큰솥에 물 붓고 불부터 지피라! 강호야! 소는 우찌 됐노! 소 굶깄나?"

"아니요! 아침에도 소죽 쑤어주었십니다!"

뒤꼍에서 들려오는 둘째 목소리. 한복은 옷을 갈아입고 나왔다.

"머하러 나오십니까?"

"제기는 내가 닦지."

5장 환상

밤에 오겠다던 홍이는 새벽녘에 왔다.

"제사 모시고 오느라고."

한복이도 제사를 모신 뒤였다. 예년같이 제수가 마련돼 있었던 것도 아니어서 나무새와 메만 올린 제사였다. 식구들은, 그중에서도 특히 영호네는 제사가 끝나자 대강대강 치우고 나서 천년을 잠 못 잔 사람같이 깊은 잠이 들었다. 마음을 놓은 아이들도 마찬가지였으나, 홀로 깨어 있던 한복은 잠시 바람 소리에 귀를 기울이다가 홍이를 들어오게 하고 방문을 닫았다. 외떨어진 집 주변에는 바람 소리 이외 들려오는 소리는 없었다. 이따금 밤새 우는 소리가 처량하게 들려오곤 했다.

"왜 그리 늦었십니까."

자리에 앉자마자 그 말부터 물었다.

"음, 좀 그럴 사정이 있어서, 피치 못할 사정이……."

잠시 동안 어쩔까 망설이듯, 그러나 한복은 피치 못할 그 사정 얘기는 일단 보류하는 눈치였다. 홍이는 담배를 꺼내어 한복에게 권하고 자신도 붙여 문다.

"그곳 소식도 궁금하고 할아버지는 아직 괜찮으시겠지요?"

"워낙이 단련이 된 어른이라 앞으로 몇 해는, 그러나 노인들은 알 수 없인께."

"그건 그렇지요."

"안노인이 돌아가신 후 파싹 늙었다고들 하더라마는, 자손도 없이 두 양주가 서로 의지하고 한평생을 살았으니."

"……."

"지금 희망은 오로지, 홍이 니가 오는 일, 기다리는 기이 낙인갑더라."

한복이는 담배를 피우다가 잔기침을 했다.

"해동하면 갈려고 준비 중이오."

"갈 바에야 서두르는 기이 좋고 석이어무니를 오시게 한 것도 잘한 일이네."

"영호는,"

말을 꺼내려 하는데 한복은 팔을 내저었다.

"마, 그 얘기는 그만두자. 어디 그놈 혼자 당하는 일가."

"실상 나도 그 얘기를 하려고 했지요. 너무 걱정 마십시오."

"세상에는 그보다 어려운 일을 당하는 사람이 수없이 많고 어차피 조선사람은 그런 일 겪게 매련인 성싶다. 참, 니도 전에, 일본 가기 전에 한분 당한 일이 있었제?"

홍이 쓴웃음을 띤다.

"있었지요. 만세라도 부르고 그랬으면 억울하기나 안 했지요."

"오광대 구겡하다가 천일이아부지도 그때 죽었제."

"두 번 다시 당하고 싶지 않은 일이지요. 그러나 세상을 살아가는 데 분별 같은 것이라 할까요? 당하고 나니 그 분별 같은 게 생기더군요. 형님도 아시다시피 그때 나는 걷잡을 수 없는 시절이었고 아부지 속도 많이 썩여드렸지만 그러고 사람이 됐지요. 하하핫…… 형님도 조선사람은 그런 일 겪게 마련이라 했지만 제 생각에도 조선 청년들은 누구나 한 번 지나가야 할 문이랄까, 잊어서도 안 되고 용서할 수 없는 그놈들, 짐승 같은 얼굴을 기억하기 위해서도 말입니다. 그때 어떻게 이를 악물었던지 지금도 이가 좋지 않아요. 영호도 나오면 많이 달라질 겁니다. 겉으로는 흥, 흥 하지마는 섬나라 그놈들을 마음속 깊이에서 멸시하게 되더군요."

"그러세……. 우떻게 달라질란고, 제발 쇳덩어리 겉은 맴이 되어서 나왔이믄 좋겠다. 아프고 쓰라리고 외롭아하는 그 심정은 내 대(代)로써 끝났이믄 싶다. 그래야 살아가기가 덜 어럽어."

홍이는 조발 무라고들 하는 한복의 조그마한 얼굴을 쳐다본다. 한복은 쑥스러워하는 미소를 머금고 있었다. 담배 몇 모금을 빨고 연기를 내뿜은 홍이는,

"형님."

"음."

"형님은 석이형님 거취를 알고 계시는 것 아닙니까?"

찌르듯 말해왔다.

"그, 그거는, 우째서 나보고 그런 말을 묻제?"

"들은 말도 있고 해서."

한복은 한동안 침묵을 지키다가,

"그거는 마, 니가 만주로 가믄 알게 될 일이다."

결국 시인한 거나 다름없는 말을 하고 말았다. 한복은 그 정도 홍이 알아도 무방하리라는 판단을 내리고 한 말이었을 것이다. 누가 아나? 자네가 간도에 가서 우연찮이 정선생을 길에서 만낼 긴지 하던 연학의 말과 한복의 말이 일치한다고 홍이는 생각한다. 석이가 만주로 간 것은 이제 확실해졌다. 그리고 자기 자신, 만주로 떠나게 된다는 사실도 실감 있게 되새겨지는 것이다.

"다행입니다."

"……."

"잘됐어요."

"그렇지마는 석이어무니보고는 입 다물어라."

"그야."

"별일이야 있을까마는, 만일의 경우 가족이 알고 있이믄 석이 행방이 탄로날 위험도 있겄으나 그보다 가족이 시달리고 고통을 받아야 한께. 알고 당하는 것하고 모리고 당하는 것하고, 나도 맴이 약한 사람이라 귀띔이라도 해주고 싶어서…… 성환이할무니를 본께 영 맴이 안 좋다. 석이가 흘리던 눈물도 생각이 나고."

"……."

"그나저나 술도 없고 어짜제?"

"제사는 어찌 모셨습니까?"

"초상난 집맨크로, 제수고 뭐고 있이야제. 메만 짓고 술은 쓸 만큼만 얻어왔는데, 할라 카믄 야무어매한테서 얻어오까?"

"술이야 집에서 가져올 수도 있지요. 그러나 오늘은, 신새벽부터 술 마실 생각이 안 나네요. 나도 떠나기로 작정을 하고 보니 이곳이 예사롭지 않고, 좀 뭔가 생각을 깊이 해봐야겠어요."

"아부지 묘소 땜에 그러나?"

"여러 가지가, 전에 일본 갈 때하고는 다른 것 같소."

"묘소 얘기를 하다 보이…… 옛일이 생각나누마. 윤보 목수, 니가 태어나기도 전에 일인께 윤보 목수를 알 턱이 없지."

"얘기는 들었지요."

"그러고 본께 그분들 중에서 생존해 기시는 분이 영팔이아재씨 한 분이고나. 그 은공도 못 갚았는데 모두."

등잔불을 받은, 조밭 무 같다는 한복의 얼굴이 소년처럼 앳되어 보인다. 주름살이 없는 것도 아닌데 몸집이 작아 그랬던지 평소에도 그는 앳되게 보이는 편이었다. 그가 무슨 말을 하려는지, 홍이는 얘기의 내용 같은 건 아무래도 좋았다. 영팔이아재 혼자만 생존해 있다는 새삼스러운 사실에 충격을 받은 것은 아니지만 홍이는 부친의 자취가 하나씩 하나씩 사라져가고 있다는 생각을 하는 것이었다. 윤보 목수의 얘기며 석이아버지 얘기며 미쳐서 걸식을 하고 다녔다던, 소리 잘하는 금돌노인의 얘기며 그것은 모두 홍이에게는 부친의 냄새요 부친의 빛깔이다.

"이제까지는 입 밖에, 감히 입 밖에 낼 수도 없었던 일이었다마는, 우리 집 내력이야 모리는 사램이 어디 있노? 서른세 해가 지나갔어도 앵혈겉이 지울 수 없는 일인데, 내 평생 이런 맘으로 옛일을 얘기하는 것이 처음 아닌가 싶다. 내 모친이 살구나무에 목을 매고 세상을 버렸일 직에, 최참판댁 눈이 무섭아서 모두 다 피해 갔일 직에 윤보아재씨, 니 아부지, 석이 아부지, 영팔이아재, 그 네 분이 염도 해주시고 일을 다 쳐주싰다. 지금 그 묘소에 내 어무니를 묻어주싰지. 윤보아재씨가 형보고 말씸하시기를 니 오늘이 며칠인지 아나? 열이레다. 너거 어무니 돌아간 날이 그러니께 이월 열엿새라 말이다. 여기가 니 어무니 산소고. 잘 명념해두어라. 운봉할아버지(서금돌) 그 노인은 지팡이를 짚고 지겅지겅이 쉬어감서 산소까지 따라오싰지. 내가 머리털만큼이라도 은공을 갚았다믄 운봉할아부지뿐이제. 또 석이아부지한테도 갚은 셈이지."

등잔불을 받은 한복의 얼굴마저, 사라져간 사람들 그 사람들의 얘기와 더불어 싸아! 하며 밀려오는 물결 같았고 싸아! 하고 소리 내어 빠져나가는 물결같이 느껴진다. 부친의 자취가 사라져간다. 빠져나가는 물결 소리같이.

'저 형님도 지금 나 같은 생각을 하며 옛이야기를 하고 있는 걸까? 옛일과 작별하려는 걸까? 설사 다르다 하여도 나는 오

늘 밤, 아버지의 산천과 작별하는 이 신새벽을 잊지 못할 것 같다.'

"참, 홍아."

"네."

"염을 했다는 이야기를 하다 보이 니한테 전할 소식들을 까맣게 잊은 기이 생각났다. 니도 그곳 소식 알고 접어서 왔일 긴데, 주갑이 그 사람 말이다."

"아직 살아 있던가요?"

"그러모. 아직은 정정하더라. 니 아부지 돌아가신 얘기를 한께 대성통곡, 내가 놀라서 말리니께 공노인께서도 눈을 끔벅끔벅하심서, 없는 상막 앞에서 곡하는 거니께 내비리두어라, 그게에 저눔의 인사가 치리는 절차라 하시더마. 그래 아재씨도 돌아가시고 했이니 홍이도 쉽게 만주로 올 것이다, 내가 그랬지. 그랬더니 통곡을 하던 그 사램 입이 함박이만큼 벌어지믄서, 그래서 또 공노인한테 준통을 묵고, 그 사람을 보고 있이믄 슬프고 서럽운 것도 우시개걸이 생각이 되더마."

그때 광경이 생각나는지 한복은 환하게 웃었다.

"그래 머라 하는고 하니 내가 죽으믄 홍이가 염해주겄다."

"염해주고말구요."

말하고서 홍이는 천장을 올려다본다. 언제 세월이 그리 흘렀는가. 이제는 주변의 죽음이 슬프기보다 하나의 의식(儀式)을 기다리는 것 같은 심정이었는데 그러한 심정은 삶에의 끈

질긴 집념을 안은 채 죽은 어미의 모습과 만년에는 인생을 관조하듯 표표한 모습으로 죽음을 기다리던 아비, 그 두 죽음을 지켜본 데서 얻어진 것이었는데, 그랬었는데 내가 죽으면 홍이가 염해주겠다, 그런 말을 했었다는 주갑이, 홍이는 눈물이 흐를까 보아 천장을 쳐다본 채 앉아 있다. 학같이 긴 두 팔을 펴며 춤을 추던 주갑이, 구만리 장천 대붕이 난다는 곳, 머나먼 지평과 하늘을 우러러보며 〈새타령〉을 절창하던 주갑이아재, 그 아름다운 모습을 뇌리에서 지울 수 없는데 세월은 제 마음대로 흘러 죽으면 염을 해달라고, 그렇게 세월이 지났는가. 어린 소년이었던 홍이는 두 아이의 아비가 되었다. 세월이 흘러간 것은 틀림이 없는 일이다.

"그래가지고는 또 공노인한테 준통을 묵고 주거니 받거니 입씨름을 벌이는데 그것도 머 소일거리지."

"그럼 주갑이아재는 할아부지 댁에 함께 계신다 그 말인가요?"

"왔다 갔다 함서 연추의 정호, 박정호라 카지? 그 댁에 주로 있었는데 할무니가 세상 베리고부터는."

"형님은 박정호를 만났습니까?"

"한 분, 니 친구라며? 준수한 젊은이더마, 참말로 훌륭하데."

두매 애기며 송선생 애기며 또 만주의 형편 같은 것을 꽤 소상하게 들려준다. 본시 눌변인 한복으로선 전에 없이 표현이 정확했고 애기도 길었다. 날이 밝아왔다. 방문 문종이가 옥색빛으로, 어둠을 밀어내고 있었다. 홍이의 스물아홉 첫날이 밝아온 것이다.

"형님."

"음."

"형님은 이곳에서 뜨고 싶은 생각, 해보았습니까?"

"한 분도."

"안 해봤다 그 말입니까?"

"음. 나는 여기 살 기다. 어릴 적에 함안서 미친 듯이 이곳을 찾아왔었제. 나는 아무 데도 안 가고 여기 산다. 자식들이야 저거 뜻대로 할 일이다마는."

"여기, 이곳에 살아요……. 하기는 그렇게 살 겁니다. 날이 다 밝았구만. 형님도 눈 좀 붙여야겠지요. 나는 이제 갈랍니다."

일어섰다. 함께 일어서며 한복이 물었다.

"니는 진주 언제 갈라노."

"형님은요."

"내일 가볼란다."

"나도 그럼, 함께 가지요."

마을 길은 조용했다. 아직 한참 있어야 아이들은 케케묵은 설빔을 꺼내 입고 마을 길에 나설란가. 홍이는 부친의 산소를 향해 걸음을 옮긴다. 이곳에서 뜨고 싶은 생각을 안 해봤느냐고 홍이 한복에게 물어본 것은 어쩌면 동병상련, 그런 것인지 모른다. 칠성이 아낙이었던 임이네는 홍의 생모, 그 수치스런 비극의 한 모퉁이와 관련된다. 실상 칠성은 음모에는 가담했으나 살인사건과는 무관이다. 그러나 오명은 지워지지 않은 채 홍의 의식 한구석에 남아 있었고 또한 평사리 마을 사람들 의식 한구석에도 남아 있어서 희미하나마 때론 적의로, 때론 모멸로 그림자를 드리우는 것이다. 최참판댁에 대한 홍의 과민한 반응은 간도 시절부터 시작되었지만 지금까지 변하지 않았다. 부친이 세상을 떠나게 된 후부터는, 일 년이 채 못 되었는데 귀향은 외로웠고 최참판댁의 첩첩인 기와지붕에 대한 이화감은 홍이를 못 견디게 했다.

'나는 여기 살 기다.'

한복의 그 말이 새삼스레 놀라움을 안고 되살아난다. 홍이는 자신의 만주행을 도망이라 생각지는 않았다. 어떤 면에선 고향으로 되돌아간다는 의미를 지니고 있다. 그러나 한복의 경우는 분명히 도망가지 않는다고 말할 수 있을 것이다. 삼십 년이 넘는 세월을 그는 도망가지 않았고 수없이 갈아대는 칼날 밑에 수더분한 본래 그 모습대로 숫돌이 되어 살아온 것이다.

홍이는 아비 무덤 앞에 무릎을 꿇고 앉았다. 스물아홉 해의 정월 초하룻날, 무덤의 마른 잔디 위로, 막 솟아오르기 시작한 햇빛이 비친다.

'아부지. 나중에 상의에미랑 다시 오겠습니다만 어쩐지 혼자 와보고 싶어서 왔습니다.'

소나무 위에서 까치 한 마리가 장난스럽게 꼬랑지를 까딱

까딱하며 고개를 갸웃갸웃하며 내려다본다. 무릎으로부터 땅의 냉기가 스며든다. 오시시 몸이 떨린다. 추웠다. 그러나 추운 것에 쾌감을 느낀다. 나름대로 홍이는 아비 이용의 인간상이 자기 내부에서 하나의 소상(塑像)같이 완성된 것을 느꼈던 것이다. 인간 이용이, 홍이는 멋진 남자였다고 생각한다. 뇌리를 스쳐가는 간도땅에서의 수많은 우국열사들, 흠모하고 피가 끓었던 그 수많은 얼굴들, 그러나 홍이는 아비 이용이야말로 가장 멋진 사내였다고 스스럼없이 생각한다. 열사도 우국지사도 아니었던 사내, 농부에 지나지 않았던 한 사나이의 생애가 아름답다. 사랑하고, 거짓 없이 사랑하고 인간의 도리를 위하여 무섭게 견디어야 했으며 자신의 존엄성을 허물지 않았던, 그 감정과 의지의 빛깔, 홍이는 처음으로 선명하게 아비 모습을, 그 진가를 보는 것 같았다. 사라져가는 아비 자취에 대한 마지막 전별(餞別)이 순간인지 무를 일이었다. 묘소 근처에는 병풍 같은 송림이다. 낙엽 지지 않고 남은 솔잎들은 겨울을 용케 나고 머지않아 빛깔이 달라질 것이다. 지난해 용이 이곳에 묻혔을 때 검붉은 소나무의 밑둥 사이로 보이던 큰 바위 하나, 푸른 이끼가 찬란하게 끼어 있었는데, 이상한 일이었다. 긴 겨울은 가고 있으나 아직 봄은 저만큼 머뭇거리고 있는데, 이상한 일이었다. 지금도 그 큰 바위엔 찬란한 푸른 이끼가 온통 바위를 둘러싸고 있는 것이다.

"홍아."

"네?"

홍이는 소스라치듯 앉은자리에서 일어섰다. 아무도 없다. 이름을 부르던 여자의 음성 귀에 익은 옛날의 그 음성, 홍이는 사방을 둘러본다.

"홍아."

"네! 어디 있어요?"

홍이 미친 듯이 다시 사방을 둘러본다.

"나 여기 있다."

파란 이끼 낀 바위 뒤켠에 월선이가 서 있었다. 흰 옥양목 치마에 옥색 명주 저고리를 입고 서 있었다.

"옴마!"

보일 듯 말 듯 월선이는 웃었다.

"옴마!"

"운냐, 울 애기야."

"오, 옴마!"

"니 본 지가 참 오래고나."

"오, 오."

"이자는 남우 아아들 책보 뺏아서 강물에 던지는 그런 짓은 안 하겠제?"

"으으……."

"답댑이, 불 앞에 아아 앉히놓은 것맨치로 늘 걱정이구마."

홍이는 뭐라 말을 하려 했으나 입이 붙어 떨어지지 않았다.

발도 붙어버린 듯 오금을 떼어놓을 수가 없다. 홍이는 고개만 흔들어댄다. 세차게 흔들어본다. 눈앞에는 아무것도 없었다. 자신은 일어서 있었던 것이 아니었다. 무덤 앞에 꿇어앉은 채 있었다. 그리고 소나무 밑둥 사이에서 보이는 큰 바위에는 푸른 이끼가 없었다. 거무죽죽하며 잿빛이 돌기도 하는 바위였다. 잠이 들지도 않았는데 꿈일 리도 없었다. 환영이었다. 생생한 환영이었다.

산소에서 마을로 내려왔을 때 해는 서너 뼘가량 솟아올라 마을 전체가 온통 희번덕이는 것처럼 홍이에겐 느껴졌다. 특히 물방앗간 쪽이, 실제 전혀 그렇지는 않았는데 시뻘겋게 불붙고 있는 것처럼 느껴졌다. 새해를 축복하는 서광이기보다 화상이라도 당할 것 같은 그러면서도 축축하고 음산한, 기이한 예감이다. 홍이는 아까 산소에서처럼 고개를 여러 차례 흔든다. 밤을 꼬박이 새웠기 때문에 심신이 피곤하여 그러려니, 홍이는 그렇게 생각하려고 애썼다. 산소에서 환영을 본 때문에 그런지 모른다고 생각했다. 불 앞에 아이 앉혀놓은 것같이 늘 걱정이라던 그 말 때문에 그런지 모른다고도 생각했다.

홍이 한참 자고 일어났을 때 마루에 햇볕이 가득 들어차 있었다. 장지문을 통해서 방 안도 환했다. 홍이는 방문을 열어 젖혔다. 아이들은 마루에서 놀고 있었다. 홍의 딸 상의, 아들 상근이 그리고 석이 아들 성환이와 딸 남희, 석이 누이동생인 순연의 아들 하나, 해서 모두 다섯 명이었다. 연장은 성환이었고 상의와 남희는 동갑이었다. 제일 어리기론 상근이었다. 상의와 상근이는 도방 아이답게 화사하고 설빔도 앙증스럽게 예뻤다. 의복이 젤 험하기론, 깁지만 않았다 뿐이지, 그러나 순연의 아들 귀남이는 활발하였다. 상의나 상근에게도 거칠 것 없이 군다. 그러나 상의와 소꿉놀이를 하는 남희는 제 주장이 없고 매사에 상의한테 양보하며 놀아준다. 설빔도 치마는 댕강하니 짧았고 소매도 짧아서 손목이 많이 드러났다. 성환이 역시 상근이가 울면 업어주고 어질러진 것을 치워가며, 착했지만 석이 자식들은 풀이 없었다. 아비 어미가 살아 있으나 이들은 아비 어미를 잃은 지 오래다. 순사가 집으로 찾아오고 할머니가 그들에게 끌려가고 아이들은 그새 많은 일들을 겪었을 것이다.

'보다 많은 사람들을 위해 저 아이들은 희생되어야 하는가.'

홍이는 담배를 붙여 물다 말고 작은방에서 석이네와 얘기하고 있는 아내 보연을 향해 소리 질렀다. 술을 내오라고. 그리고 방문을 닫고 담배를 빨아대는 것이다. 만주에 가면 만나게 될 석이에게 아이들 얘기는 어떻게 할까. 석이가 눈물을 바가지로 흘린다 하더라도 저 풀 죽은 아이들에게 무슨 소용인가. 보연이 술상을 보아왔다.

"상의아버지, 어쩔래요?"

"뭘?"

"통영 안 가실 겁니까?"

"내가 거기, 가기는 뭣하러."

눈살을 찌푸린다.

"수 년 동안, 인사가 아니지 않아요. 초상 때도 다 오시고 했는데."

자동차부 안에서 있었던 사건 이래 홍이는 통영땅을 밟지 않았던 것이다.

"아이들하고 당신이나 다녀오지."

"아이 둘을 데리고 나 혼자서."

"그렇지만 종도 없는 처지 아니오?"

공연히 트집 잡듯 비틀어댄다.

"그럼, 상의아버지 혼자 여기 계시겠어요?"

"내일 난 진주 가니까."

"그럼 떠나시는 것 보고 전 통영으로 가야겠네요."

"이번에는 서둘러 올 필요 없고, 나는 영팔이아재 집에 있을 테니까."

보연이 방에서 나가려 했을 때,

"참, 성환이할무니 좀 오시라고 말해요."

"뭣할려고요? 술상 받고서는."

"허, 하라면."

얼마 있다 석이네는 팔짱을 끼고 한기가 든 것 같은 표정으로 들어섰다.

"앉으시지요."

"음."

앉으면서,

"무신 일이라도?"

불안스럽게 물었다.

"아, 아무 일도 없습니다. 젊은 놈이 앉아서 오시라 가시라 해서 죄송합니다. 내 어머니거니 이모거니 생각하고 이별주 한잔 올리고 싶었습니다."

"니가 운제 그리 말이 늘었노. 생전 가도 말, 묻는 말에나 대답할까 했는데, 이별준 무신 또 이별주고."

"오늘은 정월 초하루 아닙니까? 이별주도 되겠지마는 만수무강, 아이들을 위해 오래 사시라고 형님 대신 술 한잔 올리고 싶어서."

홍이는 술을 부어 술잔을 내민다.

"받으십시오."

"홍아."

얼른 눈언저리를 닦는다.

"오늘은 초하루라 안 울라 캤더마는, 명절이 와 이리 쉽노."

목멘 음성이다.

"자아 술잔 받으시오."

"우, 운냐."

"어린것들 생각하셔서 몸을 돌보셔야 합니다."

"그래 저것들 밥산 노릇(밥벌이) 하기까지는 내가 살아야 돼.

저것들 두고 내 우찌 눈을 감겠노. 애비 에미 할 것 없이 다 몹쓸 연놈이다. 이자는 아무것도 바라지 않는다. 불쌍한 새끼들 생각밖에 없인께."

술을 조금씩 마셔본다.

"참고 좀 기다려보면 설마, 제가 간도에 가서, 그곳 형편이 적당하면은 성환이할머니 아이들 부르겠습니다."

"아니다. 싫다 내사, 만리타국에 어린것들 데리고 우찌 가겄노. 이자는 여기 온께 그래도 살 것 겉다."

석이네는 아들이 만주로 갔으리라는 생각은 전혀 하고 있지 않는 것 같았다. 알아도 곤란하겠으나 까맣게 모르고 있는 것도 홍이로서는 안타까웠다.

"나쁜 여잡니다. 때려 죽여야 합니다."

술은 몇 잔 마시지 않았지만 술 취한 사람같이 홍이는 메어치듯 말했다.

"여자만 나쁘나. 나는 여자만 나쁘다고 생각 안 한다."

"형님은 남자니까."

"남자믄은 자식을 버리도 좋다 그 말가?"

원망에 가득 찬 눈이다.

"버리기는요. 형님이 자식 버릴 사람입니까? 다 조상들 잘못 만나서 나라를 잃은 때문이지요."

석이네는 술잔에 남은 술을 다 마신다.

"이렇게 될 바에는 공부를 와 했는고 싶다. 농사꾼이나 품팔이를 했이믄 애비 에미 없는 새끼 꼴을 보았겄나. 여러 가지로 봉순이가 원망시럽다."

"봉순이누님은 잘할라고 한 짓이지요."

"논(설움)이 나니께……. 내사 괜찮다. 나는, 나는 괜찮다. 무신 일을 당해도, 아이들만 치다보믄, 못 배우고 못나도 사우는 제집 자석 건사하고 사는데."

"……."

"애비 없는 자석 셋을 키우믄서 그것들 볼 때마다 애비 없는 것이 포원이 되고 간이 아파서 울기도 많이 울었건만 갈수록 태산, 이자는 손자, 어이구 전생에 무슨 몹쓸 죄를 졌는고."

"형님 대신 딸이라도 있고 사위도 있으니 의지해가면서 조금만 참아보시오."

"사우는 사우, 남이네. 딸자식도 출가외인이고, 아이들끼리 싸워도 눈치가 뵌다."

"아들이나 사위나 사람 됨됨이지요."

"니도 남의 사우 노릇 한께 알 긴데 그러나?"

"저야 본시, 사람은 괜찮지요?"

"술 묵으믄 주사가 좀 있어 그렇지, 지 가숙 지 자식 중히 여기는 것만도 고맙게 여기야겄지."

석이네 얼굴에는 서글픔 외로움이 끝없이 밀려들고 있었다. 이때였다. 세상이 끝나는 것 같은 비명.

"이게 무슨 소립니까?"

홍이 방문을 열고 뛰어나간다.

"샐인났다아! 샐인이다!"

모두 뛰어나온다.

"상의아버지!"

보연이 홍의 옷자락을 거머잡는다.

"모두들 집에 있어요. 나가보고 오겠으니."

아래채 방문을 열고 머리만 내밀었던 귀남애비는 홍이를 보자 자라목같이 얼굴을 감추어버린다.

"어디서 나는 소리제?"

석이네는 손자와 손녀를 암탉 병아리 챙기듯 양 겨드랑이 밑에 잡아넣으며 떨리는 소리로 물었다.

"우, 우서방 집인 것 겉소."

순연의 말이다. 홍이 삽짝 밖으로 나갔을 때 산발한 아낙이 뛰어온다. 오서방대이었다. 그는 홍의 모습도 눈에 띄지 않는 것 같았다. 동생네, 끝봉이 집을 향해 샐인났다, 외쳐대며 뛰어가는 것이었다. 우가 집 앞에는 아낙 두 사람이 새파랗게 질려서,

"우짜꼬 우짜꼬!"

그 말만 연발하며 한자리에서 뱅뱅이를 돌고 있었다.

"무슨 일이오!"

"저, 저기 저기."

아낙 하나가 손가락질을 했다. 싸리 울타리 쪽이다. 홍이도

발돋움을 하며 울타리 너머 집 마당을 들여다보았다. 홍의 얼굴도 아낙들같이 새파랗게 질린다. 밑에 깔린 사내는 오서방이었고 오서방을 올라탄 사내는 우가였다. 우가 손에는 낫이 들려 있었으며 낫 끝이 오서방 눈 가까이, 거의 닿을락 말락 깔린 채 오서방은 낫 든 우가의 손을 필사적으로 저지하고 있었다. 신음 소리 하나 들리지 않는 혈투다. 오서방 얼굴 언저리에선 더러 피가 흐르고 있었다. 홍이는 삽짝을 박차고 뛰어들었다. 우가의 두 어깨를 뒤에서 감아쥐려고 하는 순간 우가는 몸을 돌리는 것과 동시 낫으로 후려쳤다.

"악!"

홍이 쓰러졌다.

"아이고오 우짤꼬!"

아낙들이 비명을 지른다. 오서방이 비호같이 몸을 일으켜 우가 손에서 낫을 빼앗았다. 산발한 오서방 마누라가 동생 끝봉이와 함께 달려오고 동네 사내들이 달려왔을 때 마당은 수라장으로 변해 있었다. 홍이 쓰러진 바로 옆에 피범벅이 된 우가가 쓰러져 있었고 오서방은 신돌 위에 걸터앉아 있었는데 미친 사람같이 멀거니 하늘을 보고 있었다. 우가 마누라는 마루 밑에 기절해 있었다. 오서방 마누라는 입술만 실룩거리며 말을 못했고 끝봉이 달려가 엎어진 홍이를 안아 일으켰을 때 옆구리 쪽에서 피가 흘렀다.

"죽지는 않았다!"

보연이 소리 지르며 쫓아왔다. 끝봉이는 다시 우가 곁으로 간다. 차마 눈 뜨고 볼 수 없는 참혹한 모습이었다. 얼굴 가슴 팍 십여 군데나 낫질을 당했고 이미 숨져 있었다. 홍이는 마을 장정들이 집으로 떠메고 갔으며 우가는 우선 거적을 씌웠고 우가 마누라는 얼굴에 찬물을 끼얹었다. 마을 장정들이 겨우 할 수 있었던 일은 그 정도였고 더 이상 어떻게 해야 할지 우왕좌왕, 아낙들은 살인이 난 집 밖에 몰려서서 제각기 떠들어대고 있었다. 어떻게 동네 사람도 모르게 한낮에 이런 일이 생겼느냐, 그 말에 대하여 옆집에 사는 엽이네가 벌벌 떨면서 설명한다.

"그런께로 내가 음식 간수를 하니라고 장독 도가지 뚜껑을 열고 있는데 오, 오서방이 마누래하고 함께 오더마. 그런께 처가, 처남 집에 갔다 집으로 가는 모앵인데 술이 거나하게 돼가지고, 그냥 지나갔이믄 이런 일은 없었을 긴데 일진이 나빴던 기라."

"본시부터 앙숙 앙이가."

"참기야 오서방 쪽이 늘 참았던 편이제."

"그래 우떻게 됐다 카노."

엽이네와 함께 현장에 있었던 엽이네 시누이, 그러니까 여러 해 만에 친정으로 설 쇠러 왔었던 맹순이가,

"술만 안 취했이믄 그런 일이 없었을 긴데, 지나가믄서 오서방이 큰 소리로 외양간에 소는 아즉 안 뒤졌나 했다 말입니

다. 마치 마당에 나와 있었던 우서방이 그 말을 듣고, 질기(길게) 까불다가는 네놈 모가지가 그냥 붙어 있지는 않을 기다."

"일진이 나빴던 기라. 그냥 지나갔이믄 이런 일은 없었을 긴데."

엽이네가 다시 받아서,

"마누라가 말리는데, 보소 그냥 갑시다 하고 말리는데 오서방이 홋차가(쫓아가)더마. 술김이지. 그래 시비가 붙었던 처음에는 입씨름이었고 옆에서 오서방 마누라가 말린께, 우서방댁이 잡아비트는 소리를 하더마. 그러자 우서방은 오서방댁을 보고 욕설을 한 기라. 년 자까지 놔감서. 그란께 오서방이 주먹질을 했제."

"남정네들은 쌈을 안 말리고 머했던고?"

"옆집 짱구네는 제사 모시러 큰집에 가서 집이 비었고 우리 집은 웃마을 동서 집에 가고 없었인께. 있었다 캐도 우서방을 누가 건디릴라 카나."

"그래서."

"치고받고 싸우는 것도 순식간, 언제 우서방이 낫을 들고 나왔던지. 어디 내 손에 한분 죽어봐라 함시로, 낫을 뺏으려고 달겨드는 오서방댁 머리채를 잡고 후려치는데 세상에 그런 악종이 어디 있겠노. 오서방댁이 사람 살리라고 외치며 뛰어나가는데 우리는 너무 겁이 나서 오금이 떨어지야제. 아이구 세상에, 꿈에 볼까 무섭다."

안에서는 오서방댁의 통곡소리가 들려왔다.

"혼자만 죽었일 성싶제? 저기 송장 한 놈이 앉아 있네! 혼자만 안 죽는다! 사람 직인 놈이 하늘 볼 기가!"

우서방댁이 외치는 소리가 들려왔다.

6장 찾아온 사람

환국이와 윤국이 놋화로를 마주하고 손을 쬐며 침묵을 지키고 있었다. 아까부터 그러고 있는 것이다. 집 안은 조용했다. 마을 쪽에서도 아무 소리가 들려오지 않았다. 끔찍한 사건이 휩쓸고 간 뒤, 그것은 전혀 개인적인 사건이었지만 마을 사람들 정열에 찬물을 끼얹은 결과가 되었던 것이다. 정월 초하룻날, 피비린내 나는 살인사건은 너 나 할 것 없이 마을 사람들 가슴속에 불길한 예고같이 받아들여진 것이다. 서른세 해 만의 살인사건, 마을에서는 잊혀지고 있던 옛일을 새롭게 거론하기 시작했으며 크든 작든 한복이 일가, 최참판댁에 충격을 준 것도 사실이다. 그러나 양가에서는 다 같이 마을에서 일어난 살인사건에 대한 얘기를 기피하는 것이었다. 환국이와 윤국은 번갈아서 입맛을 다시며 마른 입술을 축이곤 한다. 화롯불 탓인지 방 안 공기가 몹시 건조하긴 했다. 그러나 그보다 말머리를 찾아보려는 심리적인 것이었는지 모른다. 침묵은 계속되었다.

환국이 동경서 돌아오기론 양력으로 지난해 세모 때였다. 윤국이 경찰에 연행돼 간 것은 진주고보와 일신여고보, 제일보통학교 그러니까 남녀 중학생과 보통학교 생도들이 가두시위를 벌인 정월 십칠일, 다음 날이었다. 풀려난 것은 음력 설날 전이었으며 학교로부터 무기정학의 처분을 받았다. 문풍지가 운다. 바람 지나가는 소리가 들린다. 환국은 여수로 간다 진주로 간다 하고 실랑이를 벌이다가 진주로 싣고 갔다는 홍이 생각을 잠시 했다. 서로 말을 나누고 친히 지낸 일은 없으나 그러나 서로의 내력이나 관계, 그리고 간도에 함께 가고 함께 고향으로 돌아온 홍이를 너무나 잘 알고 있다. 아니, 그냥 안다는 정도가 아닌 최씨 일가와의 밀접한 관계를 잘 알고 있다. 그의 부친인 용이나 월선은 다 같이 어머니에게는 소중한 사람, 월선은 어머니의 할머니와 보이지 않으나 절실한 유대가 있었으며 이용이는 할아버지가 오직 하나 신임했던 작인의 아들이자 어린 시절의 친구, 그런 얘기들을 구체적으로 들은 바 없지만 어떤 서슬엔가 지나는 말을 귀담아들었고 그것은 어느덧 이야기의 줄거리가 되어 환국이의 마음속에 숨 쉬고 있었던 것이다. 환국의 생각은 박외과로 이동했다. 필시 홍이는 그 박외과에 입원했을 것이기 때문이다. 그러나 그런 자신의, 최씨 일가 언저리의 일에서 자신의 일로, 집안일로 생각은 돌아온다. 정확하게는 동생 윤국의 일이다. 윤국에서부터 생각은 다시 시작된다. 시위현장에서 만난 이순철, 그 모습은 윤국으로부터 시작되는 영상이다. 우람한 몸집에다 털이 북슬북슬한 스웨터를 입고 있어서 더욱 거대해 뵈던 모습,

"너도 나왔구나."

하며 뼈가 으스러지게 손을 쥐던 그 뜨거운 손.

"이 새끼들아! 기운 내!"

입술이 옆으로가 아닌 세로로 찢어지면서 외치는 순철의 음성이 방금 들려오는 것 같다. 후배들을 위해 행렬 밖에서 맹수의 울부짖음과도 같았던 음성. 순철의 거대한 모습은 영화 장면처럼 회전했다. 순철이 대신 허약한 김제생(金濟生)이 나타났다. 뼈와 껍데기뿐이다. 머리는 조그맣고 안경 쓴 얼굴, 얘기에 열중하면 가느다란 손가락 사이에 낀 궐련이 흔들리고 무릎 위에 담뱃재가 떨어졌다. 실상 환국은 김제생의 얼굴을 똑똑히는 그려낼 수가 없다. 안경만 뚜렷했을 뿐 그리고 말라비틀어진 모습만 뚜렷했을 뿐이다. 그는 광주학생사건이 터지자 환국이보다 한발 먼저 고향인 광주로 돌아갔다. 그는 동지사대학(同志社大學)* 영문과에 적을 둔 학생이다. 환국의 하숙집과 가까운 곳에서 자취를 하며 학교에 다니고 있었다. 다 같은 조선인 유학생이고 보면 자연 인사를 하며 지내게 되는데 본시 환국은 비사교적인 성품이요, 상대방은 약간의 적대의식 같은 것을 갖고 있는 듯 처음에는 서먹서먹한 인사만으로 지냈다. 그런데 어디서 누구에게 들었던지, 환국의 부친이

독립투사요 현재 계명회사건으로 복역 중이라는 사실을 안 뒤부터 김제생은 적극적으로 환국에게 접근해왔다. 그는 과격한 사상을 가지고 있었다. 그러나 순직한 면이 더 많은 청년이었다. 순직하다 하여 쉽게 들뜨거나 낭만적인 성격은 아니었다. 환국은 그와 친교를 맺은 후, 그러니까 광주학생사건이 난 11월 3일 이전부터 광주고보에서 일어난 갖가지 사건을 소상하게 들은 바 있었다. 물론 광주고보뿐만 아니라 3·1운동 이후 1920년대부터 전국 각처 수없이 많은 학교에서 항일운동이 계속되어왔던 것은 사실이다. 표면상으로 일인 교사 혹은 일인 교장의 배척, 식민 노예교육인 차별제도 철폐 등을 내세운 맹휴였으나 그것은 물론 항일투쟁이었던 것이다. 그리고 그 운동의 배후에는 반드시 비밀조직이 있어 학생들을 지도한 것도 사실이다. 전국 각처 학교에 불을 지른 11·3 사건 역시 우발적인 단순한 사건은 아니었다. 통학열차 안에서 일본학생이 조선여학생을 희롱했다던가 성저리(城底里) 십자로 작은 다리를 사이에 두고 나무칼 단도 등을 들고 나온 일인 학생, 야구 배트를 들고 나온 조선인 학생들이 대치하였다는 그런 일들은 일본 그네들이 말하는 것처럼 결코 우발적인 것은 아니었다. 뿌리는 이미 1924년 광주고보와 광주중학교(일본인 학교) 사이에 있었던 야구시합에서부터 시작된다. 안도[安東]라는 일인 심판이 편파적인 심판을 함으로써, 항의한 광주고보생이 심판을 구타하고 맹휴로 들어간 사건. 그 사건은 돌발적인 것으로서 몇몇 학생이 퇴학당하는 것으로 끝났으나 응어리가 남아 있었던 것은 두말할 나위 없다. 그 후 1926년 사회주의 물결을 타고 농민운동, 노동운동이 구체성을 띰과 동시 광주고보를 중심하여 농업학교 학생 몇 명이 성진회(醒辰會)를 조직하였으며 1928년 광주고보와 농업학교 맹휴사건을 지도했던 것이다. 1928년의 맹휴사건은 이경채(李景採)사건이 시발점이다. 광주, 송정리 등지에 뿌려진 격문으로 광주고보 오 학년이던 이경채가 조선농민총동맹의 간부, 성진회 관련자들과 함께 피검됨으로써 광주고보의 시라이[白井] 교장이 당국에 사과함과 동시 이경채의 부친을 불러 이경채를 권고 퇴학시킨 사건, 그 사건이 터지자 처음에는 이경채의 동급인 오학년 학생들이 중심이 되어 이경채 권고 퇴학의 이유를 명시하라 하며 학교 당국에 요구했던 것이다. 그러나 그러한 학생단체의 요구는 이경채사건에만 머물지 않았고 확대되어갔다. 확대되어갔다기보다 1924년의 응어리가 터진 것이다. 학교운영에 관한 것, 그중에서도 1927년 학생맹휴 때 약속한 학교시설의 확장을 이행하지 않았던 일, 교장 시라이가 광주고보의 경비를 광주중학교에 양도한 일, 학교도서실에 조선어 서적과 신문이 없다는 점을 들어 일인 교장, 교사의 배척과 조선인 본위의 교육을 내세우며 조직적인 맹휴투쟁으로 들어갔던 것이다. 학교 측은 퇴학, 정학으로 응징하며 양보하지 아니했고 학생들은 맹휴중앙본부의 지휘 아래 보다 격렬하고 과감하게 맞섬으로써 학교 당국에 대한 저항으로부터 일본 식민지정책을 규탄하며 민족의 해방을 표방하는 양상을 띠게 된 것이다. 그러나 학부형, 동창들이 동원되면서 보다 격화되는 방향과 온건한 방향으로 갈라지기 시작했으며 맹휴에서의 탈락자를 단속하는 신경전으로 복잡하게 진행되는 틈을 타서 학교 측은 처벌강화, 철저한 탄압으로 나갔고 그런 만큼 저항은 더욱 강렬히 하여 타협의 실마리도 찾지 못하는 극한상황으로 몰고 갔던 것이다. 그리고 드디어 맹휴를 배신한 몇몇 학생에 대한 구타사건은 재판에 회부되어 실형을 선고받는 결과를 가져왔는데 학교 측은 학부형을 회유하거나 협박하며 학교의 진퇴 문제는 물론 장래의 사회생활에도 미칠 것이라는 위협을 끝없이 되풀이하였던 것이다. 학교와 학생 간의 싸움에서 특징 중의 하나는 소위 문서전(文書戰)이라 할 수 있었다. 학교 당국의 최고문(催告文)과 학생의 격문, 그 숱한 격문은 그 내용으로 보아 일종의 폭동이었다. 수많은 격문 중에는 다음과 같은 구절도 있었다.

'금후 학교 당국으로부터 어떠한 위협 불온적 문서는 전달받더라도 단연 부정하라! 그 문서야말로 제군을 주구화하려는 노예교육 아성의 입장권이다!'

맹휴는 유월에 시작하여 팔월 말부터 경찰이 개입함으로써 사 개월 만에 열여섯 명의 학생이 구속되어 실형을 받고 쉰네 명의 퇴학으로 일단 끝난 것이다. 그것이 1928년, 그러니까 재작년의 일이었던 것이다.

"형!"

환국은 윤국을 쳐다보지 않았고 대답도 하지 않았다.

"이렇게 화롯가에서 손이나 쬐고 앉아 있어도 되는 건가요?"

"……."

"형님은 지금 회피하고 싶은 게지요?"

"윤국아."

"네, 말씀해보세요."

불만이 있을 때 윤국은 필요 이상의 경어를 쓴다.

"근간과 지엽을 너는 모르는 모양이다."

"무슨 뜻이지요?"

"문자 그대로다. 나 자신도 그것을 슬기롭게 헤아릴 만큼 내가 잘났다는 생각을 해본 일은 없다마는."

"그렇다면 나를 비난할 수 없겠지요."

"비난할 수 있지."

"좀 더 정확하게 알아듣기 쉽게 말씀하세요. 저는 형님 같은 수재가 아니니까요."

"바로 그 점이다. 진리 앞에서 수재 둔재를 논한다는 것은 수재든 둔재든 졸장부다. 수재 둔재가 진리 앞에선 좁쌀이니까."

"쳇! 한가합니다."

"화로에 손 쬐고 있는 게 어떠냐? 혁명가는 화롯불 옆에 놓고 얼음목욕 해야 하나?"

윤국은 입을 다물어버린다. 그러다가 한참 뒤에,

"문제는 그런 데 있는 것 아니잖습니까? 답답하다는 얘기지요. 한가하게 있을 수 없다는 얘기지요. 역시 형은 회피하는 겁니다."

"그러면 내가 어떻게 하면 회피 안 하는 거냐? 일본 가서 막노동하면서 노동운동을 하고 이론으로 밤을 지새우고 그러면 너는 이 집에서 내가 해방될 거라 생각하나?"

"나는 이 큰 덩어리 같은 게 싫습니다. 죄악이니까요."

"그래 너의 고민을 이해한다. 나도 그랬고 지금도 그러니까. 너도 러시아의 작가 톨스토이의 작품 하나쯤은 읽었을 게다. 러시아 대귀족 톨스토이, 나는 그가 쓴 책은 대체로 다 읽은 편인데 나는 거기서 아무것도 얻지 못했다."

"무엇을 얻으려고 했어요?"

"개인과 인생과 사회, 인류 문제. 나는 서적을 통해서 꽁지에 불붙은 것처럼 넓은 방 안을 수없이 왔다 갔다 하는 톨스토이를 보았을 뿐이다."

"잘 모르겠어요."

"시초에 그는 재산과 명문을 소유한 문단의 총아였다. 다음은 진보적 자유주의자가 되었고, 하여 명문과 재산은 끊임없이 그를 괴롭히던 것, 명문과 재산 이외 또 하나 있었지. 종교였다. 그 세 가지가 다 미결인 채 그는 세계 구제를 생각하였고 그러기 위하여 무저항주의를 만들었다. 그가 그의 소유물 모두를 버린 것은 훨씬 훗날의 일이었지. 그러나 그는 죽는 날까지 그 자신을 해방하지 못했다. 또 있어, 일본의 아리시마 다케오[有島武郎], 역시 작가지. 그 사람도 톨스토이와 엇비슷한 점이 있는데 톨스토이만큼 몸짓이 크지는 않았다. 그도 사유재산을 모두 포기한 사람 중 한 사람이었다. 내가 생각하기엔 재산을 포기하는 문제보다 인간의 본질과의 싸움, 그것이 아닐까? 두 사람은 다 패배자였으니까. 버린다는 것도 그것도 무서운 집착인 것 같다. 왠지 그런 생각이 들어. 물론 어떤 면에서는 위대하게 살다 갔다 할 수도 있지만, 소유물을 버린다, 가장 철저하게 버린다, 그것은 출가 이외는 없을 것 같다. 군더더기가, 소유라는 망령은 버렸어도 따라올 테니까. 사찰이 아니면 막아낼 도리가 없지."

"그것은 변명이지요. 이것도 저것도 아닌 어정쩡한."

"맞어. 그 사람들이 바로 어정쩡한 데 시달리다 갔지."

"형은 비겁해요. 명확한 건 하나도 없지 않아요?"

"화롯불에 손을 쬐서는 안 된다 그런 명확성 말이냐? 우리 더 크게 명확한 것을 찾아보자. 나도 너도."

하는데 이야기는 중단되고 말았다. 손님이 왔다는 것이었다. 환국이를 찾아왔다는 것이다.

"누굴까?"

"학생이던데요?"

언년의 남편이 말했다. 환국은 이순철이라 생각했다. 그러나 찾아온 사람은 이순철이 아닌 김제생이었다.

"아니, 이게 웬일이오?"

김제생은 피식 웃었다.

"진주 갔다가, 찾아갔다가."

"어서 올라와요."

윤국은 들어서는 김제생을 유심히 쳐다본다.

"동생이오. 윤국아, 인사해. 김제생 씨, 내 친구다."

윤국은 꾸벅 절을 하고 또다시 김제생을 빤히 쳐다본다. 김제생은 개의치 않고 자리에 앉는다.

"정말 뜻밖인데? 별일 없었어요?"

"왜 없었겠소. 별일 없었다면 이 산골까지 찾아왔겠소? 피신 왔지요."

환국의 얼굴은 어두워졌고 윤국의 눈이 빛난다.

"경찰 때문에 그런가요?"

"그렇지요. 광주서는 그놈들이 이번 일을 굉장히 확대하고 있어요. 아주 단단히 조질 모양이오. 이 기회에 신간회도 때리 부숴버릴 작정인 것 같아요."

환국은 천천히 윤국에게 시선을 옮겼다.

"안에 가서 손님 오셨다는 말씀드리고, 어떻게? 점심은."

"하고 왔소."

"그럼 저녁 준비하라고 일러."

의식적으로 윤국이를 몰아낸다. 손님이 왔으면 스스로 나가는데 오늘의 윤국은 나가지 않고 버텼기 때문이다.

"윤국아, 어디서 손님이 오셨니?"

서희가 아들에게 물었다.

"모르겠어요. 동경서 아는 친군가 봐요."

윤국은 광주서 왔다는 얘기를 하지 않았다.

"학생이더군요."

덧붙여 말을 하고 나서, 성난 얼굴로 나가버리는 것이었다.

김제생이 묵은 사랑에서는 밤늦게까지 불이 켜져 있었다. 이튿날 아침 사랑에서 올라온 환국은,

"친구가 여까지 놀러 왔는데 쌍계사에나 한번 갔다 올까 싶습니다."

서희에게 말하는 것이었다.

'음, 쌍계사를 피신처로 작정한 모양이구나.'

윤국은 생각했다.

"어머니 저도 형 따라가면 안 됩니까?"

형을 겨냥해서 윤국이 말했다.

"알아서 하려무나."

그러나 환국은 가타부타 말이 없었다. 조반 때는 윤국이도 함께 세 사람이 사랑에서 들었다. 밥을 먹으면서 환국이는 주로 들어주는 편이며 김제생이 여러 가지 광주사건의 뒷이야기를 했다. 그리고 윤국에게 진주의 학생들 동향 같은 것을 물

어보곤 했다. 김제생은 친구 동생인 윤국에게 각별히 친밀하게 대하지 않았다. 시위가 있은 뒤 경찰에 연행되어 며칠 고생한 일에 대해서도 그러냐고 했을 뿐 그 이상의 관심을 보이지 않았다. 그렇다고 연장자의 권위 같은 것을 세우려 했던 것도 아니었다. 조반이 끝나고 떠나는 일만 남았는데, 따라나서고 싶어 하는 윤국의 태도에는 어떤 열기, 강한 갈망 같은 것이 있었다. 환국은 냉담했다. 냉혹하기까지 했다.

방바닥에 놓인 담뱃갑, 성냥을 챙겨 넣고 일어선 환국은 두루마기를 입는다. 참다 못한 윤국은,

"형님, 나도 함께 가면 안 될까요?"

하며 김제생을 쳐다본다. 김제생은 무정하게 윤국의 시선을 받았다.

"어머님이 걱정하실 테니 너는 여기 있어야 한다."

어조는 평상시와 조금도 다름이 없었다. 다만 눈이 험악했다. 신경질적인 거부의 눈빛이다. 동행을 허락하리라는 기대를 하고 한 말은 아니었지만 윤국은 충격을 받는다. 그와 같은 형의 얼굴은 여태까지 본 적이 없었기 때문이다. 그리고 차마 어머님은 괜찮다 하시더라는 말을 못한다.

"그럼 가볼까요? 김형."

"그럽시다. 이렇게 신세를 져서 미안합니다."

"별말씀을."

망토 자락을 펄럭이며 가는 김제생, 검정 두루마기에 학생

모를 쓴 환국은 김제생보다 반 뼘가량 키가 컸다. 언덕을 내려가는 그들 뒷모습을 바라보는 윤국은 입 안이 타는 것을 느낀다.

'왜 나는 못 가나. 함께 가면 어때서?'

따돌림을 당한 것은 사실이다. 그러나 윤국은 소외감 이상의, 배신을 당한 것만 같은 분노를 참을 수 없다.

'어린애 취급, 이젠 제발이다! 이젠 절대로 사양이다!'

엄격히 말하자면 환국은 동행을 거부했다기보다 김제생에게 접근하려는 윤국의 의지를 꺾은 것이다. 물론 윤국이도 김제생의 피신의 목적인 산중의 절 따위엔 흥미나 관심 같은 것은 없었다.

두 사람의 모습이 시야에서 사라졌다. 음력으로 정월 초여드레, 설과 대보름 한복판이다. 강물엔 아직 살얼음이 남았는가, 둑길을 나뭇짐 진 소년이 간다. 봄은 가까이 오고 있는데 모든 일은 어둡고 희망이 없는 것 같은, 윤국은 아아! 하고 소리 지르고 싶은 것이다.

"도련님 왜 그러고 계시오?"

언년이가 내다보며 물었다.

"추운데 들어가시지요."

"……."

윤국은 양어깨를 추켜세우듯 하며 도리어 언덕길을 내려간다.

"어이구 저 청개구리 도련님."

언년이 나직하게 중얼거렸다. 강가 모래밭까지 간 윤국은 바지 주머니 속에 두 손을 찌르고 강물을 내려다본다. 강물은 다 풀렸지만 가장자리 군데군데 살얼음이 조금씩 흔적을 남기고 있었다. 윤국은 아버지의 얼굴을 모른다. 아버지가 그리운지, 자신의 감정도 실은 애매하다. 그래 그런지 모르지만 세 살 위인 형에게 부성 같은 것을 느낄 때가 가끔 있었다. 형은 자상하고 애정이 깊었으며 언제나 너그러웠다. 한때는 우락부락하고 주먹이 센 이순철을 존경하기도 했으나 형에게 실망한 일은 없었다.

지금도 실망 같은 것은 아니다. 분노였다. 배신을 당한 그런 분노였다. 왜 따돌리나, 나도 학생운동에 앞장서서 유치장 신세까지 졌다. 뜀뛰기에 일등 먹고 뽐내는 아인 줄 아는가, 윤국은 형도 괘씸했지만 김제생의 차가운 눈빛은 불쾌했고 몹시 자존심이 상했던 것이다. 육친으로서 연장자로서 윤국을 아끼고 보호하는 심정에서 그랬으리라는 것을 모르는 바는 아니다. 그리고 윤국의 분노만 하더라도 실은 새삼스런 것이 아니었다. 그동안 계속하여 마음속에서 소용돌이치고 있었으니, 비통했다. 감정의 샘은 넘쳐서 걷잡을 수 없었다. 낯선 집, 울타리를 거머잡고 꺼이꺼이 울고 싶었던 마음, 흐느끼지 않아도 울음의 바닷속으로 꺼져 들어갈 것만 같았던 깊이 모를 슬픔, 어쩌면 그것은 윤국의 열일곱 생애에서 가장 아름답고 성숙한 감정의 약동이었는지 모른다. 장래가 약속된 수재같이 얌전하게 균형을 잡아가며 난 그렇게는 안 살아! 폭탄을 안고 살 테다! 윤국은 마음속으로 그 말을 몇 번 되풀이했는지 모른다. 폭탄을 안고 살 거라구— 한 사내의 얼굴이 떠올랐다. 턱주가리에 홈같이 흉터가 패어 있었다. 너부죽한 얼굴에 안경을 썼고 목은 짧았다. 오십은 아직인 것 같았으며 사십은 넘은 듯 얼핏 보기에 호인이었고 인텔리의 냄새도 풍겼다. 이치카와[市川] 형사, 그는 심야에 학생들을 쓸어넣은 유치장으로 들어왔었다.

"멍텅구리 같은 놈들, 제 나라 지킬 능력이 있었으면 시초에 합병 같은 것 없었을 거 아닌가. 지금에 와서 왕왕거려도 소용 없어. 현실을 직시해라, 현실이 소리로 해결이 되나? 소리란 힘이 아니야. 약자들은 항상 울지. 갓난아기도 항상 울어. 능력이 없기 때문이다. 해서 젖을 안 주면 죽는다. 너희들은 학문을 했으니 알 게다. 대영제국이 인도를 어떻게 다스리고 있는지, 백인이 유색인종을 어떻게 취급하는지, 또 중국에서는 백인식당에 중국인과 개의 출입을 금한다는 팻말이 공공연하게 나붙어 있다고 했다. 역사란 강자가 약자를 지배한 바로 그 자체다. 이집트, 로마, 그리스 그들은 모두 정벌한 타민족을 노예로 삼았다. 노예들은 일생을 지배자 채찍 밑에서 일하지 않으면 안 되었다. 너희들도 이미 아는 얘기다. 그러면, 대일본제국이 너희들 조선인을 개 취급했더냐? 노예로서 몽둥이질하며 사역하였더냐? 내 앞에 앉아 있는 너희들은 누구냐. 노예냐? 개냐? 분명 개도 노예도 아니다. 고등교육을 받고 있는 당당한 학생이라는 사실을 부인하지는 못할 것이다. 너희들이 학생이라는 것은 대일본제국의 은총이다. 옛날에는 서당이 고작이요 그것도 양반의 자식 몇몇이 꿇어앉아서 고리타분한 글자 좀 배우는 정도, 그러나 지금은 신분의 구별 없이 많은 청소년들은 균등하게 새로운 학문의 혜택을 받고 있다. 자아 보아라! 이 유치장을 비춰주는 전등을. 등잔을 켜고 살던 너희들의 생활은 전등으로 바뀌어졌다. 거리에는 자동차, 기차가 달리고 초가집이 있던 자리엔 이 층 건물들이 들어섰다. 진주는 지방 도시다. 서울에 비하면 말할 것도 없고, 부산보다 작은 도시다. 함에도 불구하고 현대문명은 빠짐없이 들어왔다. 방 안에 요강을 들여놓고 긴 담뱃대 물고서 팔자걸음으로 길을 걷는 너희들 조선인은 도시 위생 관념이 없고 게으르다. 그같은 민족성과 문명에 동떨어진 미개한 상태에서 언제? 백 년이 걸려도 안 될 발전을 우리 대일본제국이 실현시킨 것이다. 내 말이 틀렸느냐?"

고개는 꼿꼿이 세우고 눈은 내리깐 채 덩어리 같은 침묵에 잠겨 있던 학생들한테서 별안간 우우— 우우우— 덩어리 같은 소리가 터져 나왔다. 머리카락 하나 움직이지 않았다. 입술도 다물려져 있었다. 우우우 괴성이며 신음이며 분노이며 원한에 사무친 저주의 소리, 이치카와 형사의 얼굴이 시뻘게진다. 말깨나 할 줄 안다고 학생들 설득작전에 나선 모양인데, 혹 그는 온건파에 속하는지도 모른다. 아니면 산전수전 다 겪은 능구렁이, 하기는 경찰직에 종사하여 사십 대가 넘어가고 있다면 노회하지 않다는 것이 이상한 것이다.

"꼬랑지 말고 도망가며 짖는 개 소리로 듣겠다. 그리고 나는 너희들에게 너희들은 꿀벌이다 그 말을 선사하겠다. 침을 찌르고 나면 꿀벌은 죽는다. 다시 찌를 여벌의 침도 없을 뿐만 아니라 벌은 죽을 수밖에 없다. 찔린 사람은 다소 통증을 느끼고 가렵다가 만다. 힘은 역사상 언제나 정의였고 아름다운 것이었다. 그리고 풍요한 것이다! 힘이 없다는 것은 언제나 불의, 추악한 것, 빈곤이다! 멍텅구리 같은 놈들! 뭐 어째? 일본 제국주의를 멸망시키자? 식민지 교육을 철폐하라? 독립을 쟁취하자? 자알 논다. 똑똑히 들어. 대일본제국에 있어서 조선은 우리 피의 대가다! 일청전쟁 일로전쟁, 우리는 그 두 차례 전쟁에서 특히 러시아하고의 전쟁은 만세일계(萬世一系), 우리 국체를 걸었던 전쟁이었다! 우리 젊은이들의 시체 더미와 피바다에서 얻어낸 보상을 너희들이 도로 찾겠다? 길 가다 주운 금화 한 닢이냐? 그러나 나는 너희들 젊은 의기를 존경하는 사람이다. 남아 장부가 그런 용기도 없다면 인간 쓰레기다. 나는 충분히 이해한다. 젊은 사람들한테는 언제든지 어느 곳에서든 문제가 있고 불만이 있게 마련이다. 극락정토에서도 불만은 없어지지 않을 게야. 하지만 현실을 직시하고 인정하는 것도 용기에 속한다. 특히 너희들 같은 입장에서는 더 큰 용기가 필요한 것이다. 현실, 물론 대일본제국이 처한 현실이다. 수천 년의 역사와 문화를 자랑하던 중국은 이제 이 빠진 늙은 호랑이요 만신창이가 되어 자신의 운명도 점쳐볼 수 없는 지경이라는 것은 세계가 다 아는 일이다. 러시아는 말할 것도 없다. 국세가 쇠한 것도 쇠한 것이지마는 공산주의 국가로 세계에서 고립되어 있고, 그러나 그것보다 그들은 백인종이다. 물과 기름, 대일본제국에 이를 가는 너희들도 백인종의 지배는 원치 않을 것이다. 여하튼 아시아에서 그 두 나라를 빼면 그야말로 무풍지대, 대일본제국의 나갈 길을 막을 자 없다! 머지않아 대일본제국은 동양의 맹주가 된다! 그리고 세계를 웅비할 것이다. 꿈이 아니다. 눈앞에 다가오는 바로 그 현실인 것이다. 너희들 조선 민족이 살아남으려면, 또 자손들의 안녕을 보장받고 행복을 누리려면 대일본제국에 동화되어야 한다. 황공하옵게도 천왕폐하께오서는 일시동인(一視同仁)을 유시하셨으니 크나큰 은총에 너희들은 무엇으로 보답하겠느냐. 결사보은해야 하거늘 가소롭게도 꿀벌의 침 하나 가지고 반역을 시도했다. 독립을 쟁취한다고? 조선이 언제 독립국이었었나. 일청전쟁 무렵까지도 조선은 청국의 속국이 아니었나!"

"그것은 사실과 다릅니다!"

오 학년의 홍수관(洪秀寬)이 벌떡 일어서며 외쳤다.

"뭣이?"

"그것은 사실과 다릅니다. 조선 천지 어떤 변방에도 청국인 관리는 단 한 사람도 없었습니다. 조선땅에 거주하는 청국인도 없었소. 다만 그들 사신이 객관에 와서 머물다 선물이나 얻어서 돌아갔지요. 소위 이웃 나라끼리의 친선을 도모하기 위한 절차에 지나지 않았던 것입니다. 그네들의 땅덩어리가 큰 만큼 형제지국이란 명칭에서 형 쪽을 차지했을 뿐입니다."

"건방진 놈, 그러니까 그게 바로 속국 아닌가!"

"그렇다면 묻겠습니다. 일본 요릿집에서 간혹 흘러나오는 기생들의 노래 말입니다. 요이야 사토, 그 노래는 아시겠지요?"

이치카와는 어리둥절했다. 학생들은 큰 소리를 내어 웃었다. 고의적인 큰 웃음소리였다.

"시끄러! 조용히 해!"

악을 쓰고 나서 이치카와는 홍수관을 노려본다.

"할 말 있으면 해봐!"

"네. 요이야 사토의 사토가 무슨 뜻입니까? 아마도 일본사람들은 그 뜻을 모를 겁니다. 사토는 조선말이니까요. 사또는 지방을 다스리는 고급관리에 대한 존칭입니다. 옛날 중국에서 그러했듯이 조선에서도 일본에 소위 친선사절이 갔었고 일본에서는 친선사절을 환영하여 부른 노래가 요이야 사토입니다. 그렇다면 과거 일본은 조선의 속국이었습니까?"

"뭣이 어쩌고 어째!"

삶은 문어같이 시뻘게진 이치카와는,

"누가 그런 말을 했나! 누가 그런 말을 했나!"

하며 홍수관의 뺨을 계속 후려치고 발길로 배를 걷어찼다. 학생들은 일제히 일어섰다. 배를 차여 쓰러졌던 홍수관도 일어섰다. 홍수관의 두 뺨은 일장기를 찍어놓은 듯 선명하게 붉은 동그라미, 그 밖의 얼굴 부분은 백랍같이 희었다. 눈은 불타고 있었다. 처연하고 괴이스런 광경이었다. 흰 머리칼이 희번득이는 이치카와의 머리가 전등 아래서 심하게 흔들렸다.

"왜 때립니까!"

"으음 이 새끼가!"

"지금 나는 독립만세를 부르지 않았습니다. 식민지 노예교육을 철폐하라는 말도 하지 않았습니다. 역사적 사실을 말했을 뿐입니다. 당신네 일본은 일로전쟁 당시 대영제국과 동맹을 맺었습니다. 국력으로 볼 때 분명히 영국은 형의 나라였을 것입니다. 당신의 나라는 그 강대국에서 대가의 약속을 받고 선전포고를 한 것입니다. 그리하여 영국의 땅도 러시아의 땅도 아닌 우리 땅이 제물로 넘어갔습니다. 과거 우리 조선도 오랑캐로 모멸했던 청나라와 싸운 적이 있었습니다. 명나라와의 우의를 저버릴 수 없다는 명분 때문에 싸운 것입니다. 대가도 지원도 없는 외로운 싸움, 만일에 지금 말하듯 속국이거나 식민지였었다면 누가, 하라 하지도 않았던 전쟁을 왜 합니까. 억압해온 힘에서 벗어난 기쁨 때문에 만세를 불렀음 불렀지, 검(劍)을 싫어하기에 뺀 검이었고 야만을 싫어하는 검, 침략을 싫어하는 검, 그래도 조선이 미개국(未開國)입니까?"

이치카와는 격노하여 신음 소리를 내며 덤벼들려다 무슨 생각을 했는지 안경을 벗었다. 손수건을 꺼내어 닦기 시작했다. 홍수관은 눈을 떨어뜨렸다. 절망적인 모습이었다.

나이는 스무 살, 장래가 촉망되던 수재, 과묵하고 남과 잘 어울리지 않으며 늘 외로워 보였던 홍수관, 일인 교사들도 그의 인품을 사랑했고 명석한 두뇌에 경의를 표했었다. 한동안의 침묵, 돌덩어리같이 굳어 있었던 한방의 동급 하급의 학생들은 차츰 숨 가쁜 입김을 내뿜는다. 홍수관의 반항이 놀랍기도 했지만 다음 벌어질 일에 대한 긴장은 터질 듯 고조에 달했다. 손수건을 호주머니 속에 집어넣고 안경을 쓴 이치카와는 씩 웃었다. 뱀이 꼬리를 치며 지나가는, 웃음은 소름 끼치게 기분 나쁜 것이었다.

"너 말대로 하자면 역사적인 사실로서 현재의 얘기는 아니다. 역사란 사가에 따라 다르고 선 자리에 따라서 다르지만 네가 역사를 어떻게 보는가 그따위 것은 일단 접어두고, 현재 얘기나 하자. 너는 아까 독립만세를 부르지 않았는데 왜 때리느냐 했지? 식민지 노예교육을 철폐하라는 말도 하지 않았는데 왜 때리느냐 했겠다?"

빨갛게 타던 홍수관의 양 볼에서 핏기가 빠져나간다. 새파랗게 질린다. 이치카와의 의도를 깨달은 것이다.

"앞으로 독립만세를 부르지 않을 것이다, 식민지 노예교육 철폐하라는 말도 하지 않을 것이다, 그 뜻이냐?"

"……."

"역사에 대한 견해는 앞으로 달라질 수도 있다. 그리고 지나간 일이니까, 너는 매우 똑똑하다. 아깝다. 해서 나는 확인하려는 거다. 여기 잡혀온 행위는 두 번 다시 되풀이 않겠다, 그 뜻으로 받아도 좋은가?"

"……."

"행위뿐만 아니라 마음으로부터 그런 생각을 안 할 것으로 믿어도 좋은가? 안 했는데 왜 때리느냐, 그 항의는 매우 중요한 너의 심정일 것이기 때문이다."

"형, 말하지 마! 두 달이면 졸업이다!"

윤국은 자신도 모르게 외치고 있었다.

그 말은 들은 척도 않고 이치카와는 기름을 짜듯 육박해간다.

"너의 항의는 매우 희망적이다. 인재는 어느 곳에서든 필요하니까. 앞으로 대일본제국에 반역하는 행위와 생각을 않겠다, 그러냐? 대답하라."

"아닙니다. 마음속으로 안 할 수 없지요."

"좋다. 그러면 행위는 아니할 것이다, 그 말이겠다?"

홍수관의 얼굴은 풀빛이 되었다. 다른 학생들은 고개를 숙이며 모두 이를 악물었다.

"마음속으로 안 할 수 없다. 그러나 행동은 안 할 수 있다, 그렇게 되는 얘기구나."

"아니오."

나직한 목소리였다. 그러나 다음,

"아닙니다! 아니요오!"

외친다.

"마음과 행위는 언제나 그럴 것이오! 내 나라 독립을 위해 죽는 그날까지! 비록 생명을 건 침 하나밖에 가진 것이 없을지라도."

홍수관은 마루에 구부리고 앉았다. 두 손으로 머리를 붙잡고 오열한다. 윤국이도 울었다. 모두 울었다. 두 달 후면 홍수관은 졸업한다. 학교 근처에서 구멍가게를 하는 홀어머니를 위해 홍수관은 울었을 것이다. 그의 집이 가난하다는 것, 잿물이며 숯이며 사탕 따위를 집 앞에 내놓고 파는 그의 홀어머니, 여름에는 풀을 쑤어 팔았고 겨울에는 나뭇단도 갖다 놓고 팔았으며 사철 머리에 수건을 쓰고, 시위하던 날에도 맨 먼저 학교로 달려왔던 그의 어머니였다.

"수관아 만세를 부르믄 잽히간다 카던데 우짤라꼬 니가."

"걱정 마이소, 어머니."

수관은 웃었다. 그리고 어머니의 등을 밀었다.

"그라믄 나도 함께 따라갈 기다. 니가 하는 일에 에미가 못 하겄나."

수관의 어머니는 시위행렬을 따라다녔다. 아들 옆을, 계속 따라다녔다. 수건을 쓴 채, 치맛자락을 걷어 콧물을 닦아가며. 친구들과 후배들은 수관이 가난했기 때문에 함께 울었다. 그의 어머니를 알기 때문에 울었다.

"너는 죽었다. 퇴학은 물론이고 콩밥을 먹게 된다. 콩밥이 끝난 뒤에도 너는 내 눈 밖에 벗어날 수는 없을 게야, 역사적 사실 운운한 것만으로도 너의 반역죄는 충분했지만 말이야, 하하핫핫핫핫…… 하하하핫……."

광대처럼, 들린 것처럼 이치카와는 웃으며 나갔다.

윤국은 돌을 주워 이치카와의 얼굴을, 턱주가리에 홈같이 패었던 흉터를 겨냥하듯 강물을 향해 던진다.

'형, 말하지 마! 두 달이면 졸업이다!'

평소에 친분이 있었던 사이도 아니었다. 선후배의 예절은 엄격했다. 그러나 윤국은 홍수관을 친형으로 착각했던 것이다. 반말을 한 것은 육친으로 착각한 순간 때문이다.

물결이 세차게 밀려오는 곳엔 얼음이 녹고 없었다. 축축이 젖은 모래는 여인네 살갗처럼 부드러웠다. 윤국은 마른 모래 한 줌을 집어올린다. 왠지 따뜻한 것 같은 생각이 든다. 진주의 남강 모래와 섬진강의 모래는 다르다. 섬진강의 모래는 순백색이며 가루같이 부드러웠고, 남강의 모래는 느낄까 말까, 그런 분홍빛, 아주아주 연한 밀빛, 그리고 좀 거칠었다. 윤국은 어릴 적 이웃에 살던 원조를 생각한다. 항상 코를 흘려 코

밑이 빨갛던 아이였다, 남강 모래밭에서 함께 놀 적에.

"야, 윤국아! 이것 봐라! 모래가 반짝반짝하지이? 반짝반짝 하는 거는 다 금이다. 남강 모래가 얼매나 많노? 그라믄 금도 참 많을 기다 그장? 후제 이 모래를 내가 쳐서 금을 자꾸자꾸 모아가지고 너거 집맨크로 부자가 될 기다."

그러던 원조는 보통학교도 이 년에서 중퇴하고 시골 다니는 소금장수가 되었다던가. 윤국이보다 두 살 위였으니까 열아홉일 것이다. 왜 뜻밖에 원조 생각을 했는지 윤국이 자신도 알 수 없었다. 가난 때문이었는지 모른다. 홍수관의 가난 때문에. 윤국은 강을 따라 내려간다. 모래밭이 좁아지면서 바위가 솟아나온 곳, 방학 때 오면 곧잘 낚시를 즐기던 곳이다. 옛날에 얼굴이 빡빡 얽은 목수 한 사람이 있었는데 그도 이곳에서 낚싯줄을 던져놓고 세상일을 생각했다던가. 윤국은 솟아나온 바위를 따라서 돌았다.

"……?"

바위에 가려져 둑에서는 잘 보이지 않는 곳이었는데 윤국은 걸음을 멈춘다. 계집아이가 울고 있었다. 회색 바지 자락에 검정 치마가 얹혀 있는 두 무릎에 얼굴을 묻고 흐느끼며 울고 있었다. 양회색 인조견으로 누빈 누비저고리의 도련이, 울고 있는 그의 심장같이 흔들린다. 이따금 얼굴을 들고 치맛자락으로 눈물을 닦곤 한다. 걸레를 빨러 나왔던지 발아래 놓인 통 새끼(작은 통) 속에는 꼭 짠 걸레 몇 개와 방망이가 들어 있었다. 윤국이 내려다보고 있는 것을 모르는 계집아이는 여전히 치맛자락으로 눈물을 닦아가며 운다. 손목은 터서 피딱지가 앉아 있었다. 그러나 옷은 따뜻하게 입었고 오목한 검정 고무신 속의 버선도 솜을 많이 두었는가 도토롬했다. 이윽고 계집아이는 두 손으로 강물을 모아 얼굴을 씻기 시작했다. 또다시 치맛자락을 걷어 앉은 채 얼굴을 닦는다. 놀려주고 흉보듯 까마귀가 짖으며 강을 질러 날아간다.

"오매!"

통 새끼를 이고 돌아서려다 말고 계집아이는 나자빠질 듯이 뒷걸음을 쳤다.

"왜 울었어?"

입술만 떤다. 미처 도망치지 못한 눈동자는 가엾게 고정이 되지 못하고 있다. 울어서 그랬을 테지, 강물에 얼굴을 씻어 그런가, 아니 너무 놀라서 그랬을 것이다. 얼굴은 해 떨어지기 직전의 그 진분홍 노을이었다. 살갗이 터질 듯 피가 소용돌이치는 것 같다.

"왜 울었어?"

"저기."

가겠으니 길을 비켜달라는 시늉을 한다.

"왜 울었는가 말해야 보내준다."

"저기."

"누구네 집 딸이지?"

그 말에 다시 놀라며 뒷걸음질치는데 계집아이는 학생이 누군지 알고 있는 모양이었다.

"누구네 집 딸이야?"

"주, 주막집의."

"아아 그 할머니이? 아 아니지. 그럼 손녀가?"

"아니요."

눈을 내리깐다. 영산댁의 양녀라던 숙이다.

"그럼."

"아배가 버리고 가, 갔십니다."

"그러면 할머니가 구박을 해서 울었나?"

"아, 아닙니다."

통 새끼를 인 채 눈을 내리깔았는데 눈물이 또 흘러내린다.

"바른 대로 말해. 내가 가서 혼내줄게."

"그기이 아니고 으흐흣…… 그, 그기이 아닙니다."

"말을 해야 길을 비켜준다. 왜 울었지?"

윤국은 계집아이, 숙이가 이고 있는 통을 달랑 내려놓는다. 숙이는 주질러 앉으며 흐느껴 운다.

"아, 아배하고 동생이 보, 보고 접어서 으흐흣……."

울면서 숙이는 머지않아 죽을 그런 병에 걸린 아비하고 사내동생 세 식구가 방랑한 얘기를 했다. 방랑길에 이곳 주막을 찾아들었고 하룻밤을 묵었는데 이튿날 아침 잠에서 깨어보니 아비는 어린 동생을 데리고 간 곳이 없어졌더라는 것이다. 지금쯤 아비는 죽었을 것이 분명하고 어린 동생은 이 추운 겨울을 어디서 나고 있으며 무사하기는 하겠는가 대강 그런 얘기였다.

"그럼 어머니는."

"모리겄소."

"죽지는 않았다 그 말이냐?"

"그것도 모리겄소."

완고했다. 윤국은 숙이에게 길을 내어주었다. 숙이는 늦었다 싶었는지 둑길을 날듯 걸어갔다. 머리 꽁지가 흔들리는 것을 멀리서도 볼 수 있었다. 사춘기의 호기심은 결코 아니었다. 울음에 끌렸고 왜 슬픈가에 끌렸을 뿐이다. 그러나 해 떨어지기 직전의 진홍빛 노을 같았던 얼굴은 매우 인상적이었다. 숙의 모습이 사라진 뒤 호주머니에 두 손을 찌르고 강물을 내려다본다. 출렁거리는 물 속에서 윤국은 일장기를 찍은 것만 같았던 홍수관의 얼굴을 본다.

"그것은 무슨 빛깔일까? 홍진일까."

홍진의 빛깔이 무슨 빛인지 모르지만 붉다는 것과 병이라는 연상 때문에 윤국은 중얼거려보는 것이다.

7장 산사(山寺)

놀러 온 친구라는 말 이외 일절 설명이 없었지만 서희가 모를 리 없었다. 그러나 아들 환국을 신뢰하고 있었기 때문에 어떻게 된 친구냐고 추궁하지 않았다. 의혹을 내색하지도 않았다. 이미 환국은 성인으로서 가장과도 같은 집안의 기둥이었다. 신중하고 책임감이 강하니까 선처하리라, 그 생각과 함께 서희는 아들을 존중했던 것이다. 한 가닥의 불안은 있었다. 이제는 이래라저래라 하기 어려워진 아들, 품 밖에 나가 버린 아들에 대한 어미로서의 외로움도 있었다. 어두운 현실과 찬란한 삶을 마주하여 저 혼자만의 세계를 구축하고 저 투쟁의 차비를 차리는 윤국이도 서희에게 외로움을 재촉했다. 남편의 존재, 봄이 가고 여름이 오면 출옥하게 될 김길상은 실감할 수 없게 멀기만 하였고, 얻는 과정에서 잃어가는 과정을, 아니 얻었기 때문에 잃어야 하는 과정을 서희는 시시각각 느낀다. 팽창에서 위축의 과정으로 들어선 육체적 자각과 더불어. 그 무섭고 끈질겼던 집념은 다 어디로 갔는가. 이를 악물며 열 손톱이 닳아 빠져도 기필코 탈환하리라 맹서하였던 평사리의 옛집, 추억은 살아서 구석구석에, 능소화가 피던 울타리며 버들잎이 떨어지던 연당이며 흔적은 도처에 산재해 있건만 거궁한 집은 때때로 낡은 상여 틀같이 느껴진다. 황량하고 공허하게 넋이 떠난 시체와도 같이, 햇빛이 눈부신 들판도 그러했다. 모두가 최참판네 소유인 기름진 땅, 여름밤이면 맹꽁이가 울어 젖히는 정다운 땅이건만 가도 끝이 없는 만주 벌판의 해 질 무렵, 황막한 사막으로 느껴질 때가 있다. 무슨 까닭인가.

'아이들은 이 재물을 원치 않는다. 무거운 짐짝같이 생각한다. 아암 그래야겠지. 부잣집 난봉꾼, 병신이 되어도 아니 될 게야.'

거울 앞에서 머리를 빗으며 서희는 서글픈 미소를 띤다. 얻고 잃는 것이 모두 꿈같이, 짧은 생애의 덧없는 일이라면 놓아도 좋으련만, 놓은들 잡은들 마찬가진 것을, 기왕의 지난날 치열하였던 불길은 그렇다 치고, 지금 가슴을 짓누르는 마음의 맷돌은 들어내고 허(虛)한 대로 고통에서 놓여남직도 하건만 뜻대로 아니 되니 인성의 본질인가 하고 서희는 한숨을 내쉰다.

'내게 베푼 사람은 진실로 할머님 한 분밖에 아니 계셨던가. 내 할머님, 그리고 위의 할머님 또 할머님, 그분들이 청상이 아니었던들 오늘날 최참판댁 재물은 없었을 것이며 그 옛날에도 최참판댁 재물은 없었을 것이다. 베푸는 자는 항상 무자비한 존재요 외로운 사람, 이 집안의 과수들은 끝내 베푸는 자리를 지켰으며 무자비한 군주였었더란 말인가. 청상은 베풂을 받아서도 아니 되고 능멸을 받아서도 아니 되느니, 가을마다 곡식 섬의 수를 헤어야 했던 그 가는 손목의 과수들, 어

찌 참혹하지 아니할꼬. 천형의 죄인이로다.'

"마님."

문밖에서 언년이 불렀다.

"무슨 일이냐."

"약 가져왔습니다."

"오냐."

약사발을 들고 들어왔다. 서희 눈언저리가 젖어 있는 것을 본 언년이 경악하여 어쩔 줄을 모른다. 하려고 마음먹으면 못 할 것이 없는 여인에게도 눈물이 있었던가, 언년은 그렇게 생각했는지 모른다. 서희의 눈물을 본 일이 없었으니까.

"엎지르겠구나."

"네. 알맞게 식었습니다. 드, 드십시오."

약사발을 내려놓고 기다린다. 서희는 쓴 약을 마신다.

'잘해주면 얕보고 못하면 원망한다. 내 눈의 눈물은 며칠 동안 버릇없는 웃음이 될 것이며 불만의 얼굴, 거역의 몸짓이 될 것이다.'

약사발을 내려놓는다.

"장서방은 아직 안 왔느냐?"

"네."

대답하고 언년이 얼른 나가려 하자,

"잠깐."

"네?"

"너의 아비는 연로하여 안 될 것이고 마을로 내려가서 읍내 이부사댁을 아는 장정 한 사람을 불러오너라."

"네."

"소달구지도 준비하게 일러라."

해가 중천에 기우는데 벼 열 섬을 실은 달구지는 육로로 떠나고 서희는 유모와 함께 나룻배를 탔다. 머리를 싸맨 회색 비단 수건이 바람에 몹시 나부낀다. 가지색 두루마기는 서희의 얼굴을 창백하게 했다. 사공은 감히 서희 쪽을 쳐다보지도 못하고 열심히 노만 저었다. 강물은 찬란했다. 햇빛이 보석같이 부서지고 있었으며 뱃전에서는 물속을 헤엄치는 고기 떼를 볼 수 있었다. 상류 쪽에서 배를 타고 온 두 사나이는 장사꾼인 것 같았다. 정월 대보름을 앞두고 밤 대추값이 금값이라는 둥 작년에는 대추 흉년이어서 그렇다는 둥, 그러다가 세상일로 이야기는 돌아갔다.

"공연한 짓 하지, 공연한 짓 해. 3·1만세, 그런께 꼭 십 년 전이가? 십일 년째로 접어드는구만. 그때야 방방곡곡 들고 안 일어난 곳 있었나, 장터마다 사람 모인 곳이라 카믄. 당장 독립이 될 것 같았지. 그래도 영악한 왜놈우 새끼들 눈 하나 깜짝 안 했는데 섣불리 나섰다가 얼매나 사람이 또 다칠 긴고."

"닭우 새끼맨크로 착착 잡아 가둣는다 카이. 퇴학당하고 콩밥 묵고, 당하는 사람만 억울한 기라."

"억울하지. 우리네야 평생 억울한께 그 위에 또 겹치기로 억울하다가는 간다. 함부로 입 놀리지 말아야, 그저 배 부르고 등 따시믄 다스리는 놈이사 귀신이믄 우떻고 도깨비믄 상관 있겄나."

사내는 손가락으로 한쪽 콧구멍을 누르며 강물을 향해 힝! 하고 코를 푼다.

"등 따시고 배부른 기이 예삿일가? 무신 복에? 허덕이다가 꼬꾸라지믄 그만, 별수 없일 기구마. 아 참, 이 보래, 보래!"

"와 별안간 심이 넘어가노."

"여수에서 말이다."

"여수에서 무슨 일 났다 카더나?"

"아아니 그게 아니고 여수에서 광주까지 철로가 생긴다는 말 니도 들었제?"

"들었제. 그기이 우쨌다고?"

"우리 그 차편으로 건어물장시 안 해볼라나?"

"흥, 혼자 똑똑하고나."

"무신 말고?"

"자네 밑천 단단한갑제?"

"와 그리 삐딱하게 나오노. 피차 주머니 사정은 뻔한 기고."

"얼빠진 소리는 그만두어라. 그 장시할 밑천이 있다믄 나는 땅 사서 편안히 농사나 짓고 살겄다."

"편안히 농사지을 땅을 살 수 있는 형편이라믄 미쳤다고 그런 궁리를 하까."

"여수하고 광주 사이에 철로가 난다는 이 얘기는 니하고 나하고만 아는 일이제, 그제?"

"허 참, 같은 말이믄 신작로같이 바르게 해줄 수 없겄나? 답댑이, 그래서 얻어묵을 술잔도 놓치지 않나. 그런데 자네 말로는 내 남 지간에 모두가 덤빌 기다, 그런께 장사 못한다 그 말인 모앵인데 하여간에 그도 그렇겄다."

"하나는 알고 둘은 모리는고나. 자네를 따라 사는 사람, 속병이나 없는지, 아 그래 철로가 나믄 사람 실은 기차만 댕긴다 카더나?"

"그러씨……."

"화물차는 안 댕기고?"

"그렇게 되나?"

"그렇게 되나가 멋고? 자본 많은 놈들 화물차에 물건 그득 그득 실어다가 광주 바닥에 헐값으로 풀어먹일 긴데 장돌뱅이 발 딜이놓을 자리가 어디 있을꼬? 기왕에 하던 소자본의 장사꾼도 산간으로 쫓기가게 생깄다. 비질이 끝나고 나믄 다음에는 부르는 기이 값일 기고, 손도 안 대고 코 푸는 격이제. 마, 이를테믄 물건장시가 아니고 돈장시다 할 수 있제."

사나이는 반대편 콧구멍을 누르고 강을 향해 나머지 코를 힝! 하고 푼다.

"듣고 보이, 도부장시밖에 할 기이 없네."

"그것도 옛말이네. 농군들 됫박질하는 손이 자꾸 옹구라든께.”

“인심이 점점 야박해진다.”

“인심 쓸 기이 있이야 인심도 후해지는 거 아니겄나?”

서희 귓가에 흘러들어오는 그들 장사꾼들의 대화는 생소한 것은 아니었다. 이십 년 전에 벌써 자본의 마력을 휘둘렀던 장본인이었으니까. 하동읍 나루터에 내렸다.

‘찾을 수 있겠지.’

오가며 지나치기는 했었지만 이부사댁을 찾아가는 것은 열여섯 살 때 간도로 떠나기 위해 며칠인가 묵은 뒤 지금이 처음이다. 왜 그렇게 소원했는지 확실한 이유는 알 수 없었다. 또 갑자기 오늘 집을 나서 이곳을 찾는 자기 행동에 대해서도 무슨 까닭인지 서희는 알 수 없었다.

‘하기는 시우어머니도 나를 만나러 온 적이 없었다.’

해마다 가을이면 적잖은 양곡을 보냈었지만 상현의 댁네 시우어머니는 얼굴 한번 비치지 않았다. 그것은 예의가 아니었다. 나뭇잎이 없는 감나무가 보인다. 영문을 모르고 말없이 따라오던 유모는 서희가 걸음을 멈추자 함께 걸음을 멈춘다. 팔뚝같이 손목같이 손가락같이, 크고 작은 감나무 가지는 허공을 찌르듯 앙상히 뻗어 있다. 거무죽죽한 고목. 억쇠가 엉기적엉기적 걸어나오다가 서희를 보고 기절초풍한다. 그러니까 육로로 보낸 볏섬 실은 달구지는 아직 도착하지 않았던 모양이다.

"아이구 이 일을, 아니 참말로."

하다가 집 안으로 쫓아 들어간다.

"마님! 마님!"

잿빛으로 바랜 대문간 기둥을 서희는 쳐다본다. 벌레가 먹어 곰보같이 구멍이 송송한 잿빛 기둥, 머지않아 붕괴할 것 같았다. 한참을 기다려도 시우어머니는 나타나지 않았다.

'그때 내가 간도로 떠나지 않았더라면, 이부사댁 서방님은 부인을 이렇게 내버리지 않았을까?'

조바심이 난 억쇠는 안마당을 왔다 갔다 했다. 양가의 오랜 친분도 친분이지만 잊지 않고 식량을 보내주는 구세주와 같은 서희의 행차인 만큼 시우어머니가 늑장을 부리는 듯한 인상이 억쇠 마음에 걸리는 것이다. 이가 빠져서 양 볼이 꺼진 유월이는,

"문간에 이러고 기시믄, 너무 황송해서, 들어오십시오 마님."

꾸벅꾸벅 절을 했다. 이윽고 시우어머니는 나타났다. 옷을 갈아입고 버선도 갈아 신고 머리도 매만진 것 같았다.

"누추한 곳에 어인 일로."

충격을 받은 모양이다. 질린 얼굴이었다.

"지척을 오가면서 한번 찾아뵙지 못하고 용서하십시오."

정중하게 사과한다.

"아닙니다. 사죄를 해야 할 사람은 제 쪽이지요. 많은 은혜를 입으면서도 보답 한번 못하고 예가 아닌 줄 알면서, 뭐라

드릴 말씀이 없습니다."

시우어머니도 고개를 숙이며 인사치레를 했다.

"어서 드십시오. 누추하여 부끄럽습니다만."

방으로 들어가 두 여인은 서로 마주 보고 앉는다. 화로에는 인두가 꽂혀 있었다. 급히 치운 모양이지만 삯바느질을 한 흔적이 역력했다.

"상을 당하셨을 때도……."

"그런 말씀을 자꾸 하시면 저로서는 눈 둘 곳이 없어집니다. 바깥분께서 그런 일을 당하셨다는 말을 듣고, 진주로 가볼 생각을 몇 번이나 했습니다만 오히려 번거로움만 끼칠 것 같고 해서…… 저이들 사는 형편이."

시우어머니는 희미하게 웃었다. 바깥어른 바깥양반, 상례적인 그 말을 쓰지 않았다. 바깥분, 순간이었으나 힐난과 모멸을 엿볼 수 있었다.

"저희 집의 둘째는 풀려났습니다만 댁의 아드님은."

어색해진 곳을 헤쳐 들어가듯 서희가 물었다.

"아직……."

낯빛이 어두워진다.

"중학교 학생도 아니었는데 어찌 그리되었습니까?"

"방학이라 부산으로 나갔다가 운수가 나빴지요. 졸업생이라구, 뭐 배후조종을 했다나요? 학교 다닐 때 그런 일도 좀 있고 해서 의심을 받은 모양입니다."

시우는 환국이보다 한 해 늦게 중학을 나와서 서울, 경의전(京醫專)으로 들어갔다.

"학비는 어떻게? 물론 어려우시겠지요."

"작은집에서, 외삼촌도 도와주시고 해서 이럭저럭 크게 부족하지는 않습니다."

시우어머니는 방바닥을 내려다보며 대답했다. 유월이 작설차를 끓여서 들여왔다. 마침 목이 말랐던 서희는 찻잔을 들었다. 따끈한 차 한 모금을 마신다.

"생각해보면 양가가 다 남다른 액운을 겪는 것 같습니다. 그때 제가 간도로 아니 갔던들."

시우어머니는 고개를 번쩍 들었다. 의혹을 담은 눈이 서희를 바라본다. 서희는 미소를 짓고 있었다.

"그 일은…… 그렇지가 않지요. 아버님께서 그곳에 계시지 않았던들 그 양반이 떠났겠습니까."

여자를 느끼게 한다. 이십여 년의 세월이 없었던 것처럼 생생하며 고통스러운 적대 의식이다. 시우어머니는 윤씨부인이 상현을 손녀사위로 탐냈었다는 옛일을 알고 있을 것이다. 사정이야 여하튼 열여섯의 꽃다운 소녀와 열여덟 홍안의 소년이 먼 북변 남의 땅을 향해 떠났다는 것, 그 자체만으로도 괴로웠을 것이 아닌가. 사실 상현의 인생에 최서희는 막대한 영향을 끼쳤다. 그것을 부인할 수는 없다. 시우어머니 마음속에 응어리가 남아 있는 것은 너무나 당연한 일이다. 원망을 하려면 할 수 있는 것이다. 허약해지기는 했지만 서희의 천성적인 미모는 아직 그 잔영이 뚜렷하였고 귀부인으로서 틀이 잡혀 있었다. 그러나 시우어머니는 영락한 반가의 찌들고 완고해진 모습으로, 눈물조차 내색 않는, 저 고목 감나무를 연상케 하였다. 그러나 서희는 상현에 대하여 명경지수 같은 마음이다. 이성에, 혹은 남편에 대한 애정의 절제는 시우어머니나 서희가 다 같이 다를 바 없었으나 상현에 대한 애정의 절제는 먼, 먼 옛날의 얘기였다. 남편 길상에 대해서도 서희는 운명적인 것으로 그 애정을 간주하였지만 보다 자식들의 아비로서 큰 의미를 지니고 있었다. 여하튼 두 여인의 대면은 서로가 표현할 수 없는 착잡한 구석지로 몰린 결과를 가져왔다.

"시우아버님 소식은 듣는지요."

"모릅니다. 잊고 살아야지요."

"네……."

'양현의 존재를 안다면 시우어머니는 어떻게 나올까? 나에게 대한 오랜 고통을 풀어버릴까? 그러나 그럴 수는 없지. 양현을 위하여…… 먼 후일 알게 되더라도.'

서희 눈앞에 명희와 봉순이의 얼굴이 번갈아 나타났다. 의남매가 되자고 했을 때, 길상에게 시집가겠다 했을 때 격노하였던 상현의 얼굴이 떠오른다. 술래잡기, 아무도 잡히고 잡은 사람은 없다. 네 여자와 한 사나이의 얼굴은, 얼굴만이 어두운 하늘의 외로운 달처럼 여기저기 댕그마니 떠 있을 뿐이다.

서희는 달구지에 실은 볏섬이 도착하기 전에 떠나야겠다고 생각한다.

이튿날 아침, 밤늦게 왔다면서 연학이 나타났다.

"다친 사람은 어찌 되었소."

"다행히 생명에는 지장이 없는 모양입니다. 수술도 무사히 끝나고, 선생님이 안부 전하라 하시더만요."

"음, 정월 초하루에 무슨 횡액인고."

"마을 인심도 술렁술렁하는 것 같습니다."

"그는 그렇고 그저께 친구라면서 큰애를 찾아온 학생이 있었는데,"

"네. 진주에 왔었다는 말은 들었습니다."

"피신하러 오지 않았나 싶은데, 장서방은 어떻게 생각하오?"

"저도 그 생각을 해보았습니다."

"쌍계사 구경을 하겠다고 어제 떠났으니 장서방이 알아서 처리하시오."

"네. 서울 가시는 일은."

"큰아이가 오면 떠나겠소."

"그리고 저어, 정선생이 간도에서 무사하다는 기별이 있었습니다."

한복이 돌아왔다는 얘기는 생략한다.

"그래요?"

그런 뒤 서희는 침묵을 지킨다. 속을 알 수 없는 예의 그 침묵이다. 연학은 기다린다. 기다리는 것은 무슨 조처를 하라는 압력이기도 했다. 최씨 일가를 재건하는 데 말단이지만 정석이도 공로자 중 한 사람이다. 정석으로서는 아비를 죽게 한 조준구를 파멸하게 하겠다는 일념에서 어린 나이에 가담하였고 그것이 동기가 되어 오늘 남다른 길을 걷고 있으나 어쨌든 결과적으로 공로자다. 그러나 그런 점을 유념하는 것을 서희는 싫어했다. 정석이 역시 비루하게 도움받기를 원치 않았다. 그렇다고는 하지만 서로가 다른 위치에서 상부상조해온 것을 부인 못한다. 서희는 침묵을 지키고 연학은 기다리는데…….

"가엾은 계집……."

서희는 탄식한다. 봉순이를 두고 하는 말인 것을 연학이도 안다.

"그러니까 생활이 될 만큼 부칠 땅은 준 것으로 아는데."

석이 식구에게 비로소 이야기는 돌아갔다.

"직접 부치는 게 아니고 사위가."

"그건 나도 알아요."

"네."

"장서방이 정선생을 위해 맘 쓰는 것 고마운 일이오. 하지만 너무 다그치지 마시오. 나라고 지치지 아니하겠소? 한두 가지 생각하고 처리하는 사람과 백 가지를 생각하고 처리하는 사람, 백 가지를 생각하고 처리하는 사람은 항상 미흡하고 원성 사게 마련이지요."

"그, 그런 게 아니라."

"아니기는 뭐가 아니겠소."

양미간에 힘줄을 바짝 세우다가 누른다.

"정선생 아들아이 취학할 나이면 읍내 학교에 보내도록 하시오."

연학은 서희 앞에서 물러났다. 후우 하고 숨을 내쉰다. 석이 모친에게조차 알리지 못하는 일을 서희에게 보고한 것은, 지금까지의 관례가 그러했기 때문이다. 원하든 원치 않든, 적극적이든 소극적이든 최서희는 계속 일에 관련되어왔었고 어려울 때 큰 몫을 해온 것은 사실이다. 정미년(丁未年), 일군에 의해 이 나라 군대의 해산이 있었고 참령 박성환(朴星換)이 자결했으며 해산을 거부한 군대의 마지막 저항이 있었던 그해, 평사리에서는 윤보 목수가 이끄는 마을 장정들이 최참판댁을 습격했었다. 나이 어린 여주인 최서희를 밀어내고 깡그리 횡령하여 당주로 군림하던 친일파 조준구를 응징하기 위하여, 군자금으로 재물과 군량미를 실어내기 위하여, 그 시작에서부터 자의든 타의든 서희가 그들, 맥을 이어온 사람들의 방패 역할을 해왔던 것도 사실이다, 운명적인 것이라 해도 좋을 것이지만 그것은 또 필연적인 것이기도 했다. 얽히고설킨 인연의 거미줄 한 가닥에서 뻗어나는 새로운 줄기 또 새로운 줄기, 복잡하고 다난했다. 한 그루 나무로 비유한다면 잔가지가 무성했다. 이제 최씨네 나무 둥어리는 시비하지 않아도 저

절로 살찌게 돼 있었지만 그렇기 때문에 잔가지를 쳐내지 않았던 것은 아니었다. 살찌지만 외로운 나무 둥어리엔 잔가지가 무성했다. 열매는 미지수지만. 두 아들을 제외한다면 마지막 핏줄이었던 김환이, 윤씨의 고통의 응혈이던 김환의 존재와 남편 김길상이 잔가지를 치지 않고 지탱하는 이유 중의 가장 큰 의미를 지녔었는지 모른다.

연학이 쌍계사로 찾아왔을 때 해는 좀 남아 있었다. 절문이 멀리 바라다보이는 개울가에 환국은 혼자 서 있었다.

두루마기를 벗은 바지저고리 차림이었다. 잎 떨어진 나뭇가지를 휘어잡고 하염없이 흐르는 개울을 내려다보는 것이다. 우울한 모습이었다. 연학은 담배부터 꺼내어 붙여 문다. 인기척을 느낀 환국은 나뭇가지를 휘어잡은 채 고개만 돌렸다.

"내일 집에 가려고 했는데."

반가워하는 눈빛이었지만 말씨는 무뚝뚝했다.

"볼일이 있어서 구례까지 왔다가 어머님이 여기 갔다 하시기에."

시치미를 뗀다.

"진주로 실려간 사람은 어찌 되었지요?"

"괜찮을 거라 하더마. 수술결과도 좋고."

"불행 중 다행이오. 그만 되기가."

"사방팔방에 구멍이 뻥뻥 뚫리서 정신을 못 차리겄네, 초정월부터 무슨 놈의 변인지."

연학은 환국의 눈치를 살핀다.

"어지럽고…… 어수선하고…… 그만 중이나 돼버릴까 부다."

쓴웃음을 띤다.

"중이 되어 어지러운 일이 해결될 것 같으믄 당장에라도 머릴 깎겄다. 환국이는 고생이 뭔지 아직 모른다. 귀창이 덜덜 떨리는 생바람 속에 서 있이야, 또 그래야 사람 사는 맛도 나는 거 아니까?"

어릴 때부터 거의 동거하다시피 해온 연학은 환국의 성품을 잘 알고 있었다. 그리고 해야 할 말을 안 하는 그런 경우는 거의 없었다.

"그렇겠지요. 그럴 겁니다."

"친구분은 어디 갔나?"

"방에 있는 것 보고 나왔으니까 방에 있겠지요."

"그 친구 오래 묵게 되나?"

"알면서, 모르고 여기 오시지는 않았을 텐데요?"

환국이 역시 연학에게는 만만하게 군다.

"기분이 안 좋은 모양이구마."

"안 좋아요. 사방팔방 온통 벽이니까요. 조금만 움직여도 이마빡이 부딪치고 좀 더 움직이면 골통이 박살날 겁니다. 도대체 사람은 열쇠를 몇 개나 가지고 살아야 합니까."

"……."

"불교 같은 것 잘 모르지만 깡그리 인연을 다 끊는다면, 그렇지 않고는 재산도 완전히 포기하지는 못할 겁니다. 장서방은 어떻게 생각하지요?"

만만하게 대할 뿐만 아니라 답답한 내심까지 털어놓는 것은 연학이 단순한 관리인이 아니라는 것을 환국이 알기 때문이다. 서로 간에 그것을 물어보거나 밝힌 일은 없었지만, 그러나 환국이 연학에게 늘 그랬던 것은 아니었다. 자기 내부에 안고 있는 모순, 자기 둘레를 감싸고 있는 모순에 대한 심각한 고민을 환국은 털어놓을 곳이 없었다. 벼르다 한 말은 아니었다. 즉흥적인 것이었지만, 또 신학문은 물론 종래의 학문도 거의 몸에 배지 않았던 연학에게 그런 말을 하는 것은 그 어느 누구보다 최씨 집 일에 깊이 관여해온 사람이었다는 점과 막연하나마 뜻이 큰일에 가담하고 있다는 점인데 환국은 실천의 경험이 풍부한 그에게서 뭔가 해답을 얻고 싶었는지 모른다. 대소사 간에 치밀하고 정확한 그의 추진력이랄까 능력이랄까 그것에 대하여 환국은 존경과 신뢰를 해왔으니까.

"쓸데없는 말은 그만하고, 그것은 해결이 아니다. 필요에 의해서 끊는 거지 덮어놓고 다 끊어? 누구나 답답하다 보면 그런 생각도 하게 되지마는. 그보다도 니 친구는 우짤래?"

"뭘 어떻게?"

"여기 묵는 거는 마땅찮을 것 같으니께 하는 말인데, 혜관스님이라도 계신다믄 모리까."

"그럼 어디가 마땅합니까. 쫓아버릴까요?"

치밀하고 정확하여 믿고 존경도 하면서 한편 정확하기 때문에 감정의 결여를 느껴온 환국은 반발한다. 어쩌면 화가 나는 상대는 연학이가 아닌 자신의 생명과도 같이 사랑한 어머니였었는지 모른다. 두 아들과 양현이 이외 어머니가 애정을 표시했던 사람을 환국이는 본 적이 없다. 그럼에도 환국은 어머니가 사랑을 표시하지 아니했던 그쪽을 향해 윤국이와 같이 일도양단의 논리를 거부하며 더더구나 동정을 거부하며 어디까지 가야 진실에, 피차의 진실에 도달할 수 있는가를 늘 고민했던 것이다.

"내 생각에는 도솔암이 어떨까 하는데, 조용하고 그곳이라믄 잘 아는 처지니께 마음 놓고 묵을 수 있지."

환국은 잠자코 만다. 김제생을 쌍계사까지 데려오기는 했으나 막상 와보니 난감했던 것이다. 터놓고 얘기해볼 만한 중이 없었고 그냥 김제생 혼자 내버려두고 집으로 오자니 마음이 놓이지 않을뿐더러 너무 이기적인 것 같아 괴로웠던 참이다.

"어떻게 하겠나."

"도솔암이 어디 있지요?"

"여기서 과히 멀지는 않으나 또 가깝다 할 수도 없고, 환국이는 서울로 떠나야 한께 나한테 맽기고 가는 거이 우떨꼬?"

"예의상 그럴 수는 없지요. 친구라기보다 손님으로 보아야 할 처지니까요."

"그래가지고 깡그리 모든 인연 자알 끊겄다. 환국이는 답답이 약한 기이 탈이라. 모진 구석도 있어야제. 해가 거렁거렁 넘어갈라 카는데."

"장서방."

연학은 힐끗 쳐다본다.

"내가 약한 거는 항상 상대들이 약한 처지에 있었기 때문입니다. 내가 강하고 싶어서 강해진 거는 아니지만, 부잣집 아들, 일등으로 졸업하고, 동경유학생 또 얼굴 잘생겼다는 말도 많이 들었지요. 내 약점이란 아버지가 옛날 하인이었다는 그것뿐입니다. 해서 어릴 적에 나는 순철이 머리통을 깨버린 일이 있었지요. 장서방도 잘 아는 일이지만."

한참 있다가,

"나는 죄인이다. 나는 죄인이다, 남보다 더 가졌기 때문에 죄인이다, 그래서 나는 더욱더 약해져야 했습니다. 나는 우월감을 느끼기보다는 소외감을 더 많이 느끼며 자랐습니다. 따지면 약한 게 아니라 비겁했던 거지요. 그러나 자신들의 약한 면을 고의적으로 들추어 무기로 삼는 것도 비천한 거 아닙니까?"

환국은 나뭇가지를 잡아당겼다가 확 놓아버린다. 핑 하고 소리를 내며 나뭇가지는 제자리로 돌아갔다. 환국은 연학에게 등을 돌리고 성난 것처럼 절문을 향해 걷는다. 연학이 따라간다. 한참 가다가 환국은 미진하였던지 돌아보았다.

"나 이런 말 하고 싶었습니다. 장서방도 반대편에 서서 왜 너는 더 가졌느냐 더 가졌느냐 하는 사람인지 모르지요. 배가 고파서 우는 사람 헐벗고 추워서 우는 사람 천대받고 우는 사람, 내 얘기는 그런 차원에서 시작된 것은 아닙니다. 또 그런 사람들을 둘러메고 저항할 힘을 모으는 것, 그것이 일이라는 것도 압니다. 그러나 그 힘이 약자를 누르고 소외하는 방향이라면 무슨 희망이 있겠습니까. 물론 내 처지에서 내 처지의 말을 한다 하겠지요. 그렇다고 해서 내가 거짓말을 해야 합니까? 어릴 때 일을 기억하는데 외톨백이 아이 하나가 사탕을 가져와서 나누어 주었지요. 그랬더니 사탕을 나누어준 아이하고 사이가 좋지 못했던 아이는 외톨이가 되더란 말입니다. 이번에는 외톨이가 과자를 가져와서 나누어 주었지요. 사탕을 나누어준 아이는 다시 외톨이가 됐어요. 얻어먹는 아이들은 항상 명령에 복종했어요. 명령에 복종하는 아이, 외톨이는 언제 없어지지요? 정말 역사가 그렇게만 되풀이되는 거라면 무슨 희망이 있겠습니까."

연학은 말없이 따라 걷는다.

"마음속에서부터 우러나는 적개심, 분노, 슬픔, 그것이 순수하면 힘이지요. 순수한 힘은 우월감이 아닙니다. 우월감을 쳐부수는 것이지요. 우월감을 쳐부수는 이론을 가지고 스스로는 우월감에 젖어 있다면 이편에 서든 저편에 서든, 친구가 되든 원수가 되든 무슨 의미가 있겠습니까."

"조리 있게 말도 못하고 조리 있는 생각도 못한다마는 니 말뜻은 알겄다. 그러나 다 그런 거는 아닌께. 또 사람이 하는 짓이라 하느님겉이 완전할 수야 없제. 단을 내리믄 안 된다. 내일도 있고 모레도 있고……."

"그러다 보면 뭉개고 앉아 있는 꼴이지요. 네 그래요. 뭉개고 앉아 있는 겁니다."

하고 환국은 힘없이 웃었다.

"자아, 해가 진다. 크고 작은 일, 일부터 하나씩 처리해감서 생각은 틈틈이 해보는 기이 좋겄다. 그라믄 니는 가서 친구를 데리고 나오너라. 집으로 간다 카고. 나는 여기서 기다리고 있일 긴게. 셋이서 도솔암으로 가서 하룻밤 자고."

환국은 절문을 향해 계속 가고 연학은 마른풀 위에 주저앉는다. 담배를 붙여 문다.

'쇠젓가락겉이 꼿꼿하지마는 가죽겉이 질기지는 못하고. 고생 모리고 자라서, 앞으로 살아가기가 얼매나 어렵울꼬. 말이야 옳은 말이제. 식자 든 놈 그놈들이 그렇고 허파에 바람 든 무식쟁이 반편이가 그렇고…… 세상에서 김환이를 어떻게 알며, 잘났다고 세상에 쩌렁쩌렁 울리는 놈 십중팔구 야바우라.'

8장 여옥(麗玉)을 전송하고

홍성숙과의 사건이 있은 후 조용하는 약간 근신 비슷한 생활 태도를 취하는 것 같았다. 명희에게는 미안했던지 아니면 홍성숙을 가지고 노는 동안 명희가 월등 돋보였기 때문인지 신혼 무렵, 그 시절과 같은 기분을 내곤 했다.

"요즘엔 회사 사정이 안 좋아요. 당신 오라버니가 학교를 그만둔 것도 충격이었고, 회사 쪽으로 와서 나를 좀 도와주었으면 그런 생각도 하는데."

임명빈이 학교 교장직을 그만둔 데 대해서는 불안을 느끼는 모양이었다.

"때론 내가 신경질을 부리더라도 당신이 양해해주어야겠소. 밖에서 있었던 일이 집에까지 연장되는 것은 어쩔 수 없는 일 아니겠소?"

그러나 신경질을 부리는 일은 별로 없었다. 고차적인 수법으로 명희를 괴롭히던 그 버릇도 많이 수그러졌다. 그리고 양장을 간혹 하라면서 다이아몬드를 물린 백금 목걸이를 사다 주기도 했다. 그러나 의지적으로 감정표시를 안 한 것이 아니며 감정표시가 안 되게 메말라 있던 명희에게 이따금, 아니 빈번하게 절망적인 몸짓 표정이 나타나는 것이었다. 마치 도망갈 기회를 놓친 죄수와도 같은 절망이. 완전히 그랬던 것은 아니었고 단정하지도 않았으나 조용하는 명희가 절망을 느낄 때 홍성숙으로 인하여 받은 마음의 상처 때문일 것이라고 해서, 그는 명희를 풀어주려고 작심을 했던 것 같다.

"집 안에만 처박혀 있지 말고 좀 나다녀봐요. 친구도 찾아보고 백화점에도 가보고."

자주 그런 말을 했다. 그러나 역시 사랑은 아니었다. 소유한 품목 중의 하나가 전보다 좀 더 귀중해졌을 뿐이다. 사회의 제약이 없고 새로운 교육을 받은 교양 있는 신사라는 자부심이 없었더라면 조용하는 가지각색의 여자를 수집하여 유리장 속에 넣어두고 음미하며 소유의 쾌감으로 잉여에서 오는 권태를 상쇄할 그런 위인이었다.

보름이 지나고 대소가가 모여 어수선했던 집안 분위기가 가라앉았다. 찬하는 일본서 오지 않았다. 그의 말을 꺼낸 사람은 시누이 남편뿐이었다.

"하필이면 일본여자하고 결혼을 했누."

찬하가 돌아오지 못한 이유가 그것 때문인 것처럼. 그도 일본 음덕을 입어 고급관리에 속하는 직분에 있었지만 유행을 따르는 사람같이 입가에 경멸감을 나타냈던 것이다. 조선왕조의 피가 흐르는, 현재는 대일본제국의 귀족인 조병모 일가. 혁혁하게 빛나는 후손들 모두 그렇고 그런 명함들을 소지하고 어느 곳에 가도 상좌가 마련돼 있었으며 자동차가 아니면 인력거라도 타고 다녀야 했던 사람들. 일개 역관의 딸로서 이 문중에 들어와 박제된 한 마리의 학같이 된 명희는 그렇다 치고 그들 조씨 문중의 사람들은 본시부터 인간, 인간은 인간이로되 박제된 인간들이었다. 오히려 몸에 걸친 의복이 살아서 흔들리고 있었으니 그들이 의복이나 장신구를 두고 불란서제니 영국제니 이태리제니 하며 핏대를 올릴 만도 했다. 일제라는 말은 없었다. 반일파는 못 되어도 친일파는 아니라는, 아니 그보다 이들은 상것들 속에 일본도 포함해야 자긍심이 온전했을는지 모른다. 여하튼 인간 박제가 사방으로 흩어져간 뒤 상록수는 시꺼멓고 나목은 움을 내밀 기미조차 보이지 않는 조병모 씨 정원은 바람 소리 이외 완벽한 적막으로 가라앉았다. 음력으로 정월 십팔 일.

"체면이 있으니까 나갈려면 꼭 자동차를 타고 가야 하오."

아침에 용하가 한 말이었다. 강선혜의 생일초대를 받아 가봐야 한다고 한 명희 말에 대한 대답이었던 것이다. 전과 같이 강선혜와 만나는 것을 싫어하지는 않았다. 한 가정의 주부로서 생활이 안착된 때문인지, 언동으론 마포강의 천인 취급을 했지만. 열두 시 정각에 자동차는 왔다. 두루마기 차림인데 갈색과 회색의 무늬가 대담했다. 여우 목도리는 최고급품의 진갈색이다. 명희는 장갑을 끼면서 자동차에 올랐다. 그답지 않게 화장이 짙었다. 혜화동의 그저 그만한 기와집 앞에 자동차가 멎기 바쁘게 대문이 활짝 열리면서 더욱더 비대해진 강선혜는 치맛자락을 질질 끌면서 뛰어나왔다.

"어서 와. 임여사!"

"어머, 임여사는 또 뭐유?"

끌려 들어가다시피 하며 명희는 웃는다.

"임여사든 명희 선생이든 나한테 매일반이야. 명희야 혼자만 초대했어. 혜화동에선 내 생일 챙겨줄 사람도 없지만 말이야. 그냥 보내자니 약오르지 않겠어? 너랑 단둘이 점심 먹으며 독재자들 욕이나 실컷 할려구."

여전한 수다였다.

"아 참, 길여옥이 그 사람이 널 기다리고 있어."

"네에? 그 애가 여길 어떻게?"

어리둥절한다.

"우리 집, 다음다음 집이 그 사람의 친척 집인가 봐. 우연히 만났지. 너가 올 거라고 내가 끌어들인 거야."

길여옥과 강선혜, 그들은 선후배의 관계가 아니었다. 동경 있을 때 여옥의 전남편인 오선권, 그러니까 현재의 아내, 그 여자와 면식이 있어서 강선혜는 비교적 여옥의 이혼 내막을 소상히 알고 있었고 귀국 후에는 명희를 통해 한두 번인가 만난 적이 있었다.

"애들은요?"

"모두 학교 갔지 뭐."

여옥은 안방에서 명희를 기다리고 있었는데 명희가 들어섰을 때는 넋 빠진 것처럼 쳐다보았다.

"꿈에도 생각 못했는데 널 여기서 만나다니."

명희는 목도리를 풀어 집어던지며 여옥의 두 손을 잡는다.

"으응, 나도 그래."

"언제 서울 왔니?"

"서울 온 거는……. 오늘 내려갈 거야."

선혜는 부엌을 들여다보며 뭐라고 한참 지껄여대는 것 같더니 뒤늦게 방으로 들어왔다.

"내가 그랬잖아. 전도부인 관두고 시집가라고 말이야. 했더니 뭐래는 줄 알어? 강선혜 씨는 내소박을 한 때문에 재혼할 자격이 있지만 길여옥은 소박을 맞았기 때문에 자격이 없다는 게야."

"언니도 참."

"아아니야, 그거 내가 한 말 아니래두."

"여옥이 너도 이제 뻔뻔해졌구나. 그런 말을 다 하게."

"그 이상의 말은 못할 줄 아니? 하느님 아버지만 부르는 전도부인 그건 다 가짜라구."

여옥의 얼굴에서 넋 나간 것 같은 표정이 걷혀진다.

"어째 전보다 빠진 것 같구나. 별일은 없겠지?"

"하도 싸돌아다니니까, 빠져서 다행 아니니? 날씬해졌다."

선혜는 수선스럽게 치맛자락을 끌며 또다시 방을 나간다.

"전주댁! 전주댁!"

하다가 신발 끄는 소리를 내며 부엌으로 가는 기척이다.

"그래 견딜 만하니?"

"이대로 더 나가다간 비명이 나올 것 같다. 닫아놓으면 일이 안 되고 열어놓으면 열어놓은 대로 부작용이 여간 심하지가 않아. 시골에서도 전도하는 데 있어 과부나 소박데기보다 노처녀의 시세가 더 나가니 조선사람들 무척이나 순결 좋아하지.”

“그야 하나님 신부 될 자격을 잃었으니 그럴밖에.”

명희는 농으로 말했으나 그렇게만 받아넘길 수 없는 심각한 것을 여옥으로부터 느낀다.

“나는 그렇고, 명희야 넌 왜 그러니? 처음 네가 아닌 줄 알았다.”

“너무 늙어서?”

“넌 파파할머니 되기까지 그런 화장은 안 할 줄 알았는데 왜 그리 자신이 없지?”

“화장 짙은 바람기쯤이야 어떨라구.”

“이 애가, 좋잖은 전존데?”

점심상이 들어왔다.

“자아, 자아, 이제야 내 생일상이 들어왔다. 계집애를 정월달에 낳았으니 팔자가 좋을 리 없지. 사내로 태어났다면 하다못해 비적 두목이라도 됐을 거 아닌가.”

세 여자가 상머리에 앉는다.

“먹음직스러운데요?”

여옥이 음식을 내려다보며 말했다.

“그야 말할 것도 없지. 친정에서 베테랑을 뽑아왔거든. 우리 집 권선생도 전주댁 데려온 데 대해서만은 아무 말 안 해.”

“처갓집 재산 기웃거리는 바보 자식은 아닌 모양이지요?”

여옥은 전에도 그랬지만 남자같이 말을 툭툭 던졌다. 그 어투 속에는 자산가의 딸을 얻기 위해 이혼을 강요했던 오선권에 대한 원한이 사무쳐 있는 것 같았다.

"언니, 생일 선물이에요."

명희는 핸드백 속에서 조그맣게 포장한 상자 하나를 내놓았다.

"뭔데?"

"보나 마나 향순가 봐요. 나는 오다가다 찾아든 나그네라 양해하세요. 강여사."

여옥은 또 툭툭 던지듯 말했다.

"그런데 신경 쓸 것 없고 국 식기 전에 들어요."

모두 수저를 든다.

"음, 과연 입에 붙는구먼."

여옥은 국을 마시고 나서 낙지찜을 집는다. 선혜는,

"여기 앉은 사람들은 모두 음식 맛 아는 사람들이지."

"그건 또 왜요?"

명희가 물었다.

"사대부 집안이 아니란 얘기야."

"음식 맛 아는 것과 신분이 무슨 관계 있을까?"

"특히 양반들 종가의 음식이란 사람 쳐다보지."

"언닌 그걸 어떻게 알아요?"

"알지. 이치가 안 그러냐? 백결(百結)선생을 추앙했고, 나물 먹고 물 마시고 대장부 살림살이 이만하면 그것도 모르니? 청백리 송곳 똥 누는 것도 몰라?"

"해서요?"

"음식이야 중인들이 즐기고 중인들보다는 돈 있는 장사꾼이 더 잘 해 먹지. 아무리 돈 벌어봐야 먹는 재미밖에 없는 사람들이니까."

"사실 그럴 거야."

여옥이 동조했다. 밥상을 물리고 과일이 들어왔다. 커피도 들어왔다.

"지나친 호사를 해서 사고나 안 날까?"

여옥이 검정 치마 위로 배를 슬슬 만진다.

"어이구 오래간만에 옛날 그 시절로 돌아간 것 같다. 좀 있으면 악머구리 같은, 남 낳은 내 자식들이 들이닥칠 거고."

선혜는 두 다리를 쭉 뻗는다.

"후회합니까? 강여사."

"후회한다면 전도부인 관두고 시집가라 했을까?"

큰 덩치에 어울리지 않게, 지난날의 강선혜를 상상하기 어려운, 그런 수줍음을 나타내며 웃는다.

"남자가 위대하긴 위대하군요. 남녀동등을 외치던 여성께서 저렇게 변하다니 믿기 어렵소."

"남자가 위대한가? 권오송이가 위대했지. 하하핫핫핫……."

"언니 어딜 보고 권선생님이 데려갔을까?"

쓸데없는 말이라도 이어가야 하는 자리다. 여옥이 대신 명희가 이어주었다.

“앙큼하지 않아서 데려왔다는 게야. 초취라면 모를까 재취가 앙큼해서는 안 된다는 거지. 자기 자식 생각해서 그랬겠지 뭐, 보모 노릇 아니지, 가정교사도 할 만하니까, 결혼 동기 따져서 뭘 하니.”

“친정은 어떡허구요?”

여옥은 그 점에 관심이 젤 쏠리는 모양이다.

“권선생 말이 쓰라 하면 잘 쓰겠지만 재산을 늘리거나 지키는 그따위 재주 타고나지 않았으니까 사양하겠다, 양자를 들이라는 거지.”

의기양양하게 말했다. 선혜는 언제든지 그 말을 할 때 의기양양해진다.

“마포 장배는 이제 별 볼 일 없는 거 아니유?”

“별 볼 일 없다는 거야 벌써 옛날이지. 미리부터 그런 조처 못했다면 마포 강서방이 돈 모았겠어? 철없기론 나 혼자, 그래서 권선생이 날 데려왔고, 그러고 보면 장단점은 다 갖고 있는 셈이지. 돈 많고 귀하신 몸의 명희한테는 자식이 없고 대신 여옥 씨한테는, 하느님이 계시고.”

“세월 가는 줄 모르겠수.”

“그래. 한데 명희야.”

“왜요?”

“너 홍성숙이 그 계집 때문에 상당히 아팠지?”

"가슴이 말예요?"

"어어? 이 애가 도리어 날 놀리려 드네? 하지만 이젠 끝난 얘기, 바람이었다, 할 것 같으면 상처받을 필요 없어."

"끝났기에 아파요."

"배신감 때문에?"

"글쎄요."

"차림새를 보아하니 두 번 다시 그런 일은 안 겪겠다, 각오가 역력하지만 넌 그렇게 안 차리는 편이 아름다워."

"회가루를 뒤집어썼다, 그 말이지요? 언니?"

선혜는 고개를 갸웃거렸다. 그리고 불쾌해진 것 같다.

"너 이상하구나. 아까부터 느꼈지만 너 말투엔 가시가 있는 것 같다. 혹 내가 너 잘못되기를 바라기라도 했단 말이냐?"

"무슨 소리예요?"

"그런 애가 아닌데, 건둥건둥하며 나를 놀리는 거니? 너 뭔가 오해한 거 아니냐? 게다가 넌 전엔 안 그랬다아. 아주 속된 투야. 나야 뭐 본시부터 그렇지만 말이야. 안 그러던 애가 갑자기 그러니까 이상하구나. 속물들이나 하는 말투, 뭔가 비틀어 쥐는 것 같구, 여옥 씨 그렇잖아? 변했어."

"나 보기에도 명희가 변하기는 좀."

하다가 말끝을 맺지 않았다.

"그렇지?"

"뭐 제가 변했다면 변한 걸 거예요. 하지만 언니한테 무슨 오해가 있겠어요."

명희는 그런 화제에서 피하고 싶은 듯 시선을 벽 쪽으로 보낸다. 절망의 빛이 지나간다.

"홍성숙이 천하라도 잡은 듯 안하무인일 때도 명희 넌 그렇지 않았다. 난 그때 종시일관 널 지켜보았지만 말이야."

"아이, 그런 얘긴 이제 관두세요."

"아니야, 난 그때 네가 독종 아니면 남자를 전혀 사랑하지 않는다……. 두 경우의 가능성이야 있지. 한데 일 마무리가 된 지금 넌 나를 의아하게 하는구나. 말씨며 너를 보는 순간에도 그랬어."

"좀 변해야지, 안 그래요 언니? 죽을 수도 없고……."

"하기야 뭐."

하다 말고 선혜는 당황한다. 이상현을 생각했던 것이다.

"하기야 좀 어려운 나이가 돼가지."

하마터면 이상현을 들먹일 뻔했다. 여옥이 때문에 가까스로 참았는데 달리는 차에 급브레이크를 걸어 멎게 한 것처럼 선혜는 허둥지둥 몇 번이나 얘기한 바 있는 일을 되풀이한다. 물론 어색한 것이었다.

"아이라도 하나 있었더라면. 너의 남편한테 원인이 있는 것 아니냐?"

"누가 알겠어요."

명희도 항상 하는 그 대답이었다.

"조용하 씨한테 원인이 없다면 지금쯤 아니 벌써 예전에 난리굿이 났을 텐데 말이야."

"남 낳은 내 자식 있다고 언니 뽐내는 거요? 나도 애기 있어요. 멀리요."

"멀리? 꿈속 고향에?"

"남 낳은 내 자식 말예요."

농담으로 들었고 명희 자신도 농담 삼아 한 말이었지만 그는 양현을 생각했던 것이다. 못마땅한 듯 말이 없던 여옥은,

"하나님밖에 없는 여자가 속세의 남의 행복을 시기라도 하는 것 같아 조심스럽지만, 하기는 명희가 행복할 거라고 믿지도 않았지만 도대체 여자들이 뭣 땜에 공부를 했는가 그런 생각이 드는군. 욕을 해주고 싶을 만큼 실망이다. 강여사, 죄송합니다."

"죄송할 것 없어. 나도 동감이니까. 솔직히 말하자면 패잔병들의 은신처가 결혼이라는 거지 뭐. 여자가 능력을 인정받으려면 요원해. 뭐 나야 별 재간도 없었던 여자지만 말이야. 결혼 잘했구나 하고 생각하는 것은 그만큼 혼자서는 견디어 배기기 어려웠다는 얘기가 될 게야. 배운 여자가, 하면 그건 언제나 질책이었고 어떤 때는 숫제 화냥년 취급이니, 사방을 둘러보아도 배운 여자가 나가야 할 문은 한 군데도 열려 있지 않으면서, 철저하지 철저해, 조선사람들 보수적인 것."

기염을 토하는지 개탄을 하는지 강선혜는 오래간만에 열을

올렸다.

"강여사는 화려한 중앙무대에서 당했으니 그나마 덜 억울하겠수. 나같이 말똥머리 무명치마…… 한땐 쪽 찔까 하는 생각도 했지요. 산골로 들어가면 아직 이 말똥머리가 구경거리라니까. 솔직히 고백하자면 내가 몇 사람이나 진정한 뜻의 하느님 말씀을 전달하였는가 의문이오. 처음엔 콩 심은 데 콩 나고 팥 심은 데 팥 나리라, 그게 아니에요. 순박해서 정다웠던 처음 신도들은 교회라는 단체 속에 흡수가 되어 상호연관을 갖게 된 후 얼마가 지나면 변해가고 있어요. 외길 하나님 말씀에 인간들 잡음이 들어가거든. 소위 그 신도들이 모인 사회에서도 말입니다. 약아지고 남의 눈치를 보게 되고 마음에 없는 겉치레를 하게 되고, 썩어간다고 외친 적도 있었지요. 왜 그런가, 왜 그런가 밤마다 뇌어보기도 했고 결국 떠오르는 게 계급이었소. 의복에도 용모에도 학식, 출신, 실로 많은 계급, 바로 그것이로구나! 비로소 내가 가시덩굴 속에 서 있는 것을 알게 되었지요. 소박한 저희들 울타리 속에서 복음을 전하고 인간관계 속으로 끌어내놓으면 진리는 형식화돼버리고 본래의 것에는 안 그래야 할 물들이 들기 시작하거든. 끝없는 봉사, 끝없는 희생, 그것만 가지곤 안 된다는 것, 절망이지요. 교역자가 전부 다 끝없는 봉사 끝없는 희생 그래도 과부족인데 조그마한 소도시에라도 나가보면 심하게 말해서 계층에 따라 교회가 사교장으로, 특권층의 전시 효과장으로, 그런가 하면 소박했던 사람들은 그 소박함이 비루하게 달라져 가는 거지요. 물론 모두 전부가 그렇다는 건 아니지만 뿌리가 박히고 뻗어나갈 때 조선의 앞으로의 교회는 어떤 꼴로 존재해 있을 것인지 알기 쉽게 말하자면 속물교회, 쉽게 알아듣기 쉽게, 그런 소박함이 아니지요. 어렵게 속물적인 어려움, 그것이 어디 미신과 분리되는 방법이겠소? 밤에 깨어나서 대가리 수, 혼자 웃지요. 참되게 전도받은 사람이 몇 명이냐, 예수님 고통에 접근해가는 사람은 과연 몇 명이냐, 가슴을 치고 통곡을 하는데 그 통곡도 예수님 고통까지의 거리가 각각 다르단 말입니다. 통곡을 하면서 울지 않는 사람보다 경박한 신심, 결국 끼리끼리 허영을 쪼개어 나누게 되고 종교는 의상이 된다……."

여옥의 내부에서 뭔가가 자꾸 터져 나오려 하는 것같이 보였다. 강선혜는 하품을 깨물었고 명희는 여옥에게 쏠리지 않으려고 애를 쓰는 것 같았다.

"나."

여옥의 음성이 툭 떨어지듯 낮아졌다.

"요즘 늘 이렇기 때문에 미친년 취급받아요."

"그래, 흥분하면 사람들은 언제나 얕잡아 보더군. 나도 신물이 나게 그런 경험 많이 했다."

하품을 깨물던 강선혜의 말이었다.

"어이구, 이러고 있을 형편 아닌데."

여옥이 화다닥 일어서며 시계를 본다.

"기차표를 끊어놓고서, 명희야 또 만나자. 나 먼저 가겠어."

"아니야, 나도 함께 가야 해."

"아아니, 가는 데도 뜸을 들여야지 별안간, 쫓긴 것같이 가슴까지 두근거린다."

"내 생활이 항상 이래요. 미안합니다, 강여사. 참 명희야, 인실이 너 제자지?"

"으음."

"그 애 잡혀간 소식 들었니?"

"또오!"

선혜와 명희가 동시에 말했다.

"나도 자세한 것은 모른다. 얼핏 들었는데 직접 학생운동에 관련이 됐는지 그냥 신간회하고 관련인지."

"한번 걸려놓으면 자꾸 저리된다니까."

선혜는 눈살을 찌푸렸다.

"우리 《청조》사에도 형사 놈이 몇 번 다녀간 모양인데 제발 성가신 일이나 없어야지. 이리 몸은 뚱뚱해가지고 옥바라지를 어떻게 하니?"

밖으로 나온 명희는 사양하는 여옥을 차에 타게 했다.

"가는 길에 타고 가는 게 뭐 어때서 그래. 시간도 바쁘다며?"

"아니 시간은 충분해. 그 집에서 나오고 싶어 그랬다."

"그럼 다른 데 가서 차나 마실까?"

"아니야, 역으로 가겠다."

"그럼 그러자꾸나. 역 이 층에 그릴도 있으니까. 너무 고집스러워도 좋은 것 아니야."

"네가 날 보고 설교하니?"

"그럴 처지는 아니지만."

차를 타고 서울역을 향해 가면서 한 두 사람의 대화다.

"네가 뭐래도 난 널 만나서 기분이 좋아."

"어째 옛날 말투 같구나."

"언제쯤 또 올라올래?"

"그건 모르지. 나는 별로 널 만나고 싶지 않은데?"

"그럼 아까는 선혜언니 집에서 왜 기다렸지?"

"강여사 기운 세게 안 보여? 사람은 좋은데 순 속물 중의 속물이다."

"그거는 네가 한 면만 보니까 그래. 마포 강서방 강서방, 자기 스스로 그러니까 선입관도 있었을 거구."

"권오송이라는 사람이 연극쟁이라는데 꽤 소박한가 부지?"

"소박하긴, 면도날 같은 사람이야."

"그럼 얘기가 다르지 않아."

"처가 재산 얘기야?"

"그래."

"면도날 같으니까 그렇지. 그분은 아이들한테 비중을 많이 두었고 생활을 택한 거야. 그 언니 워워 소리만 컸지 순진한

면이 있어. 뱃속에 남겨두는 게 없거든. 그러니까 생활은 너저분해도 권선생 맘은 편할 거야."

"너 오라버니 학교 그만두셨다구?"

"음."

"뭘 하셔?"

"기와공장을 차린다고 동분서주하는데 역시 그 집에도 형사가 드나들어 골치깨나 썩이지. 더욱이 학교 문제가 꼬리를 무는 모양이야."

"어려운 세상이다. 이래저래…… 학교는 잘 그만두셨지. 너한테서 사슬이 하나 풀린 셈인가?"

"오빠를 너무 과소평가하는군. 내가 옥살이시킨 거나 다름없었어."

서울역 광장에 내렸다.

"너는 이제 가아. 나 여기서 혼자 기다리다가 차 탈 테니까."

여옥이 말리는데 명희는 굳이 차에서 내렸다.

"식당에 가서 차 마시며 기차 기다리자."

"나 너하고 가면, 이 많은 사람들 속을 가면 위축된다."

"너에게도 하나님은 멀리 계시는구나."

명희는 여옥의 팔을 이끈다. 여우 목도리를 자동차 속에 끌러놓고 왔는데 그래도 사람들의 시선은 명희에게 그리고 여옥에게 쏠렸다. 도무지 걸맞지 않는 두 여자의 차림새였다. 여옥은 명희를 뿌리치고 혼자 가고 싶었지만 선혜 앞에서 못할 얘기, 운전수 듣는 데 못할 얘기가 있었는지 모른다는 생각을 했다. 구내식당에 마주 앉았다. 계단을 오를 때는 마치 여학교 시절 교실을 손 잡고 오르내리듯 그러던 명희는 늪 속같이 침울한 표정으로 변하는 것이었다. 창밖을 하염없이 바라본다.

"명희야?"

"음."

"너 나한테 무슨 할 말 있니?"

"왜? 이러고 있음 안 돼? 집으로 들어가기가 싫어서 그래."

"내 그럴 줄 알았다. 그래도 네가 옛날 그대로 거의 있으니까 다행이다. 사실은 변했다면 내가 많이 변했지."

"정말 결혼 안 할 거니? 나 권하고 싶지도 않지만 말이야."

"아까 강선혜 씨 한 말 중에 한 가지는 실감나더군. 결혼 잘했구나 하고 생각하는 것은 그만큼 혼자서는 견디어 배기기 어려웠다는 얘기가 된다, 그 말 말이야. 시골은 더 어려워. 교회를 등지고 서서도 말이야. 하지만 그보다 더 어려운 건 결혼, 결혼이라기보다 남자지. 아마 나는 결혼 못할 거야."

"……."

"내가 어려울 때 이상하게 인실이 생각이 나더군. 왜 그런지 모르지만. 강해, 아주 강한 아이야. 교회하고는 아무 관계도 없지만…… 독립운동이니 사회주의 혁명이니 하고 떠벌리는 소위 선구자, 그런 여성들 중에 심지가 박힌 여자가 과연 몇이나 될는지 나는 의문이야. 교회에서도 그렇지만 웃기는 여자 남자가 참 많다. 밑바닥에서 세상을 올려다보고 있으면 말이야. 오늘 너를 보았을 때도 아아, 명희도 웃기는 여자로구나, 내 솔직한 고백이다. 하기는 말똥머리에 돔방치마, 투박한 구두, 이런 내 꼬락서니를 세상에서는 더러 웃음거리로 삼긴 하더라마는, 어떤 때는 내가 나를 비웃기도 하지마는…… 곤두박질에 통곡, 절망과 비애가 밀어닥치고 떠나고 또 밀어닥치고 어쩌면 나는 계속 열병을 앓으며 헛소리를 하는 병자가 아닐까, 느껴질 때가 있고 정신착란증에 걸린 것 같은 생각이 들 때도 있지만 그러나 먼 곳에서, 먼 바다 쪽에서 밤배의 고동 소리를 듣는 것 같은 순간도 있었어. 무슨 뜻인지 무슨 말인지 너무 아득한 것 같아 절망을 몰고 오면서도 하느님의 음성이 아닌가 하고……. 기다려라 여옥아, 기다려라 여옥아, 그러면 네게 좀 뚜렷한 길을 열어주마…….”

“이 애 여옥아, 너 무슨 소릴 하고 있니?”

명희는 불안해진 것이다.

“걱정이 되니?”

“좀…… 알아들을 수 없는 말을 하는 것 같아서 그래.”

“나도, 똑똑히는 들을 수 없는 소리라서, 하지만 그것은 틀림없는 희망일 거라는 확신은 있다. 이 불쌍한 민족에게, 날로 비천해져가는 인간들에게 복락이 아닌 철퇴가 내려질 것이라는.”

정신착란증에 걸린 사람 같지는 않았다. 균형 잃은 상태, 모순도 대담하게 드러난 언어에 비하여 다소 상기된 얼굴이긴 했지만 광기와 다른 명상적 깊이를 가진 눈빛은 명희로 하여금 다음 말을 잇지 못하게 한다. 리드미컬할 만큼 조롱과 야유가 충만해 있던 언어에 비하여 따뜻하고 비애에 가득 찬 눈길. 명희는 고개를 가볍게 내저어본다.

"사람들은 복락을 얻기 위하여 산다. 하지만 인간이 인간인 한에서는 복락은 축복이 아니다. 개인이나 민족을 막론하고 간악한 곳에 복락이 있었으니 말이야. 어찌하여 악한 자가 복락을 누리며 착한 자가 바람 부는 벌판에서 울어야 하는가, 참 많은 사람들이 내게 던진 질문이었다. 내가 나에게 던진 질문이기도 했어. 과연 하나님은 계신가. 옛날 오선권이 내 가슴에 비수를 꽂아놓고 갔을 때 밤마다 하나님은 계신가 하고 울부짖었다. 잃은 사랑 때문이 아니었어. 하나님은 계신가, 그것은 진실이 있는가 영혼이 있는가 그 물음이었다."

명희는 전율 같은 것을 느낀다. 산발을 하고 가슴을 헤친 채 피 흐르는 맨발의 여자가 허덕이며 뛰어가는 모습을 보는 것 같았다.

"그래 지금은 확신하게 됐니?"

곪은 상처를 만지듯 명희는 두려움을 느끼며 물었다. 여옥은 대답을 안 하고 외면을 하고 있다가 피시시 웃었다. 웃는 얼굴에서 아까와는 사뭇 다른 어린아이 같은 천진스러움을 본다.

"나 사실은 말이야, 하느님은 계시냐고 울부짖었을 때 내 속의 가장 깊은 곳에는 하느님이 계셨어. 엄마는 죽은 게 아니고 마을 갔다, 그런 느낌일까? 일어나라 여옥아, 일어나……. 원망을 한 거지 뭐. 진실은 정말 있는 겁니까 하고 말이야. 나는 인간을 떠나서 살 수 없었거든. 지금도 역시 그렇단다. 떡장수 할머니, 지게꾼 아저씨, 나무꾼 아이, 누구라도 좋아. 하느님 닮은 사람 만나고 싶은 게야. 멀리 계시는 분 말고 사람을 내 가까이서 확신하고 싶어. 거짓말쟁이는 모조리 벽이거든. 손이 닿지 않는 숨이 막히는 벽이야. 쳐부수고 두드려 부수고 싶어. 미움, 견딜 수 없는 미움, 내 천진했던 인생의 출발에서 당한 그 기만의 날벼락, 생생한 그 기억 때문에 더욱더 사람을 통해 확신의 희망을 가지려고 이리 발버둥을 치는 건지 모르겠다만."

"엉터리 전도부인이구나. 전도부인을 네 쪽에서 찾고 있잖니?"

명희는 처음으로 웃었다.

"그런지도 모르지 아마. 물질로 인하여 나와 결혼했고 또 물질로 인하여 다른 여자한테로 간 그 독실했던 크리스찬 오선권은 도처에 있어. 산간벽촌에도 얼마든지 있어. 겉보리 한 말에 자기 양심을 파는 사람, 겉보리 한 말이 유죄지. 그건 악마의 힘이야. 겉보리 한 말만 더 있어도 하얀 마음에 검은 그림자가 드리워지고 그 그림자를 끌면서 암흑 속으로 끊임없이 하나님을 기만하며 존재하는 거지."

"내가 할 말은 아니겠지만 배고픈 사람이야 어쩌겠니?"

"걸보리 한 말이라 한 거는 여벌분을 말하는 거구 또 반드시 물질만을 얘기하는 건 아니야. 또 영혼을 팔지 않고 소유할 경우도 있겠지. 엄격히 말해서 사람들은 그 여분 때문에 사악해지는 거 아닐까? 배가 고파서 밥을 먹는 사람의 얼굴을 아마 명희 넌 본 적이 없을 거다. 바로 그때 그 얼굴이야말로 진실이다. 끽다점에서 칼피스나 마시는 그런 얼굴하곤 다르지. 해서 오선권이보다는 벌판에서 우는 사람이 낫다."

"너 말대로 하자면 모두 배가 고파서 허둥지둥 밥을 먹어야 세상은 천국이 된다, 그러니?"

"내 뜻은 여분을 복되게 하오소서. 여분의 노예가 되지 않게 하오소서."

"나는 여분의 노예로구나."

"그렇다. 너는 여분의 노예야. 누굴 배신하지는 않았겠지만 오선권이 부류다. 하지만 오늘 널 보고 놀란 것은, 명희도 벌판에서 울고 있구나……."

"뭐라구?"

"넌 절망의 구렁창에 빠져 있다."

"점쟁이 같은 소리."

"아암, 그렇게 말해도 과히 틀리진 않아. 강여사나 명희 너는 동경까지 가서 전문교육을 받았지만 그러한 너희들보다 내가 유식한 거는 틀림없고, 간혹 일자무식의 촌로 중에서 사부(師父) 같은 사람을 만날 때가 있어. 내 발바닥으로 하여 배운 지식이 교실 안에서 배운 지식보다 훨씬 진실에 가까우니까. 뭐 이론이 어떻고 체계가 어떻고 서구 사상이 어떻고 세계관이니 인생관이니, 종이 쪼박지야. 해 넘어갈 때 새소리를 듣는 촌로, 해 넘어가는 하늘 전체를 가득 안으며 육십 년 칠십 년을 살았으니 말이야. 생각이 깊고 넓었지. 의자 하나를 놓고 다투면서 세계관이 어떻고 인생관이 어떻고, 바위든 풀밭이든 편안한 자리에 앉아서 유장하게 담배 한 대 피우는 사람 앞에 세계관 인생관? 소리 질러보아야, 에미 부르는 송아지 울음만이나 할까?"

"너는 인간의 발전을 전부 부정하는구나."

"물질적으로 정신적으로 여분이 낳은 교만의 어릿광대, 그 얘기를 하는 거야. 그들이 발전의 주역이라면 결과는 교만과 어릿광대가 비대해지는 것밖에 더 있겠어? 인간의 사는 곳 도처에 주역들은 교만을 경쟁하는 어릿광대들, 시골에선 그게 보다 원색이라 서울사람들 도시사람들은 무식하니 미련하니 하지만 피장파장 표현의 차이뿐이야."

"어떻게 그리 생각하는 것을 꼭꼭 집어내서 말할 수 있니? 내가 휘둘리며 끌려들어가는 걸 보면 너야말로 여분의 교만을 가진 사람 아니니?"

여옥은 웃었다.

"발바닥, 귀, 눈이 모아준 지식이지. 너 말대로 여분의 교만이 내 속에서 자라는 걸까?"

"그보다 너 아까 날 보고 절망의 구렁창에 떨어졌다 했는데 무슨 근거로 그런 말을 했니?"

"그건 나도 누구한테였을까? 귀동냥을 한 건데 말이야. 어떤 목사님한테 들었는지, 사람은 절망의 구렁창에 빠지면 두 가지 형태로 나타난다는 거야. 그 하나는 먹는 것 입는 것 다 잊어버리는 상태 그리하여 짚불 잦아지듯 사라지는 사람이며 다른 하나는 주렁주렁 단다는 거야. 허기 든 사람같이 뭣이든 계속해서 먹고, 전에 안 하던 화장을 하고 반지나 장신구 같은 것은 있는 대로 끼고 달고 옷은 화려하게, 절망의 시간을 빨리 먹어치우자는 잠재의식의 소행이라는 거야. 아이크! 이거 차 놓치겠다."

여옥은 말을 중단하고 당황하며 일어섰다.

"뛰어가야겠구나! 그, 그럼 명희야 잘 있어. 다음 만나 얘기하자."

여옥은 눈 깜짝할 사이에 사라졌다. 명희는 엉덩이가 의자에 붙어버린 것처럼 일어설 수가 없었다. 얼마 동안을 우두커니 앉아 있었는지…….

"형수님."

"네, 네?"

명희는 꿈길처럼 얼굴을 들었다.

"형수님이시군요, 역시."

찬하는 의아해하고 놀라는 표정이었다.

"아니, 되련님이."

"네. 기차에서 내려 차나 한잔 마시고 갈려구요. 긴가민가 했습니다."

"이, 일본서 오시는 길인가요?"

"아닙니다. 다롄서."

"그럼 만주서 오셨다 그 말씀이세요?"

"네. 그냥 부산으로 직행할까 싶었지만 내렸습니다."

여로에 피곤해진 찬하 얼굴에 서글픈 미소가 떠올랐다.

9장 사랑이 아니어도

구내식당에서는 전혀 불빛을 의식하지 않았던가, 어두컴컴한 계단을 밟고 아래로 내려섰을 때 명희는 시야 가득히 불빛이 들어온 것을 느낀다. 이등 대합실 천장에 매달린 전등들이 황황히 빛나고 있었다. 어김없는 밤이었다. 이지러진 달빛과 오렌지빛 등불과 검은 안개 같은 어둠이 깔린 역 광장으로 나왔다. 두루마기 자락에 밤바람이 지나간다. 언제 시간은 그렇게 흘렀을까.

'여옥이하고 꽤 오랫동안 얘기를 했나 부다!'

명희도 놀랐지만 검정 외투의 깃을 세운 찬하가 명희와 함께 나오는 것을 본 운전수도 깜짝 놀란다.

"그간 잘 있었소?"

다가간 찬하는 웃으며 손을 내밀었다. 그러나 엄청난 파격에 당황한 운전수는 여행 가방부터 받아들고 굽실굽실 절을 할 뿐이었다. 두 사람은 자동차에 올랐다. 문을 닫아주고 운전석 옆자리에 가방을 놓은 뒤 운전수는 핸들을 잡는데 놀라움, 당황함이 사라진 얼굴에 의아해하는 빛이 떠오른다. 짐짝들과 사람들 밤바람과 쓸려가는 종이 조박지, 달무리같이 번져가는 등불, 그런 것들이 늦겨울 한기 속에 움직이고 뒹구는 역 광장을 떠나 자동차가 남대문 옆을 지날 때 핸드백을 만지작거리며 명희는 물었다.

"만주에는 무슨 일로 가시었습니까?"

무연히 차창 밖을 바라보고 있는 찬하는,

"네?"

하다가,

"아, 뭐 별 목적도 없는 여행이었지요."

목적 없는 여행, 떠돌았다는 얘기다. 언제 동경서 떠났는지 알 수 없으나 명절이면 객리에 떠나 사는 사람들이 집으로 돌아오는 것이 관례요 또 심정이겠는데 서울을 비켜서 만주까지 목적 없는 여행을 했다. 전 같으면 두려움 없이 명희는 그 말을 들을 수 없었을 것이다. 찬하 역시 결혼을 안 했더라면 그런 말 입 밖에 내는 데 주저했을지 모른다. 그러나,

'이 사람하고 결혼했더라면 나는 이상현이…… 그분을 잊었을까? 잊었을지 모른다.'

대담한 생각이었다. 한 번도 상상해본 적이 없는 일이었다. 그렇다고 해서 감정의 기복이 있었던 것은 아니다. 자연스럽게 명희는 찬하를 남성으로 인식한 것이다. 당초에 찬하와 결혼했더라면…… 아마 그랬을 것이다. 명희는 고풍의 여자였으니까. 얼굴도 모른 채 부모가 결정한 대로 출가하여 조강지처라는 명분 하나에 매달리어 해로하는 조선의 여자들, 명희에게는 신식교육을 받은 신여성이란 모순이다. 하기는 고풍의 여자였기 때문에 꽤 오랜 세월 조용하하고 살았을 것이다. 또 전문학교를 나왔다는 이력 때문에 조용하에게 선택되기도 했었고, 아무튼 명희의 경우는 그렇다 하고, 조씨 일문의 사정도 명희가 둘째 며느리였었더라면 훨씬 덜 심각했을지 모른다. 아니, 분명히 문제는 가볍게 끝났을 것이다. 차남이 지체 낮은 집안의 딸과 혼인한다는 것은 장남의 경우만큼 큰 비중을 차지하지 않는다는 그런 외형적인 일은 혼담 당시, 그때는 어떤 비극의 씨를 배태하고 있는지, 찬하 이윈 아무도 예측하지 못했으나 하여간 지금에 와서는 상당히 여유 있는 얘기다. 그보다 내면의 갈등, 비극의 농도에 초점을 둔다면 용하는 여자를, 아내까지 포함하여 일시적 혹은 반영구적 소유

로 간주하지만 찬하는 영혼의 목마름에서 여자를, 아니 명희를 원했다. 용하는 어떤 경우에도 상실이 없다. 상실이 없다는 것은 상실할 그 아무것도 갖고 있지 않다는 뜻이 될지 모른다. 항상 모든 것의 포만 상태에 있는 그를 두고 역설이라 하겠지만 사랑이 없다, 하면 납득이 될 것이다. 극단적으로 물체는 여기저기 옮겨놓을 수 있고 대치할 수 있지만 마음은 쉽사리 옮겨놓거나 대치하기 어려우니 끝내 단념을 못하게 되면 한 인생은 망가지게 마련이다. 해서 조병모 부처도 형제가 한 여자를 원한다, 동생이 형수를 사랑한다, 그 수치스런 가문의 내막이 외부로 새 나가는 데 대한 강박과 아울러 찬하의 인생이 망가지리라는 예감 때문에 명희를 요물시하는 것이기도 했다. 허나 세상의 일이란, 우주의 모든 운행? 아니 질서란 묘한 것인가. 한 미물에서 우주의 질서를 느꼈다면 그 크기와 넓이가 또 시간이 어떤 것이든 만물의 영장으로 자부하는 인간을 우주질서의 일부로 본들, 한 개인의 얽히고 비틀어진 행로를 우주질서의 과정으로 본들…… 과장일까. 그러나 그렇게 안 되었더라면, 하는 과거의 회한이나 희미하여 명확한 답이 불가능한 미래를 생각할 때 우주질서에 귀착시켜 운명이라는 결론을 내리는 것은 너무나 흔한 일이며 운명이란 미결의 그 흔한 용어이기도 하다. 여하튼 사람의 일이란 묘하다. 인간은 번번이 조물주의 능력을 대행하여 스스로를 희롱하는 경우가 있으니 말이다. 조용하가 조강지처를 버리지 않았고 명희와의 결혼을 결행하지 않았더라면, 찬하하고 결합이 됐더라면, 당사자나 객관적 판단으로도 되풀이하거니와 훨씬 덜 심각했으리라. 그러나 명희와 찬하의 결혼은 가능했을까. 천만에, 결코 조씨 집안에서 임역관댁에 청혼하지 않았을 것을 단언할 수 있다. 조용하는 모든 실권을 가진 조씨 집안의 실질적인 당주였기 때문에 부모는 반대 의사를 표명할 수는 있어도 청혼을 막을 능력까지는 없었다. 그러나 차남 찬하는 부모에 또는 형에 소속된 처지였으므로 부모나 형은 마땅히 허락하지 않았을 것이다. 허락하지 않는다는 것은 절대로 청혼 못한다는 것을 의미한다. 찬하와 명희가 서로 사랑하는 사이였다면 문제는 다르다. 두 사람끼리 결합하고 뒤늦게 용납하고 그런 경로로 갔겠지만 연애 관계가 아닌 이상 청혼 없이는 결합할 수 없는 상황이었다. 그렇다면 당연히 일본 여성 노리코와의 결혼에는 어찌하여 조병모 부처는 눈을 감았으며 아우성치지도 않았는가. 실은 찬하 자의대로 한 결혼이었지만 허락을 받아야 했을 경우라 하더라도 그것은 가능했을 것이다. 왜냐하면 찬하는 누구든, 결혼 그 자체, 결혼을 하는 것만이 조씨 일문을 위하여 그 이상의 좋은 해결책이 없었기 때문이다.

명희는 자동차에 흔들리면서 고귀한 조씨 가문에 이 무슨 횡액인가, 저런 요물이 들어와 기둥을 흔들어놓으려 하는고, 비탄하는 시부모의 시선이나 찬하의 암울한 얼굴을 볼 때마다 느껴야만 했던 죄의식, 죄인이라는 착각, 그 집요했던 강박감에서 자신이 해방된 것을 뚜렷하게 느낀다.

"노리코상은 안녕하신가요?"

"네."

"어째서 함께,"

"임신 중이라, 혼자 떠났습니다."

"임신했어요?"

동요를 나타낸다. 아이를 낳아보지 못한 여자의 본능적인 선망이 순간 명희를 흔들어놓은 것이다.

"아버님 어머님께서 얼마나 기뻐하실까요. 축하합니다."

"기뻐하실까요?"

"그럼요."

"그렇지 않을 겁니다."

"무슨 말씀이세요? 형님한테는 거의, 단념을 하신 것 같아요. 그런 만큼, 기뻐하실 거예요."

명희는 형님한테, 하고 말했다. 부지중에 한 말이었지만 책임의 소재를 분명히 한 결과가 되었다. 이번에는 찬하 쪽에서 충격을 받은 것 같다.

"두고 보십시오."

"네?"

"결혼문제가 다시 거론될 거라 그 말입니다."

"이해할 수 없는 말씀을 하시니,"

"대를 잇는다, 하면 이야기가 달라지겠지요. 순종을 찾을 테니까요."

자조적인 웃음을 띤다.

"형님이 그 책임을 이행하지 못할 때 당연히 나올 논란이라, 형수님은 생각 못해보셨습니까?"

"그, 글쎄요."

"조선여자와의 재혼을 강력히 밀고 나올 겁니다."

명희는 침묵한다. 한참 후,

"그래서 설엔 안 오시고 만주로 가셨나요?"

"그건 아닙니다. 방금 생각해본 일이지요. 뭐 심각할 것도 없습니다. 떠나 있는 사람 붙잡아다 어쩌겠습니까."

껄껄껄 웃는다.

"그보다 처음에는 형수님 아닌 것 같아서 놀랐습니다."

웃음의 꼬리를 끌며 찬하는 화제를 돌렸다.

"천박하게 보였겠군요."

"그, 그게 아니구 화려해서요. 형수님한텐 안 맞거든요."

운전수 얼굴에 다시 의아해하는 빛이 떠오른다.

"오늘 세 사람으로부터 꾸지람을 받은 셈이에요. 선배, 친구, 그리고 되련님하구요."

"그렇습니까. 꾸지람이라 하시니 그럼 제가 버릇없었군요."

해방감을 느끼는 명희의 심정은 찬하에게도 전달되었다. 두 사람이 자동차를 함께 타고 가는 것도 처음 있는 일이지만 격의 없이 얘기하고 웃어보는 것도 처음이었다. 부산까지 직행하여 일본으로 떠날까, 잠시 집에 들렀다 갈까 망설이다가 서울역에 떨어진 찬하는 그런 만큼 우울해 있었는데 우연히 만난 명희는 전전긍긍하며 시선이 마주치는 것조차 피하려던 옛날과 달랐다. 찬하는 편안함과 위안을 느낀다. 이루지 못한 사랑의 애상(哀傷)이 말끔히 치유된 것은 아니었지만 절망에서 일어섰고 조용한 방관자의 위치를 굳혔던 찬하. 사랑이 아니어도 간격을 좁혀준 것만도 위안이 되었다.

"참, 형수님은 무슨 일로 역에는 나오셨습니까? 형님께서 어디 가셨습니까?"

"아니에요, 친구 전송하러 나왔다가,"

하는데 명희 눈앞에 여옥의 투박한 구두 뒤축이 떠올랐다. 허둥지둥 기차 승강구를 오를 때 보인 구두 밑창, 검정 무명 두루마기, 말똥머리의 모습, 장님을 연상시킨다. 명희는 눈을 꼭 감는다.

'무슨 생각을 하는 거야! 장님은 바로 너, 너 자신이다!'

"친구 말씀을 하시니까 생각나는 일이 있습니다만,"

찬하는 담배를 꺼내다 말고 도로 집어넣는다.

"괜찮아요. 피우세요."

"괜찮겠습니까?"

"네. 담배 냄새, 괜찮아요. 그보다 생각나는 일이란?"

담배를 붙여 물고 나서 찬하는,

"아마, 전에 형수님이 계시던 학교 출신이지요? 무슨 사건 때문에 신문지상에서 이름을 본 기억이 나는데, 일본인 한 사람이 낀 사건이었지요."

"계명회사건 말이군요."

"맞습니다. 계명회사건."

"유인실에 관한 얘긴가요?"

"그렇습니다."

"그 애라면 제가 가르친 제자예요."

명희는 이상한 날이라는 생각을 한다. 여옥을 만난 것도 우연이었고 전에 없이 역까지 따라간 일이며 또 그곳에서 뜻밖에 시동생을 만났다. 우연히 만난 두 사람 입에서 유인실의 이름을 듣는다는 것은 유인실과 상관없이 뭔가 급격한 변화가 자기 자신에게 밀어닥칠 것 같은 예감이 지나간다. 찬하 때문인지 모른다. 명희는 유인실이 잡혀갔다는 말은 입 밖에 내지 않았다.

"제 짐작에도 아마 그렇지 않나 싶었습니다."

"네……."

"그 여성 때문에 한 번 곤욕을 겪은 일이 있었지요."

"인실이한테 말입니까?"

"아닙니다. 아직은 그 여성을 만나본 적이 없습니다. 너무 당당하여, 그 여성이 말입니다. 그래서 제가 더없이 못난 남자로 격하된 일이 있었지요."

하는데 무척 유쾌해하는 표정이다.

"당당하게 신념을 가지고 사는 아이라는 점에선 틀림이 없지만 무슨 말씀인지 잘 모르겠군요."

일본인과 어쩌고저쩌고하는 그 불미스런 풍문이 아닌 것에 마음을 놓았으나 명희는 어리둥절했다.

"친구라 하기엔 아직, 일본인의 사위가 된 덕분이지요. 자연 그들과의 교제범위가 넓어지는데 그런 경로로 알게 된 사람입니다. 오가타 지로, 계명회사건 때 유일한 일본인 바로 그 사람의 얘긴데요."

'역시 그 일이구나.'

"어느 날, 그 사람하고 같이 술을 마신 일이 있었지요. 계명회사건도 그렇지만 관동대지진 때 그는 많은 조선인 학생들을 보호했습니다. 팔은 안으로 굽더라고, 물론 인품에서 호감을 갖긴 했었지만, 어리석다 할 만큼 선량하고 순진한 위인이지요. 간혹 일본사람 중에 그런 타입을 보는데 투명하다 할까요? 그렇게 투명한 느낌의 조선사람은 좀처럼 없는 것 같더군요. 한마디로 로맨티시스트, 그날 오가타는 술을 많이 마셨고 몹시 주정을 했습니다. 그리고 히토미, 히토미 하고 자꾸 부르는 거 아니겠어요? 저도 술에 취했고 해서 히토미가 당신의 애인이냐, 물어보았습니다. 아니다, 동지다, 하더군요. 그러나 다시, 내게는 애인이지만 그 여자에게 있어서 반은 원수 반은 동지, 내 처지는 그러하다. 아무리 열렬히 구혼을 해도 내가 일본인이라는 이유 하나로 거들떠보지 않는 지독한 여자다. 그러면 일본여자가 아니냐? 하고 물었더니 바로 너의 동족이다, 하면서 히토미라는 이름에 대한 설명을 늘어놓기 시작하는 겁니다. 본명은 유인실, 인실을 한자음 일본말로 부르면 닌지쓰지요. 닌지쓰라 하면 요술 혹은 도술, 그러니 기분 나쁘다는 거지요. 일본음으로 부르면 히토미라 자기 혼자 그렇게 부른다는 겁니다."

"글자는 다르지만 일본여자 이름에 히토미가 있지요."

"네. 그렇지요. 그런데 거기까지는 좋았습니다. 너는 뭐냐, 조선의 여자는 지조를 지키는데 사내자식 네 꼴은 뭐냐, 하며 공격을 시작하는 겁니다. 할 말 없지요. 틀린 말은 아니었으니까요. 조선의 여자 히토미는 목숨을 건 내 구혼도 원수의 동족이라 하여 거절하였다. 그는 철두철미 조선의 여자이며 독립운동에 몸 바쳤고 사회주의운동에 앞장서서 옥고까지 치렀다, 그것이 그 여자 진실의 모든 것이다, 그럼에도 일본인하고 그렇고 그렇다는 근거 없는 풍문 때문에 능멸을 당해야 했으며 그 좋은 학벌을 가지고도 발붙일 곳이 없어 어두컴컴한 뒷골목의 야학 선생이 되었다. 한데 조선의 사내 너는 어떠냐, 일본여자하고 결혼한 너는 서울에 가면 여전히 명문의 자제, 귀족의 칭호가 빛나는 귀공자로 행세할 거 아닌가, 어째서 그러냐, 나는 코스모폴리탄이다, 국가나 민족을 인정하지 않는다, 인간만을 인정한다, 이상주의라 비웃겠지만 세계가 하나로 되지 않는 한 약육강식의 비극은 끝이 없을 것이다, 그러나 조선에는 내 친구들이 있고 히토미는 내 꿈이었다, 해서 나는 조선을 사랑했다. 그런 순수한 마음에 대하여 그들은 나의 가장 순수한 것을 개천에 던져 쓰레기로 만들었다, 아름다운 부분, 내게도 그랬지만 그들 자신에게 있어서도 가장 귀한 보석을 타락녀로 만들어 희롱하고 능멸했으며 매도했다. 한데 너는 어찌하여 반역자의 낙인도 아니 찍히고 세상에서 우러러 받드는 귀하신 존재냐 그 말이다, 구차스럽게 연명하는 뭐 왕족 나부랑이와 동렬이냐? 하며 마구 들이대는 것이었습니다. 나는 이렇게 말했지요. 인실이라는 여성에 관한 것은 너무나 큰 기대 희망 때문에 조그마한 구김살도 용납하지 않으려는 감정의 작용이며 나에 대한 것은 일종의 기만, 조롱의 변형이다. 그 친구 술상을 치면서 희망이 어찌 그리 참혹하냐, 희망은 그렇게 가학적인 건가, 그것은 일종의 민족적 사디즘이다, 하며 소리 내어 울지 않겠습니까. 전 놀랐습니다. 어떻게 해야 좋을지 모르겠더군요."

숨이 막히는지 명희는 입을 열지 않았다. 찬하도 말을 끊은 채 차창 밖을 내다본다. 그의 귓가에서는 그때 오가타가 외치던 소리가 계속 울리고 있었다.

'그건 희망이 아니야! 희망일 수도 없어! 절망이 어떤 형태로 탈바꿈하여 다가올 것인가, 그것을 노려보는 눈초리에 불과한 거다! 심술궂은 눈초리 비겁한 체념의 눈초리, 그로테스크하고 편협하고 참혹한 것은 그 탓이다. 인간의 영혼 속에 잠겨 있는 신성한 것을 인정하지 않으려는 리얼리스트, 나는 그것이 슬프다. 당신네 민족성을 비난한다고 대일본 군국주의를 비호하고 정당화한다, 그렇게는 생각지 마시오. 어느 곳에 머리를 처박아도 그런 일에 부딪히면 나는 똑같이 비명을 지르고 가슴을 치며 울 것이오. 인간의 치부를 차마 볼 수 없기 때문에, 식민지 백성을 무수히 학살한 일본의 만행을 분노 없이 생각 못하는 그것 이상으로 민중을 사랑하고 자기 민족을 사랑하는 한 여성의 정신과 순결을 살해하는 더러운 군중 심리를 나는 증오하오!'

찬하는 불빛이 명멸하는 밖을 바라본다. 그때 오가타에게 응수하지 못했던 말을 마음속으로 중얼거린다.

'당신의 분노, 당신의 비명, 당신의 실망이 아직은 삼나무같이 곧고 가을 하늘같이 청량하며 죽순의 가장 연한 부분같이 순수하오. 왜 그런지 아시오? 물론 당신의 천성이 큰 몫을 하고는 있어요. 허나 일시에 피고 일시에 지는 벚나무를 숭상하는 국민성 운운한다면 진보적인 지식인이나 당신 같은 코스모폴리탄이 어떻게 받아들일는지 모르겠소. 나는 일시에 피고 일시에 지는 벚나무, 그 당신네들 국민성에서 셋푸쿠*를 연상하곤 한답니다. 그런데 배를 가를 때 솟구치는 피는 왕왕 피가 아닌 물일 것이란 착각을 하게 되더군. 의병장의 목을 쳤을 때 흐르는 그 끈끈적한 피를 당신들 벚꽃이나 하라

키리*에서 느낄 수 없는 것은 무슨 까닭일까요. 한일합병 당시 많은 사람들이 자결하였소. 특히 늙은 유생들은 목매어 죽고 절식해 죽고 우물에 빠져 죽고 당신들이 볼 적에 결코 아름다운 죽음은 아닐 것이오. 그러나 그것에는, 네, 죽음의 참뜻이 있다고 나는 보는 거요. 죽음이란 아름다운 것이 아닙니다. 고통스러운 것, 끔찍하고 추악한 것, 당신은 영혼 속의 신성한 것을 인정하지 않으려는 리얼리스트라는 말을 했었소. 그러나 재차 말하거니와 죽음은 꽃이 아니며 아름다운 것도 아니며 바로 현실, 주어진 현실을 넘어가는 일이오. 출전하는 남편의 투구에다 향을 사른다든가 여자도 순절하는데 유방을 찌르는 그 형식이라든가 조그마한 명분 때문에도 배에 칼날을 세우는 당신네 민족의 관습은 바로 벚꽃의 낙화를 선망한 결과 아니겠소? 죽음의 고통 죽음의 추악함, 코 막고 눈감는, 그리고 아름다운 것이라는 착각으로 공포감을 추방하는 거요. 그렇지요. 당신네 군국주의는 로맨티시즘으로 무장돼 있소. 로맨티시즘은 허웁니다. 당신의 천황이 현인신(現人神)인 것처럼. 아, 내가 무슨 말을 하려 했던가? 아마 당신의 곧고 청랑하고 순수한 것은 당신 천성이겠으나 그것만은 아니라는 얘기를 하려 했지, 국민성과 현실의 문제지요. 모든 생물이 긍정적인 면과 부정적인 면을 다 가지고 있는 것은 사실이며 그것은 또 개인의 사고나 단정 같은 것하고 전혀 별개의 것인지도 모르지요. 어쨌든 우리가 타민족으로서, 우리 나름의 편견이 있었다손 치더라도 당신의 그 순수함을 여유로 보는데, 여유로 보는 이유는 현실에 있소. 타민족을 정벌하고 지배하는 민족적 자부심이 당신의 배경이라는 현실 말입니다. 부정하겠지요. 세상 물정 모르게 자란 명문의 자식 혹은 부호의 자식들이 이상적 사회주의자가 되는 것은 흔히 보는 일이며 길가에 내굴려진 돌멩이같이 자란 사람이 권력의 칼을, 눈부신 황금을 갈망하는 것도 흔히 볼 수 있는 일이지요. 이런 비유가 내 동족을 위해선 타당하다 할 수는 없으나 그러나 오늘 현실에 있어서 조선 민족은 돌산에 뿌려진 씨앗 하나, 이리 구부러지고 저리 비틀어지고 옹이투성이로 자란 소나무와도 같아서 곧을 수 없소. 하늘은 항상 먹구름이며 겨울바람에 터져나간 나무껍질처럼 순수할 수가 없소. 만일 일본의 현실이 오늘 우리와 같은 것이라면 오가타 씨 당신의 순수함도 상당한 변형으로 나타나지 않았을까요? 지금 조선 이 땅에는 어설픈 자책감과 죄의식과 날로 잠식해오는 소리를 들으며, 인간 존엄의 자리엔 의자가 하나, 네, 그래서 눈멀고 귀먹은 늙은이로 행세하는 무리가 있고 도금이 시시각각 벗겨져나가니까 에에라 모르겠다! 짐승이 이빨을 드러내어 으르렁거리듯 속물근성을 유감없이 드러내어 미치광이 모양으로 웃고 화를 내고 과시벽을 휘두르는 광대의 무리, 이 두 개의 유형은 대체로 민족 반역자 친일파의 낙인이 찍힌 부류로써 상부층을 구성하고 있소. 이들은 스스로 비웃거나 민중이 비웃어주는 말하자면 안일에 썩어가는 산송장들이오. 다음은 두 가지 얼굴을 가진 중간층입니다. 올려다보기도 하고 내려다보기도 하면서 열심히 자기 합리화를 꾀하는 이기주의자들이오. 한편을 향해선 민족의 각성을 부르짖고 다른 한편을 향해선 물량을 따져 행복의 자와 저울을 휘두르며 민중을 설득하려는 냉랭한 현실주의, 그럼에도 불구하고 소아병적인 것을 동반한, 그네들은 식자층이오. 전자나 후자는 모두 소수파며 한결같은 선택 의식의 소유자들이오. 어쩌면 후자 쪽이 더 강할지 모르겠군요. 소위 신흥 세력, 나라는 없어도 역사의 물결은 공평한 모양이오. 나머지의 전부, 조선 민족의 전부라 하여도 과언은 아닌 성싶소. 그들이야말로 조선 토종들이니까요. 민중들, 이들만은 생동하고 있소. 어떻게 생동해 있는가, 어떻게. 가난과 공포의 생동이오. 아시겠소? 가난과 공포의.'

"무슨 생각을 그리 골똘히 하세요?"

"아."

"다 왔어요. 내리셔야지요."

대문이 활짝 열려져 있었다. 낯익은 청지기가 눈이 휘둥그레져서 달려나왔다. 찬하는 집으로 돌아온 감회, 좋든 싫든 간에 그런 감정에 젖기에는 너무 먼 곳에 있었다. 근자에 와서 그는 한 가지 문제에 부딪치면 끝없이 끝없이 생각을 연결해나가는 버릇이 생긴 것이다. 그는 그 생각의 연결 속에 서 있었던 것이다.

명희와 함께 들어오는 찬하를 보았을 때 용하의 얼굴은 순간 경직되었다. 자신이 돌아오기 전에 집에 와 있어야 할 명희가 늦게까지 아무런 소식이 없어 용하는 잔뜩 기분이 나빠 있었던 참이었다. 찬하를 만나 함께 오게 된 명희의 설명은 듣는 둥 마는 둥, 그러나 용하는 갑자기 얼굴 가득히 미소를 띠었다.

"늦게나마 잘 왔다. 내일 별장에 가면 아버님 어머님이 기뻐하실 게야. 그래 역에서 곧장 왔다면 저녁 전이겠구나."

"네."

"당신, 아랫것들한테 저녁 준비하게 하고 잠자리도 돌보게 하시오."

다른 때보다 자상했다. 명희는 동티의 징조라 생각했으나 그것을 기다리는 것 같은 이상한 기대에 찬 자신을 깨닫는다. 형제는 마주 보고 앉는다.

"사업은 잘되나요?"

담배를 붙여 물며 찬하가 물었다.

"아직은 괜찮다. 네가 돌아와서 날 도와주었으면 좋겠다만."

"제가 와서 뭘 합니까. 아는 게 있어야지요."

"회사에 관여하기 싫다면 하다못해 학교에라도 나가야지. 학벌 좋고 성적도 우수했는데 일본서 허송세월한다는 것은 아까워."

"허송세월하고 있지는 않습니다."

"그래도 그렇지. 전문학교 교수쯤, 집안 체면도 생각해야, 그것은 나보다 부모님의 절실한 소망이시다."

용하도 물론 대학은 나왔다. 학문에 뜻이 있었던 것은 아니었지만 명문 사립대학 경제과를 졸업했는데 성적도 상위에 속했다. 찬하는 대학에서 영문학을 전공했고 학부를 졸업한 뒤에도 그는 계속 학교에 머물러 있었다.

"본시부터 불효했으니, 불효자식은 지척에 두느니 멀리 있는 편이, 안 그렇습니까 형님."

"누구는 효도하냐?"

"그보다 여기 형편은 어떻습니까?"

"형편이라면 집안 얘기는 아닐 테고, 시끄럽지. 술렁술렁한다. 학생운동이 노동운동으로 확산될 가능성도 있지. 그렇게 되면 우리한테도 불꽃이 튄다."

"정말 그럴 가능성이 있을까요?"

"농후해. 학생조직의 배후에는 공산당이 도사리고 있는 것은 사실이야."

"신간회지요. 그들은 민족주의 진영입니다."

"표면상, 좌우합작이지만 내용은 공산당이다."

"저는 그렇게 보지 않습니다."

"너는 실정을 모른다. 학생들 손에서 나오는 격문이나 전단의 내용은 어떤 건지 모를 게야. 바로 공산주의 혁명의 선포다."

"일본과 대항하여 싸워나가자면 전술과 전략은 필요한 거 아닐까요? 싸움에 있어서 격렬한 것은 당연하구요. 저나 형님은 다 같이 묘한 위치에 서 있는 것은 사실인데, 자본가의 입장에서 일본여자의 남편이라는 입장에서 판단해서도 안 될 것 같습니다."

"내가 밑바닥에서 돈 벌어 올라온 사람이냐?"

조용하는 쓰다는 듯 입맛을 다신다. 그러나 이내 그의 눈은 빛났다.

"그보다 내일은…… 음, 중요한 약속이 있어서 안 되겠고, 나도 너랑 별장에 가서 문안을 드려야 하는데 어쩐다? 할 수 없지. 나 대신 형수하고 함께 가보도록."

찬하는 아무 말 하지 않았다.

저녁을 끝내고 커피를 마시며 이런저런 얘기를 하다가 찬하는 몸채로 건너왔다. 잠자리가 마련돼 있었다. 온돌방은 따끈따끈했다. 잠옷으로 갈아입은 찬하는 불을 켜둔 채 자리에 든다. 잠이 올 것 같지가 않았다. 형은 제수인 노리코에 대하여 한마디 말이 없었고 자신도 노리코 임신에 관한 얘기는 하지 않았다. 만주를 여행했던 일도, 솔직히 말해서 찬하는 형과 대화를 하고 싶지 않았다. 심각하게 토론 같은 것을 할 때도 용하는 진지한 적이 없었다. 한 번도, 단 한 번도 대화에 열중하는 형을 본 적이 없었다. 열중하는 상대를 맥 빠지게 하고 쑥스럽게 하고 주책바가지로 만드는, 그것은 용하의 장기였다. 찬하는 몸을 돌려 배를 깔면서 담뱃갑을 집는다.

'음산한 얼굴이었다.'

담배 한 가치를 물고 성냥을 그어대며 재떨이를 끌어당긴다. 음산한 형의 얼굴 대신 생기가 돌아온 것 같은 명희의 얼굴이 떠오른다. 무심하게 쳐다보던 눈도, 역 구내식당에서는 괴이했을 정도로 명희는 이상했었다. 찬하는 배를 깐 채 하인을 불러 커피를 끓여다 달라 하고 피어오르는 담배 연기를 쳐다본다. 무슨 생각을 하고 있는지 자신도 알 수 없는 시간이 흘렀다. 재떨이의 담배꽁초는 세 개가 되었다. 찬모가 커피를 가져왔다. 어릴 적부터 보아 온 찬모는 찬하에게 무슨 말이든 하고 싶어 하는 얼굴이었다. 그러나 안녕히 주무시라는 말을 남기고 나갔다. 뜨거운 커피, 자기 입맛을 알고 알맞게 끓여 온 커피를 혀끝으로 맛보며 찬하는 뒤늦게 어머니 같은 정을 찬모에게서 느낀다.

'잠은 안 오고…… 결론을 짓지 못한 일이 있었지.'

명희 둘레에서 형의 둘레에서 생각을 빼내야 한다고 찬하는 생각한 것이다.

'오가타 지로, 유인실…….'

두 사람의 로맨스에 흥미가 있었던 것은 아니었다. 얘기를 들었을 당시에는 상당히 감동적인 일이었지만 오늘 밤 생각의 연결을 지어나갈 주제는 별개의 것이다. 자동차 속에서 우연히 명희하고 얘기를 하다가 붙잡은 문제, 조선인과 일본인의 현실, 조선인과 일본인의 민족성, 생각은 미진했다. 미진하지 않았더라도 반추하고 싶은 문제였다.

'민족적 자해의식, 약자는 왕왕이 자해적 충동에 빠진다…… 다른 경우면 몰라도 일본, 일본인이라는 대상 때문에 가해자나 피해자 모두가 자해의식에 빠져 있다 할 수는 없을까. 남자인 경우와 여자인 경우, 물론 고래로부터 여자에게만 강요해온 정조관념 때문일 것이겠지만 남자는 여자를 데려오고 여자는 떠난다는…… 떠난다는 배신감은 없었을까? 또 한 가지 그들은 유인실이라는 여자의 결백을 안 믿으려 했을까? 믿고 안 믿고 그런 것에서 훨씬 앞서 일어난 충동은 아니었을까? 일본에 대한 증오감, 약자의 강자에 대한 증오감은 왕왕 자해로도 나타나는 법이다. 시어머니에 대한 증오감은 소중한 제 자식을 때리는 것으로 나타난다. 그것과는 다소 성질이 다르겠지만……. 상상만으로도 증오심이 솟구치고 모멸감이 솟구치고, 오가타 당신이 말하는 보석 같은 여자를 창부로까지 아니 그 이상의 괴물로까지, 당신은 정신의 살해, 민족적 사디즘이라 했소. 살해지요. 민족적 사디즘, 그렇게 말할 수도 있겠지요. 신문 귀퉁이에 난 대수롭잖은 구절이 눈덩이같이 불어나서, 왜 불어났는가 왜 그 여자는 죄 없이 창끝에 올려졌는가, 다수의 폭력이지요. 죄악이지요. 그러나 다수의 분노 증오가 그것도 자해행위 같은 것으로 나타난 조선의 민중심리를 정복자인 당신네들은 이해하지 못할 것이오. 어디든 터져야 하니까요. 터지지 못하면 자해라도 해야 하니까. 당신은 대일본의 군국주의를 합리화하여 말하는 것은 아니라 했듯이 나도 개인의 희생을 타당하다 할 생각은 없고 다수의 횡포를 두호할 마음도 아니오. 당신이나 나나 모든 사람, 인간이 생존해나가는 한에 있어서 소수의 희생은 끝이 없을 것이며 다수의 생존 또한 파괴할 수 없는 부조리를 생각하는 것……. 네, 개인만 그러한가요? 성질도 형태도 다르지만 조선, 조선 민족도 세계라는 다수에 의해 희생이 된 나라, 민족이오. 유인실이란 여성도 투쟁하겠지요. 생존해 있는 한 어떤 형태로든, 조선 민족도 어떤 형태로든 생존하는 한 투쟁하겠지요.'

찬하는 빈 커피잔을 밀어놓고 담배도 눌러 끄고 전등도 끄고 자리에 든다. 장지문에 달빛이 들이친다. 흔들리는 나뭇가지의 그림자, 조용하다, 참 조용하다. 찬하는 사지를 뻗는다. 관절마다 해체되는 것 같은 피곤이 몰려온다. 그러나 여전히 잠은 올 것 같지가 않다.

'리얼리스트…… 오가타 씨, 당신은 지극히 부정적이며 혐오감으로 그 말을 했소. 조선사람들은 리얼리스트요. 틀림없지. 나는 당신을 로맨티시스트라 했지요? 뿐인가요? 당신네 군국주의는 로맨티시즘으로 무장된다 했었지요. 나는 그것은 수정해야겠소.'

찬하는 플랫폼에서 기차를 타듯 생각의 여행을 시작한다. 겨울밤은 기니까, 전등을 켜고 가방 속에 든 책자를 꺼내는 일도 번거로웠고.

'일본인들 중에는 당신 같은 로맨티시스트가 더러 있지요. 그것은 벚꽃 같은 게 아니고 산간의 흰 백합 같은 것이오. 선량하고 깨끗하고 미적 감각이 예민하고, 그런 일본인을 만날 때는 참 기분이 좋소. 오히려 우리 동족에게보다 신뢰감이 생기지요. 내 처도 그런 부류의 여잡니다. 그런 소수를 제외하면 일본 민족의 긍정적인 면은 감상이오. 따라서 일본 군국주의는 센티멘털리즘으로 무장된다, 그래야만 옳을 성싶소. 당신은 센티멘털이 호도(糊塗)에 지나지 않는 감정이라는 것을 부인 못할 겁니다. 현인신의 사상이 그렇고 벚꽃이 그렇고 조그마한 명분 때문에 배를 가르는 무사, 천황폐하 만세를 부르며 쓰러지는 병사, 당신은 그 기만에 구역질을 느끼지 않소? 그런 등등의 일을 미담으로 꾸며서 감상이라는 설탕을 발라서 당신네 일본인은 그것을 받아먹고 자랐다는 생각을 해보았소? 당신네 역사에 있어서 가장 정신이 빛났다고 내가 생각한 것은 천주교 교도들의 저 유명한 나가사키[長崎]의 순교요. 적어도 그것은 진리에 접근하려는 의지였으니까요. 자아, 그러면 일본 민족의 민족성이 떠오를 것이요. 창조적 능력이 희박하다……. 창조의 능력, 창조는 진실에의 접근에서 이루어지는 것이기 때문입니다. 감상은 그 어떤 것도 창조해낼 수 없고 당신들 가난한 문화를 떠받친 것은 소수의 로맨티시스트, 그러나 창조에 있어서 그것도 차원은 낮지요. 당신은 씹어벧듯 리얼리스트라 했소. 네, 그러하오, 그럼에도 불구하고 종교 중에서 불교 하나를 들어봅시다. 기라성 같은 고승들, 찬란한 불교문화, 지금도 그 잔해는 해변의 조개껍질만큼이나 도처에 굴러 있소. 당신네 나라는? 니치렌[日蓮]? 구카이[空海]? 중으론 그렇게밖에 손을 꼽을 수 없는데 그들은 뭘 했나요. 경전을 얻어왔고 국난 내습을 외쳤을 뿐. 아, 내가 흥분을 하는군. 돌아갑시다. 창조적 능력이, 능력이 희박하다 했지요. 그것은 개개인이 약하다, 더 심하게 말하자면 인자(因子)가 엉성하다 할 수도 있을 게요. 자연의 원리는 약하면 모이게 되는 거요. 생존의 본능이지요. 저 초원의 얼룩말이나 암벽을 타는 산양을 예로 들 수 있을 게요. 그러나 그 짐승들은 스스로를 지키는 지혜로 그쳤으나 인간은 모여서 힘을 가지면 약육강식의 맹수로 변하지요. 개개인은 양일지라도 전체는 맹수로 변하는 거요. 감상이나 낭만은 쉽게 전체의 합리주의 공리주의로 변신한다, 그것과도 같은 이야기가 될 게요. 고래로 조선인들은 리얼리스트였었다, 나는 긍정하고 믿소. 그것은 진실에 접근하고자 하는 의지요 방법이니까요. 신비, 생명에 접근하고자 하는 의지, 그러니까 본시는 신비주의요. 현실적인 민족적 기질 속에서 불교의 진리를 가장 깊이 파고 내려간 연유가 바로 그거지요. 신비와 생명에의 탐구는 어떠한 형식이든 창조요. 궁극적으론 창조란 말입니다. 당신들이 조선에 상륙하여 한 말 중에 무지몽매하여 미신이 횡행하는 나라,

무지몽매하다는 말은 사양해야겠고, 미신이 횡행하는 것만은 틀림이 없소이다. 극단적으로 말하자면 미신도 하나의 창조이며 창조의 의지라 할 수 있지요. 그것을 긍정한다 하지는 마시오. 나는 지금 조선 민족의 저류를 더듬어보는 것뿐이니까요. 네, 조선 민족은 창조적 활성에 넘치는, 그러니까 개개인이 강한 개성을 지닌 민족이다, 그렇게 말하고 싶소. 당신들이 항용 말하는 민족적 분열, 분열의 요인이 열성(劣性)에 있었던 거는 아니다, 그 말도 꼭 해야겠소. 문제를 뒤집어봅시다. 당신네들은 단결을 성취하였소. 배부른 돼지가 되었지요. 저 산간에도 하늘 보고 구름 보며 당신네들이 무지몽매하다는 바로 그 백성이 당신네들이 환장하고 미치는 천하명품 다완을 만들었으니 표표한 영혼을 살찐 돼지가 비웃더라……. 당신들은 당신네 문화의 대표적 정신을 사비[寂]와 와비[侘]로 농축해 말하는데, 쓸쓸하고 적막하고 그렇게만 처리해버린다면 안타깝겠지요. 와카[和歌]나 하이쿠[俳句]의 풀어나갈 수 없는 피안의 세계 사이교[西行]나 잇사[一茶]를 들고 나오겠지요. 나도 실은 사이교를 무척 좋아하지요. 맑은 줄기의 봉우리, 그러나 당신들은 리얼리즘에 접근한 무라사키 시키부[紫式部]의 『겐지모노가타리[源氏物語]』를 매우 귀한 것으로 모셔놓기는 하나, 일연(一然)의 『삼국유사』의 세계에는 아득히 미치지 못하오. 인간과 자연과 신비, 우주적인 것이 혼연일체가 된 높고 아름다움에 비하면 『겐지모노가타리』는 인간 잡사, 인간 정사의 나열이며, 귀신도 칙칙하고 밑바닥에서의 맑음이 없어요. 그는 그렇고, 대부분의 일본인은 다카야마 초규[高山樗牛]에 열광하지요. 그는 정석대로 감상파에서 국가지상주의 즉 일본주의자로 변모해가지 않았습니까? 즉 배부른 돼지의 대변자가 되었다는 얘기지요. 와비나 사비 그런 추상적인 것을 조선에서는 풍류라고나 할까요? 그것은 상식이지요. 어떤 교양하고도 통할 거요. 표피지요. 물론 조선에 있어서 한(恨)이라는 것도 추상적 표현이라 할 수 있겠지만, 그러나 와비나 사비가 사라져가는 것이라면 한은 오는 것이오, 절실한 기원이오. 당신네들의 피를 물처럼 착각하는 것은 와비와 사비의 정신세계 때문일까? 끈적끈적한 피, 그것이 한이오. 진실만이 창조를 가능케 하고 진실에의 의지만이 창조력이 되는 것이며 그것은 또한 개체로서, 네, 개체로서……. 벚꽃은 거짓이오. 죽음은 아름답고 깨끗한 것은 아니오. 죽음을 고통 없는 아름다운 것으로 길들여온 당신네 야마토 다마시[大和魂]는 거짓이오. 약자의 엄폐술이며……. 허위는, 껍데기는, 허위와 껍데기의 집단은 야만밖에 행할 것이 없고, 기계의 비정도 가능하고, 피가 물이라면 심장을 갈아제끼는데……. 모두 용감하오. 성실하게 용감하오.'

찬하는 잠의 수렁 속으로 차츰 빠져들어간다.

10장 이혼동의서

“이것은 제 생각인데.”

“무슨 말을 하려고 또 그러우.”

임명빈은 아내 백씨가 꺼내려는 말을 가로막듯 화를 낸다.

“얘기를 들어보지도 않으시고서.”

“들으나 마나, 송충이는 솔잎을 먹어야지 갈잎을 먹으면 죽는다는 그 얘기지 뭐겠소.”

“참.”

“조선사람은 조그마한 일을 경영하려 해도 꼭 그 말이 나와야 하거든. 그러니까 발전도 없고 남의 나라의 업신여김을 받는 게요. 아 글쎄 군함 만드는 공장을 세우자는 것도 아니겠고 기와공장 하나 만들려 하는데 어찌 그리 말들이 많은고. 실패해도 당신 굶기지는 않을 테니 제발 걱정 말라구.”

“그게 아니래두요. 공연히 격해서 그러시네요.”

“그럼 뭐요? 말해보구려.”

“제가 말을 잘못 꺼냈나 봐요.”

“허 참, 하던 짓도 멍석 깔아놓으면 안 한다더니 대체 무슨 얘기요?”

임명빈은 요즘 늘 신경이 곤두서서 곧잘 식구들에게 짜증을 내게 되는 것을 부끄럽게 생각하며 어세를 누그러뜨린다. 백씨는 어색하게 웃으며,

"진주 최참판댁에서 기르는 여자아이 말예요."

"여자아이?"

"왜 고모가 한번 말한 적이 있었지요. 기억 안 나십니까?"

"아아, 그래서?"

"제가 보기에 고모는 그 아이를 원한 것 같아서요. 그것도 아주 간절하게, 생각해보십시오. 이제는 아이를 가질 희망도 없지 않습니까?"

"음……."

"이번에 최참판댁 마님이 오셨을 때 차마 말은 건네보지 못했지만 친자식이 아닌 것은 다 마찬가지, 안 그렇습니까?"

"아일 얻어오려면 뭐 그 아이 아니라도, 그보다 명희 의향대로 할 일이 아니지 않소. 정 아일 못 보게 된다면 문중에서 양자를 데려올 거고 그 일은 그 집에서 알아 할 일, 임자가 걱정할 일은 아닐 게요."

"양자의 경우라면 의당 그렇지요. 하지만 계집아이니까 무료한 생활에 화초처럼,"

"허허허 이 사람이, 조씨 집안일을 임씨 집안에서 걱정할 필요도 이유도 없질 않소."

"하지만 고몰 생각해서,"

"그도 그렇지. 내쳐서 나오면 내 식구로 받겠으나 있는 한 우린 객인이오. 쓸데없는 짓 하지 마오."

딱 잘라버린다. 달리 할 말이 있는 눈치였으나 백씨도 더는 입을 열지 않았다.

"이놈의 세상이 어찌 되려고 이러는지……."

"왜 또 그러셔요? 무슨 일이 있었습니까?"

"무슨 일이 있기는, 울화가 치밀어 하는 말이지요."

"참, 오늘 거기 가셔야지요."

"황태수 집 말이오?"

"네. 혹 잊으셨나 싶어서."

"내가 거긴 뭐 하러 가겠소."

"그래도 사람까지 보내서."

"임자도 옛날 같지 않구려. 황태수가 부자면 부자지 임자까지 덩달아 황송해할 것 없지 않소."

"……."

"기와공장을 차린다니까 가서 구걸이라도 좀 하라 그 얘기요?"

"설마."

"이제는 그 사람 내 친구 아니오."

말끝에 가서 울먹이는 것 같았다. 영문을 모른 채 백씨는 침묵할밖에 없다.

"아버지, 고모님 댁에서 사람이 왔습니다."

뜰에서 막내 목소리가 들려왔다. 백씨가 방문을 열고 내다본다.

"사람이라니?"

"운전수가 왔어요."

"들어오라 하지."

머뭇머뭇하듯 운전수가 뜰로 들어왔다.

"무슨 일로 왔나?"

임명빈이 묻는다.

"저기, 교장 선생님을 모시고 오라 하셔서 왔습니다."

"나, 교장 아니야."

"네, 저어,"

"무슨 일로 오라 하더냐."

"일요일이고 해서 점심을 함께 드시자고, 그렇게 여쭈라 하셨습니다."

"그래? 오늘이 일요일인가?"

명빈은 잠시 생각한다. 가지 않으면 황태수가 또 사람을 보내올지 모를 일이었다. 집에 앉아서 거절하느니 집을 비우는 편이 낫겠다 작정한 명빈은,

"지금 당장 가자는 겐가?"

"네. 차를 가지고 왔습니다."

"그럼 잠시 기다리게."

두루마기 입은 모습으로 모자를 든 명빈이 나왔다.

"가세."

자동차에 오른 명빈은 눈을 감는다.

'의돈이 집은 내가 책임진다! 어느 놈한테도 구걸 안 해.'

황태수에 대한 분노가 치민다. 실상 명빈은 자신의 큰 노여움이 부당하다는 것을 안다. 알면서도 견딜 수 없고 외로웠다. 구정을 앞둔 지난 연말, 선우일이 명빈을 찾아왔었다. 황태수 심부름으로 서의돈의 집을 다녀오는 길이라 했다. 명빈은 세모에 필요한 비용을 가져왔나 보다 생각했다. 그러나 알고 보니 그것은 아니었고 사과 한 궤짝을 보낸 것이며, 그것만도 서운했는데 선우일의 말이,

"부자도 편치는 않아요. 명절이 오면 그야말로 가랭이가 찢어질 지경, 황태수형도 명절이 없었음 좋겠다 그러더군요. 짜증이 나나 부지요."

그 말이 왜 그렇게 고깝게 들렸는지, 집안에서부터 사업관계, 관공서, 친분의 범위도 넓었고 세모가 되면 황태수의 머리가 어수선해지는 것은 충분히 이해할 수 있는 일이었으며 원만한 그의 성격으로 보아서 짜증이라기보다 지친 상태의 독백임을 명빈이 짐작 못하는 바 아니다. 그리고 또 서의돈이 감옥으로 들어간 뒤 황태수는 계속 생활비를 보조해왔었다. 그런 만큼 선우일이 흘린 말 몇 마디를 가슴에 품는 것은 용렬한 짓이 아닐 수 없었다. 그러나 명빈은 사과 한 궤짝은 고사하고 쉰 술 한 병 들고 서참봉댁을 찾는 사람이 없다는 데 서글픔을 느꼈고 화가 났었는지 모른다. 앞뒷집이니 실정은 환했다.

'나쁜 놈들, 의돈이가 살아 있으니 그나마, 죽어 없어졌다

면 사과 궤짝이나 있을까?'

억진 줄 알면서 또다시 괘씸한 생각이 드는데 한편 만날 걸 그랬나, 후회스런 마음도 스치고 간다.

'아니다. 이럴 때는 시간이 필요한 게야.'

자동차가 멎고 명빈은 차에서 내렸다. 오래간만에 와보는 집이었다. 청지기가 안내해주는 대로 별관으로 들어갔을 때 용하 내외와 찬하가 얘기를 나누고 있었다.

"아이구, 오래간만이군요."

명빈의 말에 찬하도 얼른 일어서며,

"그간 안녕하셨습니까."

정중히 절을 했다. 용하는 양주병을 꺼내었다. 양주병 꺼내는 것을 본 명희는 유리잔 세 개를 탁자 위에 놓는데 행동이 민첩했다. 친정 식구를 대하는 거북스러움 때문에 명희는 그럴 때면 슬퍼진다. 그러나 오늘의 민첩한 행동은 타성이다. 슬프다는 생각이 없었다. 용하는 명빈에게 술을 권했다.

"그래 기와공장은 잘돼나갑니까?"

"봄이 돼봐야 알지. 아직 기와를 만드는 단계까지 안 가 있으니까."

이런저런 얘기가 오갔으나 용하는 사표 문제, 학교에 관한 문제에는 일절 언급이 없었다. 인사치레로도 기와공장 그만두고 학교로 돌아오라는 말 한마디쯤 있음직도 한데.

"언제 오셨습니까?"

명빈이 찬하를 보고 물었다.

"며칠 됐습니다."

"요즘, 일본 형편은 어떤지요."

"글쎄올시다. 그 속에 있으면 둔해지나 부지요. 오히려 조선이 더 뚜렷해지는데 왜 그런지 모르겠습니다."

찬하는 웃었다.

"소위 그게 감상적 애국심이라는 게야."

용하는 찬하를 빗대어 말했지만 명빈을 빗대어 한 말이기도 했다.

"그럼 말씀들 하세요."

명희가 일어섰다.

"당신 어디 가는 거요?"

"점심 준비 돌봐야지요."

"언제 당신이 그런 일 했나? 선수들이 있으니까 여기 있어요."

"아니오."

뭔가 고집스러움을 나타내며 명희는 나가버린다. 머쓱해질 줄 알았는데 그러나 용하 얼굴에는 재미나다는 듯 웃음이 떠올라 있었다.

"이름이 좋지 나 같은 사람이야 일본 유학 운운하지만 중으로 치면 땡땡이중인데 젊은 사돈께서는 어떻습니까? 귀국하여 교편을 잡으셔야지요."

멸시 같은 웃음을 흘리면서도 용하는 동조했다.

"아닌 게 아니라 수차 그런 권고를 했는데 마이동풍이니 딱하지요."

"학벌만 가지고 되는 일은 아닐 겁니다. 제 생각에는 역관(譯官)을 할까, 중국에나 가서 왜놈 앞잡이,"

하다가 찬하는,

"임선생님, 죄송합니다."

사과를 한다.

"아니오. 자고로 역관이란 말 못하는 사람의 앞잡이 아니겠소? 하하하……."

"하기는 일어 역관이던 임교장보담은 영어 역관인 네가 훨씬 유능하고 멋도 있겠지. 따지고 보면 훈장이란 고리타분한 직업이니까."

형님이나 처남이라는 말 대신 임교장하고 호칭한 것도 이상했고 훈장이란 고리타분하다는 말 하며 곱절로 명빈을 친 격이다.

"역관이나 훈장이나 다 내 적성은 아니었지. 만년 문청이라 해야 할까?"

점잖게 명빈은 물리친다. 찬하가 맞장구치듯,

"문청, 이거 임선생님하고 저하고 통하겠습니다. 아직 머리가 새까만 처지에 건방지다고 나무라시겠습니까?"

"아아, 천만에."

팔을 저었다. 명빈의 얼굴에는 생기 같은 것이 나타난다. 그는 찬하와 의기상통하는 것을 느낀 것이다. 자동차를 타고 오면서 내내 외로워했던 그였기에 더욱더, 매달리는 기분이기도 했을 것이다.

"예술에는 국경도 연령의 차이도 없는 법이오. 상투적이지만, 허 참 훈장질 몇 해가 사람을 아주 속물로 만들었구려. 하하핫…… 실은 문청이란 부질없는 얘기요. 나이가 젊다면 좋은 잡지 하나 만들어보겠다는 꿈은 버리지 않았을 것이지만."

"나이보다 현실에 문제가 더 있는 거 아닐까요."

"그렇지요."

"내가 출자 좀 할까요? 위로도 겸해서."

용하는 묘한 말을 했다.

"《청조》사 권오송이 같으면 모를까, 나같이 심장 약한 위인이 매부 돈을 어떻게 쓰겠소."

"아닌 게 아니라 적성에 안 맞는 것만은 확실합니다. 교장직을 그만두시더니 여간 재기발랄해지신 게 아니구먼."

용하가 비꼬았다.

"아암 그렇구말구. 밥도 쓰고 단 밥이 있으니까. 아, 그보다 젊은 사돈, 일본 문단에서는 아직도 나쓰메[夏目]가 왕입니까?"

하고 찬하에게 시선을 돌린다.

"왕이 아니라 아직은 황제지요."

"죽은 지 십여 년이 넘는데……. 솔직히 말해서 나는 나쓰메가 왜 왕인지 모르겠더군요. 어렵게 이리저리 꼬아 쓰기 때문인가?"

"만년의 작품은 그렇지도 않지요. 그러나 흐르는 일관성, 그것은 그 사람의 체질인지 그건 모르겠습니다만."

"칙천거사(則天去私), 그 사상에 이르기까지 길이 그렇게 험난해야 했는지, 모처럼 만났으니 조학사 의견 좀 들어봅시다."

학사라는 말에 용하는 픽 웃었지만 찬하는 학사라는 말보다 얘기의 내용 자체, 그것에 놀란 것 같다.

"임선생님께서 말씀 다 하셨는데 제가 뭘 덧붙이겠습니까."

"봉사 코끼리 만지는 격이지요."

"저도 임선생님 의견과 같습니다. 톨스토이하고 엇비슷한 점도 있구요. 나쓰메는 스웨덴의 작가 스트린드베리의 영향을, 영향 정도가 아니지요. 아주 농후해요. 톨스토이는 천진하다 할까요? 그의 인도주의는 전체를 포용했고 나쓰메는 깐깐하고 칙천거사의 사상은 개인에 머문 것 같더군요. 임선생님 말씀대로 왜 그렇게 험난해야 했는지 동감입니다. 그의 작품세계에서 일관된 추구는 에고이즘입니다. 에고이즘의 가시덤불을 낫 들고 들어가서 간신히 빠져나온 길이 칙천거사 아닙니까?"

"맞아요, 맞아. 나 같은 다혈질에는 못 견디겠는 게 있더라구."

옛날 말투가 불거져 나온다.

"모리 오가이[森鷗外]는 에고이즘 같은 것 곁눈으로 보면서 『다카세부네[高瀨舟]』『아베[阿部] 일족(一族)』에 이르렀으니, 그는 인류나 개인의 구제 같은 것 드러내지 않았지만 일본인으로서는 드물게 풍부한 작중인물들을 만들어낸 것 같더군요. 그의 이상주의도 견고한 것으로 느껴졌습니다. 일본인치고는 드물게 뼈대가 크고 힘찬 작품세계, 완벽함을 아울러 가진 예술이 아니었나 그런 생각이 듭니다. 모리 오가이야말로 일본 문단의 진짜 황제인데 말입니다."

찬하는 장난꾸러기같이 웃었다.

"그러니까 나쓰메는 마땅찮다, 그렇지요. 냉랭하고 현학적이고 소설을 위한 소설을 쓴다. 하하핫핫……."

"나쓰메가 어때서, 당대의 거봉인 것만은 틀림이 없지. 예술이란 육자배기 같은 건 아니야. 인정가화는 주막의 주모 입에서도 들을 수 있지. 철저하게 에고이즘을 추구한 나쓰메는 자기 자신한테도 냉혹한 사람이었어. 그게 작가정신 아닐까?"

용하가 한마디 했다.

"그런 일면도 있지요."

인정해놓고,

"그의 후기작품에선 일본적인 것, 대단히 일본적인 것이었는데 역시 밑바닥을 흐르는 것에 저항을 느끼게 하긴 하더군요."

"타민족이 일본적인 것을 알면 얼마나 알아."

타박 주듯 용하는 말했다. 순간 찬하는 간밤의 여행, 생각의 여행이 선명하게 되살아나는 것을 깨닫는다.

'그럴까…….'

왠지 가슴이 철렁하는 것을 느낀다. 그것은 막연한 절망 같은 것이었다. 하인 둘이 큰상을 맞잡고 들어왔다. 찬모와 심부름 아이가 밥과 국그릇을 올린 예반을 들고 따라 들어왔다. 명희도 뒤따라왔다. 남색 법단 치마의 자락이 무겁게 바닥을 쓸며 지나간다고 찬하는 생각했다. 옥색 반회장저고리에 긴 목, 찬하 머릿속에 번개같이 지나가는 것이 있었다.

"드십시오."

용하가 명빈에게 권했다. 식사를 시작한다.

"아까 형님은 타민족이 일본적인 것을 알면 얼마나 알겠느냐 했는데요."

"그래서?"

"객관적인 눈으로 본다는 것, 어떤 특징 같은 것은 남이 더 잘 집어낼 경우도 있을 겁니다."

"아까 무슨 얘기를 했나? 문학 얘기 아니었나?"

"문학 얘기였지요."

"그렇다면 작자 이외 독자는 일본인이라고 남이 아니겠나? 다 같은 남이라도 일본인 독자와 조선인 독자, 그런 경우는 객관성 문제보다 더 잘 안다는 것이 선행되어야 한다."

용하의 말은 예리했다.

"형님 말씀도 옳습니다. 그러나 작품을 통해서 개개인을 보는 것보다 일본 민족의 덩어리를 볼 때는 보여지는 것과 보는 것, 즉 대상과 눈인데요."

"그 말은 재미있군."

"그래서 하는 말인데 일본인의 의상이나 색채를 어떻게 생각하십니까."

"어떻게 생각하다니?"

"갑충(甲蟲), 딱정벌레를 연상하지 않습니까?"

"……?"

"반대로 일본여자하고 결혼해서 오랫동안 그들 속에 묻혀 살아온 처지인 만큼 조선을 대상으로 하는 제 눈이 맹목적일 수만은 없을 겁니다. 그래 조선의 의상과 색채를 생각해보았지요."

"그게 뭐냐?"

"나비, 학입니다."

"으음."

"팔은 안으로 굽는다. 그렇지는 않소? 조학사."

밥알을 씹으며 명빈이 말했다.

"가만히 생각해보십시오. 일본의 옷이나 색채는 상당히 그로테스크합니다. 특히 색채는 불투명하고 부피를 느끼지요. 감색, 검정, 갈색, 붉은빛 그런 것이 주조인데 기타 빛깔도 순수한 색채는 없지요. 옷 형태에 있어서도 율동이 없습니다. 그들의 옷의 선은 거의 고정돼 있지요. 겨우 좀 흔들리는 소매는 흔들리는 거지 율동은 아니거든요. 그들의 앞머리는 밀어붙여 뒷머리만 모아서 뒤꼭지 쪽에 마게*를 만드는데 맨들맨들한 앞머리는 불모의 산같이 역시 고정돼 있는 느낌입니다. 사실 그 칙칙한 빛깔에, 고정된 선의 옷에는 모자나 갓을 올릴 수 없었을 것이며 머리를 밀어서 맹숭맹숭한 공간을 남기지 않는다면 칙칙하고 고정된 선의 옷은 참으로 뭔가 눌리어 감당을 못했을 것 같아요. 그리고 또 여자의 경우 탁하기는 하지만 색채는 있었으니까, 목이 부러질 만큼 느껴지는 큰 마게에는 주렁주렁 꽃이며 빗이며 천이며 그런 것을 달아야 했고 기혼자는 눈썹을 밀어버려야 했습니다. 또 있지요. 이빨을 검게 염색하는 것 말입니다. 한마디로 복잡하고 그로테스크하지요. 조선의 의상과 빛깔을 생각해봅시다. 구십 프로 이상은 흰색이며 나머지 색채도 거의 중간색이란 없어요. 모두 원색이며 투명하지요. 그리고 옷의 형태로는 율동하지 않는 곳이 거의 없습니다. 선도 밀착되지 않은 직선에는 풍부한 율동을 허용하고 밀착할밖에 없는 곳은 곡선으로 처리하고 있습니다. 투명한 갓, 갓이야말로 아마 세계적 명작이 아닐까요? 그러면 갑충 혹은 딱정벌레, 학 또는 나비의 설명이 될 것 같습니다."

"아 그거 참 재미있군."

명빈이 아이처럼 손뼉을 쳤다. 용하는 저 주책바가지, 나잇값 하지 못한다, 그런 눈초리로 쳐다본다. 명희는 한마디 말

없이 조용하게 밥을 먹고 있었다. 뭔가 기다리고 있는 것 같은 느낌이다. 밥을 떠넣고 부지런히 씹어 삼킨 찬하는 다시 말을 잇는다.

"건물의 형태도 그런 것 같습니다. 일본의 성은 석축을 높이 쌓아올려 그 위에다 앉히거든요. 사원 같은 것도 지붕에서 약간의 곡선을 볼 수 있는데 대단히 둔중한 느낌이며 일반건물에 있어서 지붕의 구배(勾配)는 모두 직선입니다. 촌락의 농가의 갈대 지붕도 역시 구배는 직선이지요. 여백이 없는 건축물, 여백이란 무슨 뜻인고 하니 뜰이 없다는 것입니다. 서민주택은 대개 뜰이 없습니다. 뜰이 있는 주택들도 뜰이 없다는 느낌을 주는 것은 건축 구조에 있어서 현관이란 것 때문이지요. 현관이 뜰을 차단해버리거든요. 일본에서 분재가 성행하는 까닭을 그들 건축에서 찾아보는 것도 과히 먼 얘기는 아닐 듯싶고."

밥을 먹는다. 국도 먹고 반찬도 먹는다. 삼키면서,

"조선의 건축, 지붕의 경우를 보면 하늘을 향하여 치올라간 처마나 용의 허리 같은 용마름, 그 곡선은 참으로 완벽하게 공간에 존재하지요. 시골의 초가는 반대로 굽습니다. 땅을 향해 오무려져 있지요. 기와집 지붕에서 비상하려는 새를 혹은 비룡을 연상한다면 초가는 땅에 뿌리를 박은 식물을 연상하게 되지요. 그리고 궁이건 성이건 자연과 더불어 자연에 싸여 있다는 조선의 것과는 달리 의복이나 반자연적인 요소가 짙은 것이 일본입니다. 다음은 여백에 관한 건데 울타리가 없고 사립문이 없는 농가는 결국 집 밖의 땅이 여백이 된다 할 수 있고, 일본의 현관과 같은 성질을 띤 대문 사립문이 건물과 뜰을 포용하고 있지 않은 경우는 없어요. 상가를 제외하고 말입니다. 대문을 열고 들어가면 여하한 형태로든 거기는 건물과 뜰이 공존하고 있지요. 성을 보더라도 적을 막는 것은 성벽이지, 즉 울타리지 건물 자체는 아닙니다. 석축에서 바로 이어진 성과 성벽 안에 있는 성 그 차이점에서도 우리는 여백을 생각할 수 있습니다. 다른 것을 예를 들어 비교하려면 얼마든지 할 수 있겠지요. 결론적으로 말해서, 조선의 피조물, 사람 손에 의한 피조물엔 생명감이 넘쳐 있고 생명체를 보다 많이 수용하고 있다는 것입니다. 선이 완벽하다는 것은 살아 있다, 즉 생명이 있다는 애깁니다. 청자나 백자 특히 백자 항아리는 빛깔과 선의 융합에서 생동하기도 하고 정밀(靜謐)을 느끼기도 하는데 어떤 경우든 살아 있다는 것, 생명력 그것을 자로 재어보고 가루를 내어 분석하고 해보았자, 사람을 놓고 해부해보아도 사람이 무엇인지 모른다는 결론과 마찬가지, 결국 생명은 무엇인지 모른다, 아무튼 그런 창조의 능력은 조물주에 접근하고자 하는 강한 의지로 보아야겠습니다. 누가 우리를 리얼리스트라 했습니다. 리얼리스트이면서 신비주의자다, 나는 그렇게 생각합니다. 감상이나 낭만이 흐려놓는 상태, 달콤하게 안주하거나 안개에 몸을 실은 그런 상태에서 의지를 볼 수 없지요. 접근의 의지 말입니다. 동화의 의지라 할 수도 있고 흔히들 도피사상이다 하기도 하지만 자연과의 동화를 두고 말입니다. 자연만큼 위대한 피조물이 어디 있겠습니까? 인간도 포함해서 말입니다. 즉 생명 말이지요. 함에도 불구하고 무위자연설(無爲自然說)의 도교가 이 땅에 발붙이지 못하고 불교 유교가 성행한 이 땅이었고, 애매모호한 신선(神仙)의 세계 대신 수로부인(水路夫人)에게 바치는 노인의 헌화가(獻花歌), 신이 아닌 인간으로서 가장 높은 정신세계를 보게 되는 거지요. 나는 신을 칭송하는 여하한 노래 속에서도 헌화가만큼 무궁한 인간의 아름다운 정신을 발견하지 못했습니다. 그 헌화가를 높이로 하여 몸서리쳐지는 더러운 것에의 감각 그것은 우리 언어, 그러니까 속담이나 비유에서 보는 그 징그러운 감각, 높이와 낮음의 그 사이의 큰 진폭(振幅)에서도 일본 민족과 조선 민족의 차이점을 볼 수가 있을 것 같습니다."

"결국 조선 민족의 찬송이군. 그런 것을 두고 아전인수라 하지."

용하의 말이었다.

"네. 바로 그 점 때문에 저도 자신에게 회의를 느끼고 있습니다. 제가 말하고 싶었던 것은 양면성이었습니다."

"양면성이라니."

명빈의 반문이다.

"복잡과 단순입니다."

"그건 어떤 것을 두고 하는 말이오?"

"일본 민족의 단순성은 그 단순함 때문에 색채에 있어서나 선에 있어서 선이라기보다 선이 행방불명된 개칠의 상태인데 단순함에서 오는 욕구일까요? 조선 민족의 복잡성 그것 때문에 반대로 색채나 선에 있어서 대담한 생략을 시도하는 것입니다. 생략이란 근원을 찾아서 불필요한 것을 쳐내버린다 그거 아니겠습니까? 그러니까 생명을 찾는다는 것이지요."

"역시 찬송가다."

찬하는 용하를 향해 어색하게 웃는다.

"너는 애국자냐?"

조롱의 이 탄이다.

"아니라는 전제하에 시작한 생각입니다."

"네가 뭐라건 일본은 강국이고 우리는 정복당한 민족이다. 그런 소리 해봐야 이불 속의 활개치기지."

명빈의 얼굴이 붉어졌다. 찬하는 씁쓰레한 표정이었고,

"더욱 우스운 것은 일본여자와 살고 있는 네 입에서 그런 말을 들어야 한다는 일, 안 그러냐?"

"그렇겠지요. 그러나 그렇기 때문에 저는 저의 객관적인 눈, 그 말을 앞서 했던 것입니다. 나는 오늘날 강국인 일본, 그 연유가 어디 있든지 약소국인 조선, 현재는 국가 자체도 없어졌습니다만 그 요인을 생각해보고 싶었습니다. 그리고 강하고 약한 현상 문제도 말입니다. 진실한 뜻에서의 강자와 약자 문제도요. 지금 이 자리에 있는 형님과 나의 경우에 도 적용될 수 있는 문제 아니겠습니까? 물론 나는 애국자가 아닙니다. 또 애국자가 아니어야 할 수 있는 얘기, 진실에 혹은 사실에 접근할 수 있고 공정할 수도 있으니까요. 복잡하면 쳐내고 단순하면 덧붙인다는, ……바꾸어서 말하자면 결핍과 잉여 상태, 저는 얘기의 결론을 지어야겠습니다. 결핍이 오늘 일본을 강국으로 만들었고 잉여 상태로 하여 조선은 망했다."

"허 참, 조선이 잉여 상태? 야 그만두어라. 미친놈 취급당할 게야."

"정신을 두고 한 말입니다. 물질적인 얘기는 아닙니다."

"그래서?"

"앞으로 일본은 더욱더 강국이 될 거란 말입니다. 계속하여 뭉쳐질 거란 말이지요. 개개인의 결핍은 전체를 풍요하게 하고 개개인의 풍요는 전체를 결핍으로 몰아넣고."

"결론이냐?"

"아닙니다. 강약의 척도를 양면에서 상반된 눈으로도 볼 수 있다는 것, 또 강약의 형태가 물결같이 오고 사라진다는 것, 물질의 시대와 정신의 시대가 명멸한다는 것이 저의 결론입니다."

"역시 애국자구먼."

용하는 코웃음쳤다.

"왜들 이러세요? 형제가 싸우시겠습니다."

다른 문에서 불쑥 들어온 것처럼 명희가 말했다. 상이 물려지고 각각 소파로 자리를 옮긴다. 명희가 커피를 끓여 내왔다.

"사실 조선에는 강가 모래만큼 애국자들이 많은데 왜 독립을 못하는지 모르겠어. 그것도 찬하의 잉여와 결핍의 논리처럼 보아야 하는 건지 모르겠구먼."

용하는 담배를 붙여 문다.

"사실은 얼마 전부터 우연히 맴도는 생각을, 왠지 모르지만 결론을 짓고 싶었습니다."

용하의 악의를 부드럽게 밀어내듯 찬하는 말했다.

"우연히 맴도는 생각이라……. 그보다 부인, 당신도 여기 와서 앉구려."

끓여낸 커피포트를 한곁에 치우는 명희를 향해 용하는 손짓했다. 임명빈은 찬하의 말을 정리라도 하는지 눈을 감은 상태더니 뒤늦게 커피잔을 들었다. 명희가 자리에 앉는 것을 본 용하는,

"실은,"

하다가 담배를 눌러 끈다.

"오늘 임교장을 오시게 하여 이 자리를 마련한 것은,"

명희를 힐끔 쳐다본다. 명희는 고양이처럼 몸을 사리는 것 같았다. 무심해 보였던 눈이 어떤 기대, 기다림 같은 것으로 흔들리는 것 같다. 그 눈이 용하의 시선을 받는다.

"설명은 생략하지요. 우리 부부의 이혼문제 때문입니다."

"뭐라구?"

임명빈의 몸이 소파에서 튀었다. 찬하의 얼굴이 새파랗게 질린다.

"피차 좋은 일이 아니기 때문에 조용히 해결하고 싶어서 이 자리를 마련했지요."

"이혼을 반대하는 것은 아니나,"

임명빈의 입에서 의외의 말이 나왔다. 처음 충격과는 달리 또 자신의 말대로 다혈질인 성격과 달리 침착한 음성이었다.

"임교장은 반대할 처지가 아니지요. 찬성할 처지도 아니구요."

"그 말은 맞지. 한 가지, 나는 임교장이 아니며 임명빈이네. 또 반대나 찬성할 처지가 아닌데 어째서 내가 이 자리에 와 있어야 하는가."

손은 떨린다. 들고 있던 커피잔을 접시 위에 놓는다.

"통고하기 위해서지요."

"명희와 합의했소?"

명빈은 경어를 썼다.

"아닙니다. 처음 꺼낸 얘기입니다."

"그렇다면, 통고에 있어서 설명이 따라야 하는 게 순서 아닐까요?"

용하는 이빨까지 드러내며 웃었다.

"이유는, 내 동생과 임명빈 누이동생 두 사람한테 물어야 할 겁니다."

"그 무슨 말을 하는 게요!"

임명빈이 두 주먹을 쥐며 몸을 벌떡 일으켰다. 그의 낯빛은 주황이었다. 용하는 웃기만 한다. 바로 이 순간을 위하여 긴 오찬을 진행했고 긴 찬하의 얘기를 참을성 있게 들어왔다. 그 말이 씌어진 얼굴, 얼굴에 가득한 웃음. 명희는 고양이같이, 아까 그 모습대로 침묵이었다. 찬하는 화석같이, 그러나,

'형수님 당신은 뭔가 느끼고 있었군요. 참 바보, 이런 나 같은 바보가 어디 있겠습니까. 한갓 유희의 대상이 되고 만, 작지도 않은 사내자식 덩치를 하고서 말입니다.'

새파랗게 질렸던 찬하 얼굴은 벌겋게 되었고 다시 핏기를 잃으면서 눈이 붉게 물든다. 순간 임명빈은 구원을 청하듯 핏발 선 눈을 명희에게로 옮겼다. 명희 눈빛 속에 용하 얼굴 위에 실린 웃음, 그와 흡사한 웃음이 지나가는 것 같았다.

"오라버니, 걱정 마십시오."

말이 끝나기 무섭게 찬하의 몸이 기울었다. 용하는 멱살을 잡힌 채 찬하와 함께 몸을 일으켰다. 사태는 예기치 못한 연출, 진행이다. 용하는 당황한다.

"이놈이 미쳤느냐!"

생애에, 미증유다. 자기 몸에 폭력이 와 닿았다는 것은. 불복도 없었는데 말이다.

"가세요. 별장으로 가시잔 말입니다."

멱살을 놓아주지 않았다.

"뭣하러 거긴 가냐! 놓아!"

"부모님한테요. 가서 보고도 하고 설명도 해야지요. 안 가겠다면 완력을 쓰겠소. 가겠습니까?"

"놓아! 못 갈 것도 없다!"

놓아준다. 용하의 모습은 비참했다. 그는 이런 결과를 상상해본 일조차 없다.

"운전수에게 차를 준비하라 이르겠소. 분명히 가시겠다 했지요? 식언하면 어느 곳에서든 저는 완력을 휘두를 것입니다. 형님도 추잡스런 일들이 이 방 밖으로 나가는 것은 원치 않겠지요?"

절체절명 용하는 어떻게 풀어야 할지 실마리를 찾지 못한 채 나무같이 서 있을 뿐이다.

형제를 태운 자동차는 출발했다. 별장에 이르는 어귀까지 왔을 때 해는 서쪽에 있었고 나목들이 바람에 흔들리고 있었다.

"여기서 내립시다. 걸어서 갑시다."

일방적인 찬하의 명령, 자동차는 멎었다. 내린 뒤,

"집으로 돌아가시오. 그러나 내일 아침 데리러 오시오."

하고 찬하는 어서 가라는 듯 차체에 주먹질을 했다. 자동차가 길모퉁이를 돌아서 사라진 뒤 찬하는 몸을 돌렸다. 눈에는 살기가 있었다. 용하 얼굴에도 목덜미에도 무수한 소름이 돋아나 있었다. 손가락을 들어 하늘을 가리킨 찬하는,

"두렵지 않습니까?"

"그러면 내가 오해를 했다 그 말이냐?"

낮은 음성이다. 그러나 언제 덤벼들어 물어뜯을지 모르는 저력을 회복하고 있었다. 주변에는 아무도 없고 설령 찬하가 완력을 행사한다손 치더라도 구경할 사람은 없는 것이다.

"오해였다고 풀어버리기엔, 너, 너 격렬한 태도는 무엇을 의미하지?"

여유와 미소가 용하 입가에 돌아왔다. 그러나 상상한 일조차 없는 모욕감에서 담배를 붙여 무는 손이 떨리고 있었다.

"결혼하기 전부터 내가 임명희라는 여성을 사랑한 것을, 형은 알고 있었는데 새삼스레 어물쩍거릴 필요가 없지요."

"그러니까 불륜에 빠져도 상관이 없다 그 얘기냐?"

"이제부터 불륜에 빠질 겁니다. 형은 이혼을 선언했습니다. 저는 이제 당당하게, 현재 처와 이혼하고 임명희 씨를 아내로 맞겠소."

"뭐, 뭐, 뭐라구……."

용하는 멍해서 찬하를 쳐다본다.

"못할 것 같습니까?"

"……."

"조병모 남작, 왕가의 피가 흐르는 가문, 그건 조찬하한테는 서 푼치의 값어치도 없는 것입니다. 형님도 알 만한데요. 친일파 소리 듣는 것이 두려워 일본여자하고 결혼 안 하는 조찬하가 아니지 않습니까?"

"이 죽일 놈아!"

"나는 반드시 임명희 씨하고 결혼할 겁니다! 형이 이혼하는 한에 있어서, 협박이란 생각은 마시오."

"이혼 못한다는 얘기구나. 이 죽일 놈! 그렇게 사랑하는 법도 있나…… 허허허…… 허허헛……."

형제는 아무 일도 없었던 것처럼 별장으로 들어갔다. 이튿날 용하는 데리러 온 자동차를 타고 혼자 집으로 돌아왔다. 하룻밤 사이 그는 늙은이같이 초라한 모습으로 변해 있었다. 철저한 참패였다. 생애에서 한 번, 그것도 철저하게 두들겨 맞은 것이다. 그는 애초부터 명희가 불륜을 저질렀다는 생각은 아니했다. 자아, 네가 좋아하는 물건을 나는 이렇게 버린다. 잉여 상태에서 오는 유희, 용하는 유희가 완벽하게 진행될 것을 믿는다. 강한 자극을 즐기려 했었다. 그런데 심각할 것도 없는 장난이 자신을 송두리째 뽑아 내동댕이치는 결과를 가져올 줄이야.

'이 보복을 어떻게 하지, 두고두고, 섣불리 덤비지 말고, 두고두고 기름을 짜는 거다. 마지막 한 방울까지 그놈이 파닥파닥 뛸 만큼 명희 그 계집의 기름을 짜는 거다. 죽는 날까지 옆에다 두고, 오오냐 그것은 새로운 흥밋거리다!'

용하는 전신을 떤다. 분노는 시간이 흐르는 데 따라 숨이 가쁘게 밀려온다. 생생하게 가슴이 터질 듯이 밀려온다. 간밤에는 눈 한번 붙이질 못하였다. 이를 갈았다. 그러나 지금 이 아침은 이를 가는 정도가 아니다. 육신 전체의 뼈가 갈리는 느낌이다. 그는 별관으로 들어갔다. 정중한 사과의 말을, 준비해온 말을 냉정하게 보다 천연스럽게 할 필요가 있었다. 그는 분노를 삼키려고 눈을 감는다. 그러나 그를 기다리고 있었던 것은 명희가 아니었다. 조그마한 쪽지 한 장이었다. 이혼에 동의한다는 명희 필적의 짤막한 글이 씌어진 쪽지였던 것이다.

11장 사당패

노인이 되면 새벽잠이 없어진다. 젊은 사람들이 옅지만 달콤한 잠에 취하는 그런 시간 노인은 답답하고 외롭다. 금슬 좋은 아들 내외에 시샘을 한다는 오해를 받을까 봐 조심을 하면서도 담뱃대를 두드리게 되고 밭은기침을 하게 되고 측간을 들락날락하게 된다. 그러다 보면 울컥 설움이 치민다. 늙어서 무력해지는 자신이 서글프고, 모두 잠들었는데 홀로 깨어 있다는 고독감 소외감은 지난 세월이 허망하다, 억울하다, 한스럽다, 그런 감정의 여울로 자신을 몰아넣게 되는 것이다. 시샘할 자식도 짜증 부릴 한 짝도 없는 영산댁에게는 지난 세월이 허망하다든지 억울하다든지 한스럽다든지, 과거를 헤맬 여지가 없다. 외로움, 다만 그 외로움에 사로잡힌 새벽을 되풀이해왔다.

'한탄은 옛날 옛적에 끝나부린 거여. 여한을 남길 자식도 없인께로. 혈혈단신 아니여? 으흠…… 대들보에 목을 매면 쓰까? 보따리 하나 이고 정처 없이 떠나부리는 편이 나으까잉? 워쨌으면 쓰겄는가. 허구헌 날 이렇그럼 앉아서 저승차사 기다리는디 참말로 사람 지치게 허네잉. 사람 지치게 헌단 말시.'

새벽이면 버릇이 되어 화투짝을 떼다가 중얼거리곤 했었다. 그러나 숙이 오고부터 영산댁의 새벽은 달라진 것이다. 어둠 속을 더듬으면 사방은 벽이요 여닫이문이 하나, 등잔을 켜봐도 사방은 벽, 벽. 그림자 하나뿐이었던 방에 이제는 사람의 숨소리가 들려온다.

'저 제집아아는 사람 될 것이란께.'

아직 숙이는 영산댁이 깨워서 일어난 적이 없다.

'에미 없이 컸는디 워째 그렇그름 정갈허고 재부르고 매사가 다 그려. 천성인개 비여.'

대견하고 만족스러웠다. 어떤 때는 저것이 하늘에서 떨어졌나 싶기도 했다. 그간 계집아이를 두어보지 않았던 것은 아니다. 그러나 돈을 훔쳐 달아나는가 하면 나 먹여 살리라는 식으로 늙은 영산댁을, 오히려 부려먹으려 드는 염치없고 기갈 센 계집애에 학을 뗀 일이 있었고 하나는 음탕하여 사내들이 끊이지 않는 주막에 둘 수가 없어 내쫓았다.

'허기는 여그 온 것도 지 복이제잉. 애비가 사람 보는 눈은

있어서 둘 자리 두고 갔단께로.'

병색이 완연했던 사내는 숙이를 맡아달라든가, 두고 잔심부름이나 시키면 어떻겠느냐, 그런 부탁 상의 한마디 없이 도망치듯 새벽에 사라졌다. 그 전날 밤,

"머시매는 애비 에미가 없어도 밥이사 빌어묵을 깁니다. 새견(소견)이 나믄 온당한 사람이 될 수도 있고오, 그렇지마는 제집자석은 몸을 버리게 된께요. 한분 뻘 구둑에 빠지믄은 사람의 구실을 못하고 차라리 죽느니만, 야아 머시매는 어디 가서 굴러도, 개똥밭에서 굴러도 명만 질몬 된다 캤제요. 제집자석은…… 지 맴이 청백 같애도 소앵이 없고…… 이리저리 둘러보았지마는……."

중얼중얼 혼잣말같이, 남긴 말이라곤 그것뿐이었다.

'암만, 그렇다마다, 틀린 말 아녀. 바람둥이, 노름쟁이, 도둑놈, 대역죄인만 빼고 사내자식은 한분 작심허기에 달린 거 아니더라고? 제집이야 워디 그렇간디? 허방에 빠졌다 허면 장 바닥에 돌멩이라, 불쌍헌 것, 곱기곱기 키워서 신실한 남정네 찾아 맡길 것인께. 내 나이 허고서는 죽을 날이 아니 멀다 헐 수는 없지마는 숙이 나이도 과년헌께로.'

숙이 일어났다.

"더 자지, 날이 밝을라면 한참 있어야, 어련히 깨울까."

"아니요. 많이 잤소."

숙이는 옷매무새를 고치고 이불을 개킨다. 영산댁도 화투

짝을 쓸어모은다.

"이제 겨울은 다 가는개 비여. 멀잖아 냉잇국을 찾겄제잉?"

"야. 강에 얼음도 다 녹았십니다."

하다 말고 숙이 얼굴이 빨개진다. 열흘쯤 지났을까? 강가에서 윤국이를 만났던 생각이 났던 것이다.

"사람이란 늙어갈수록 봄이 좋고 기다려지기도 허고, 금년에는 너가 있인께 나물 캐러 가볼 것이여."

"……."

"참꽃(진달래) 따다가 화전도 맨들고, 어디 생청이 좀 남아 있을 것인디."

"……."

"참꽃술도 그게 기침에는 영약인디."

이불을 개켜낸 자리에 걸레질을 하는 숙이 눈에서 눈물이 후두둑 떨어진다. 방바닥에 떨어진 눈물 자국을 걸레질로 지우며, 영산댁에게 등을 보이며 구석지를 닦는다.

"이삼 년 묵힌 술은 천만(喘滿) 병도 고친다 혔인께."

영산댁은 다시 화투짝을 하나씩 놓아간다. 방 안을 고루고루 훔쳐낸 숙이는 걸레를 들고 밖으로 나온다. 새까만 어둠과 냉기가 전신을 휩싸는 것 같다. 우두커니 한참을 부엌 앞에서 있다. 어둠에 익은 눈에 맞은켠 산허리가 나타나기 시작했다. 참꽃 화전을 만들자 했을 때 숙이는 동생 몽치 생각을 했다. 오누이가 산속을 헤매며 진달래꽃을 따 먹어도 따 먹어도 배는 부르지 않았다. 노릿노릿하게 탄, 기름이 흐르는 화전 하나, 반으로 갈라서 동생 한 쪽 누이 한 쪽, 오래오래 씹어 먹을 수 있는 화전, 시장기를 달랠 수도 있었으련만 진달래꽃은 따 먹어도 따 먹어도 배가 부르지 않았다. 천만 병을 고친다는 진달래술, 아비의 병이 천만은 아니었지만 목에서는 항상 가래가 끓었고 끊임없는 기침, 기침 끝에는 피를 토하곤 했었다. 봄이 되면 더욱 기침은 심해졌고 피를 토하는 도수도 잦았다. 봄마다 봄 넘기기 어려울 것이란 말을 들어야 했었다. 부엌으로 들어온 숙이는 더듬더듬 가마솥 뚜껑을 열어 물을 붓고 솔가지를 끌어당겨서 아궁이에 불을 지핀다. 솔잎 타는 냄새 송진 타는 냄새, 빛과 온기가 부엌 안에 퍼진다. 새까맣게 그을린 부엌 천장, 서까래에 불빛이 너울거린다. 눈물자국이 남은 숙이 얼굴도 불빛에 탄다.

"야속한 울 아배."

부지깽이로 불을 헤집으며 뇐다. 아비가 야속했을까? 숙이는 아비에 대하여 자기 자신이 야속했을 것이다. 양지바른 산골짝에다 움집이라도 하나 만들어보리라, 마른풀을 베다가 잠자리 마련하고 지천으로 굴러 있는 가랑잎 긁어 오고 죽은 나뭇가지 꺾어다 쌓아놓고 관솔로 불 밝히며 마을로 내려가서 비럭질이라도 한다면 겨울 한 철 얼어 죽지 않고 연명하려니, 아비가 죽더라도 맑은 산중에 묻어주면 여한이 없었을 것인데 그 시신을 어느 누가 거둘 것이며 배고파 우는 동생…….

"야속한 울 아배, 무상한 울 아배 제집자식은 자식이 아니라 말이던가."

"야속다 생각지 말란께. 니 전사 생각허고, 말없이 떠나부린 심정이 오죽혔을 것이여? 명이 붙어 있으면 언젠가는 만나게 될지 뉘 알겄어라?"

언제 나왔는지 영산댁이 말했다. 그리고 사기 속에 담가서 불려놓은 무시래기를 바가지에 건져낸다. 가마솥에서는 물이 끓었는가 솥뚜껑 사이로 눈물이 흘렀다. 솥전에 떨어져 피식 피식! 물방울 튀는 소리가 난다. 숙이는 치맛자락을 걷어 콧물을 닦는 시늉을 하면서 눈물을 닦고 더운물을 퍼내어 걸레를 빤다. 숙이 가겟방을 쓸고 닦는 동안 영산댁은 건져낸 시래기를 곱게 다지고 국솥에다 된장과 함께 바락바락 주무르고 숙이가 받아놓은 뜨물을 붓는다. 멸치 한 줌을 집어넣는다.

"국 안쳤다. 국솥에 불 지피야 혀."

"야."

가겟방에서 대답 소리가 들려온다.

"불쌍한 것, 워찌 생각이 안 날 것이여. 더운밥 먹을 적마다 목이 메일 거여."

하늘이 희뿌옇게 밝아왔다. 영산댁은 가겟방으로 들어오고 숙은 국솥에 불을 지피려고 부엌으로 나간다.

"세상에 태어나서 안 서럽울 사람이 있을까마는, 귀밑머리도 못 푼 어린것이 죽어 이별, 생이별을 다 겪었으니 그 가심의 못을 어느 뉘가 뽑아줄 것이여?"

처음 아비가 떠난 것을 알고 통곡을 했던 숙이는 그 뒤 영산댁 앞에서 눈물을 보인 적이 없었다. 해서 영산댁은,

'찌무리기를 혀쌓아도 된정 날 것인디.'

마음속으로 다행하게 생각했던 것이다.

"어이구 칩어라. 속 좀 따사가지고 가도 가야겄구마."

제대로 옷을 차려입은 바우가 주막으로 들어왔다.

"겨울 다 갔는디 젊은 사램이 춥기는 뭐가 그리 춥디야?"

"아따 참, 꽃샘바람에 중늙은이 얼어 죽는다는 말도 모리오? 내가 바로 중늙은이 아니냐 그 말이오."

"자알 논다. 신새벽부텀 두루마기 차리입고 워디로 가는 기라?"

"제집아아 혼사일 따문에 가기는 가요마는, 술이나 주소."

바우는 두루마기 자락을 조심스럽게 걷고 술판 앞에 앉는다. 어젯밤에 숙이가 걸러서 부어놓았기에 술단지에는 술이 그득 차 있었다.

"가을 혼사 안 허고 봄 혼사 헐려구 그러남?"

"가을에 하는 기이 좋겄지마는 임자 생긴 김에, 그쪽이야 농사짓는 사램이 아인께 이쪽 형편만 우길 수도 없는 노릇이고."

내미는 술잔을 받아 쭉 들이켠 바우는 김치 조각을 집는다. 숙이가 해장국을 내왔다.

"신랑 될 사람이 뭐허는디?"

"배를 탄다요. 아직 작정은 안 했소만."

"개깃배를 타는가?"

"개깃배 탄다믄 그거야 안 되제요. 윤선을 탄다 카더마요."

해장국을 후우, 후우 불면서 마신다.

"객리 바람은 많이 들었겄다. 하동사람이여?"

"야. 부모들은 틀림이 없는 사람인데, 부모 안 닮은 자식은 없인께 그거를 보고 귀가 솔깃했구마요."

"그건 그려. 근본을 알아야."

"숙이가 이 집에 오고부터 국맛이 좋아졌구마."

"어멍 떨지 말더라고. 옛날이나 지금이나 국은 내가 끓인께 맛이 달라질 리 없제."

"보기 좋은 떡은 묵기도 좋더라고 숙이가 오고부터는 집 안이 훤해졌인께 자연 국맛도 나는가 배요. 숙이 시집보낼 때는 한 밑천 톡톡히 해주어야겄소."

그냥 해보는 말은 아니었다. 떠나지 말고 있으면 너에게 해로울 것이 없다는, 감언이설 같은 것이었지만 외로운 늙은이를 위해 마음을 쓴 것도 사실이다.

"실없는 소리는 다 그만두고 오서방 일은 워찌 될 것인지 무슨 소식이라도 듣지 못혔는가?"

"한 달이나 있이야 재판이 붙는다 카지요?"

"재판이 붙으면 오서방 설마 죽게 되는 것은 아니지야?"

"그렇기는 안 되겄지요. 직일라꼬 덤비든 쪽은 우서방인께.

잘하믄 질게는 옥살이 안 할거라 하기는 합디다만,"

"그건 그려. 오서방 사람 죽일 인재가 아닌 것을 동네 사람이 다 아는디,"

"재판이 잘되고 못되는 거는 증인 입에 달린 거라, 그기이 걱정이제요."

"워쩌?"

"처음부터 끝까지 본 사람은 엽이네하고 맹순인데,"

"본 대로 증언하면 될 일 앙이란가?"

"그기, 더군다나 여자들이라,"

"무슨 소리 허는 거여? 사람의 명이 경각에 달린 일인디,"

"우가 마누라 그 독사 때문이지요. 밤낮으로 엽이네, 맹순이는 시집에 가부맀인께 그렇다 하고 엽이네 집에 와서 살다시피,"

"뭐 땀시 그런단가?"

"증언 때문에 그러는 거 아니겠소? 오서방한테 유리하게 한다믄 식구들을 몰살허겠느니 불을 놔부릴 것이니 보통 골칫거리가 아닌 기라요."

"그래도 이서방 아들이 있잖여?"

"홍이도 중도에서 뛰어들었인께,"

"참말로, 도둑놈 제집은 도둑년이라 혀쌓더마 그 말이 맞는 말이여."

"그거야 머 안 그런 사람도 있제요. 마서방댁네 천일어매는 상사람 소리 듣기 아깝제요."

"허기는 그려. 그래 지금까지 한 말대로라면 오서방 일은 맘 못 놓는다 그거 아녀?"

"머 그거사 동네 사람도 가만 안 있일 기고 질기 우가 놈 제 집이 그런다믄 동네서 들어내는 수밖에 없겄지요."

"음, 소이*를 생각헌다면, 그러나 지는 쪽은 그쪽인께 환장혔을 것이여. 미우나 고우나 넘이 뭐라 헌들 제 낭군 아닌개비여? 눈에 보이는 거이 있겠어? 양쪽이 다 살이 끼어서 그랬을 것이구먼."

"그 사람들뿐이겄소? 온 동네가, 초정월에 그런 일이 났인께 더군다나, 이자는 좀 가라앉았지마는 처음에사 제정신 가진 사람이 있었소? 무섭다고 해만 지믄 아이 어른 할 것 없이 밖에 나갈라 캐야제요."

"일이 좋기 된다 혀도 이자 오서방 버린 사람이여. 온정신으로 살겄어라?"

"좋기 된다 해도 몇 해는 콩밥 안 묵겄소? 징역살이하고 나온다 캐도, 자식들 앞날을 생각하믄 소리도 매도 없이 떠나얄 기구마는."

"살다 보면 별 희한한 일이 다 있지라."

"그 일도 그 일이고, 시끄럽은께 이 말 저 말이 다 나돌기는 하겄지마는,"

"무슨 일이 또 있디야?"

"거 최참판댁 둘째 도련님이."

"만세 불렀다고 잽히간 이약을 들었제."

"그 일은 나와서 해결이 됐인께. 참말인지 온, 행방불명이라 카던지, 강물에 떠내리갔다는 흉칙스런 말도 있고."

"무슨 소리여? 장마 도깨비 여울 건너가는 소리 헌다."

"장마 도깨비 여울 건너는 소리라, 그기이 무신 말이오?"

"씨잘데없는 말이란 말이여. 헐 일이 없으면 누워서 서까래나 세더라고, 어여 술이나 들어."

술을 마시고 입언저리를 닦으며 바우는,

"그라믄 내가 없는 일을 맨들어서 하는 말이다 그거요? 허참, 오라 카는 사람은 없어도 실없이 바쁜 기이 내 사정이거마는. 소문이 하도 숭칙해서, 그러지 않아도 정월 초하루에 샐인이 나지 않나, 그것도 두 눈 뜨고 볼 수 없는 참상이라. 오서방이 사람 직일 인야(인품)였소? 귀신이 씌어서 한 짓이제. 그러니 동네가 술렁대고 모두들 망할 징조라고 쑥덕쑥덕……."

"입들이 도끼날이여. 횡액을 불러들이는 그놈의 주둥아리 누가 몰루남? 넘들헌티 좋은 일이 있다 허면은 벙어리 냉가슴 앓는 꼴상이고, 넘들헌티 언짢은 일이 있다 허면은 궁둥춤이라도 추고 싶은 그런 복장들 가지고서 걱정을 허는 척, 속이 빤히 들여다보인단 말시. 사람이 살면 몇백 년을 살 것이며 안 죽을 사람 어디 있디야? 한 치 앞을 몰루는디, 풀잎 겉은 인생인디, 터럭만큼도, 나야아 최참판댁허고는 상관이 없이 지내온 처지. 아 금매, 조가네 시절을 생각혀보더라고? 그 시절을 생각혀서라도 그러는 거 아니여. 그 댁 도령이 언제 이곳에서 살았간디? 보이들 않는다고 강물에 떠내려가아? 그것 다아 넘 망하기를 바라는 심보에서 나온 말일 것이여. 그럼 못써. 못쓴다 말이여."

"아아니 할매가 와 이리 풀 세게 나오는 기요? 사람 우습기 보지 마소. 누가 머를 우쨌다고."

바우는 성난 눈으로 영산댁을 쳐다보며 볼멘소리로 말했다. 그러나 영산댁은 고삐가 풀린 것처럼 계속한다.

"옛말에 천 냥 시주보다 애멘(억울한) 소리 안 하는 편이 낫다, 그것 다 당해본 사람들이 헌 말일 것이여. 그놈의 도끼날 겉은 주둥이 땜시 복동네가 죽었잖이여? 말들 좋아하지 말더라고. 뭣이 워떻그름 해서 생겨났는지 사람의 종자란 하루도 넘을 찍지 않고는 편하들 못허니 하누님이 내리는 재앙도 모자라서 서로 물고 뜯는가. 한심허다 한심혀."

"흠, 마치 죄인 다루듯이 하누마. 진똥 개똥 나무라고. 그러나 내가 할매를 갈바서 이렇고 저렇고 해봐야 사내자식 꼴도 앙이고 마 그만둡시다."

"내가 꼭히 바우를 보고 허는 말은 아녀. 인심이 그렇다 그 말이여."

"나도 그 댁을 감지덕지 신주 위하듯 하는 사람은 아니요마는 그렇다고 그 댁이 망하기를 바래는 사람도 아니요. 젊은 한 시절 허랑하여 노름판에 미쳐 댕기노라고 누구처럼 의병질은 못했소마는, 또 누구처럼 조가한테 알랑방구를 뀌감서 쌀대배기나 얻어묵던 전사도 없고오."

"뜬금없이 의병은 또 무슨 소리여라?"

"그때 의병이야 최참판댁하고 한 당이었인께 하는 말 아니겄소."

"그랬남?"

"어멍시럽기는, 이 동네 일이라 카믄 고릿적부터 할매 모리는 일이 있소?"

"허기는 그려."

영산댁은 웃는다.

"내가 몰루는 일 없을 것이여. 첩첩이 쌓인 그 많은 사연들이 눈앞에 훤허네잉. 세월은 참말로 화살겉이 가부렸는디 냄기고 간 이약은 끝이 없으니 전생 차생이 없다면 그 많은 한을 워찌 풀까나."

"또 욕을 묵겄지마는, 하야간에 그 집터가 고릿적부터 세기로 이름이 나 있었인께."

"최참판댁 말이라?"

"아마도, 그 집에서 남자치고 비명횡사 안 한 사램이 거의 없을 거로요? 전해오는 말도 그렇지마는 우리가 알기로도."

"송장 안 나가는 집도 있디야? 집이란 백 년 이백 년, 오백 년도 가겄지만 사람의 명이야 워디 그렇간디?"

"아홉 폭 치마로 덮을라 캐도 있었던 일은 있었던 일, 죽음도 죽음 나름 아니겄소."

그 말에는 영산댁도 입을 다물어버린다. 딴은 그랬었다. 사실 마을 사람들은 누구나 외포(畏怖) 없이 최참판댁을 생각할 수 없었다. 오랜 세월, 실질적인 영주로서 군림해온 권위에 눌려서도 그랬었지만 그보다 최참판댁을 둘러싼 갖가지 불행한 내력과 불길한 사건은 마을 사람들의 잠재의식 속에 공포로 남아 있었기 때문이다.

"동네서 그 집 망하기를 바래는 사람은 없일 기요. 그런 사람은 이미 다 죽어부렀고 앞으로 사세가 우떻기 변할지 그거는 알 수 없는 일이지마는 지금 형편으로 봐서 왜놈 밑에 소작하는 것보담이사 낫고 후하다 안 할 수도 없제요."

"그려. 최참판댁도 최참판댁이지만, 악독한 마름 놈들 밑에 시달리다 못혀 야간도주허는 사람이 부지기수. 거 장서방이 사지역지혀서 원망허는 사램이 없인께 그만허면, 그리되기도 실은 어렵운 일 아니겄어?"

"그 말은 맞소. 장서방은 우리 편이제요."

바우의 표정이 수굿해진다.

"옛날의 김서방은 사람이 신실허고 착허기는 혔어도 단이 없고 겁이 많았는디 장서방은 용한 것 겉으나 뱃심이 있고 틀림이 없는 사람이여."

"뭣 때문에 뱃심이 없일 기요. 최참판댁 아니믄 밥 굶을 사람이건데? 여수서는 장서방 큰집을 두고 새 부자 났다고들 한답디다. 읍내 본가만 하더라도 밥술이나 두고 사는 형편이고 그러니 머가 답답할 기요."

"그러. 장서방 큰아배, 그런께 장배 부리던 장서방인디 참말로 사람의 일은 몰러. 근동에 소문이 높이 날 만큼 떵떵 울리는 부자가 될 줄이야 뉘가 알았을꼬잉. 두만네 집의 선이가 시집갈 때만 혀도 밥술 두고 그럭저럭 산다 혀서 시집 잘 간다고들 야단이었제. 하야간 선이 그 아아가 대복(大福)을 찌고 났는개 비여. 시집가고부텀 집안이 불티겉이 일었인께로. 그 아아 시집가던 날이 엊그제맨크로 눈앞에 선헌디, 세월이 화살이여."

"선이뿐이겄소? 두만이는 우떻고요. 이자는 술도가까지 하고 진주서는 주름을 잡는다 카이, 사돈끼리 시운을 타도 보통으로 잘 탄 게 아닌개 비요."

"알던 사램이 잘살게 돼야 좋기는 좋은디. 두만네도 전날겉이 임우럽기(임의롭게) 대허지는 못헐 것이여."

바우는 펄쩍 뛰는 시늉을 하며,

"임우럽기 대해요? 어림 반 푼도 없는 소리 마소. 만날 일도 없일 기요마는 두만이 그눔아아가 하동사람이라 카믄 눈에 든 까시맨크로 여긴다 안 카요. 그뿐이겄소? 최참판댁하고도 대항할라 카니 그만하믄 알조 아니겄소? 간난할매 덕분에 그

댁에서 문전옥답도 얻었고 어쨌거나 옛 상전인데 말이오."

"그 땅은 조가 놈이 뺏기야 혔제."

"그눔 아아가 클 때는 안 그랬는데……."

"옛일 땀시 그럴 기여. 옛일을 넘들이 들춘다면 싫겄제잉."

"그런께 졸장부제요. 참말로 잘난 놈이믄, 하기야 요즘 세상 잘난 놈이 돈 벌었겄소. 돈이란 남의 눈에 피눈물을 내야 버는 거고 보믄."

이때 봉기노인의 아들 도식이가 슬그머니 들어왔다. 망태를 한 곁에 놓고 바우를 힐끗 쳐다본다.

"아침부터 어디 갈라고 여기 와 있소?"

심드렁하게 물었다.

"제집아아 혼사 말이 있어서 읍내 갈라누마. 자네는 장날도 앙인데 읍내 가는 기가?"

바우도 떨떠름하게 말했다.

"지난 장날에는 피치 못할 일이 좀 있어서 못 갔더마는 내일이 제사라."

도식이는 바우 옆에 앉았다.

"술 한 잔만 주소. 아침을 안 묵고 나왔더마는."

복동네 자살 사건이 있었을 때 봉기노인을 응징하는 데 앞장섰던 바우인 만큼 만나면 서로 서먹서먹해질 수밖에 없는 사이다. 그러나 도식의 성품이 아비하고는 달라서 과묵했고 남과 다투는 것을 싫어하여 그런대로 말은 나누며 지내온 터이기는 했다.

"참 아까 할매한테 야단을 맞았다마는,"

도식은 술판에 내놓은 해장국을 떠먹고 술잔을 들었다.

"최참판댁 둘째 아들이 머 우찌 됐다, 그런 말은 도식이 자네 입에서 나왔다 카던데 그기이 정말가?"

바우는 일어서서 가야 하는데, 생각은 했다. 그러나 서로가 미묘하게 감정이 얽혀 있었기에 오해를 사면 안 되겠다 싶어 말을 걸었던 것이다.

"와요? 나도 타작마당에 내세워놓고 돌멩이질할라고 그러요?"

술을 반만 마시고 김치를 어적어적 씹으며 도식은 도전적으로 말했다.

"지난 일은 피차 덮어두더라고. 그때 형편 봐서는 그럴 만혔인께, 도식이도 아배 성질 몰러? 사람이 죽었잖이여?"

영산댁이 나무라듯 말했다. 도식은 쓴웃음을 띤다. 몸은 그렇지도 않은데 도식의 얼굴 뼈대는 몹시 크고 완강해 보였다. 무서울 만큼 짙은 눈썹, 입술은 투박하고 얼굴 윤곽은 사각이었다.

"자석 된 도리에 원망시럽기는 했일 기다. 그렇지 않다믄 사람 앙이제. 그라고 또 자네가 허튼 말이나 하고 댕겼다믄 내가 묻지도 않았일 기고."

바우는 사과 비슷하게 말했다.

"그날 밤, 그런께 처갓집에 갔다가 밤늦게 오는데 최참판댁 식솔들이 등불을 켜 들고 강가에서 그 댁 둘째 도련님 이름을 부르믄서 찾고 있더란 말입니다. 가심이 섬찟하더마요."

"그래서?"

"그래서라니 머가요?"

도식은 나머지 술을 마신다.

"강가에서 우찌 됐노 말이다."

"최참판댁에서 아무 소리 없는 거 보믄 별일 없었겄지요."

대답은 간단했다.

"하, 하기는."

도식은 돈을 술판에 놓고 일어섰다.

"나도 가야지. 함께 가자."

바우도 서둘러 일어섰다. 그들이 떠난 뒤 영산댁은 심란해진다.

"숙아!"

"야."

"낮에 손님 들라, 밥쌀 좀 씻어놓더라고."

"얼매나요."

"음, 두우 됫박 낙낙히 허면 쓰겄다."

"야."

영산댁은 화투짝을 놓는다. 역시 마음이 잡히지 않는다. 앞으로 무슨 일이 일어날지 그런 것에 대한 염려나 두려움과 담을 쌓은 지는 오래다. 설령 귀신이 찾아왔다 하더라도 날 잡아 잡수, 미래가 없다. 따라서 희망도 욕망도 없다. 희망이 없기 때문에 두려울 것이 없는 것이다. 다만 심란했을 뿐이다.

'아까는 바우헌티 워찌 그랬을까잉? 고깝게 들을 말도 안혔는디 기를 쓰고 워찌 최참판댁을 그렇그름 두둔혔을까? 크기 흉허물 본 것도 없는디 말이여. 내 소싯적부터 이 성미 땜시 원수를 사고 혔는디.'

소싯적에는 분별과, 정곡을 찔렀던 영산댁 나름의 판단이 있었다. 그러나 나이 들면서 그런 판단은 이리 기우뚱 저리 기우뚱, 때론 넘쳐서 감당을 못하게 되는 일도 왕왕 있었다. 오늘 같은 경우도 그러했는데, 어쩌면 그것은 사라진 세월이 대신 남겨놓고 간 가지가지 기억, 그 기억에 대한 애착 같은 것은 아니었을까. 그의 말대로 터럭만큼도 자신과는 상관이 없는 최참판댁이지만 그러나 최참판댁은 마을 역사의 봉우리로써 골짜기를 타고 흘러간 냇물이 마을 사람들 내력인 것만은 틀림이 없다. 말하자면 그 집, 드높은 곳에 겹겹이 들어앉은 거대한 기와집은 기억의 본산. 영산댁이 그 모든 기억에 애착을 가지는 것은 어쩌면 덤으로 사는 것 같은 자신을 현실에 밀착시키려는 의지 같은 것인지 모른다. 그러나 의지는 번번이 덤 그 자체인 것을 영산댁은 어렴풋이 깨닫게 된다. 마을에는 영산댁보다 연로한 노인이 아직 몇 사람은 살아 있었다. 호호백발, 주름지고 저승꽃, 혹은 부스럼이 나돋은 얼굴에 이는 빠지고 등은 굽고 봄이면 양지바른 곳에 나앉아 들판을 바라보는 그들 얼굴에서 웃음을 찾기는 어렵다. 표정조차 잃어버린 얼굴들. 그 노인들은 이제 대들보에 목을 매달 생각을 아니할 것이요, 보따리 하나 이고 정처없이 떠날 생각도 아니할 것이요, 어두운 저승길 삼도천을 건너갈 그때 일도 생각지 않을 것이다. 붕괴되고 한편 굳어져 풍화되어가는 육신으로부터 어느 날 소리 없이 영혼이 제 갈 길을 가버리면 그만인 것이다.

'그렇그름 죽질 못혀 안달복달이더니…… 한 번은 강가던가? 이 근처에까지 기어왔었던가? 아무튼 다 죽어가는디 술손님들이 몰려가서 업어다 놓고 살려낸 일이 있었제. 지금은 통영에서 소목일을 헌다던가? 그 곱새 도령, 얼굴이 관옥 겉은 그 도령도 아마 나이가 사십 질, 그쯤 됐을 것이여. 부모의 죄업인가. 불쌍헌 도령…… 최참판댁 별당아씰 꿰어차고 달아났던 구천이도 우리 주막에서 맞아 죽을 뻔혔잖이여? 그때 순사 온다 안 혔으면 마서방헌티 맞아 죽었을 것이여. 죽었는가 살았는가, 그 후에는 본 일이 없인께로.'

영산댁의 생각은 엉뚱한 곳으로 뛴다. 그러나 눈앞에는 뜻하지 않게 월선이가 해죽이 웃고 있다. 그 얼굴은 전복 입고 꽃갓 쓰고 칠쇠방울을 흔들며 쉰대부채를 활짝 펴 든 월선어미의 땀에 젖은 얼굴로 바뀌어진다. 뛰는 모습, 방울 소리, 피리, 장구 소리, 영산댁은 고개를 내젓는다.

거의 점심때가 다 돼갈 무렵이었다.

"구례 가서 배 채울라 카믄 가는 동안 허리 곱칠 긴께, 이 동네서 한판 놀기는 다 글러부린 일이고오."

"재수 더럽게 없다."

"오늘만? 맨날이제. 그놈의 재수가 우리한테 왔다면 그건 세상 변한 기지."

두신두신 씨부렁거리며 주막에 들어선 것은 한 무리의 사당패들이었다.

"워째 맴이 씌이더란께. 삭신 쑤시면 비 든 것 알듯이 내 그래서 쌀 씻어놓으라 혔는디."

영산댁이 내다보며 말했다.

"참새가 방앗간을 그냥 지나겄소?"

눈이 부리부리한 사내 말이었다. 깃발이며 소도구가 든 짐짝이며 북, 징, 꽹과리 따위를 마당 한 곁에 밀어놓고 감발을 친 사당패는 짚세기, 혹은 미투리를 벗어놓고 술청에 오른다. 남장을 한 여자도 둘 끼어 있었다.

"숙아! 밥솥에 불 지피더라고. 분 쌀이라 금세 될 것이여."

양반들도 쉬어 가는 주막이다. 물론 상민들이 애용하는 주막이라 하여 한 시절 전만 하더라도 사당패가 스스럼없이 술판 앞에 진을 칠 수는 없었던 것이다.

"우선 술부텀 들겄는가?"

영산댁이 물었다.

"밥은 없소? 제집들이 배애지 고프다고 지랄이니."

눈이 부리부리한 사내가 말했다.

"다 돌아가지 않어 그렇제잉. 주막에 술밥이 떨어져 쓰겄는가?"

"그라믄 두 그릇만 먼저 말아서 제집들 배부터 채워주소. 우리는 술이고."

사내들과 마찬가지로 책상다리를 하고 앉은 두 여자 중에 눈썹이 가느다란 여자가 눈을 흘긴다. 영산댁은 국밥부터 두 그릇 말아 여자들 앞에 놓는다.

"어여 들더라고, 시장헐 것인디."

여자 둘은 허겁지겁 국밥을 먹는다. 사내들 앞에는 술사발을 내어놓으며 영산댁은 묻는다.

"금년 정월엔 재미들 보았는감?"

"재미가 다 뭡니까. 죽을 지경이지요. 입에 풀칠이나 함사요."

조그맣게 생긴 중년 사내의 말이었다.

"해마다 세월이 달라진께로."

"말 시바(곡마단)인지 소 시바인지 그녀러 것 땜에 이자는 사당패들 명도 다 갔지요. 빌어묵을, 하다가 이 짓도 못하게 되믄 도둑질이라도 해야지 별수 있겄소?"

"그런다고 술값 떼묵고 갈 생각은 말더라고."

지리산을 중심하여 돌아다니며 노는 사당패와 섬진강 길목에 주막을 차려 수십 년을 보낸 주모 사이에 면식이 없을 수 없다. 도둑질을 하겠다는 사람이나 술값 떼먹지 말라는 사람이나 서로 주고받는 말의 가락으로써 말과 같은 각박한 현실은 아니다. 비록 가난하고 천대받는 떠돌이, 술장사 처지이긴 했지만.

"이 동네서 한판 놀게 해주지 않는다문 술값이고 밥값이고 떼묵지 별수 있을라고요. 사흘 굶어 남의 집 담 넘지 않는 사람 없다 캅디다."

"여거서는 놀기 글렀어야."

"제에기랄! 하필이면 정월 초하룻날에 샐인이 날 거는 머꼬. 흥! 정월 초하룻날의 샐인? 허기는 그것도 흔치 않는 일이제. 쉬운 일 아니라고."

"니 말이 내 말이야, 정말 쉬운 일 아닌 기라. 자고로 이 평사리 마을에서는 쉽지 않은 일만 생기왔인께 그기이 조상님의 탓인지 지맥 탓인지 알 수는 없다마는."

"워따매 이 사람 좀 보소? 무슨 말을 그렇그름 허는가. 사람의 생목숨이 갔는디 넘의 죽음을 갖고 노는 게라우? 불난 집에 부채질허는 꼴 아니여?"

"있어도 소앵이 없는, 없일 정도가 아니제. 남한테 해독을 끼치는 인종 하나 없어졌다고 그라믄 나더러 곡을 하라 그 말이오? 살고 죽는 것도 제가끔 값어치가 있는 벱인데 개만 못한 인생 그만하면 점잖기 임종한 기라요. 작년 봄에도 그런

개보다 못한 죽임이 있었제요. 남원의 청일곤가 백일곤가 도둑놈가, 거기 교주 놈이 칼침을 받아서 월궁인지 달궁인지 애첩하고 함께 뒈졌는데 샐인에 가담한 두 놈도 천하에서 둘째가라믄 서럽울 그런 악당 놈이었인께, 말하자믄 자중지란이 나서 그리된 기지요. 가다가 하누님도 그런 식으로 한꺼번에 네 연놈들을 쓸어내시기도 하더마요. 이분의 경우는 오서방이 좀 안됐소."

눈이 부리부리한 사내 말이었다.

"오서방을 아는감?"

"안면 정도지요. 불뚝성이 있어서 입바른 소리하고, 그래 그렇지 남한테 몹쓸 짓하는 사람은 아닌데, 그런께 일진이 나빴다 할밖에 없소."

"부치가 까꾸로 서면 용한 사람도 앞뒤 분별없이 되는 수가 흔히 있은께로. 그것 다 전생의 지은 죄를 갚고 가노라고 그렇거니 생각혀야제. 그래 남원서 샐인한 사람은 워찌 되얐디야?"

"사형이지 무슨 수로 살아남을 기요? 머 듣자니께 전주의 부자 놈도 관련이 되어 십 년인가 이십 년 징역살이한다 카지요 아마."

"할무이 밥 펐는데요."

김이 무럭무럭 나는 밥 사기를, 무거웠던지 숙이는 얼굴이 빨개져서 들고 왔다. 밥 사기를 포대기로 싸매어놓고 숙이 일어섰을 때,

"아니 자아가."

술을 마시던 자그마한 중년 사내가 목을 뽑아 올린다.

"야아야! 니 숙이 앙이가!"

사내는 벌떡 일어섰다.

"야?"

하다가 숙이,

"아이고 구식이아재요!"

쫓아가서 사내 옷소매를 거머잡는다. 그리고 울음을 터뜨린다.

"울 아배 보았십니까, 아재요!"

"참 기찰 노릇이네. 우찌 된 일고오, 대관절."

잔뜩 긴장한 영산댁은,

"아비 되는 사람이 나헌티 맽기고 갔지라우."

못을 박듯 강한 어세로 말했다.

"하, 하기는 잘했다마는, 그라믄 니는 아배 간 곳을 모린다 그 말가?"

울면서 숙이는 고개를 끄덕였다.

"누가 몽치하고 가는 거를 지리산에서 보았다 카기에 나도 궁금했는데……."

구식이아재라는 사내는 울음이라도 참는가, 양쪽 입매가 아래로 처진다.

"어, 언제 일입니까!"

"지난가실이다."

"모, 몽치하고요?"

"음."

몽치란 숙이 사내동생 재수의 별명이다.

"바쁠 긴데 나가봐라. 여기 있는 거를 알았인께 오며 가며 앞으로 만낼 수 안 있겄나?"

사내는 영산댁 눈치를 살폈다.

"야."

숙이도 울음을 그치고 순순히 부엌으로 나간다.

"숙이허고는 친척 간인 게라우?"

숙이를 빼앗아 갈 사람인 것처럼 영산댁은 다그쳐 물었다.

"아니요. 숙이아비하고 친구……."

말끝을 맺지 못한다.

"그라면 숙이아배도 사당패였더란 말이어?"

"그렇지는 않소. 어릴 적에 앞뒷집에서 함께 컸지요. 살기도 괜찮기 살았는데 그럴 사정이 좀 있어서 알거지가 됐지요. 어서 국밥이나 주소."

사내는 눈을 내리깔았다.

"거 오양(외양)이 반반하구마."

눈이 부리부리한 사내가 숙이를 두고 새삼스런 말을 한다. 순간 영산댁의 눈빛이 날카로워졌고 구식이아재도 거의 비슷한 몸짓을 했다. 영산댁은 국밥을 한 그릇씩 돌려놓는다. 술로 허기를 달랜 사내들은 아까 여자들처럼 허겁지겁 덤비지는 않았다.

"그럴 사정이 좀 있었다니 그게 무신 사정인고?"

눈이 부리부리한 사내가 또 물었다.

"남의 사정 말하믄 머하노."

묘하게 완강함을 나타내며 질문에 응하지 않는다.

"괜찮기 살다가 알거지가 됐다면 빚 봉술 했나?"

"……."

"여편네가 달아났거나 아니면 몹쓸 병에 걸렸거나."

사내는 좀 집요했다.

"상처할 수도 있는 거지 하필이믄 와 달아나누."

구식이아재는 그 말이 걸리는 듯 반응을 했다. 그리고 새삼스럽게 영산댁을 향해,

"할무니, 저 아아 숙이 말입니다."

하고 정중히 나온다.

"배운 거는 없지마는 천성으로 요조하고."

"그렇기 말한께 뭣한 핏줄겉이 들리네. 요조하다?"

눈이 부리부리한 사내가 비꼰다.

"씨가 따로 있나? 나라가 망하믄 왕손도 거지가 된단다."

"대단하구나. 사당패 입에서 왕손? 왕손이 다 나오고."

그러나 구식이아재는,

"클 때부터 아아가 조신하고 나무랄 데가 없소. 할무이, 부

디 잘 키워주시이소."

영산댁에게 당부한다.

"걱정 마시시오. 숙이아배가 보통 사람은 아닌개 비여. 여거 떨어뜨리 놓고 간 걸 본께로."

영산댁이나 구식이아재가 한 말은 결국 일종의 엄포다. 숙이를 침노하지 말라는.

"자식이라 카믄 죽고 못 사는데 여기 두고 갈 직에는 그 사람 천 분 만 분도 더 생각했일 깁니다."

눈에 눈물 같은 것이 번득인다.

"국밥 식겄다. 어서 묵어라."

국밥 그릇에 코밑 수염을 적시듯 그릇을 들고 먹던 중늙은이, 한마디 말도 없던 사람이 구식이아재한테 말했다.

"어이구, 아배!"

별안간 부엌에서 공포에 질린 고함이 들려왔다.

"이거 무신 소리고!"

구식이아재가 젤 먼저 뛰어나갔다. 영산댁도 구르듯 나간다.

"아이구매!"

숙이 옷에 불이 붙은 것이었다. 당황한 숙이는 소리를 지르며 뛰고 있었다. 머리칼에도 불이 붙었다. 구식이아재가 기명물통을 번쩍 들었다. 머리통으로부터 쏟아붓는다. 숙이는 기절한 듯 부엌 바닥에 쓰러졌다. 영산댁은 사시나무 떨듯 떨고 있었다. 구식이아재 얼굴은 납처럼 변해 있었다.

"거 부석 앞에서 울었거마는. 불이 옮겨붙는 것도 모리고."

눈썹이 가느다란 여사당이 말했다.

12장 독창회(獨唱會)

진주 시내 요소요소에는 홍성숙 독창회를 알리는 포스터가 나붙어 있었다. 실물도 괜찮은데 커다랗게 박아넣은 사진은 실물보다 월등했으니 굉장한 미인으로 돼 있었고 조선의 꾀꼬리, 조선의 프리마돈나, 문화의 고도에서 초춘을 장식하는 일대 행사가 아닐 수 없다는 등, 동경음악학교 졸업이라는 약력 소개의 글자도 대문짝만 하였고 아무튼 요란한 포스터였다. 그런데도 천재적 성악가라는 구절이 빠진 것을 홍성숙은 대단히 불만스럽게 생각하는 것이었다. 문안은 홍성숙 편에서 대충 만들어 보냈는데 주최자 측이 포스터의 체제상 말을 줄이다 보니 그렇게 된 것이다. 아무리 얼굴 가죽이 두껍기로 차마 그것을 지적하지는 못하고,

"포스터가 너무 빈약하지 않아요? 지방이라 그런지 모르지만 예술가를 대접할 줄 모르네요."

눈살을 찌푸리며 성숙은 그런 투정을 여러 번 하였다. 양교리댁에서도 성숙은 결코 대범하지는 못하였다.

"형부, 나 망신당하게 하면 알지요?"

"뭘?"

"청중이 적거나 너절하면 나 못 견딘단 말예요."

"그러니까 삼분지 일의 표는 내가 책임지기로 했잖아."

"입장권만 책임지면 그걸로 끝나나요? 그 입장권으로 어떤 청중을 동원하느냐 그게 문제지요."

"허허어, 빈자리만 메우면 될 거 아닌가."

약을 올린다.

"그럴 줄 알았어요. 그렇게 안이하게 생각할 줄 알았어요. 서울 같으면 이런 일 신경 쓰지도 않을 건데 공연한 일 시작했나 봐요."

"노래 몇 곡 부르고 나면 끝나는 건데 뭘 그래. 진주서 처음 있는 독창회도 아니겠고."

"난 처음이란 말예요. 와서 창가(唱歌)나 부르고 간 사람하곤 다르다는 걸 형부는 왜 모르세요? 동경까지 가서 공부하고 왔으면서 무식한 사람같이 답답한 소리만 하구."

"내가 뭐 음악 공부하고 왔나?"

"음악을 듣는 귀, 귀 말이에요. 무식쟁이들 모아놓고, 소 귀에 경 읽기지 뭐. 뭘 알아야지요. 하니까 일본인들을 많이 동원해야 한다 그 말이에요. 예술엔 국경이 없다 하지 않았어요? 청중이 깨끗해야 노래를 부를 기분도 나구요. 꽃다발이나 화환 같은 것도 준비는 하겠지만 부윤(府尹)이 보내는 것, 저의 권위문제도 있지 않겠어요? 그 정도는 형부 노력에 달린 것이에요. 서울선 내가 독창회 한번 열었다 하면 왕족 귀족들도 꽃다발을 보내오는데."

왕족, 귀족이란 조용하를 지칭하여 한 말이었다.

"부윤이 보내는 것이라…… 허허헛……."

양재문도 좀 어이가 없었던지 헛웃음을 웃는다.

"처제 말대로 하자면 일본인은 깨끗하고 조선사람은 더럽다, 그 말인가?"

성숙은 순간 당황한다.

"누가 뭐 그런 뜻으로 얘기했나요? 소도시인 만큼 음악을 감상할 층의 수가 적으니까, 일본사람들은 아무래도 서구식 교육도 먼저 받았고."

"그건 처제의 잘못 생각이오. 진주는 결코 소도시가 아니야. 적어도 고도(古都), 인구는 적지만 어중이떠중이 각처에서 사람들이 모여든 부산하곤 달라. 도청 소재로 부산과 진주는 옥신각신하기도 했었지만. 내가 들었으니 망정이지 자긍심이 강한 진주사람들 귀에 지금 한 말이 들어가기라도 했다면 독창회는커녕, 그러니 처제도 앞으로 언동에 있어서 조심하는 게 좋을 거요."

양재문은 정색을 하고 나무랐다. 그러나 그의 처 홍씨의 경우는 달랐다. 동생을 위하여 그렇기도 했겠지만 자신의 높은 콧대를 더욱 높이자는 무의식중의 욕구가 이번 독창회에 열중하는 결과를 낳았다. 친정 집안을 과시하고 싶은 충동, 문벌이 좋다는 것은 이미 혀가 닳아지도록 말해온 터이고 자기 자신은 개명의 문이 덜 열렸던 시절이었던 만큼 집안 깊숙한 곳에서 고학이나 배우다 시집을 왔지만 내 동생은 동경유학까지 했고, 그것도 조선에서는 손꼽기조차 어려운 여류 성악가, 바로 내 친정이 이러하다, 실은 홍씨에게도 홍씨 나름의 응어리 같은 것이 있었다. 양교리댁의 위세가 드높아서 항상 도도했었지만 앞에서는 굽실굽실, 그러나 서울여자라 하여 경원당할 때가 있었고 설마 양교리댁이 시시한 가문하고 혼사했을 리 없다 하면서도 사람들은 암암리에 서울은 넓다, 못 보았으니 누가 알아, 인물이 좋으니까 낙혼(落婚)인지 뉘 아나, 그런 것을 비치기도 했고 쑥덕공론을 하는 것 같기도 했다. 그러나 무엇보다 딸 소림의 신체적인 결함으로 인한 마음의 상처, 그런 딸의 결함 때문에 허정윤을 사위로 맞이하지 않을 수 없었고 그 결혼은 또한 비난을 샀다. 양재문은 남자니까 예사롭게 넘겼으나 홍씨는 묘하게도 도전적인 심사, 그런저런 것 때문에 성숙의 독창회는 말하자면 도전장 비슷한 것이라고나 할까.

"모모한 곳에 초대권을 다 돌렸다. 네 형부 얼굴을 봐서라도 만사 제쳐놓고 나올 거야. 뿐인 줄 아니? 초대권을 받고 감지덕지하는 사람도 많아요."

"언니, 거 무슨 섭섭한 말을."

"왜?"

"홍성숙 독창 들으러 오는 게 아니라 형부 얼굴 봐서 온다 그 말 아니에요?"

"애두 참, 노래를 들어봐야 네가 누군지를 알 거 아니냐. 많은 사람들이 서울 있는 널 어떻게 아니."

"하긴 그래요. 지방에서 뭘 알겠어요. 풍금 타며 부르는 창가나 알지."

형부한테 하던 말투, 그 투정이다.

"그런 소리 말어. 진주사람들 보통 아니야. 서울사람 뺨친다, 얘. 옛날부터 풍류의 고장 아니니?"

"기생 끼고 노는 풍류 말이지요?"

"신파연극도 진주서는 많이 먹힌다더라. 활동사진도 그렇고."

"내가 미치지. 신파연극 딴따라하고 맞먹는다니. 활동사진은 또 뭐예요? 영화지. 언니조차 이렇게 무지몽매하고 보면 내가 미치지 않고 어떻게 해. 이래저래 서울서는 속이 상해서 바람 쏘일 겸 계획한 일인데 내 자존심만 빡빡 긁어놓고."

얼굴이 핼쑥해진다. 자존심을 빡빡 긁어놓는다는 말은 성숙이 조용하와 임명희가 별거를 했느니 이혼을 했느니 하던 소문을 상기한 것이다. 조용하가 참혹하게 자신을 버리기는 했지만 그들의 별거나 이혼의 소문은 분명 기분 좋은 일일 터인데 그러나 내용에서 성숙을 우울하게 했다. 명희가 이혼을 결심하고 집을 나갔는데 조용하가 혈안이 되어 그를 찾고 있다는 것이었다.

'나쁜 자식! 나쁜 놈!'

그날 산장에서 발길질이나 다름없는 언동으로, 그것은 결별의 선언이었으며, 낯가죽을 벗기듯 잔인한 수모였었다. 자살을 하든지 미치든지 그러나 성숙은 그럴 여자는 물론 아니었다. 본능적인 자위수단으로 그는 남편에게 밀착해갔었다. 자신의 명성? 하여간 그런 것이 땅에 떨어질 뻔했던 위험한 고비를 넘긴 성숙은 남편에 대하여 전보다 훨씬 강한 권태를 느끼기 시작한 것이다. 먹다 남은 식은 밥 대하듯, 사사건건 남편의 하는 짓이 눈에 거슬렸고 신경질을 참을 수 없게 되었다. 무능하다는 말을 하루에도 몇 번이나 내뱉었다. 누가 살짝 건드려주기만 하여도 달아나고 싶은 심정이었던 것이다. 어디 조용하와 비견할 만한 사람은 없는가, 용감하게 이혼을 하고 조용하에게는 복수도 될 것이 아닌가.

"누가 너 자존심을 빡빡 긁니? 거리마다 나붙은 광고를 보렴. 얼마나 너를 우러러 받들었는데?"

"광고요? 흥!"

"자랄 때부터 성질이 유별나기는 했지만, 제발 너도 그 성질 좀 죽여라. 세상이 개명되고 남자 못잖게 됐으니 망정이지 사대부 집에서 여자가 처신하기 얼마나 어려운지 너 알기나 해? 속이 언짢아도 원만하게, 상대를 칠 적에도 언성을 높이면 아니 되고, 아랫것들만 하더라도 낮은 소리가 더 무서운 게야. 처지가 같아야지. 모두들 내려다보고 사는데 화를 내고 언성을 높이면 그만큼 한 팔 내주는 꼴이 되는 게야."

"조용하게, 조용히 물어뜯어라 그 말이죠?"

성숙은 낄낄 웃는다.

"아니지. 조용히 숨통을 막아버리는 거야. 호호호홋…… 호호홋…… 해서 날 보고 뭐래는 줄 아니? 김 안 나는 물이 뜨겁다."

자매는 소리를 합하여 웃는다.

"그는 그렇고, 언니."

"왜."

"소림이는 왜 여태 안 오는 거지요?"

"몸이 무거우니까 그렇지."

"집에 데리고 있지 왜 그랬어요?"

"지 남편 공부 끝날 때까지 우리도 그럴려고 생각했는데 허서방이 오면 아무래도 주눅이 드는 모양이야. 불편한 거지."

"남자가 뭐 그래."

"혼인 때 하도 말썽이 많아 풀이 죽은 거지. 살림을 내놨다고는 하지만 바로 옆이니까."

"그래 사위는 이뻐요?"

"사위 안 이뻐하는 사람 없대더라."

"거 말썽 피던 계집애는 어찌 되고?"

"적잖은 돈을 주었으니까, 일본으로 갔다던가 서울로 갔다던가."

"가서는 뭘 하누."

"떠났으니 우리 알 바 아니지."

"간도 크지. 허서방 처지가 딱했기로 여학교 문턱에도 못 가본 천한 것이 의사 마누라가 되겠다구?"

"뭘 알아야 지방도 쓸 거 아니냐."

"두 사람의 금슬은 좋지요?"

"허서방이야, 뭐."

"저절로 굴러온 복덩어리 아니유?"

"소림이 성질이, 그 애는 어릴 때부터 무슨 생각을 하는지 말이 없는 아이였으니까 좀 걱정이구나."

"참 언니."

"왜 또오, 겁난다 얘, 무슨 투정 나올까 봐."

"최참판댁 말이유."

"음."

"그 댁에 초대권 보냈나요?"

"아니."

"왜요?"

"그 댁 형편이 어수선하여 망설이는 중이란다."

"남편 땜에?"

"그 일도 작은 일은 아니지. 독창회같이 사람 모이는 데 나올 부인도 아니고."

"무슨 일이 또 있어요?"

"작은아들에 관한 일인데 소문을 듣자니까."

"이번의 학생사건 때문이군."

"학생사건 때문인데 경찰서에서 많이 맞았다던가, 병신이 됐다는 말도 있고."

"정말이에요?"

성숙이 놀란다.

"소문이니까 확실한 건 모르지만, 정학인지 뭔지 그런 처벌이 풀려서 학교 나오게 됐는데 나타나지 않는다는 게야. 진단서를 학교에 냈다던가."

"아버지 땜에 당했을까요?"

"글쎄……. 아이 성질이 상당히 팔팔하다 했으니 반항을 하다가 당했는지 모르지. 최참판댁 그 부인은 일본사람들하고 사이가 나쁘지도 않다던데, 관가하고 잘 통한다는 말을 들었는데, 어머닐 봐서 병신이 될 만큼 때렸을 리도 없고."

"그럼 언니 찾아가봐요."

"뭣하러?"

홍씨는 뒷걸음질하듯 말했다.

"초대장은 어떻게 됐든 위로 삼아 가볼 수도 있잖아요?"

"나는 싫다. 소림이 일도 있었고."

"소림인 시집갔잖아요."

"하지만 오고 가고 한 사이도 아닌데."

"그러니까 앞으로 오고 가고 할 사이가 되는 거예요. 해로울 것 없잖아요? 나도 기차간에서 한번 인사를 나눈 적이 있어요. 왜 전에 얘기했잖우?"

"그래도 그렇지."

"양가가 비슷한 수준인데 언니도 답답해. 진작 그런 집하고는 사귀어두는 거예요. 언니 상대할 사람이 좁은 지방에서 몇이나 된다구, 안 그래요? 체통 없이 아무나하고 교제하는 거 아니에요."

"내가 언제 아무나하고 교젤 했니? 어림없다."

하여 자매는 가장 고상하게 치장하고 가진 것 중에서 가장 값진 패물로 몸을 장식하고 최참판댁을 향하였다.

"마님, 손님이 오셨습니다."

안자가 조심스럽게 방 밖에 와서 말했다. 서희는 물었다.

"어디서 오신 손님이냐."

"양교리댁에서 왔다 하면 아실 거라고, 부인네 두 분입니다."

"드시라고 해라. 문간에 계시냐?"

"네."

대문 앞에 서 있던 자매는 안자에게 안내되어 들어왔다. 대청에 서희는 서 있었다.

"어서 오르십시오."

방까지 들어오자 서희는 팔을 들어 보이며 앉기를 권하였다.

"안녕하세요, 부인."

성숙이 먼저 인사를 했다.

“이거 초면은 아니지만 서로 인사가 없었습니다.”

홍씨도 인사를 했다.

“네, 안녕하세요.”

얼굴은 몹시 여위었으나 서희한테서 흐트러진 구석은 찾아볼 수 없었다. 뜻밖의 방문인데 의아해하는 빛도 없었다.

“어떻게 무슨 일로?”

“무슨 일이 있기보다 한 고장에 살면서 인사가 없다 하기에 초대권을 빌미 삼아 언니보고 가자고 했지요. 실은 저의 독창회가 있어서요. 하지만 못 오실 줄 알고 있습니다. 그러나 그냥 있는 것도 예가 아닌 듯싶고.”

성숙이 입에서 말이 줄줄 나왔다.

“네, 그렇습니까. 구식이라 음악은 잘 모릅니다만.”

성숙은 핸드백을 열고 초대권을 꺼내어 서희 앞에 내밀었다. 서희는 그것을 받아들고 한 번 읽어보고서는 봉투 속에 도로 밀어 넣는다. 그리고 문갑 위에 올려놓는다.

“일부러, 고맙습니다.”

간다 못 간다는 얘기는 없었다.

“따님은 결혼했다지요.”

홍씨에게 말을 건넨다.

“뉘에게 들으셨습니까?”

“박선생님한테 들었지요.”

"네, 부끄럽습니다."

"무슨 말씀을."

"지난 얘기니까, 이 댁 큰 도령이 탐나서 우리 내외가 안달복달했었지요."

홍씨는 손으로 입을 가리며 웃는다. 서희도 웃음을 띠며,

"아직 장가갈 나이가 아니어서."

"혼사란 항상 그렇게 뜻대로는 아니 되는 모양입니다. 짝이 따로 있는가 부지요. 그러니까 제 딸의 팔자 아니겠습니까."

홍씨는 순간 서글퍼하는 표정을 짓는다.

"네, 그런가 부지요."

"그러니까 바깥어른께서는 오는 여름에 나오신다지요? 얼마나 마음고생이 많았을까."

이번에는 성숙이 말했다.

"살다 보면 마음고생은 항상 하는 거 아닐까요."

"하지만 바깥어른께서는 내 민족을 위해 성상(星霜)을 보내셨으니 고생은 하셔도 보람 있는 일 아니겠습니까. 우리들도 그분 고생을 감사하게 생각해야겠지요."

"그런 사정이라면 보람도 있겠습니다만 운수가 불길하여 그렇게 된 것뿐이니까. 아닌 게 아니라 인사를 받을 때면 면구하기 짝이 없습니다."

"하지만 고국에 돌아오시지도 않고 이국땅에서 고생을 하셨으니."

"본래 우리는 금슬이 좋지 않아서, 그분이 그곳에 남은 것은 순전히 개인의 사정이지요. 말하자면 제가 소박을 맞았다……."

서희는 천연스럽게 거짓말을 해놓고 흐미하게 웃는다. 홍씨와 성숙은 서로 마주 보며 거북해하는 눈치였다.

"네에, 어렵기는 어려웠을 거예요. 부인께서는 벼랑에 핀 꽃같이 고귀하시고."

마침 안자가 차를 끓여 내왔다.

차를 마시면서,

"이번에는 아드님 때문에 근심하셨지요?"

홍씨가 슬쩍 떠본다. 어쩔 수 없이 서희 얼굴에는 고통의 빛이 지나간다. 맞았느니 병신이 되었느니 진주의 소문은 그러했고 평사리에서는 강물에 떠내려갔다는 끔찍스런 말들이 잠시 돌았으나 그것은 모두 헛소문이었다. 실은 윤국이 집을 나간 것이다. 걱정하지 말라는 편지가 집 나간 지 나흘 만에 진주집으로 날아든 것이다. 서희는 동경에 있는 환국에게 그 사실을 알리지 않았다. 필시 서울에 갔으리라. 그리하여 장서방이 서울로 올라갔고 임명빈을 통해 수소문해보았으나 벌판에서 바람 잡기, 윤국의 흔적은 묘연하기만 했다. 결론으로 혹 만주에나 가지 않았는가, 해서 우선 학교에는 박의사가 떼어준 진단서와 함께 결석계를 내놓고 있는 형편이었다.

서희가 침묵을 지키자 성숙은 이 집에 찾아온 목적이랄 수 있는 얘기를 꺼내는 것이었다.

"저기, 서울 소식은 더러 들으세요?"

"뭐 별다른 소식이 있겠습니까?"

"그게 아니구 임역관댁의 근자 소식은 아마 모르실 거예요."

양쪽 입꼬리를 치올리며 성숙은 웃는다.

"하긴 그 언니 마음고생도 많이 했을 거예요. 역관 집 딸이 손꼽는 명문에, 후취 자리긴 했지만."

서희는 가만히 성숙을 바라본다.

"어떻게 생각해보면 명희언니에겐 안된 얘길까요? 이혼당한 것은 해방을 얻었다는 뜻이 될는지도 모르겠어요."

소문과는 반대되는 얘기를 한다. 자존심을 빡빡 긁어놓은 얘기, 조용하가 혈안이 되어 명희를 찾고 있는데 반대로 이혼을 당했다.

"이혼……."

하면서도 서희는 조용히 상대를 바라볼 뿐이다. 서울 다녀온 장서방은 그런 말 하지 않았다. 명희가 윤국이 일로 무척 걱정을 하더라는 얘기, 아버지가 계시는 형무소 근처를 배회할지 모르니까 자신이 틈나는 대로 그곳에 자주 들러보겠다 하더라는 얘기 정도였다. 그리고 서희는 조용하와 성숙의 관계를 전혀 모른다. 부산에서 두 남녀가 나란히 여관으로 들어가는 모습을 환국이 목격했지만 서희가 맹장염 때문에 병원으로 실려가고 하는 소동이 있었고, 설령 그런 일이 없었다 하더라도 환국은 어머니는 물론 남에게도 말할 성질은 아니었다. 서희가 단단한 성벽같이 명희 이혼에 관하여 침묵을 지키게 되니까 자연 성숙은 횡설수설이 될밖에 없고 그것이 전염이 되어 성숙이보다는 분별이나 자제심도 있는 홍씨마저 횡설수설이 되었고 두 여자는 다 같이 이 집을 빠져나갈 것을 간절히 바랐음에도 저 혼자 굴러가는 바퀴처럼 요설을 끊을 수 없게 된 것이다. 간신히 간신히 수습하여 그들이 작별인사를 하고 나가는 것을 본 서희는,

"앞으로 저 사람들이 오거든 나 없다 하여라."

"네. 마님."

서희는 방으로 들어오면서,

"까마귀들."

남의 불행을 쪼아먹고 사는 까마귀, 희번득이던 눈빛은 소름 끼치도록 기분 나쁜 것이었다. 사실 서희는 윤국으로 인한 근심 때문에, 그들을 태연히 대한 것도 의지의 힘이었고 윤국의 가출을 눈치채지 못하도록 하기 위한 것이었지만 심신을 가누기 어려울 지경에 이르고 있었다. 명희의 이혼소식에 귀를 기울일 처지가 아니었던 것이다. 서희는 환국이를 믿듯 윤국이도 믿고는 있었다. 부잣집에서 아버지 없이 자란 아이들, 하면 의지박약, 놀기 좋아하고 방탕하고 잔인성을 띤다. 그러나 환국이도 그러했으나 윤국의 성격도 매우 강건했다. 서희를 외롭게 하고 슬프게 할 만큼 윤국이는 부유하다는 사실

을 혐오했으니까. 왜 부자냐, 왜 가난하냐, 그것은 그에게 끊임없는 의문이었다. 사춘기의 막연한 불만, 손짓하는 미지에 대한 유혹 때문에 가출한 것이 아님을 서희는 믿는 것이었다. 학생사건이 그의 뜨거운 피를 들끓게 했으며 기다린다는 것은 자기 합리, 도피주의로 간주했을 것이 분명했고 학업을 출세의 과정으로 보았을 것도 확실하였다. 윤국의 그러한 확고한 신념이나 이상 때문에 서희는 또한 아들을 잃을지도 모른다는 공포를 떨쳐버릴 수 없었던 것이다.

이 무렵 윤국은 패잔병같이 평사리 마을을 향해 걷고 있었다. 몰골이 말이 아닌 것은 말할 것도 없었다. 윤국은 숙이가 걸레도 빨고 울기도 하던 그 장소를 찾아간다. 집으로 들어가기 전에 뭔가 정리를 해야 할 일이 있을 듯했고 만날 수 있다면 숙이를 만나고 싶었던 것이다. 자신이 행한 일, 생각하는 일을 이해하지는 못하여도 열심히 들어줄 거란 기대 같은 것이 있었다. 어디를 가든 학생이 아니면 소년으로 제외되기 일쑤였고 집안에서는 귀한 도련님, 주변에서는 부잣집 아들, 가슴을 터놓고 얘기하는 사람은 아무도 없었다. 가장 보고 싶고 만나고 싶은 사람은 홍수관이었다. 그만은 말을 하지 않아도 가슴을 터놓고 대해줄 것만 같았다. 꾸밈 없이 거짓 없이 어느 길을 가야 하며 어떻게 살아야 하는가 이야기하지 않아도 서로가 양해할 것 같았다. 그러나 그를 만날 수는 없다. 혼자서 남몰래 울던 숙이, 그가 울지만 않았어도 마을에 사는 계집아이쯤으로 생각하고 무심했을 것을, 윤국은 그 우는 모습이 절실했고 정직하게 비치었다. 가난하고 병든 아비와 어린 동생을 잃고 남의 집에 얹혀사는 숙이. 동정 같은 것은 아니었다. 애정 같은 것도 아니었다. 오히려 지쳐버린 자기 자신에게 용기와 인내를 불어넣기 위하여 불행한 숙이를 만나고 싶었는지 모른다. 윤국은 바위에 가려진 모래밭에 주저앉았다.

'배고프다.'

호주머니 속에서 먹다 남은 인절미를 꺼내어 베어먹는다. 강물은 봄볕에 번득이고 있었다. 바람은 한결 부드럽다. 서울의 하늘이 생각난다. 가슴을 펴고 서울거리를 걷던 생각이 난다. 하늘은 높고 넓었으며 두려울 것이 없었던 자기 자신의 넓은 가슴, 젊음이 자랑스러웠고 입은 채 집 나갔기 때문에 몰골은 말이 아니었지만 비로소 자기 자신은 자기 능력에 의해 가고 있다는 확신, 희열에 전율을 느끼곤 했었다. 서울서는 줄곧 걸었다. 서대문형무소 앞에 우두커니 서 있곤 했었다. 역 대합실에서 잠을 잤고 거지를 따라가서 다리 밑, 창고 속에서도 잠을 잤다. 일 전짜리 떡, 이 전어치의 팥죽으로 끼니를 때운 일도 여러 번이었다. 얼마 동안은 중국집의 배달원 노릇도 했다. 장바닥을 싸돌아다니며 역까지 짐을 들어다 주고 약간의 돈을 받기도 했다. 장터에서는 금찬이라는 소년을 사귀게 되어 그가 가르쳐주는 대로 성냥을 받아 팔아보기도 했다. 죽장수할머니는 예사 아이 같지가 않다 하며 덤으로 팥죽을 주곤 했다. 불량배들한테 얻어맞은 일도 있었고. 물론 그런 생활을 하려고 윤국이 서울 간 것은 아니었다. 처음 집을 나와 서울을 향했을 때 그는 《청조》 잡지 한 권을 길잡이로 가지고 있었다. 월간지는 아니었으나 몇 가지 잡지 중에서 윤국은 《청조》가 가장 은유법이 능하다는 생각을 한 일이 있다. 총독부 검열관의 눈을 속이는 그 은유법, 그러나 그런 것보다 《청조》는 계명회사건을 지극히 간략하게 소개한 바가 있었고 선우신을 비롯하여 계명회사건에 연루된 사람 중 몇 사람이 《청조》의 필자였던 때가 있어서 그것을 길잡이로 삼았던 것이다. 《청조》사를 찾아가면 그런 사람을 만날 수 있으리라, 계산한 것이었다. 계산대로 윤국은 그런 사람들을 만났다. 모두 훌륭한 사람들이었다. 그들은 한결같이 고향으로 돌아가서 공부를 계속하라는 것이었고 연도 연줄이 있어야 창공을 날지 연줄이 끊어지면 나뭇가지에 걸리거나 지붕 위에 떨어져서 움직이지 못하게 된다고 비유하는 사람이 있는가 하면 아직 나이가 어려, 목적은 크고 뚜렷하다 하더라도 방법은 캄캄절벽 아니겠느냐, 방법이란 분별이며 분별은 나이와 더불어 정교해진다, 어떤 사람은, 자리를 잃으면 아무 일도 못한다, 소년은 본시 있던 그 자리에서 일하라, 호구를 위한 일자리를 구한다든지 고학을 해보겠다면 별문제겠으나 학생운동도 학교를 잃고는 못해, 학교가 바로 현장이다. 노동자는 공장이 현장이듯 농민은 농토가, 룸펜은 도시 뒷골목이, 또 어떤 사람은, 덤빈다는 것은 나를 망치고 동지를 망친다고 했다. 또 아리를 틀어 지금은 도사릴 때라고도 했다. 다 옳은 말이었다. 앞뒤가 맞는 말이었다. 그러나 윤국은 너무 옳기 때문에 너무 앞뒤가 맞기 때문에 석연치가 않았다. 옳은 만큼 앞뒤가 맞는 만큼 그런 만큼 지혜롭고 순수할까 싶었다. 차라리 별말이 없었던 선우신이란 사람이 가장 인상에 남았다. 그들은 모두 내려가는 데 여비로 보태 쓰라 하며 얼마간의 돈을 내밀었으나 윤국은 받지 아니했다. 그랬을 적에 그들의 눈은 동그래졌다. 의외라는 표정들이었다. 윤국은 어떤 사람에게도 자기 아버지가 김길상이란 말을 하지 않았다.

강 건너 대숲이 파아랬다. 대숲 그늘이 떨어진 강물도 녹색이다. 강물은 녹색도 되고 청람빛이 되기도 하며 하늘색 때로는 흰색에 가까워질 때도 있다. 그리고 아침에는 황금빛, 저녁놀에는 진홍빛, 우중충한 잿빛일 때도 있다.

'그 빛들을 다 가져야지. 하늘의 빛 땅의 빛 모든 것을 내 속에 가져야지!'

꾸들꾸들한 마지막 떡 조각을 입 속에 집어넣고 손을 털다가 윤국은 자신의 손바닥을 내려다본다. 손바닥을 뒤집고 손등을 내려본다. 빙긋이 웃는다. 일어서서 강물 가까이 가서 손을 씻고 얼굴을 씻는다. 숙이가 그랬던 것처럼 얼굴을 씻는다. 옆구리에 끼워둔 수건을 뽑아 얼굴을 닦는다.

'참 따뜻하다. 남쪽은 따뜻하다. 어차피 앞으로도 어머님은 속상해하실 거야. 자꾸자꾸 속상하시면 그것도 습관이 되어 견딜 만할 거구. 서로 생각은 다르지만 어머님도 보통 여성은 아니니까. 내 어머님처럼 의연한 여성을 나는 아직 못 보았다. 형은, 그래 형은 어머님 땜에 마음 아파하겠지. 그러나 내 행위를 비난하지는 않을 거야. 형도 나처럼 하고 싶었을 테니 말이다. 나폴레옹은 불가능이라는 글자를 사전에서 빼버리라 했다. 나는 나폴레옹 같은 것 존경 안 해. 그러나 저 높은 하늘과 광활한 대지에 내가 서 있고, 나는 어디든 걸을 수 있다. 나는 불가능을 향해 걸을 수 있다! 불가능이 있기 때문에 불가능은 목표가 된다. 따뜻한 밥, 따뜻한 옷 그것이 인생의 전부는 아니다! 조그마한 아주 조그마한 일부에 불과하다. 그런데 사람들은 그것에 매달리어 노예가 된다! 부자일수록 더욱더 노예가 된다! 내가 나에게 노예 되기를 거부해야만 남도 해방시킬 수 있고 내 나라도 찾을 수 있다. 서울사람들은 뭔가 모르지만 훌륭한 말들은 하고 있지만 어째서 거미줄에 묶인 사람같이 보였을까. 나는 수관형이나 숙이를 보았을 때만큼 감동하지 않았다. 방법, 방법, 방법이라 했다. 자리, 자리, 자리라고도 했다. 나는 그것을 많이 생각해보아야 해. 그 사람들과는 다르게 말이다. 형이 있었으면 좋았을 것을. 나는 내 마음을 좀 더 정확하게 전과는 다르게 전할 수 있었을 터인데.'

"아이구마!"

윤국은 얼굴을 돌렸다. 통 새끼를 인 숙이였다.

"울려고 왔나? 놀라기는 왜 놀라."

"거, 거진 줄 아, 알고."

"아아."

윤국은 소리 내어 웃는다. 그러나 숙이 얼굴이 파아래진다. 미친 줄 생각한 모양이다. 얼마 전에 주막에서 바우가 하던 말을 엿들었던 숙이는 거진 줄 알고 놀랐고 윤국인 줄 알고 반가웠으며 그가 웃었기 때문에 또 기겁을 한 것이다.

"나 거지도 아니구 미치광이도 아니야. 여기 좀 있다가 집으로 갈 거니까. 한데 발등은 왜 그리 싸맸지? 어어? 머리털은?"

윤국은 바위에 등을 붙이고 있다가 몸을 일으켰다.

"너, 너 심하게 당했구나! 누가 그랬어!"

"아, 아니요."

"누가 그랬느냐니까!"

"저기 부석 앞에서."

"뭐?"

"부석 앞에서 우, 울다가 불, 불이."

윤국이 어이없다는 듯 숙이를 쳐다본다. 아닌 게 아니라 머리털은 불에 그을린 것이었다.

"너 울보구나. 다음에는 울다가 강물에 떠내려가겠다."

"강물에 떠내리갔다는 얘기사, 도, 도련님을 두고, 소, 소문이 그리 났십니다."

"그래? 허허헛……."

숙이는 자기도 모르게 그런 말을 해놓고 당황한다. 그리고 통을 내려놓고 걸레를 빨아야 할지 아니면 그냥 돌아가야 할지 이러지도 저러지도 못하고 엉거주춤 서 있을 수밖에 없다. 생각 같아서는 뛰어가서 영산댁에게 도련님 살았소! 돌아왔소! 하고 싶었지만 그것도 생각해보니 감추어야 할 그 아무것도 없는데 감춘 것이 드러날 것만 같았다. 그러나 그보다 철사 줄로 얽어놓은 듯 꼼짝할 수가 없다.

"그럴 만도 하지. 갑자기 사람이 없어졌으니까. 강아지도 없으면 찾지."

자신이 행한 일, 생각하는 일을 이해하지는 못하여도 숙이는 열심히 들어줄 것이란 기대를 가졌었는데 윤국은 머리털이 그을린 숙이를 보고 있노라니 마음속으로 웃음이 나올 뿐 자기 자신의 찬란한 얘기는 어디로 숨어버렸는지 말할 수가 없었다.

"아버지하고 동생 소식은 아직도 몰라?"

"저기, 저어, 구식이아재가."

"구식이아재?"

"아, 아는 사람인데, 아배 친군데, 지리산에서 누, 누가 보았다고."

"으음, 그래서 아궁이 앞에서 울었구나."

"야."

숙이 입에서 순순히 대답이 나왔다.

"나 배가 고픈데 어쩌면 좋지?"

"지, 집에 어서 가시오."

"아니야. 여기 더 있고 싶어."

"그라믄 우짭니까?"

숙이는 또다시 안절부절못한다. 여전히 통을 이고서.

"주막에 가서 밥 한 덩이 갖다줄래?"

"야, 야아."

부리나케 이고 있던 통을 내려놓는다. 비로소 통에서 해방된 것 같다.

"떠들지만 않으면 할매보고 얘기해도 괜찮다. 말 안 하면 나중에 숙이가 곤란해질 거야."

숙이는 아주 마음이 놓이는 듯 뛴다. 쏜살같이 뛰어간다.

"할무이!"

"아니 자아가 걸레 빨러 갔는디 워찌 빈 몸으로 온다냐?"

"할무이!"

"워찌 들심날심이여? 무슨 일 생겼남?"

"저기 최참판댁 도련님이."

영산댁의 눈이 화등잔같이 벌어진다.

"그려서, 싸게싸게 말하더라고."

"강가에."

"강가, 강간디 워떻그름 되얐어, 싸게싸게 말하더라고."

"기시오."

"기시? 다 죽기 생겼남?"

"아니요, 그게 아니고 배고프다 하심서 밥 좀 갖다 달라고 그러요."

"이 제집아 그럼 그렇다고 진작 말헐 것이지 가심이 뛰어나 죽겄네 잉."

영산댁은 가슴을 쓸어내린다. 그는 윤국이 시체가 되어 강가에 떠밀려 있는 것을 상상했던 것이다.

"그, 그러면 배고프다? 무슨 소리 허는 기여?"

"밥을 굶고 걸어왔는가 배요."

"그, 그려? 그라면 너는 한달음에 뛰어갔다 오더라고. 최참판댁에 가서 먼저 알리는 기여. 밥은 내가 가지고 갈 것인께 싸게 하더라고."

"아니요. 도련님이 떠들지 말라 하심서 할무이한테 말하여 밥 좀 갖다 달라고."

"죽게 생기지는 않았남?"

"아니요. 말짱해요, 옷만 거지."

"그, 그려 무슨 사연이 있긴 있는개 비여. 그릇 깨끗허게 혀서 국밥부터 한 그릇 말더라고. 싸게 혀."

영산댁은 정신 나가게 서둔다.

영산댁과 숙이가 국밥을 가지고 강가에 갔을 때 윤국은 바위에 비스듬히 기대어 태양과 눈싸움이라도 하듯 해를 바라보고 있었다.

"어이구 도련님, 워찌 된 일이라요? 이 무슨 형상인 게라우?"

"할머니, 걱정 끼쳐서 죄송합니다. 하지만 나 괜찮소."

윤국은 그야말로 게 눈 감추듯 국밥 한 그릇을 먹어치웠다.

"뫕시 배가 고팠던 모앵인디 집으로 어서 가시야겄소."

"해가 지면 갈 거요."

"그라믄 우리 주막에라도 가십시다요. 따끈한 국밥 한 그릇 더 잡수셔야겄는디."

"이제 됐어요. 할머니랑 다 가시오."

"아니여라우. 그럴 수는 없제요잉. 그러다가 도련님 다른 곳으로 후딱 떠나시면 우리가 무슨 낯으로 마님을 대할 것이여? 싸게 가시시오."

"허 참."

윤국은 웃는다.

"할머니도 생각해보시오. 할머니도 놀랐지요? 하면은 집에까지 가는 동안 몇 사람이 더 놀랄 것 아니겠소?"

"그는 그렇구만이라우. 그라면 좋은 수가 있지라. 우리 주막에 가 기시면 숙이더러 살픈히 옷 가져오게 헐 것이여. 그라믄 되덜 않겄소?"

영산댁은 달래듯 말했다.

"허 참, 괜찮대두 그러네."

"그러면 좋아라우. 해 질 때까지 우리도 여거 함께 있일라요. 맘 변해서 어디 또 가부리면 큰일 날 것인께."

영산댁은 모래밭에 주질러 앉는다.

"할머니 고집도 여간 아니구먼. 나 조금도 이상하지 않소. 거짓말도 안 한다 말입니다."

"야아, 나아 고집이 센 늙은이여라. 몇 시간이고 이러고 있을 것인께 도련님 생각대로 허시시오."

윤국은 할 수 없었던지 일어섰다.

"그럼 갑시다. 주막에 가면 국밥 한 그릇 더 먹을랍니다."

웃는다.

"암만, 국밥만 드리겄소? 생각 잘혔소. 마님께서 얼매나 근심을 혔을 것이여? 잘 오셨지라. 숙아 너는 싸게 가더라고, 가서 갈아입을 옷이랑, 어여 가는 기여."

영산댁은 망아지 한 마리 앞세우듯 윤국이를 앞세우고 주막으로 간다.

13장 집념

서울서 내려오는 기차간에서도 그랬었지만 강물을 거슬러 올라가는 나룻배 안에서도 지연(知娟)은 말이 없었다. 자줏빛 머플러로 얼굴을 싸매고 앉아 있는 모습, 강물을 보는 것도 산을 보는 것도 아닌 시선은 막연했다. 과연 한 여자가 지금 나룻배 지름목 위에 걸터앉아 있는가, 지름목에 걸터앉은 저 여자는 눈송일까 새털일까 아니면 종이꽃일까. 감성이 제멋대로 놀아나고 착각할 만큼 동작도 없거니와 지연은 무게를 잃은 듯이 보였다. 본래부터 가냘픈 여자이긴 했다. 스프링코트를 입었고, 잿빛 코트는 헐거웠는데, 그래도 양어깨는 가늘었다. 코트 깃을 세우듯 잡은 한 손, 손가락도 은젓가락처럼 가늘었다. 머플러 사이로 쏟아져 나온 머리털과 눈썹의 빛깔은 엷었다. 비단실같이 부드러운 머릿결이었지만. 꼬리가 긴 외꺼풀 눈매 속의 눈동자 역시 빛깔은 엷었다. 안색은 창백했으며 갸름하고 여윈 얼굴에 광대뼈는 드러날까 말까, 다만 작은 입술만 붉게 타고 있었다. 나약하고 아리송하고 권태스러움이 감도는 얼굴에 입술만은 생기가 있었다. 요화(妖花)의 그림자 같은 것. 너울거리는 구심점 같은 붉은 입술. 소지감은 두 손을 모아 바람을 막으며 담뱃불을 붙인다. 서울역에서부터 지연을 데리고 나선 것을 소지감은 후회하고 있었다.

'저 아이 나이가 올해 몇이던고? 스물일곱? 아 아니 아홉이겠구나. 한데 십 년 전이나 지금이나 달라진 게 없다. 나이 든 흔적이 없어. 거 참 이상한 일이야.'

민지연(閔知娟), 그는 소지감의 외사촌 누이다. 만일 소지감이 대처를 했더라면 그리고 진작 자식을 보았더라면 딸이라 할 만큼의 연령 차인데, 그러니까 이범준은 노모의 첫째 여동생의 아들이요 지연은 둘째, 막내이모의 소생이다. 지난 정초

세배하러 왔었던 지연은 느닷없이,

"오라버니, 저의 평생 소원 한번 풀어주십시오."

하고서는 고개를 숙였다.

"으음? 무슨 말이냐."

지연이 하려는 얘기의 내용을 이미 알고 있는 듯 노모는 안쓰럽게 조카딸을 바라보더니 아들에게 시선을 옮기는 것이었다.

"지리산에 그 사람, 하기서 씨가 있다고 들었습니다만."

뜻밖의 말에,

"뭐라구?"

소지감은 당황함을 감추지 못하였다.

"누가 그런 말을 하던가."

"저기 저어."

"범준이 그놈 소행이구먼. 사내자식이 왜 그 모양인고."

불쾌하게 내뱉었다.

"애야 역정을 낼 일이 아니다. 범준이 잘못도 아니구. 지연이 처지를 생각해보렴."

노모는 나무라듯 말했다.

"옛날에 끝난 일이 아니옵니까, 어머니. 새삼스럽게."

"그쪽에서는 끝난 일로 생각하겠지만 지연이로서는 어디 그러냐?"

"혼인을 했던 것도 아니었고 혼약만 했을 뿐인데, 지연이도 생각을 고쳐먹어야지. 요즘 세상 뭐가 험이 된다고 그러느냐."

하는 수 없이 소지감은 지연을 달래려 했다.

"민씨네 가풍이 엄하기로야, 아무리 세상이 변했다 하거늘, 지연이가 결정을 한다면 모를까 집안에서 솔선하여 출가시키지는 못할 게야."

"하지마는 어머님, 사정이 안 그렇습니까? 지연이 출가를 하건 아니하건 어쨌든 단념을 해야 할 사람 아니겠습니까?"

"그걸 누가 모를까? 그러나 저승으로 간 사람이 아닌 바에야, 지연의 말이나 들어보아라."

하기는 그랬다. 소지감은,

"기서가 지리산에 있다면은, 그래 어쩌자는 게냐."

하고 지연에게 물었다.

"한 번 꼭 만나보아야겠습니다."

"만나서 어쩌자는 게야."

"왜 출가를 하였는지 이유를 알아야겠습니다."

"십 년 가까운 세월이 지났는데 새삼스럽게 그건 알아 뭣하겠느냐."

"파혼에는 파혼의 이유가 있을 것입니다."

"파혼과는 다르지 않느냐. 기서는 세상을 버렸어. 머릴 깎은 게야."

"그 사람에게는 출가였지만 저로서는 파혼을 당한 게지요."

지연은 단호했다.

"허허어, 부질없는 짓."

"오라버니, 저는 십 년 세월 동안 그 사람이 중이 되었다는 말을 들었을 뿐 어느 곳에 있는지 알지 못했습니다. 앞으로 처녀 몸으로 늙어갈지 혹 맘이 변하여 다른 곳으로 가게 될지 그건 모르겠지만 지금으로서는 저에게도 이유를 알 권리는 있다고 생각합니다."

소지감은 묵묵부답일밖에 없었다. 하기서(河起犀), 그는 현재 도솔암에 있다. 하기서와 민지연의 혼약은 성년에 이르러 매파가 드나들며 이루어진 것은 아니었다. 집도 가까운 곳에 있었거니와 기서의 부친과 지연의 부친은 죽마고우였다. 그리고 요절하여 지금은 세상에 없지만 지연의 오라비와 기서가 또한 친구 간이었고 해서 기서와 지연은 자라온 피차의 모습들을 잘 알고 있었다. 더군다나 오라비가 요절한 뒤 지연은 하기서를 죽은 오라비 대하듯, 이러한 양가 내력으로 보아 어릴 적에는 농담 반 진담 반 장래의 사위, 며느리라는 말이 부모들 입에 오르내린 것은 자연스런 일이었으며 그들이 생장함에 따라 차츰 기정사실로 굳어지게 된 것이다. 지연이 열아홉 살, 여학교를 졸업한 봄에는 결혼을 위한 택일까지 끝내었고 동경에서 공부하는 기서가 돌아오기만을 기다리고 있었다. 아무도 혼인날까지 기서가 도착하지 않을 것을 생각해보는 사람은 없었다. 지연은 물론 기서도 두 사람의 결혼을 당연한 것으로, 한 번도 이의를 표시한 적이 없었기 때문이다. 하여 모든 준비를 끝내고 결혼 날을 기다리는 느긋한 마음으로 양쪽 대소가의 여인네들은 드물게 어울리는 한 쌍의 미래를 선망하고 찬양하며 새삼스레 자신들의 모습이 누더기가 된 것을 깨달으며 슬퍼하기도 했었다. 그랬는데 결혼을 앞둔 닷새 전에 기서로부터 속세를 버리겠다는 뜻밖의 편지가 날아들었던 것이다. 기서의 부친이 급거 동경으로 달려갔을 때 기서는 동경을 뜨고 없었다. 종적을 감춘 지 삼 년 후 소지감이 기서를 만난 것은 금강산에서였다. 어떤 뜻에선 기서를 가장 이해할 수 있었던 사람은 소지감이었는지 모른다. 소지감이 동경거리를 배회하고 다녔을 무렵, 기서는 조선서 건너온 백면서생이었다. 미션 계통의 대학 전문부 법과에 입학했다는 것이었다. 약혼자의 사촌 오라비라는 관계도 있었지만 기서는 서울서부터 소지감에 대한 지식은 풍부하게 지니고 온 듯했고, 또 일종의 동경 같은 것도 있었던지 소지감을 자주 찾아왔었다. 소지감도 그 순직한 청년을 사랑했다. 그러나 그의 끊임없는 인생에 대한 의문에 소지감은 한 번도 흡족한 답을 주지 못했다. 기서는 그래도 소지감에게 실망하지 않았다. 결혼을 앞두고 기서가 왜 종적을 감추었는가, 세상을 버렸는가 그 이유는 소지감도 모른다. 그 무렵 소지감은 조선에 나와 있었기 때문이다. 그러나 금강산에서 처음 만났을 때 소지감은 출가한 이유를 기서에게 묻지 않았다. 물을 수가 없었다. 그것은 자기 자신에게 묻는 것과 다름이 없는 일이었고 추구하는 경로는 서로 다르다 할지라도 젊은 날의 자기 자신을 보는 듯하여 괴로웠던 것이다. 그 후 칠 년간 그동안 소지감은 기서를 여러 번 만났다. 방랑을 끝내고 집에 발을 붙이기는 했으나 집을 기점으로 하여 철새같이 날아오고 날아가는 생활에는 변화가 없었으므로 소지감은 수차례 금강산을 드나들며 기서를 만나곤 했었던 것이다. 기서를 도솔암에 보낸 것도 실은 소지감의 책동이었다. 송관수를 통하여 알게 된 구례의 길노인으로부터 폐사나 다름없이 된 도솔암을 재건하여 젊은 중을 데려다 놨는데 떠나버렸다는 이야기를 듣고 기서를 천거했던 것이다. 노모의 간청도 간청이려니와 두 가지 점에서 지연을 지리산으로 데려갈 것을 승낙했는데, 그 하나는 지연을 통해 기서의 출가 동기를 들을 수 있을지 모른다는 일종의 호기심과 기서가 이제는 흔들리지 않으리라는 확신을 전제로 하여 기서를 시험해보고 싶은 마음, 두 가지는 모두 소지감으로선 성실의 발심이 아닌 것만은 사실이다. 하여 그는 서울역에서 후회를 했던 것이다.

화개에서 내렸다.

"좀 쉬었다 가자."

소지감은 주막 앞에서 지연을 돌아다보았다.

"네."

지연이 짤막하게 대답했다. 지연을 따라온 계집아이 소사

(召史)는 들기가 무거웠던지 가방을 이고 있었다.

"어서 오시오."

들어서는 소지감을 본 주막의 비연이 머리부터 매만지며 반색을 했다.

"여인네 쉴 방은 없는가?"

"네, 저기."

하는데 지연이와 소사가 들어서는 것을 본 비연은 갑자기 냉담해지면서,

"하지만 방이 누추해서요."

곁눈질로 지연을 살펴보며 말했다.

"잠시 쉬어갈 테니까 상관없네."

소지감은 가겟방에 자리하고 앉는다.

"소사야. 아씨 모시고 그 방에 들어가거라."

"네, 나으리."

소사는 가방을 내려서 들고 가겟방에 붙은 방문을 연다.

"좀 기다려요."

비연이 발딱 일어서서 방 안으로 들어간다. 아랫목에 밀어놓은 이불을 개켜 반닫이 위에 올려놓고 굴러 있는 베개도 올려놓는다.

"들어오시오."

비연은 굽이 낮은 구두를 벗는 지연의 작은 발을 재빨리 내려본다. 코트의 기장도 길었지만 코트 밑의 검정 치마도 발의

복숭아뼈가 보일락 말락 길었다.

"손님, 우리 주막에 초행 아니시지요?"

가겟방으로 돌아와 안주를 챙겨내며 비연은 속삭이듯 말했다.

"한번 왔던가? 그보다 저 방에 국밥부터 들여보내게."

"네, 국이 자글자글 끓고 있인께 금세."

비연은 말로는 그러면서 소지감의 술상부터 차린다.

"누구하고 그때 오싰던가? 아아 참, 남원의 길노인하고 함께 오싰지예."

소지감은 부어준 술을 마신다. 팔도강산 안 다녀본 곳이 없는 소지감은 이런 유의 여자들을 너무나 잘 알고 있다.

"그 노인은 송안거사라 하는데 술 묵고 고기 묵고 해서 그렇지 중이나 다름이 없는 사람이지요. 삭발하고 장삼 입었다고 모두 중은 아닌께."

길노인과 함께 와서 술을 마셨을 처지면 비연이 아는 정도를 소지감이 모를까. 그러나 비연은 일부러 수작을 하기 위해 말하는 것이었다. 보아하니 서울서 온 양반이었다. 잔주름이 생기고 머리칼은 성글었으나 인물은 훤했다. 그리고 산전수전 다 겪은 비연의 눈에 사내는 온갖 풍진을 다 마신 예사 팔자가 아닌 것으로 비쳤던 것이다.

"불공하러 간 유부녀 끌어들이서 욕보이고 과부들 서리서리 쌓인 원도 풀어주고 해서 과부가 절에 가면 중 서방 하러

간다는 말까지 하지들 않소? 백팔번뇌를 버리기는커녕 이백십육 번뇌를 짊어지는 셈이지요."

눈꼬리를 치며 웃다가 방에 들으란 듯 큰 소리로,

"저도 근본을 따지고 보면 씨는 절간의 중이지요. 밭은 사당, 여사당이고요. 그만하면 절 언저리 사정이야 손바닥 뒤집어보듯 환하게 아니께. 이곳이 또 절 동네 아니오?"

빈 잔에 술을 치고 다시,

"참 소문을 듣자니까 도솔암에, 예, 내막을 보믄 길노인의 절이나 다름이 없는 절인데요, 그 도솔암에 하늘의 선관겉이 잘생긴 스님 한 분이 와 계시다 하데요. 이 길목에서 술밥을 팔면서도 지도 아직 한 번도 그 스님을 못 보았고. 불공이 많이 들게 생깄지 뭡니까. 저기, 저 방의 안손님도 혹 도솔암에 가시는 길 아닐까요?"

정곡을 찔렀다. 그러나 말을 하다 보니, 또 반응이 없는 상대, 꽃답고 귀하게 보이는 여자 손님. 하여 심술을 부리다 보니 물 위에 띄운 종이배같이 이야기는 제멋대로 흘러간 것인데 우연히 맞아떨어진 것이다.

"이 계집이 까마귀 고기를 먹었나?"

"예?"

"백발도 아닌 터에 귀를 잡수셨나?"

"귀를 잡수시다니요? 손님도 참, 짓궂기가 개기 배 찔러 사는 뱃놈 빰치겄네요."

이쯤하면 발끈하려니, 그러나 소지감은 술을 마시고 잔을 놓으며,

"주모 거, 머리 자주 감아야겠네."

"예?"

"잘못하면 술잔에 떨어지겠어. 이마빡에 기어 내려오는 이 말씀이야. 죽이지 말구 잡아."

비연의 얼굴이 시뻘게진다. 이마빡을 만지며 허둥지둥이다.

"곱게 잡아서 썩음썩음한 죽은 곰 찾아내어 놔주는 게야. 절 사정을 잘 안다니까 전생록쯤 모르겠나. 하하핫 하핫핫……."

이마빡에 이가 기어 내려온다는 것은 거짓말이었다.

"올바람 갈바람, 만고풍상 다 겪은 사내로구만, 흥!"

"네이이 요망한 계집! 어느 안전이라고 불경하게 주둥아리를 놀리는 게야!"

비연의 눈꼬리가 치올라간다.

"했으면 좋겠다마는 시절이 변했어."

"뭐라구요?"

"자네나 나나 해보아야 별 볼 일 없다 그 말일세."

"……?"

"한 사십 년 전에 자네가 양반을 물어뜯었다면은 동학의 계집 선봉장쯤 됐을지 모르지. 상투 짤린 양반, 천석꾼도 아니요 사돈의 팔촌에 순사도 없는 처지고 보면 낸들 자네 볼기를 어떻게 치겠느냐."

하고 소지감은 껄껄껄 웃는다. 비연도 조금은 어처구니가 없었던지 따라 웃는 시늉을 했으나 풀이 꺾인다. 그리고 비로소 그는 국밥을 말기 시작했다. 산초 냄새가 향긋한 국밥 두 그릇을 방에 날라 간 비연은,

"아씨, 늦어 미안합니다."

아까와는 딴판으로 공손했다. 자리로 돌아온 비연은 소지감의 눈치를 살피며 술을 따른다.

"주모."

"예."

"지리산에 해도사라는 사람이 있다는 얘기를 들었는데 혹 아는가?"

"알지요. 알다마다요."

"그 사람이 지관이라며?"

"지관은 무슨 놈의, 토정비결이나 사주 같은 것 좀 보아주는 정도지요. 왜 묻십니까?"

"내가 듣기로는 이 근동에 그만한 지관은 없다 했는데, 하기는 구만리 장천을 나르는 대붕의 뜻을 참새가 어찌 알리요."

"그러믄 해도사가 대붕이다 그 말씸입니까?"

"자네가 참새라면 그렇다 그 애기야."

"나아리도 참, 하시는 말씸이야 점잖십니다마는 사팔뜨기 강쉰지 무쉰지 그 사내를 닮았십니다."

"세상에 나를 닮은 사내가 있다면 그것 예삿일 아니구먼."

"험한 기이 닮았다 그 말씸이지요. 강쉰지 무쉰지 나를 보고 하는 말이 늙으믄 산구신 겉은 춘매 꼴이 될 기라 안 합니까? 그 쇠 빠져 죽을 놈의 인사가, 기가 맥히서."

"강쉰지 무쉰지, 춘맨지 월맨지 알아야 판관 노릇을 하지. 소사야!"

"네에."

"요기는 끝냈느냐."

"네에."

"그럼 떠날 차비하여라."

"네에, 나으리."

소지감은 오십 전짜리 하나를 술판에 놓는다.

"거슬러 낼 것 없네."

소사가 가방을 들고 방에서 나왔다. 그는 고기 눈알 같은 하얀 단추가 달린 하얀 운동화 한 켤레를 꺼내어 신돌 위에 놨다. 그리고 굽이 얕은 구두는 종이에 싸서 가방 속에 넣는다. 좀 지체한 지연이 허리를 굽혀 운동화를 신고 단추를 끼운다.

"구두 신고 산길을 우찌 갈 긴고 싶었더마는 참 꼼꼼하게 준비도 해 오싰네."

비연이 지연의 등 뒤에서 말했다. 신발을 신고 일어선 지연은 몇 발자국 걸어나가다가 돌아섰다. 소지감을 빤히 쳐다본다. 가방을 이고 나가던 소사도 돌아서서 소지감을 빤히 쳐다본다. 버릇없고 천한 것의 희롱을 받은 데 대한 분노, 제재를 가하기는커녕 주거니 받거니 해롱거리는 것으로 간주하여 소지감을 비난한 것이다.

"잘 있게."

소지감은 싱긋이 웃으며 종종걸음으로 나간 지연과 소사의 뒤를 쫓아 성큼성큼 걸어간다. 이윽고 여자들은 뒤로 처지고 소지감이 앞선다.

'아무래도 내가 잘못한 일 같다. 저 애를 데리고 오는 게 아니었는데…….'

길 가기 알맞은 계절이다. 한 달만 지나면 산과 들판은 찬란한 연초록으로 변할 것이다.

"나이 드니께 봄이 좋구마. 젊은 시절에는 가을이 좋았제. 안 묵어도 배가 부른 것 같은 들판을 바라보고 있이믄 여름내내 땀 흘린 보람도 있었고 거둬들일 적에는 곡식알 하나하나가 금싸래기맨치로 천년만년 살 것 겉고……. 이자는 봄이 좋구마. 물이 오르는 나무를 쳐다보고 있이믄 산다는 기이 멋인지 알 것도 같고."

밭둑에 앉아 담배를 피우며 하던 어떤 촌로의 말이었다.

"봄이 좋기야 하겠으나 보릿고개를 생각하면 봄이 길다, 생각은 안 하시는지요."

소지감이 말했을 때 노인은 의미를 모를 웃음을 띠었다.

"옛날에 자식 하나를 두고 상처한 남정네가 자식 하나 딸린

과부를 만내서 살게 되었는데, 과부의 심성이 본래 고운지라 남편의 자식을 제 자식맨치로 조금도 차별이 없이 귀키 키우는 기라. 그런데 이상한 것은 데리고 온 자식은 실하게 저절로 크는 것 겉은데 남정네 자식은 예비고 삥치레만 하고 해서 남정네는 이모저모로 살피보는데 아무리 보아도 여자가 잘못하는 일은 없어. 해서 남정네는 밤에 잠을 안 자고 이 생각 저 생각을 하는데 아이랑 여자가 한창 깊이 잠들었을 직에 이상한 일이 생긴 기라. 여자로부터 실안개가 나더니 그기이 남정네 자식을 넘어서 제 자식 쪽으로 쏠리더라 그런 얘긴데, 그런께 그기이 천륜이라는 기지."

"네에."

"흉년 뒤의 보릿고개는 참말로 기차제. 씨 종자까지 털어묵는 그 지경이믄. 허나 사람이 밥만 먹고 사는 기이 아니라. 땅에서 실안개를 마시고 허허헛헛, 늙으믄 봄이 좋은 기라. 사방에 실안개가 서리서 나무마다 물이 오르고 찔레나무를 보아. 땅에서 생멩수를 뽑아 올리니라고, 저 빨간 줄기를 보라고."

소지감은 걸어가면서 촌로의 얘기를 생각한다. 지연과 소사도 제각기 무슨 생각을 하는지 소지감을 따라 걷고 있다. 무거운 침묵의 자락을 끌면서 오솔길을 계속 오른다. 주막에서 있었던 일을 마음에 두는 사람은 이제 없다. 소지감이 촌로의 말을 생각하는 것도 어쩌면 기서와 지연이 대면하는 괴로운 장면에서 비켜서고 싶었기 때문인지 모른다. 지연은 다만 땅을 딛는 자신의 발소리만을 들으며 걷는다. 너무나 벅찬 순간이 다가오고 있었기 때문에 무엇을 어떻게 하리라는 생각은 포기하고 만 것이다. 소사는 가방이 무겁다, 무겁다 생각하다가 무겁다는 생각이 헛돌아가는 기계 같은 상태가 되었고 서울서 여기 오는 동안 그의 눈에 비친 엄청난 변화에도 이제는 물려서 산봉우리를 덮고 있는 웅장한 구름도 무감각이다. 소사는 평생 서울 밖을 나와본 일이 없는 아이였다. 얼마나 많이 걸었을까. 첩첩산중이다.

"소사야."

"예."

소지감이 돌아섰다.

"그 가방 내가 들어주마."

"아아, 아니옵니다, 나으리."

"이리 내놔."

소지감은 소사 머리에서 가방을 내려서 든다.

"나, 나으리 제가."

"괜찮다. 길이 험하여 아녀자는 오르기도 힘들 게야."

"아직도 한참 올라야 합니까?"

"해 안에 들어갈까?"

"그, 그러면 아직도 한참."

"왜 숨차냐? 좀 쉬어가랴?"

"아씨께서 숨이 차신 것 같습니다."

"오냐. 좀 쉬었다 가자."

소지감은 걸음을 멈추고 바위에 기대어 서며 담배를 붙여 문다. 지연은 풀섶에 앉았고 소사는 개울가로 뛰어가 물을 마신다. 지연은 여전히 말이 없다. 운동화를 벗고 양말을 신은 발끝을 주무르고 있었다.

"지연아."

"네."

"너 만일 기서가 면대하지 않겠다면 어쩔 셈이냐."

"……."

"막상 너를 여까지 데려오고 보니 기서에게 못할 짓을 한 것 같은 생각이 드는구나."

"오라버니는 그 사람 생각만 하시지 저의 생각은 아니하시는군요."

"그렇게 말하면 그렇다 할 수 있겠다. 하지만 기서는 다 버린 사람이야."

"저도 마찬가지 아니겠습니까."

"……."

"철저하게 버림을 받았으니까 저에게도 남은 것은 아무것도 없는 처지 아니겠습니까."

"음……."

"저를 만나주지 않는다면은 만날 때까지 절에서 내려오지 않을 것입니다."

"뭐라구?"

"그만한 결심도 아니하고서 이곳까지 왔겠습니까?"

"무슨 소리를 하는 게야. 그것은 안 된다!"

순간 소지감은 함정에 빠진 것 같은 느낌을 받는다.

"오라버니도 참 이상하십니다."

"그건 안 돼."

"만나고 못 만나는 것은 가보아야 알 일이겠지만 출가의 이유를 알기 위해 이곳까지 왔고 오라버니도 그것을 양해하시고서 저를 데려오시지 않았습니까?"

"허허어 참."

소지감은 지금까지 이런 일로 하여 자신이 애매해지기론 처음 겪는 일이었다. 그리고 별안간 지연이 큰 바윗돌같이 자신 앞에 서 있다는 것을 느낀다.

'바위같이…… 기서가 어떻게 감당할꼬.'

보기에는 여전히 가냘펐다. 은젓가락같이 가는 손가락, 창백한 얼굴, 명주실같이 부드러운 엷은 빛깔의 머리카락, 다만 타는 듯 붉은 입술만이 선명하다.

"집념을 버려라."

"……."

"하기서라는 사내는 이 세상에 없어."

소지감은 담배를 버리고 발로 눌러 끈다. 지연은 운동화를 도로 신는다. 산새 소리, 바람에 흔들리는 나뭇가지의 소리,

그 소리는 오히려 산속이 비어 있다는 것을 일깨워줄 뿐이다. 아니 산속만이 아니다. 세상 모두 온통 비어서 두 여자와 한 사내만 산속에 내동댕이쳐진 것 같은 깊은 정적. 얼굴도 씻었는지 소사는 손수건으로 얼굴을 닦으며 개울가에서 온다.

14장 번뇌

도솔암 절문 앞에 당도했을 때 해는 떨어지고 있었다. 냉기 실은 바람이 사방에서 밀려든다. 목탁 소리가 들려왔다. 일사불란 삼매경에 빠진 듯 독경 소리는 산사의 저녁을 장엄하고 있었다. 예불 시간이었던 모양이다. 지연과 소사는 절문 기둥을 붙잡고 가쁜 숨을 내어쉰다. 소지감은 다소 강행군을 했던 것이다. 오랫동안 나그네 생활에서 건각(健脚)이 된 소지감이 평보로 간다 한들 여인네 걸음으론 따라잡기 힘든 일, 하물며 보조를 빨리하였으니 그야말로 죽기 아니면 살기로 뛰다시피 지연과 소사는 산길을 오른 것이다. 중키에 다리는 길었지만 버들가지처럼 흐느적거리는 지연의 모습이 보기에 딱했고 소사는 알톨같이 생겼으나 난장이를 방불케 하리만큼 키가 작고 짤따란 안짱다리, 그들은 평반에 물 담은 듯한 서울 생활에 길들여진 여자들이다. 가혹하다면 가혹한 시련이었다 할 수도 있겠다. 해 떨어지기 전까지 가야 한다는 생각이 없었던 것은 아니었다.

'어디 혼 좀 나보아라.'

지연에게 골탕을 먹여야겠다는 소지감의 심술도 있었다. 기서를 면대하지 않는 한, 출가한 이유를 알기 전에는 결코 서울로 돌아가지 않겠다던 지연이 미웠던 것이다. 그의 말대로 기서를 만나기 위해, 출가한 이유를 알기 위해 서울을 떠나온 것은 사실이다. 그렇지 않다면 지리산 골짜기까지 올 까닭이 없고 또 오라버니도 그것을 양해하시고서 저를 데려오지 않았느냐, 지연이 항의한 대로 양해를 했던 만큼 미워할 까닭이 없는 것이다. 그러나 기분이 신경질적으로만 돌아가는 것을 소지감 자신도 어쩌지 못한다. 당초 내키지 않았던 동행, 다소 불성실했던 자신의 결정이 꺼림칙하기는 했었다. 그러나 그보다,

'그런지도 모른다. 왜 내가 그 생각을 못했을꼬?'

차마 상상하기 어려운, 비정한 판단을 했다. 소지감은 그 생각을 떨어버리려고 애썼다. 오는 도중 지연이와 대화를 나누었을 때 별안간 지연을 큰 바윗돌같이 느꼈고 함정에 빠진 듯했었다. 그것은 상당히 당황하게 하는 느낌이었지만 뭐가 어째서 그런지 알지 못하였다. 그러나 지금은 끈끈한 것, 거미줄 같은 것이 몸을 휘감아오는 것처럼 불쾌한 것이다. 보복을 맹서한 여자의 마음 같은 것, 그리움과 상관없는 불길, 여자의 경우도 그렇겠지만 남자의 경우도 애정으로 인한 보복

을 품는 여자처럼 섬뜩하고 정 떨어지는 것은 없다. 남도 아닌 지연에게서 그것을 느꼈다는 것이 더욱 불쾌했고 걷어차고 싶을 만큼 미웠던 것이다.

'그렇다면 지연이는 십 년 동안 칼을 갈고 있었더란 말인가!'

상대가 하기서라는 것도 난처한 일이었다. 비록 친누이가 아니요 방랑 생활 때문에 자주 만나볼 기회가 적어 지연의 성품을 알지 못했다 하더라도 외사촌이면 과히 먼 혈족이라 할 수 없고 그의 불행한 처지를 동정은 못할망정 냉정하게 바라본다는 것은 잔인한 짓이다. 소지감은 평생을 여자에 대해서는 담담하게 지내온 사람이다. 자신의 삶을 부정하고 쓰레기처럼 내동댕이치고 싶은 끊임없는 충동을 누르며 목숨을 지탱할 수밖에 없었던 자신, 자기모멸에 점철된 도정에서 여자에게 관심과 정열을 쏟지 못한 것은 당연한 일인지 모른다. 일찍이 의병장으로 형이 포살(砲殺)되었으며 부친은 망국의 한을 안고 자결하였을 때 소씨 가문을 위해 살아남아야 했던 소지감은 그러나 부친과 형의 뒤를 좇아 죽을 수 있었는데 살아남았던 것은 아니었다. 죽음이 두려운 본능 앞에 세워진 살아야 하는 명분, 그것은 위장(僞裝)의 생애를 강요당한 결과라 할 수 있었다. 자신을 기만해야 하고 죽은 사람들에게는 배신자임을, 그리하여 대처를 아니하고 소씨 가문을 잇는다는 명분을 저버림으로써 소지감은 비루한 자신을 증명하려 했으며 자기 자신을 통하여 인간에 대한, 핏줄에 대한 정애(情愛)도

목숨과는 바꿀 수 없다. 그 인간 불신과 삶의 의미 상실은 그로 하여금 미친 듯 절을 찾게 하였고 성당을 드나들게 하였으나 신부도 중도 못 되었다. 갈등에 충만한 가파로운 날들, 그러한 소지감에게 여자란 지나다가 쉴 적에 꺾어보는 꽃 같은 것, 길동무도 되어주진 못했다. 모친의 경우는 달랐다. 여자였기 때문에, 모친이지만 모친이기보다 그도 죽지 못하고 살아남은 사람이기 때문에, 같은 배신자 자기기만의 존재였기 때문이다. 서로의 상처를 핥아주는 동병상련의 관계, 끝없는 사랑과 연민을 느끼면서 마음 바닥에는 불신과 모멸과 미움이 도사린 고독한 관계, 지연의 경우는 물론 다르다.

어쨌거나 누이동생이요 누이동생이란 의미밖에 지니지 못한 여자였지만 소지감은 하기서라는 영상을 통하여 민지연을 여자로 인식하는 것이다. 자신은 만난 일이 없는, 만나려고도 하지 않았던 강한 여자, 남자를 압도해오는 여자로서 민지연을 인식하는 것이었다. 과연 하기서가 민지연의 집념을 어떻게 받아들일 것인지 알 수 없으나 여자가 원한을 품으면 오뉴월에도 서리를 치게 한다, 그 말은 소지감으로 하여금 소름끼치게 한다. 민지연에 대해서 그랬던 것이 아니다. 자기 자신이 두려웠던 것이다. 핏줄을 배신한 과거사를 확인했기 때문이다. 냉혈동물을 자기 내부에서 만진 듯, 죄인이면 어떻고 악인이면 어떻고 비천한들 어떠리. 내 핏줄을 내가 싸안지 못하고 한평생을 발바닥으로 살았건만 아직 내가 비천하다는 그 굴레를 못 벗은 채 내가 나를 심판하며 판결문조차 없이 나는 나를 용서하지 않고 있다. 저기 저 바람에 흔들리는 한 송이 꽃같이 가련한 여자를 어찌하여 나는 상사뱀의 집념으로 인식하는가. 소지감은 걸음을 빨리하여 산을 오르면서 기다렸다. 오라버니 숨이 차서 못 가겠습니다, 제발 좀 쉬어가셔요, 지연의 음성을 기다렸다. 그러면은 가련한 꽃으로 너를 보아주리. 그러나 지연은 끝내 말 한마디 없이 목적지에 닿은 것이다.

저녁 바람은 찼다. 그러나 산속은 생명의 진동으로 충만돼 있는 것 같았다. 죽은 산이 회생하는 소리, 산짐승, 날짐승, 벌레들의 입김, 땅이 부풀고 까부라지는 소리, 물줄기가 뻗는 소리, 움이 트는 소리, 소지감은 숲속을 바라본다. 이 비밀의 뜻을 누가 아는가. 해도사가 조금은 알지 모른다는 엉뚱한 생각을 한다. 붙여 물었던 담배를 버린다. 발끝으로 부벼 끄고,

"혼났겠구나."

절 기둥을 잡은 채 지연은 소지감의 뱃속까지 뚫어보는 그런 시선으로 쏘아본다. 처연한 모습, 목덜미 쪽에서 부드러운 머리칼이 산바람에 흔들리고 있다. 역시 묵묵부답. 무슨 새일까, 새 한 마리가 해 떨어진 곳을 향해 화살같이 날아간다.

목탁 소리, 독경 소리가 멎었다. 시간도 멎은 듯, 숲속은 소나기 그림자를 드리운 듯 어둡고 그러나 푸르게 훤하게, 밤과 저녁 사이에서 몸부림치고 있었다.

"자아 소사야, 가방을 받아라."

"에구머니나! 그만 깜박 잊고서."

구르듯 와서 가방을 받으며 어쩔 줄 모른다.

"그러면 들어가볼까?"

소지감은 모자를 벗어 들었다. 두루마기 자락을 펄럭이며 절문을 넘어 들어간다. 순간 지연의 얼굴이 홍당무가 되었다. 그러나 다음 그 핏기는 가셔지고 풀잎같이 창백해진다. 소사는 눈치를 살피며 발길을 더듬듯 따라 들어간다. 마당을 질러서 상좌가 걸어온다.

"일휴야."

소지감이 불렀다.

"아이구 선생님, 이제 오십니까."

"음 그간 잘 지냈느냐?"

"네."

일휴(一休)는 합장하며 대답했다.

"스님께서는 저녁예불을 끝냈을라?"

"막 끝내셨습니다."

소사는 단청이 새로운 법당을 신기한 듯 올려다보고 있었다. 지연은 법당을 비스듬히 등진 자세로 땅을 내려다보며 두 손을 깍지 끼고 서 있었다. 일휴는 소지감과 함께 온 여인들이 궁금했던 것 같다. 힐끗힐끗 쳐다본다.

"이제 봄이 머지않았으니 너 고생도 덜하겠구나."

"선생님, 봄은 이제 와 있습니다요."

"아 참, 그래. 한 열흘쯤 있으면 진달래가 피겠구나."

"그럼요. 그러면 산속이 환해질 것입니다. 우리 절도 덜 적적해질 거구요."

일휴는 덧니를 내보이며 웃는다.

"불공이 많이 든다 그 얘기냐?"

"그렇습니다. 하안거(夏安居)까지는 말입니다."

"허허어 일진스님이 들으시면 또 꾸지람이 있을 텐데."

"그, 그렇긴 합니다마는."

일휴는 머리를 긁적긁적 긁는다.

"불공이 많이 들면 절이 망하느니라."

"네?"

"못 알아듣겠느냐?"

"무슨 말씀인지,"

"중이 앉아서 먹게 되면 어떻게 되는지 그것도 모르겠느냐?"

"글쎄올시다."

"엉덩이에 씨 슬어."

"선생님도 참, 그러면 부처님의 공양은 어찌합니까."

"그까짓, 도금한 철불 아니면 목불일 터인데 무슨 상관일꼬. 도를 닦는 데는 탁발이 제일이니라."

"부처님 들으십니다."

일휴는 장난스럽게 목을 움츠린다. 소지감이 일휴를 상대로 실없는 말을 주고받는데 법당 문이 열렸다. 지연의 양어깨가 꿈틀했다.

"아, 저기 스님 나오십니다."

소지감은 목을 비틀듯 돌아본다. 하기서. 아니 십 년간 불도를 닦은 중 일진(一塵)이 법당에서 모습을 나타냈다. 일휴는 기다렸다는 듯 공양물을 내오기 위하여 급히 법당 쪽으로 걸어간다. 일진은 법당 앞에 머물렀다. 높은 곳이어서 그랬겠지만 한순간 그는 거인같이 비치었다. 소지감을 내려다보며 미소 짓는다. 그러나 올려다보는 소지감은 웃지 않았다. 일진은 천천히 돌층계를 밟고 내려온다. 여자들에 대해서는 거의 무관심이었다. 치성드리려고 온 사람이거니 그렇게 생각하는 것 같았다. 그의 얼굴은 평온해 보였고 저녁 안개에 씻긴 듯 깨끗해 보였다. 여자들 옆을 지나칠 때 그는 합장으로 예를 치렀다. 소지감 앞으로 성큼 다가선다.

"오래간만입니다."

소지감은 일진을 뚫어져라 쳐다본다.

"가시지요, 제 방으로."

"저 여인네들은 어쩌고."

"네? 아."

하다가 일휴를 부르려 한다.

"대사."

"네?"

일진은 소지감이 농친다고 생각하는 모양이었다.

"대사."

일진은 웃는다. 아주 상쾌하게 하얀 이빨을 내밀며 웃는다.

"요석공주가 찾아왔네."

"허 참, 왜 이러십니까."

"그러면 지연공주라 할까?"

"네? 뭐라 하셨지요?"

"지연공주가 일진대사를 찾아왔네."

"뭐라구요?"

분명히 강한 충격을 받았는데 그러나 지연이라는 이름이 총알같이 머릿속에 박혀들지는 못한 눈치다.

"민지연이가 자네를 찾아왔단 말일세."

소지감의 어세는 몹시 약했다. 그러나 다음 악을 쓰듯,

"파계를 하든지 말든지 알아서 하게!"

돌아섰다. 양어깨를 곧추세우며 모자를 쓰고 지연에게 일별도 없이 한번 돌아보지도 않고 절문을 나가버린다.

일진은 오랫동안 우두커니 서 있었다. 지연이도 옆모습을 보인 채 움직이지 않았다. 대강 사정을 알고 따라온 소사만은 가방을 든 채 어떻게 처신을 해야 할지 우물쭈물한다. 고개를 떨어뜨린 지연의 목덜미가 유난히 희었다. 울지도 않았고 일진을 쳐다보지도 않는다. 일진이 다가간다.

"오래간만이오."

잊었던 이름, 잊었던 여자, 까마득히 잊어버렸던 사람 앞에서 일진은 다음 말을 잇지 못하고 아까처럼 우두커니 지연을 쳐다본다.

'아내가 될 사람이었는데, 사랑했던 여자였는데…….'

당혹함도 아니었다. 반가움이라 할 수도 없었다. 아픔, 비애 같은 것도 아니었다. 뭐라 할 수 없는, 그러한 감정이었다. 밑바닥 깊은 곳에서 흔들리는 것을 일진은 느낀다.

"이곳까지…… 어인 일이오."

지연은 고개를 돌려 일진을 쳐다본다. 애원(哀怨)의 눈빛, 손을 꼭 맞잡고 있다.

"오래간만이에요. 기서 씨."

일진은 두 번째 충격을 받는다. 십 년 만에 처음 들어보는 자신의 속명(俗名). 비로소 자신이 누구인가를 깨닫는다. 삭발하고 장삼 입고 가사를 걸친 중 일진을 깨달은 것이다.

"먼 길 오느라고 피곤했을 게요."

"네. 참으로 높은 곳에 계십니다."

처음으로 지연은 울먹였다.

"우선 쉬도록 하십시오, 자아."

일진은 부드럽게 지연의 등을 밀었다. 그리고 일휴를 부른다.

"손님들 드실 방으로 모셔라."

"네."

"방이 차지 않게 하여라."

"군불 지펴놨습니다. 그런데 선생님은 어디로 가시었습니까?"

"글쎄다. 곧 돌아오시겠지."

"날이 저물어가는데요."

"그 어른 평생을 걸으신 분이네. 손님한테 불편이 없도록, 알았느냐?"

"네."

"그럼 쉬십시오. 나중에 뵙겠습니다."

일진은 정중하게 말하고 지연을 향해 합장하였다. 천천히 몸을 돌린다. 실한 나무같이 탄탄해 뵈는 체격, 법의로 감싼 그의 뒷모습은 범접치 못할 십 년 수도의 자취가 엄연하였다. 땅속에 뿌리를 박은 듯 지연은 움직이지 않았고 일진의 뒷모습을 바라보고 있었다.

"손님, 가시지요."

일휴가 말했다. 지연과 소사는 일휴가 안내하는 법당 맞은 켠에 있는 방으로 들어간다. 법당을 향해서 나란히 방이 두 개 있었고 ㄱ자로 꺾어진 곳, 그러니까 절문을 향해 또 방이 두 개 있었다. 그 끄트머리 방과 법당의 오른쪽 기단석 사이로 일진이 사라진 것이다. 아마 일진이 거처하는 곳이 그쪽에 있는 것 같았다. 꼼꼼한 길노인이 오랫동안 정성을 들여서 개수를 했기에 규모는 작지만 암팡지고 아담한 절이다. 일휴는 여자들을 방으로 안내해놓고 무슨 시킬 일이라도 있는가 방 앞에서 머뭇거리다가 지연이 뿜어내는 분위기에 질렸는지 말 없이 가버린다. 방은 아직 따뜻해오지 않았다. 지연은 웅크리고 앉았다가 다리를 뻗는다.

"아씨, 고단하시지요."

소사가 위로하듯 말했다.

"다리가 아프구나."

"좀 주물러드릴까요."

"아니다, 너라고 다리가 안 아프겠느냐?"

"제 평생 그렇게 걸어보긴 처음이었습니다. 아씨도 처음이지요?"

"음."

예민하지는 않지만 그렇다고 둔한 편도 아닌 소사는 몸이 작아 그렇지 나이는 들 만큼 들었다. 열아홉 살, 분별할 줄도 알았으며 오랫동안 지연의 시중을 들어왔기 때문에 조심스러운 언동은 습관에서 오는 것. 아씨가 어찌하여 삼십이 가깝도록 처녀로 있는지 대강은 사정을 알고 있었고 이곳까지 내려오는 이유도 짐작하고 있었지만 그 문제에 관하여 일체 함구하고 있었다. 그러나 호기심은 없을 수 없었다. 내색을 하지 않아 그렇지 아까 일진과 지연이 대면하는 동안 당황하기도 했으나 흥분도 했다. 그리고 아씨의 시집 안 가는 심정을 이해할 수 있었다. 애석하기도 했다. 세상에 저만큼 잘 어울리는 한 쌍도 드물 것인데 어찌하여 머리를 깎았을까 싶었던 것이다.

"소사야."

"네, 아씨."

"나가서 상좌에게 세수를 어디서 해야 하는지 물어보아라."

"네."

소사가 나간 뒤 뻗었던 다리를 세우며 두 무릎 위에 얼굴을 묻는다.

'어째서 나는 그를 잊지 못할까.'

눈물도 소리도 없이 지연은 마음속으로 흐느낀다. 새로운 절망이 엄습해온 것이다. 아픔은 항상 새로웠고 절망도 항상 새로운 것이었지만.

'돌아갈 수 없다. 나도 머리를 깎고 이 산천에서 살까.'

지연은 일진을 보기 직전까지만 해도 보복의 불길을 태우고 있었다. 그러니까 소지감은 누이의 마음을 정확하게 읽은 것이다. 보복의 정열. 팔 년을 견딜 수 있었던 것도 그 정열 때문인지 모른다. 그리움이었다면 차라리 가슴에 간직하고 다른 사람과 결혼을 했을지 모른다. 그러나 보복의 정열은 안으로 타들어갔지만 타고 있었던 지연은 어쩌면 유령이었는지 모른다. 하기서는 있는가, 실제 있는가. 끝없는 물음을 되풀이하는 지연에게 대상도 유령이었는지 모른다. 어디서 무엇을 하는지 간 곳도 형편도 생사조차 알 길 없는 하기서에 대한 보복심은 빈 메아리, 방책도 행동도 있을 수 없었다. 자신만이 존재했고 보복을 당해야 하는 대상은 실재하는 자기 자신밖에 없었다. 자살을 수천 번 생각했다. 그러나 지연은 기다리는 것, 민지연이 비참하게 세월에 망가지는 것, 십 년이든 백 년이든 기다리리, 결심한 것이다. 어느 때인가 살아 있다면 반드시 만나게 될 것이요, 그때 하기서 앞에 그로 인하여 소진된 한 여자의 생애, 모습을 드러내리라. 진정 출가를 하였는가, 했다면 무슨 이유로, 자기 자신을 구제하기 위하여, 자신의 영혼을 구제하기 위하여, 그렇다면 한 여자의 신령(身靈)은 무(無)로 돌려도 좋은가. 차라리 결혼을 하고 살다가, 아이라도 낳아 살다가 절문으로 들어갔다면 인생의 몇 분지 일은 건졌을 것이니 체념인들 못할까. 변심을 하여 남의 여자에게 갔다손 치더라도 상대는 때때로 죄의식에나 사로잡혔을 것이 아니겠는가. 철저하고 완벽하게 버림을 받았다. 죽음은 얼룩지지 않는 추억이라도 남겨두지, 모든 것을 허(虛), 허로 돌려버리고 결혼 직전에 머리를 깎겠다고 모습을 감춘 사내, 불문은 성역인가. 성역이라 한다 하여 핏줄을 끊고도 사문에 들면 죄가 아니 된다. 하물며 남과 남, 인연을 맺기 전에 그곳으로 가버렸으니 자신은 무엇으로 보상받나. 철저하게 완벽하게 버림을 받은 것이다. 지연은 십 년 동안 보복의 칼을 간 셈이다. 자기 자신을 향할 칼을, 자신을 베는 이외 어떠한 방법도 없었던 기나긴 밤. 이범준에게 처음 하기서의 소식을 들었을 때 지연의 심중을 지나간 것은 살기(殺氣)였다. 이범준은 소지감으로부터 하기서의 얘기를 들었던 것은 아니었다. 소지감으로부터 들었더라면 그는 섣불리 지연에게 말하지는 않았을 것이다. 송관수로부터 들었다. 송관수는 그러저러한 관계를 일절 모르기 때문에 우연히 한 말이었던 것이다.

'지금 그는 무슨 생각을 하고 있을까.'

무릎 위에 얼굴을 묻은 채 지연은 생각한다. 어째서 하기서를 잊지 못하는가, 지금 그는 무슨 생각을 하고 있는가, 그것은 지연의 변화를 의미하는 것이다. 하기서를 보는 순간 보복의 불길은 그리움의 불길이었다는 것을 지연은 깨달은 것이다.

'돌이킬 수만 있다면, 아니 지금이라도 환속만 한다면.'

그것은 불가능이다.

'그러면 어떻게 하나. 이유나 알기 위해 이곳에 온 건 아니다. 희망이 없는 내 나머지 인생을 무엇으로 지탱할 것인가 그걸 찾아서 왔다! 십 년 동안 쌓인 고통을 어떤 것으로든, 아아, 가련한 나를 위해 나는 무엇을 할꼬.'

비로소 지연의 눈에서 뜨거운 눈물이 흐른다. 새로운 절망, 법의에 싸인 하기서는 눈앞에 있어도 유령이었기 때문이다.

지연을 두고 거처하는 방으로 들어온 일진은 방문을 닫기 위해 문고리를 잡아당기는 순간 손바닥에 닿은 쇠붙이의 고리가 화끈, 뜨거운 것을 느낀다. 생생한 감각이다. 참 이상한 일이었다. 일진은 방 한가운데 가부좌를 하고 앉는다. 오랫동안 눈을 감은 채 움직이지 않는다. 차가운 쇠붙이의 문고리가 마치 불에 달구었던 것처럼 어째서 손바닥에 그리 뜨거웠을까. 그 뜨거움은 차츰 가슴으로 온다. 가슴을 에는 것 같은 연민의 정이다. 눈물이 볼을 타고 흘러내린다. 지연을 위해 흘리는 눈물인지 천지만유의 목숨, 생과 사에 대한 눈물인지. 방 안에 어둠이 밀려든다. 그리고 캄캄해졌다. 그러나 일진은 등잔을 켜려 하지도 않는다.

'십 년 동안 땡땡이중처럼 경쇠만 두드렸단 말이냐.'

잊었던 것이지 결코 번뇌에서 벗어난 것이 아님을, 그것은 새삼스런 깨달음도 아니었다.

'나를 대사라 했겠다? 요석공주가 왔다구? 흠…… 파계를 한 원효, 파계를 아니한 의상, 그들은 무슨 일을 하였나. 불과(佛果)를 얻지도 못하였고 고환(苦患)인들 면했을까? 하긴 그걸 누가 알어.'

중얼거렸으나 물론 일진은 그 말에 집착하지는 않았다. 해보는 말, 그냥 해보는 말이었을 뿐이다. 그러다가 그는 『반야심경』을 외기 시작한다. 멀리서 짐승 울음이 들려왔다. 밤새 우는 소리, 바람 지나가는 소리, 밤은 차츰 저물어가고 있었다. 그새 일휴는 두 번이나 다녀갔다. 방 안에 불이 켜져 있지 않았기 때문에 그냥 돌아간 것이다.

'아아, 나는 나를 놓아버리기는커녕 인연도 놓아버리지 못하였구나. 인연을 가려준 것은 인적 없는 산천이요 예불과 경

전이었으며 경내 생활의 질서가 아니었던가. 그렇다면 나는 언제까지 그 힘을 빌어야 하는 걸까.'

일진은 몸을 일으켜 등잔에 불을 켠다. 방 안이 환했다가 불꽃이 잦아지고 다시 불꽃은 살아난다. 벽의 그림자가 흔들린다. 일진과 그림자, 어느 것이 실상이며 어느 것이 허상인가. 사람들은 모두 그림자를 허상이라 하면서 육신이 허상임을 믿지 아니한다.

"스님."

일휴가 불렀다.

"음."

"저녁 진지 안 드셨는데요."

"그만두겠다."

"저어, 소선생님께서 아직 안 돌아오셨습니다."

"걱정할 것 없다. 해도사한테 가셨을 게야. 차나 끓여다 다오."

"네. 그런데 아까 드신 안손님께서 스님을 뵐 수 있는지 여쭈어보라 하십니다."

"그래……. 그럼 오시라고 말씀드려라."

"알았습니다."

일휴는 물러간다.

후회한 일은 없다. 미련을 가진 일도 없었다. 그럼에도 지연은 물론 부모 형제에게까지, 출가를 하였으니 속연을 끊는 것은 당연지사라 할 수도 있겠으나 마지막 동경서 편지 한 장을 띄운 후 오늘에 이르기까지 완전히 소식이 두절되었다는 것은, 일진으로서는 의식하지 못하였다 하더라도 그들에게 돌아갈지 모른다는 일말의 불안이 있었던 것은 아니었을까. 깡그리 잊었다는 것도 역설적 측면으로 볼 수 있는 것이니까. 불문에 들기까지 하기서의 고민의 기간은 너무 길었다. 그는 팔 년간 그 문제 때문에 갈등과 방황을 되풀이했던 것이다. 그의 심중을 아무도 몰랐던 팔 년간, 나이 어렸던 탓도 있었지만 하기서는 마음이 여리고 심성이 착했다. 가족의 슬픔, 성년 뒤에는 지연의 슬픔을, 결단을 내리는 데 그렇게 긴 세월이 필요했던 것이다. 머리를 깎은 뒤 깡그리 그들을 잊은 것도 어쩌면 그들을 위한 고민이 길었기 때문인지 모른다.

"스님."

일휴가 왔다.

"음, 들어오너라."

"손님도 오셨습니다."

"알았다."

방문을 열고 일휴가 먼저 들어왔다. 지연이 옆에 소사가 초롱을 들고 서 있었다.

"들어가시오."

일휴가 일어섰다. 지연은 어깨에 걸친 코트를 벗어 들고 방으로 들어왔다. 일휴는 작설차를 놔두고 혼란스런 표정을 지으며 나갔다. 소사와 함께 발소리는 멀어졌다.

"앉으시오."

두 사람만인데 일진은 경어를 썼다. 오누이같이 자랄 때 그 다정스런 말투는 아니었다. 지연은 세수를 하고 머리도 빗은 듯 그러나 화장기 없는 얼굴이었고 옷도 낮에 입었던 검정 치마에 자주색 저고리였다. 한동안 서로 말문이 막힌 듯 쳐다만 보다가,

"나는 지연이 결혼해서 잘 사는 줄 알았소."

일진이 먼저 입을 떼었다.

"오라버니가 아무 말씀 안 하시던지요."

"피차 얘기한 적이 없었소. 이렇게 찾아왔으니…… 무슨 말을 해야 할지 모르겠구먼."

"……."

"자, 식기 전에 드시오."

하고 일진은 찻잔을 든다. 지연도 함께 들었다.

"인사가 늦었지만 모두들 안녕하신가요?"

"네. 별일 없이 지내고 있습니다."

"지연이가 이곳에 오는 일을 우리 집에서도 알고 있는지?"

"말씀드리지 않았습니다. 어머님께서는 오히려 아시려 하지 않는 것 같아서요."

"어머님은…… 어머님은 그러셨을 거요. 내가 어릴 적부터 어머님은 그런 예감을 하신 것 같더구먼."

일진의 목소리는 비교적 담담했다. 지연도 감정을 누르며, 할 얘기를 정리하고 왔을 터인데 다시 할 말을 검토하고 있는 그런 표정이었고 대결하려는 심중을 굳힌 것 같았다.

"기서 씨."

일진이 찻잔을 놓고 쳐다본다.

"제가 이곳까지 뭣하러 왔을까요."

"……."

"불공이나 드리려고 왔겠습니까?"

"……."

"오라버니는 부질없는 짓이라 하셨지요. 하지만 저로서는 끝나지 않았습니다."

"중에게는 끝도 시작도 없어."

처음으로 말을 놓았다.

"저는 삭발을 하지 않았습니다."

음성에 노기를 띤다.

"그렇다면?"

"어째서 출가를 하셨습니까."

지연은 일단 후퇴하듯 말머리를 돌렸다.

"그것은 죽은 쥐 때문이지. 쓰레기 속에 굴러 있는 죽은 쥐."

일진은 희미하게 웃었다. 지연은 이상한 말에 의문을 나타내지도 않고 자신의 무릎 위 손을 내려다본다. 출가한 이유 따위가 뭐 그리 절실한 일은 아니었을 것이다.

"실은 이유가 있다면 있고 없다면 없는 것인데, 지연이도 알다시피 어머님께서는 신실한 불교도였었지. 어릴 적에 어머님을 따라 절에 가곤 했는데 사월 초파일이었던가 기억이 확실치는 않으나 또 그때 스님의 얼굴도 기억할 수 없지만 휠 듯이 앵두가 가득 달린 가지 하나를 꺾어 내게 주시면서 스님이 말씀하시기를 이 아이는 중이 될 상호라, 어머님도 들으셨지. 그러나 그보다 내 머리에 박혀서 떠나지 않았던 것은 절에 있는 지옥도였어. 처음 그것을 보았을 때 나는 너무나 겁이 나서 집에 와서도 그 생각만 했다. 그러나 다시 절에 가면 그 지옥도를 보지 않을 수 없었다. 학교에 가기 전이었으니까 예닐곱 살 때 일인 성싶어."

일진은 의식적인 것도 저항도 없이 자연스럽게 옛날의 어조로 돌아가 있었다. 신경질적으로 지연의 눈빛이 흔들렸으나 반응을 보이기 시작했다.

"그 후 내가 열네 살 되던 해, 그때 지연이는 열한 살이었다. 지연이는 보통학교에 다녔고 나하고 지식이는 중학교에 들어갔었지."

죽은 오라비의 이름이 나오자 지연의 얼굴빛이 달라진다.

"듣기가 괴롭겠지만, 나도 괴로운 일이어서…… 오늘 처음 입 밖에 내는데 그때 사정은 지연이도 기억하고 있겠지. 친구들 몇 사람과 산에 식물채집을 하러 갔다가 벌목장에서 나무가 굴러 지식이가 깔려서 죽은 일을. 나는 죽음 자체도 그렇거니와 영혼이 떠난 그 유리알과도 같고 굳어진 아교와도 같은 눈동자를 결코 잊지 못했어. 그 눈동자는 지금도 내가 풀지 못하는 수수께끼야. 숨이 끊어진 순간 왜 빛을 잃는 것일까. 육신은 어느 정도 시간이 흐른 뒤에 변하는데……."

일진의 얼굴은 다소 일그러지는 듯했고 지연의 눈엔 눈물이 괴었다.

"열네 살, 그때부터 나는 내가 절로 가야 한다는 것을 생각하기 시작했지. 그리고 동경에 있을 때도 나는 한 친구의 죽음을 목격했다. 그 친구는 자살을 했는데……."

일진은 말을 끊었다. 자살의 이유를 설명할 수 없었던 것이다. 한방은 아니었지만 한집에 하숙을 했던, 그래서 알게 된 친구였다. 내성적인 청년이었다. 그는 왜 자살을 하지 않으면 안 되었던가. 일진은 지연에게 설명할 수 없을 뿐만 아니라 그 일을 생각하기 싫어했다. 그래도 이따금 생각이 나는 일, 생각이 나면 심장이 뭉청뭉청 떨어져 나가는 듯 마음이 아파온다. 두려움과 연민, 어렸을 때 본 지옥도를 연상하는데 그러나 두려움보다 연민 때문에 견디기 어려웠다. 썩어간 청춘, 썩어간 육신……. 그는 밤길의 여자에게 반강제로 끌리다시피 동정을 유린당하였고 신비의 문 같은, 단 한 번의 환락 때문에 병을 얻었다. 내성적인 데다 강한 죄의식, 수치심 때문에 병원을 찾지 못했던 그는 그의 육신이 돌이킬 수 없는 지경에 이르렀을 때 스스로 목숨을 끊었던 것이다. 빛나던 청춘, 청정했던 육신, 영혼과 육신이 함께 오욕 속에 끝을 냈던 것이다.

"나는 그 후 쓰레기통에 버려진 죽은 쥐를 볼 때마다 산으로 가야 한다, 산으로 가야 한다 하고 생각했어. 그 감겨지지 않은 동그란 눈, 여름에는 구더기가 슬고 겨울에는 종잇장같이 말라버린, 지난날엔 생명이 있었던 것이……. 인간은 물(物)인가, 생명도 물인가……."

이야기는 아주 끊어져버렸다. 두 사람의 숨소리만 들릴 뿐이었다. 처음 보았을 때, 조금 전까지도 일진의 얼굴은 빛나고 있었다. 그러나 지금은 아니다. 수많은 고개를 넘어온 듯 지친 얼굴, 춤추듯 흔들리는 등잔불 밑에 어둡고, 오뇌에 가득 차 있었다. 얼마나 오랜 침묵이 흘렀을까.

"나는 해답을 얻으려고 절에 온 사람은 아니야."

"……."

"하여 해답을 얻지 못했다고 절을 떠날 사람도 아니다. 숙명 같은 것인지도 모르겠고 앞서 말한 것이 이유라면 이유일 수도 있고 아닐 수도 있지. 진흙 속에서 연꽃이 피듯 사람도 삼라만상 생명을 받은 모든 것이 그렇게 있다 갔으면 좋으련만 참으로 부처님 계신 곳은 구만리 밖. 한숨에 뛰어넘을 수도 있으련만."

"기서 씨."

깊고 어두운 눈이 지연을 본다.

"그렇게 오랫동안 고민을 했다면 어찌하여 우리들 혼인에 한마디 반대의 말씀도 안 하셨지요?"

깊고 어두운 눈에 칼날이 선 지연의 눈이 맞선다.

"결혼날짜를 정하고 혼례준비까지 하는 동안 기서 씨는 어찌 침묵을 지켰습니까?"

"마지막까지…… 허우적거렸다."

"친구분의 자살을 잊지 못하면서 지연이가 자살하리라는 생각은 안 해보셨습니까?"

"잊기에 바빴다."

"비겁하다 생각 안 하십니까? 대자대비한 불도에서는 한 생명이 산송장으로 버려져도 오불관언이오?"

매서운 목소리다.

"마음으로 산송장 아니겠나? 마음을 풀어야지. 그것은 지연이 스스로 해야 할 일인 게야. 마음에 따라 지연은 귀자모(鬼子母)의 딸 길상천녀(吉祥天女)도 될 수 있고 산송장도 될 수 있지."

"그러면 어찌하여 기서 씨는 아직도 성불을 못 하셨습니까."

일진은 하는 수 없다는 듯 웃는다.

"제가 시집을 가지 않고 집에서 괴로운 날을 보낼 때 학교 동창이 찾아왔더군요. 그 아이 말이 성당에 나와보라구요. 기어이 결혼을 안 하겠으면 수녀가 되는 것도 좋지 않겠느냐 그러더군요."

지연은 비웃음을 띠었다. 누구를 비웃는지, 자기 자신을 비웃는지.

"중이 된 사람에게 대항하여 수녀가 될까, 하지만 그것은 한순간이었습니다. 나는 말했지요. 내 오관에는 아직 힘이 있다, 누가 주었는지 모르지만 목숨이 있고 힘이 있는 한 나는 내 힘으로 살겠다……. 어떤 사람은 공부를 좀 더 해서 여의사가 되는 것이 어떠냐, 아버님도 그러라 하셨지요. 교사가 되라는 사람도 있었지요. 혼담도 있었구요. 기서 씨는 스스로 풀어버리고 혼자 되셨지만 저는 혼자 남겨졌습니다. 혼자 된 경우는 서로 다르지만 갈 길을 선택하는 자유만은 꼭 같아요."

"그래서?"

"기서 씨가 그럴 수밖에 없어서 출가의 길을 택했던 것처럼 저도…… 네, 저도 기서 씨를 좇을 수밖에 없었지요. 기서 씨가 어디 있는지 모를 그동안에도 말입니다."

"……."

"알아요. 절을 떠날 수 없는 사람이라는 것."

"집념을 버려."

"오라버니도 그러시더군요. 집념을 버리라구요. 나는 돌아가지 않을 것입니다."

"그러면 머리를 깎아."

"아니오. 나는 부처님 섬기려고 오지 않았습니다."

"그러면 무거운 절 떠날 것 있나, 가벼운 중 떠나지."

"그렇게는 되지 않을 것이오."

"어째서?"

"가난하여 절에 내버려지고 절에서 자라 중이 된 사람이 아니지 않습니까."

지연은 한 번도 보인 적이 없는 요염한 미소를 띠었다. 입술은 타는 듯 붉었고 등잔불 밑에서도 낯빛은 투명하였다.

15장 씨 뿌리는 사람

지연을 팽개치듯 남겨놓고 도솔암에서 나온 소지감은 해도사를 찾아갔다. 작년 가을에 만나 그의 산막에서 머루주 대접을 받은 일이 있었다. 그러니까 두 번째 방문이 되는 셈이지만 소지감과 해도사의 교분은, 교분이라기보다 지면이라 해야 할지 아무튼 꽤 오래된 일이다. 삼가(三嘉)에 사는 낙향선비 진빈(陳賓)의 집에서 해도사, 성도섭이란 사나이를 만났던 것이다. 오륙 년쯤 전이었다. 주인 진빈의 말인즉 묏자리 하나를 잡으려고 그를 불렀다는 것이며 그의 조부가 이름난 지관이며 그 또한 이 지방에서는 첫째로 꼽히는 지관이라 했다.

"중인 집안이지만 살림이 부유하여 유시부터 꽤 착실히 학문을 닦은 사람이오. 처운이 없고 사정 때문에 집안이 일패도지 일어설 수 없는 지경에 이르렀으나, 서당 개 풍월하는 식으로 행세는 하지요. 그러나 소공도 섣불리 건드렸다간 코 깎이기 십상일 게요."

때 묻은 옷은 아니지만 성도섭의 행색은 산사람이었다. 굵은 손마디는 그가 얼마나 많은 막일을 하였는가 설명해주고 있었으며 어디서나 만날 수 있는 얼굴, 눈빛만은 간혹 범상치 않음을 느끼게 하였다.

"묏자리를 잡으면 뭐합니까."

소지감이 합석한 자리에서 진빈이 의논 삼아 말을 꺼냈을 때 해도사의 대답은 그러했다.

"무슨 뜻이오?"

"아무 곳이나, 성묘하기 편한 곳을 잡으시오."

"아아니, 이 사람이 나를 어떻게 보는 거요?"

"글쎄올시다."

"가세가 넉넉지 못하여 인사 아니할까 그러는 게요?"

"나으리, 그런 일 때려치운 지가 오래되었소."

"왜, 어째서 그러했소?"

"남한테 권장할 일은 못 되오나, 자손도 없는 처지고 보니 부탁할 형편도 아닙니다마는 소인은 화장되기를 원하지요."

"연유가 있을 거 아니오?"

"있습지요."

"말해보시오."

"앞으로…… 예. 팔도강산이 다 파헤쳐지고 해골이 지상에 굴러다닐 터인데 명당을 잡은들 무슨 소용입니까."

"허허어, 해괴한 말이로고."

"하여 소인도 입 밖에 낼 말이 아니라 명심했는데 나으리께서 하도 다그치니까 어쩝니까. 혹세무민이라 하여 수운(水雲: 崔濟愚)같이 참형 당하고 싶지는 않소이다."

성도섭은 농담 반 그런 말을 하였다. 듣기에 따라서 자신도 동학의 교조 최제우와 비견될 수 있는 인물이다, 그런 자부심도 엿볼 수 있었다. 소지감은 그때부터 그 사나이에게 흥미를 가졌던 것이다.

"허 참, 산신께서 눈이 멀었던가?"

등불을 들고 나온 해도사는 소지감에게 곁눈질을 하며 말했다.

"원래 산신은 영물이오. 십 리 밖에서도 그 고기가 썩었는가 신선한가 냄새로 알아내는 법이니, 오장육부가 다 썩어버린 소지감을 잡아본들 입맛만 가시지."

"말인즉슨 옳소이다."

얼마 후 그들은 술상을 마주하였다.

"도솔암에 왔다가 어째 잠자리가 편치 않을 것 같아서 왔소."

"그보다 술 생각이 나서 오셨겠지요."

"그것도 빈말은 아니구. 그래 요즘은 무엇으로 소일하시오?"

"허허어, 소선생도 별수 없이 속인이구만요. 산중 사람한테 소일이라니요? 분 냄새 나는 곳의 얘기지요."

"그랬던가요? 허허헛……."

술잔이 오고 가고 서로 무관하게 말을 주고받는다. 진빈의 집에서는 깍듯이 나으리, 소인하며 종전의 예를 지켰었는데 육칠 세나 연장인 소지감한테는 동료처럼 스스럼이 없다.

"그동안 감투를 하나 쓰기는 했습니다마는."

"감투라, 녹비 감투 말이오? 만주로 갈려구?"

"짐승도 총포로는 아니 잡는 사람을 보고 만주라니요?"

"그거 참 궁금하군. 그러면 산중에 정부 하나 세웠나?"

"아니 될 것도 없지요. 하하핫…… 하하핫…… 사팔뜨기 장사도 있고오, 또 그 졸개들이 적잖으니까."

"나라 버린 망명정부가 있는데 세상 버린 기세정부(棄世政府) 없으란 법 없지."

"그것은 소선생께서 모르시는 말씀."

"하하아, 오장육부는 비록 썩어도 아는 것 많기로 소문이 난 소지감이 해도사 앞에서는 사사건건 모른다, 모른다 타박이니 분함을 빌미 삼아 옛날 옛적에 못했던, 소나무에 목이나 매어 달까. 대체 당신 누구요! 옥황상제한테 인(印)이라도 받았나?"

"허허어, 지름길 가지 마시오. 기세정부 그 말이 잘못이다, 그거요."

"기세는 별세다 그 말이군. 죽은 자나 버린 자나 피장파장 뭐가 다를꼬. 나같이 해도사도 죽음이 무서운 게로군. 그렇담

별 볼 일 없겠네.”

“지름길에 또 지름길, 산사람이 지름길 좋아하면 명 보존이 어렵지요.”

“엿가락같이 늘어져서 언제 닿을꼬.”

“나는 기세가 아니라 득세(得世)라 생각하지요.”

“정감록 비결인가?”

해도사는 낄낄 웃었다. 교활무쌍해 뵈는 얼굴이었다.

“득세론은 두었다 하고 감투는 뭐요. 지름길이긴커녕 참 먼 길이구먼.”

“훈장 감투지 뭐겠소. 허허허.”

두 사람은 주거니 받거니 실없는 말만 늘어놓다가, 소지감이 먼저 자리에 쓰러졌다. 해도사는 술상을 치우고 소지감에게 이불을 덮어준 뒤 밖으로 나온다. 언덕에 올라가서 반듯하게 하늘을 쳐다보고 앉는다. 그는 한 시각 가까이 그러고 앉아 있다가 집으로 돌아왔다.

소지감은 아침에 부산한 소리에 잠이 깨었다. 밖에 누가 온 모양이었다.

“어떻게 된 일이오?”

“어떻게 되나 마나 식은 밥이라도 있이믄 밥부터 좀 믹이주소.”

“허허 참, 눈이 새까맣구나. 산짐승같이 보인다. 이놈아, 너 어디서 왔나?”

대답이 없다.

"허허 참. 밥부터 믹이라 카이. 자식 없는 사람이라 태평이네."

"알았소."

소지감은 방문을 열고 내다본다. 사팔뜨기 사내가 서 있었다. 그의 발아래 사내아이가 하나 웅크리고 앉아 있었다. 해도사 말대로 산짐승같이 보였다. 머리는 길 만큼 길어져서 떡덩어리처럼 엉켜 있었다. 온 손등 발등엔 상처투성이, 본래의 것이란 새까만 눈동자 두 개뿐이었다. 사팔뜨기, 그러니까 강쇠는 소지감을 힐끗 쳐다보았으나 이내 못 본 척 부엌 쪽을 향해 소리를 질렀다.

"허 참, 머하는 거요! 식은 밥 한 덩이 찾는데 무신 시간이 그리 걸리노!"

"자식의 사부를 보고 그리 말해도 되는 건지 모르겠군."
하면서 해도사는 사발 하나를 들고 나왔다.

"굶은 속에 찬 밥덩이 먹여서는 안 되지."

그새 밥을 삶은 모양이었다. 간장 종지 하나, 아이는 손으로 덤벼들려다가 맨밥이 아닌 삶은 밥, 물도 뜨거웠고 할 수 없이 숟가락으로 미친 듯 퍼먹는다. 밥알 하나 남기지 않고 눈 깜작할 사이에 먹어치운다.

"속이 뜨뜻해졌으니, 이놈아 너 어디서 왔나?"

해도사가 묻는다. 아이는 빤히 쳐다볼 뿐이다.

"산속에서 살았을 리도 없고 살았다면 누군가하고 함께 있었을 터인데, 그래 너 혼자는 아니지?"

역시 대답이 없다. 해도사는 아이의 등을 툭 친다.

"아야!"

"벙어리는 아니군그래. 그는 그렇고 김장사, 이 아이를 어쩔 요량이오?"

"해도사 심심찮게 됐구마요."

"아아니, 나한테 떠맡길려고 신새벽부터 온 거요?"

"아무리 내 식구가 많기로 죽물 한 술 안 믹이고 데리오는 그런 숭악한 도척이 인심은 없일 기구마는. 자식도 없이 토산뿌리맨크로 혼자서 사는 사램이믄 모리까, 길 가다가도 남의 자석 코를 닦아주는 기이 자석 가진 부모 맴인께."

곁눈질을 해가며 부아를 돋운다. 해도사는 코를 벌름거렸다. 그리고 땅바닥에 침을 탁 뱉는다.

"남 안 가진 자식을 가졌나? 유세도 해쌓는다. 무자식 상팔자, 그런 말도 새겨들을 줄 알아야 하는 건데."

"하기야 머, 자석 없는 중이 사까, 그런 말도 있기는 있제요. 나무에도 돌에도 못 대고 얼매나 답답했이믄 그런 말을 다 했겠소."

만나기만 하면 사기그릇 부딪치듯 이들은 말싸움부터 시작한다. 맞붙어 뒹구는 개구쟁이같이 때론 앙칼진 고양이가 발톱을 날리듯, 그러나 사람이 귀(貴)한 곳이다. 표현이야 어찌 되었던 그것은 모두 서로 부벼대보는 정의(情誼)인 것이다.

"이만하면 입가심은 되었고 죽을 목숨은 아닌 것 같으니 그리 허겁지겁, 덩치가 아깝지. 그보다 김장사."

"나 여기 있소."

"으흠, 김장사 인사하시오."

그새 밖으로 나와 구경을 하고 서 있는 소지감을 돌아본 해도사는,

"소선생도 인사하시오."

씨름판에서 양켠 역사를 불러내듯 손짓을 했다.

"여기 이 김강쇠라는 사람을 말할 것 같으면 역발산의 항우장사라 말할 만하고 저기 소지감 선생을 말할 것 같으면 비록 시선(詩仙)은 아닐지라도 그 방랑의 생애가 굴원(屈原)이라, 대처도 아니하고 굽이굽이 넘어왔으니."

이미 서로를 의식하고 있었다. 해도사의 광대 몸짓을 섞은 소개 따위는 귀 밖이었다.

"지는 숯도 굽고 광우리도 엮어서 파는 산놈올시다. 굴원이 멋인지 알겄습니까마는, 앞으로 좀 가르치주시이소."

강쇠는 꾸벅 절을 한다.

"나는 중도 속도 아닌 사람이오. 가르치기는커녕, 하하하핫핫핫……."

"우짠지 어디서 알았던 것 겉은 생각이 들어서."

"나도 아까부터 그런 생각을 했소이다."

두 사나이는 즉시로 의기투합한다. 사냥개가 냄새를 맡듯 만고풍상을 다 겪은 사나이, 거짓말쟁이 악인이 못 된다는 것, 그러나 보통사람은 아닐 것이며 짓이겨진 인생, 그런 것을 이미 감지했던 것이다. 의식하지는 않았지만 강쇠는 김환의 자취 같은 것을 느꼈고, 소지감은 칼날이 선 호한(好漢) 송관수를 강쇠에게서 느낀다. 이리하여 아침을 소란하게 한 아이는 뒷전이 되었고 술상이 벌어졌다. 묻어둔 독에서 머루주를 퍼 내오고 소금에만 절여서 까맣게 잘 익은 무청 김치, 고사리 무친 것, 멧돼지의 고기를 말린 포, 멧돼지 포는 여간해서 잘 내놓지 않는 해도사의 비장식이다. 안주는 그 세 가지. 그것들은 모두 생명이 소용돌이치듯 각기 제 몫을 자랑하는 천하의 일미였다. 하얀 사기 종발에 부은 머루주를 마신 소지감은 까맣게 익은 무청 김치를 씹으면서 말했다.

"진나라의 시황제가 안 부럽구먼. 이래서 산을 못 잊지."

"흠, 궁궐이 아무리 넓다 한들 첩첩 거봉, 만 갈래 물줄기, 억수의 산 목숨이 골짜기마다 그득그득 모두 제 몫을 하고 철따라 달라지는 기화요초, 진시황이 북변에다 만리장성을 쌓았다는 얘기야 들었지만 금강산 지리산 이런 궁궐이야."

해도사의 얼굴은 아이같이 단순했다. 하는 말도 치졸하여 걸음마를 배우는 아이.

"그라믄 흥, 지리산 금강산을 해도사가 맨들었다, 그렇게도 들리누마. 허파에 봄바람 들어오요, 들어와."

강쇠의 말도 어눌한 편이었다. 술이나 말이나 혀끝에 익으려면 좀 시간이 필요하다.

"누가 만들어도 만들기는 만들었을 것인즉."

"마, 이불 밑에서 활갯짓하는 거는 그만두는 기이 안 좋겠소? 고목 밑의 개미 새끼들이 웃일 기요."

"허허어, 저 장사가 저래가지고는 일 못하지."

"그런 실없는 소리는 치우소. 나야 평생 놀고는 못 묵는 사램인데. 아, 놀고는 못 묵는 헹펜이야 해도사라고 다를 기요? 답댑이, 그놈의 반 식자가 우환이고 간장 된장 다 담으믄서 신선 겉은 소리를 해쌓으니 그기 벵인 기라요."

"삼신이 점안(點眼)을 잘못하여 한 쌍의 눈이 저렇게 제각기 노는 곳이 다르고 보면 중심이 안 보이는 것도 당연지사. 허허어, 애석한 일이오. 발바닥 밑에 무엇이 있는가 김장사, 그것은 알고 있소오?"

"백 년 묵은 심이 있겄소? 아니믄 요강만 한 금덩이가 있단 말이요? 발바닥 밑이라 카믄 흙밖에 머가 또 있일꼬?"

"천하는 아닐지라도 지리산이 있다는 정도, 그것은 아는 줄 알았는데."

"참말로 종잡을 수 없는 사램이네. 한 눈을 짜부리고 바늘에 실 끼던 사램이 와 그라요? 남의 간 떨어지게 간 큰 소리 고만하소."

하기는 했으나 강쇠는 해도사 말 속에 함축된 본뜻을 찾으려고 부지런히 생각의 갈피를 넘겨보지만 얼핏 깨달아지지가 않았고 뿐만 아니라 소지감이라는 새로운 인물에게도 생각이 튀곤 하는 바람에 머리가 어지럽다. 의기투합하기는 했지만 그것도 정도 문제, 엄청나게 다른 점이 많다. 서울사람이며 선비풍이고, 신식학문도 한 것 같았고 아무튼 보통사람은 아닌 모양인데, 그러나 어딘지 허해 보이는 것이다. 소개를 받았을 때보다 다소 부정적으로 강쇠의 생각이 돌아가는 것은 항상 경계 태세로 있는 일상의 연속 때문이겠지만.

'허해 보인다. 죽은 성님 겉기도 하지마는 죽은 성님한테서 무쇠기둥을 빼버린 것맨크로 병이 든 사람 겉기도 하고 그렇다고 해서 여느 양반 겉지는 않구마. 하기야 해도사를 벗으로 하는 사람이믄 여느 양반하고는 다르겄지. 저 사람도 나겉이 처음보다는 이편스럽어지는* 모양인데…….'

아이는 당연히 그래야 했던 것처럼 해도사와 강쇠 두 사람 등 뒤에 앉아 있었다. 없는 것처럼 앉아 있었는데 이따금 할퀴고 찍히고 누룽지 땟자국이 붙은 작은 손이 해도사와 강쇠 사이를 비집고 들어와서는 고기포를 들어내곤 한다. 그럴 때마다 아이의 새까만 눈은 소지감을 쳐다보는 것이었다.

"이노옴."

드디어 해도사는 아이의 손목을 붙잡았다.

"이노옴, 너는 송아지냐?"

아이는 손목을 빼려고 꼼지락거릴 뿐 울지 않았고 말도 없다.

"짐승도 지 배애지 생각해가면서 먹을 것을 먹는데 사람의 새끼는 밥통이 하나야, 알겠느냐?"

"비단 포대기에 싸이서 자란 것도 아닐 기고 꼴을 보니 무쇠도 녹이게 생깄는데 그만두믄 좋겄구마는."

그러나 강쇠 말은 귓전에 흘리고 해도사는 새삼스럽게 아이의 얼굴을 찬찬히 들여다본다.

"이눔 아이가 돼도 대역적이 되겠군. 그 상호 참……."

놀라는 것 같다.

"좋다는 게요, 나쁘다는 게요?"

소지감이 묻는다.

"글쎄올시다. 좋다고 할 수도 없고 나쁘다 할 수도 없고."

건성으로 말하며 해도사는 아이를 이모저모 뜯어본다.

"역적이라 캄서 판결은 와 못 내리는고?"

해도사는 돌아앉았다.

"김장사 능청이 어설퍼서 내 맘이 불 앞에 아이 앉혀놓은 것 같소."

"이거 와 이러요."

"당신네 모두가 역적인데 그러면 역적은 나쁘다, 그렇게 말하기를 바라는 게요?"

소지감이 슬그머니 웃는다. 그는 마음속으로 겨우 송관수까지 연결을 해본 것이었다.

"술이나 듭시다. 김장사."

소지감이 제 술잔을 비우고 강쇠에게 그것을 내밀었다. 사내들은 아이를 내버려둔 채 다시 술을 마시기 시작한다. 모두 취해간다. 그리고 실없는 말이 오고 간다.

"홍등과 지분으로 썩어가는 심신을 감춘 계집이 없어서 좋고오, 참 좋은 술이구먼. 하하핫 하하핫……."

소지감은 흥이 나서 호걸같이 웃었다.

"음양도 반반이라야 순리고 계집 사내 따지기보다 사람으로 단죄하시오, 소선생. 수운 최제우는 그래서 천기(天機)를 좀 알았던 사람이지요."

"그것은 생각해봐야지. 공자가 옳은가 수운이 옳은가."

"하늘에 대한 그 잔꾀도 작은 것은 아니었으나 필경엔 인지(人智), 공자는 꽃이 열리는 소리를 듣지 못했을 거요."

"그러면 해도사는 듣는다 그 말이군."

"아암요, 듣고말고요. 지리산에서는 나무꾼 속에도 노자(老子)가 있소이다."

"허허, 이거 무슨 망신인고? 술상 벌여놓고 없는 상투 끄덕이는 게요? 서울서는 술상 벌였다 하면 약한 놈 닦달하기, 호랑이 앞에 쥐 꼴 되었다가 술 들어가면 호언장담하기, 계집 못살게 구는 사내, 밤에만 사는 박쥐가 학이 되어 술상머리에 앉고, 남의 허점 살금살금 걷어서 호주머니에 주워담는 사내, 나발 부는 밑천으로 삼고 술에도 깨어 있는 사내지. 그중에서도 우는 사내가 괜찮은 편이고, 한데 이곳에선 산이 커서 그런가?"

"지리산은 넓고 깊소이다."

"흐음, 해서 공자가 난도질을 당하는군, 하지만 왜놈 등짝에 칼 꽂는 자가 지금 형편으로는 가장 청정(淸淨)하지요. 안 그렇소? 김장사."

강쇠 얼굴이 순간 굳어진다. 소지감이 알고 하는 말 같았기 때문이다.

"대체 선상님은 우떤 사램이오? 우떤 사램이기 그런 말씸을 하십니까? 상해임시정부요?"

"나요? 나로 말할 것 같으면 살아남은 들짐승이지요."

"무신 말씸을 그렇기 합니까."

"그는 그렇고, 어젯밤에 해도사가 감투를 썼다 하기에 그 말끝에 지리산에다가 세상 버린 사람들이 정부 하나 세우면 어떻겠느냐."

소지감은 술을 마시고 나서,

"했더니 해도사는 세상 버린 사람의 정부가 뭐냐, 세상 얻은 사람들 정부라야 한다 그러지 않겠소? 버린 것과 얻은 것, 말하자면 이쪽과 저쪽인데 해도사."

"말씀하시오."

"그 얘기 마무리나 지어보시오."

"허허어 참, 왜 이러십니까? 불교, 유교에 도저하시고 서학,

동학을 두루 섭렵하신 양반이 땡땡이중보고 설법하라 그 말씀이오? 돌팔이보고 맥 짚어라 그 말씀이오?"

"꽁무니를 빼는 것으로 보아 아직 과일이 익질 않았다……."

"가을이 되면 산중의 과일은 익을 것이며 해마다 익을 것이오. 허나 따 먹으려 한다면 백 년쯤, 그것도 천지개벽이 없어야지요."

"배 깔고 댕기는 구렝이가 됐다가 잽히먹히는 참새가 됐다가 미련한 곰인가 싶으믄 날래기가 콩새 겉고, 쥐 새낀지 외기러긴지 대붕샌지, 하야간에 해도사 이 사람은 말만 가지고 도술을 부린께요. 그래도 나만한께 점쟁이로 보지는 않지마는, 선상님 실상 여기 이 사람이 야바우꾼인 것만은 틀림이 없일 깁니다."

"세상에서는 나를 두고 야바우꾼이라 하는데 잘 만났군요."

"예? 이거 참 큰일이구마. 끼리끼리 모인다는 말이 있기는 있제요. 하지마는 나는 산놈이고 얼마 전에 이 산놈의 아아들을 맽기놓고 감투까지 씌워주었이니 까딱 잘못하다가 간을 빼이고 코도 비어가지 않으까."

해도사는 해롱해롱 웃었다.

"야, 이놈아, 이거 안 되겠다."

해롱해롱 웃던 해도사는 벌떡 일어섰다. 아이의 손이 고기포를 또 집었던 것이다. 해도사는 밥을 묻어놓고 하는 작은 자리이불을 홀랑 걷었다. 그것으로 아이를 둘둘 말더니 냉큼 밖으로 들어낸다.

"좀 있으면 햇살이 퍼질 게야."

해도사는 방문을 닫아버리고 자리에 앉는다.

"참말로 자석 없는 사람은 다르요."

말리지는 않았으나 강쇠는 볼멘소리로 말했다.

"저리되기까지 죽지 않고 살았으면 그것은 사람의 짓이 아닌 게요. 속은 다져졌을 게고 이불자락 감았겠다. 더 이상 걱정을 한다면 그것은 과외[加外] 일이 되어 이로울 것이 없지."

해도사는 정색을 하고 말했다. 자연히 주흥은 깨질밖에.

"그것은 해도사 말이 옳은 성싶소."

소지감이 거들었다. 해도사는 다시,

"정이 헤퍼도 밥 될 것이 죽 되는 수 있으니."

강쇠는 순간 머쓱해진다. 그 말이 폐부를 찌른 것이다. 밖에 내동댕이쳐진 아이에 대한 강쇠의 마음씀을 나무라는 것만은 아니었기 때문이다. 딸아이와 모친을 잃은 뒤 제자리에 서지 못한 듯한 강쇠에게 말뚝질을 한 말이기도 했던 것이다.

"김장사, 내 잔 받으시오."

강쇠는 술잔을 받고 부어주는 술을 마신 뒤 괴로운 듯 눈살을 찌푸렸다. 해도사의 말은 강쇠에게 너무 준열했다.

"나도 뚝심은 있는 놈인께 죽은 안 될 기요. 그보다 아까 선상님은 술 안 취하는 사내라 했지요?"

"했지요."

"그 말은 유감이구마요."

"어째서요?"

"술 안 취하는 사내는 모두 남의 허점 주워담았다가 나발부는 밑천으로 삼는다 그랬지요?"

"그랬지요."

"모두 그렇십니까?"

"글쎄."

"술 안 취하는 불쌍한 사내도 있인께 하는 말이오. 정이 헤퍼도 정을 못 푸는 그런 사내 말이오. 한밤을 지새우고 술을 마셔도 취할 줄 모리는 그런 불쌍한 사내도 있었제요. 또 술이란 내가 취하는구나 하믄 취하고 안 취하는구나 하믄 또 안 취하는, 야. 그런 겡우도 안 있겄십니까? 전자는 한이 많은 사람의 겡우일 기고, 후자는 깎아지른 언덕을 가듯이 각박하기 사는 사람의 겡우 아니겄소? 해도사나 선상님 말씸을 듣자니 이 지리산 속이 태평성세만 겉이 생각이 되는데 그거 다 배부른 사람의 얘기 아닌가 싶으구마요. 산속이라 해서 발 뻗고 자게 산신들이 나와서 산막마다 문지기 노릇을 하는 것도 아니겄고오, 나 겉은 산놈이야 본시 이곳에서 탯줄을 끊어 펭생을 산물 묵고 사는 처지고 보믄 세상을 버린 것도 얻은 것도 아니요마는, 도대체 이 산속에 세상 버린 사램이 몇이나 되겄소? 모두 저기, 저 밖에 내동댕이쳐진 머시매맨치로 할퀴고 찍히고 상처투성이가 돼서 쫓기온 사람이 거의 전부가 아니겠소? 나도 따지고 보믄 쫓기온 사람의 자손이겠지요. 서울양반이나 근동에 명이 높이 난 풍수쟁이 자손으로 유복한 덕분에 식자깨나 익힌 해도사, 그런 사람들이야 세상을 버린 풍월객이지마는."

"이거 얼굴을 못 들겠군."

소지감이 콧등을 만지며 말했다.

"이런다고 호랭이 앞에 쥐 노릇 하다가 술심을 빌리서 되지 못한 호언장담하는 거는 아니오."

강쇠는 주정하듯, 울분을 메치듯 말했다.

"그런 소리 마시오, 김장사."

해도사는 동요 없이 말했다.

"손은 손대로 산으로 가고 발은 발대로 신작로로 가는 것은 아니지 않소. 우리는 씨 뿌리는 사람이며 성급히 걷어들이려 하면 안 되지. 산속에 피는 꽃이 다 같지 않다 해서 꽃이 아닌 것은 아니지 않소? 해서 나도 씨는 좀 뿌려놔야겠다 작심을 하고, 한데 아들놈보다 아비가 뭣을 좀 더 알아야 할 것 같은데."

해도사는 계속하여 정색이었다.

"나는 하늘 천 따아 지, 할 생각은 눈곱만치도 안 하요."

강쇠도 결코 폭이 좁은 사내는 아니었다. 적당한 데서 놓쳐버린다.

"저러니 환이장수가 좀 답답했겠나, 눈먼 망아지 요령 소리 듣고 따라갔지."

강쇠는 얼굴이 새파래진다.

"왜 그러오? 왜 놀라시오?"

"당신이 어찌 그걸 아요?"

강쇠 음성은 낮았다.

"지리산이 깊고 넓다 해서 김환이를 모르란 법이 있소?"

"그러나 성님은 당신 얘기를 한 적이 없소."

"그랬을 테지요. 그 사람은 나를 몰랐으니까. 동학의 늙은 장수 양재곤 그분이 내 외삼촌이었소."

"뭐라구요!"

"그러나 나는 동학이 아니오."

강쇠는 놀라움을 감추지 못한다. 소지감이 말문을 열었다.

"하면은, 김장사, 송관수 그분을 아시오?"

"압니다. 소선상은 서울에?"

강쇠는 맥이 쑤욱 빠진 듯 말했다.

"대강 짐작은 했으나."

"나도 짐작은 했십니다."

세 사람은 한바탕 웃는다. 크게 웃는다.

그들은 처음 술상을 받은 것처럼 다시 술을 마시기 시작했다. 모두 주호들이다. 거의 한나절이나 되었을 때 강쇠가 먼저 일어섰다.

"신선놀음에 도낏자루 부러지는 줄 모른다 카더마는."

"왜 어디 가려구?"

"갈 곳이 있어서 집을 나왔는데 그놈아아를 만내가지고."

방문을 열고 나온다.

"아아니 이놈 아아가, 어디 가고 없네?"

해도사가 뒤따라 나오다가,

"걱정할 것 없소."

"구렝이 허물겉이 포대기는 벗어놓고 대체 어디로 갔이꼬?"

사방을 휘 둘러본다.

"고구마를 파묵어본 멧돼지는 밤이면 또 내려오는 법이니 배가 고프면 제 발로 올 거요. 그때 그물을 쳐놔야지."

"허 참, 역적 놈 상호라 하니 잡기는 잡아두겄소."

강쇠는 그들과 작별하고 산 밑을 향했다. 햇볕이 따뜻했다.

"중늙은이는 이 잡기 알맞겄다."

중얼거리며 걷는다. 조금도 취해오지 않았다. 취한 듯했는데 산바람이 그것을 다 날려버린다. 왠지 허전할 뿐이었다.

'해도사는 누구일까? 소지감 그 사람은 우떤 사램이고?'

방금 한 상머리에서 흉금을 털어놓고 십 년 이십 년 지기같이 술을 마셨다. 높고 낮은 파동 따라 그들이 멀어졌다가 가까워졌다 하기는 했지만 결국 그들은 필요한 만큼 강쇠 앞에서 몇 꺼풀을 벗어준 것이다. 그러나 아직 뚜껑을 닫아놓은 이야기가 많은 것 같았다. 강쇠는 생사고락을 함께한 김환을 그 생시에는 알지 못하였다. 알지 못하였지만 한 번도 의혹에 빠진 적이 없었다.

"해도사는 우떤 사램이고오? 아들놈보다 애비가 멋을 좀 알아야겄다? 가르치겄다는 말이제."

중얼거리며 강쇠는 고개를 흔든다. 머릿속이 무거웠다. 허접쓰레기 주워담은 이삿짐 실은 달구지처럼 머릿속에서 덜커덩덜커덩 소리가 나는 것 같았다. 저항을 느낀 것이다. 해도사뿐만 아니라 소지감까지 포함하여. 그것은 또한 유혹 같은 것이기도 했다.

"나는 이대로가 좋다! 그 사람들맨크로 이것저것 많이 알 필요도 없고오, 나는 이렇기 사는 것이 몸에 맞은 옷 입은 것 겉이 좋단 말이다. 내 자식놈도 마찬가지라. 유식이 비단옷 입은 꼴이 된다믄 우찌 용나시를 하겄노. 범의 우리 속에 갇히서 고기나 받아묵고 그리 살믄 머하겄노. 나는 이대로가 좋다! 고대광실에 살고 접지도 않고 업신여김 받지도 주지도 않고, 관수 그눔아아 맨날 삐딱하니 사람 대하는 거를 나는 마땅찮이 생각했다. 나도 차츰 알게 되믄은 그리 될 기라. 사램이 살아가는 데 우째서 이리 간 곳마다 또랑일꼬."

말하면서 강쇠는 도랑을 하나 뛰어넘는다. 지난가을에 떨어진 나뭇잎이 떠내려가고 있었다.

"실상 사람 사는 이치가 그리 어렵운 것도 아닐 긴데, 많은 것도 아닐 긴데 걸으믄 되는 거 아니까? 저승문이 열릴 때까지. 그런데 와들 앉아서 그리 숨들이 가쁠고? 죽은 성님은 좀체 말을 안 했다. 안 했지마는 성님은 몸으로 늘 말해주었제.

그라고 말귀가 어둡고 못 알아들어도, 그러려니, 나는 갑갑하지 않았인께."

언덕을 하나 넘는다.

"초목이나 꽃 같은 거는 항상 거기 있었인께…… 흙도 항상 내 발밑에 있었인께, 내 것도 남의 것도 아니었던 기라. 흥!"

16장 성환어미의 후일담

홍이는 발이 고운 흰 무명 바지저고리를 입고 있었다. 솜을 엷게 두어서 겹저고리를 입은 듯, 태깔이 수말스러웠다(다소곳했다). 하얀 사기 단추를 끼운 조끼는 옥색 법단이다. 면도한 얼굴은 해맑았고 머리칼이 이마 위에서 흔들리는데, 홍이는 웃고 있었다. 마루 가득히 봄볕이다. 장지문을 통하여 방안도 환했다. 영팔노인은 짚대로 곰방대 속의 담뱃진을 뽑아내고 있었다. 도련 밑에 살핏하게 보이는 치맛말이 아직은 날렵해 보이는 판술네, 그는 손녀의 혼수용이 될 버선을 기우며 영팔노인을 힐끗힐끗 쳐다본다. 경과가 좋아서 홍이는 보름 만에 퇴원을 했다. 집에서 달포 넘게 정양을 했으므로 몸은 전과 같이 회복이 되었다. 홍이는 제집에 앉아 있는 것처럼 편하고 기분이 좋았다. 춘삼월의 화창한 날씨도 그랬고 사선을 헤매다가 쾌적한 육신으로 돌아온 탓도 있다. 그러나 그보다 조촐한 행복에 겨워 말씨름을 벌이곤 하는 늙은 내외를 바라보는 것이 좋았던 것이다. 제금난 둘째 셋째에게는 아직 어린것들이 달려 있었으나 데리고 있는 판술의 자식들은 다 장성한 셈이다. 홍이 장가들 때 소동으로 따라갔던 막내 웅기(雄基)는 열두 살, 보통학교 오 학년이었고 가운데 딸애 명순(明順)이는 열다섯 살, 벌써 중매쟁이가 드나들었다. 맏이 풍기(豊基)는 열일곱인데 보통학교를 나온 뒤 구둣방에 견습공으로 들어가 있었다. 농사를 짓는 판술이는 부지런했으며 며느리는 유순하였다. 가지 많은 나무 바람 잘 날 없다고 잔근심이 끊일 날은 없지만 아들 셋은 실패 없이 짝들을 만나 가정은 단란하였고 노인들을 앞서간 손자 손녀 하나 없이 내외가 해로했으니, 이곳에 이르기까지 건너온 강과 넘어온 고개가 제 아무리 험난하였다 하더라도 늘그막이 이만하면 정복(淨福)이라 할 만하지 않겠는가.

'삼촌 겉고 숙모 같았다. 내가 떠나면 이분들 살아 생전에 다시 돌아올 수 있을까……. 잘나지 않아도 좋지. 잘나서 크게 해놓고 가는 일이 뭐 있나. 차라리 이런 사람만 사는 세상이라면 오서방이 징역살이를 하지는 않았을 거고 나도 그런 봉변을 당했을까?'

남의 통영갓을 빌려 쓰고 두 활개를 저으며 걷던 영팔노인의 모습이 떠오른다. 통영으로 장가들 때 일이다. 무거운 잿빛 구름이 정수리를 내리누르는데 영팔노인은 근심스레 하늘을 올려다보며 걸었다. 찬란한 명리(名利)의 정상에서도 인생은 후회스러운 것, 그러나 영팔노인에겐 후회가 없을 것만 같다. 나 먼저 가려고 남을 떠밀며 가는 숱한 사람들 속에, 와 이라노, 와 이리 떠미노 하며 걸어왔을 바보 같은 생애에서 얻은 것은 삼간두옥, 잃지 않았던 것은 자식들과 어리석은 노처뿐이지만 술수와 음모와 기만과 간지로 쌓아 올린 허울 같은 곳에 간신히 몸 붙인 외로운 사람에 비하면 또박또박 연륜을 새긴 한 그루 실한 나무, 생명을 짓이기지는 아니하였으리. 후회가 없을 것 같은 것은 그 청정함 때문이겠다.

"곧 갈 거 아니제?"

버선을 뒤집으며 판술네가 홍이에게 물었다.

"네."

"풍기에미 장에 보냈다. 점심 저녁 다 묵고 천천히 놀다 갈기제?"

"그렇게 하지요."

"다짐 둘 거는 머 있노. 몸이 다 나아가지고 처음 오는 길인데 의당 그렇게 할 거를, 사람 불펜키시리 오도방정도 떨어쌓는다."

담뱃진을 빼고 담배를 재어서 불을 붙이며 영팔노인이 불만스럽게 말했다.

"별거를 가지고 까탈을 잡네. 늙으믄 아아 된다 카더마는 그 말이 맞소. 좋으믄 아아들은 공연히 트집을 부린께."

"저, 저놈의 버르장머리, 하늘 겉은 가장을 보고."

"아니믄 자게 할 말을 내가 했다고 심통이던지."

"갈수록 태산이다, 으헛!"

큰기침을 한다.

"용정 있을 때 할아버지 할머니 생각이 납니다."

홍의 말이었다. 영팔노인이 묻는다.

"와 생각이 나노?"

"닮았으니까요. 금슬 좋은 내외는 늙으면 찌작빠작 잘 싸우는 모양이지요?"

"무신 소리고? 닮았다니, 어림도 없다. 그 안노인을 말할 것 겉으믄 저기 저 할망구야 신 벗어놓은 데나 따라갈 기던가? 연한 배겉이 사근사근하고 그렇기 가장 섬기는 사람 하늘 밑에 둘도 없일 기구마. 천생연분이제. 그런 부부가 어디 쉽던가?"

"아이구 참, 내 할 말을 사돈이 한께 기가 맥히요. 이녁은 공노인 근가죽(근처)에나 갈 상부르요? 세상에 할멈이라 카믄 오금덩이겉이 우두고(떠받들고), 불믄 날아갈까 놓으믄 깨질까, 자식이 없어도 어디 한 분 지천을 하까, 이녁은 말 마소. 입이 열이라도 말 못할 기요."

영팔노인 그 말은 부인하지 못하고 슬그머니 웃는다.

"그렇기 기막힌 짝도 죽음으로 갈라지니……. 참 많이들 떠났다. 여기서도 우리 또래는 봉기, 이펭이성님 그런 정도 남

앖이까? 세상만사가 다 공평하지 못해도 죽음만은 공평한 긴께, 질기 사나 짧기 사나 빈손으로 혈혈단신, 혼자 가기 매련 아니가? 죽음만은 참말로 공평한 기라. 안 그렇나? 홍아."

홍이는 웃기만 한다.

"날씨 참 좋지요, 아재."

화제를 돌려버린다.

"음, 봄갈이도 다 끝났제, 밭둑의 쑥도 쇠부렀고."

"날씨도 좋고 갈 곳이라고는 여기밖에 없으니, 오늘은 뽕을 빼고 가야겠는데요."

"하모, 그래야지. 니를 보믄 앞으로 얼매나 보겄노."

판술네 말이다. 영팔노인은,

"운전대 놓은께 역시 심심체?"

"그렇네요."

"떠날 준비는 대강 됐겄제?"

"수일 간에 집도 계약이 될 모양이고 그러고 나면 준비랄 것도 없지요."

"훨훨 다 털어부리고 가기는 가야겠지……. 사람의 인연이란 무엇인지 모리겄다. 니 아배가 세상 버리고부터는 늘 그런 생각을 한다. 저승에라도 가서 만낸다믄 모리까, 허무하다."

부지런히 담배를 빨면서 눈을 꿈벅거린다.

"만낼 기라 생각함서 살다 가야제요."

판술네도 한숨같이 말했다.

"하야간에 어디를 가든지 명만 길어라. 서릿발 겉은 세상……. 그곳에 있일 직에는 우묵장성 잡초밭이 됐일 부모 산소를 생각함서 울기도 많이 울었고 죽더라도 육신만은 내 산천에 묻혀야지, 몽매간에 그 생각뿐이었는데 이리 와서 살게 되니 소원은 풀었다마는 우리 늙은 거야 아무러믄 우떻겠노. 다 산 세상인께. 젊은것들이 걱정이라. 앞날이 긴 께로. 제기나 멋하믄 그것들도 니랑 함께 만주로 보내고 접지. 그러나 식자도 변변찮은 것들이 가봐야 벌목꾼밖에 할 기이 없일 기고 차마 단을 내릴 수도 없다. 내가 다 겪은 일이라서."

"장담할 수 없는 일이지만 지가 가면 형편 봐서."

"아니다. 말이 쉽지 니하고는 형편이 다르고 뜨기는 어렵운 일이제. 세상이 하도 험하다 보이 순사만 보아도 가심이 철렁 내리앉고 따께모자(캡)만 보아도 우둔증(무서워 가슴이 뛰는 증세)이 생기고. 그거는 옛적에 의병질을 했던 내 과거사 때문일기다마는 3·1만세 때 판술이 제술이가 잽히가서 매 맞은 일이며 또 탈놀음 구겡 갔다가 사램이 눈앞에 죽어 자빠지는 것을 보았고 허깨비겉이 되서 경찰서를 나온 니, 그 일이 영 잊히지 않는 기라. 어디 그뿐이가? 석이는 어디로 갔는지 행방은 알 길이 없고오, 관수도 쫓기댕기는 신세, 이분만 하더라도 학상 아이들 신세 많이 조졌다 안 하더나? 최참판댁 도련님도 그렇고 경찰에 끌리간 학생들이 부지기수라 카이, 우리 집 웅기 놈조차 만세를 부르고 나가는 판국이니 앞으로도 얼매나 그런 일이, 웅기 놈이야 보통핵교니께 잽히가지는 않았지마는, 그중에서도 영호 일이 난감케 됐제, 한복이 맴이 우떻겄노. 공부도 유만부동이지, 포한(抱恨)을 갚고 살 기라꼬…….”

“와 아니라요. 영호네가 얼매나 가심을 치고 울었겄소.”

“얼매 안 있이믄 졸업을 할 긴데 퇴학을 당했이니 징역살이를 안 하고 풀리나온 거를 다행이다 생각하기는 너무나 억울타. 모든 것이 허사가 됐이니.”

“허사라고만 할 수는 없지요. 그만큼 영호도 눈을 떴으니 앞으로 더 훌륭하게 될지 그것은 모르지요. 왜놈 치하에서 졸업장 받았다고 장래가 보장되는 것도 아니겠고, 죽는 날까지 왜놈한테 항거하겠다는 분들도 자식들 공부만은 시키는데 그분들이 졸업장 받아 왜놈 밑에서 출세하라고 자식들 공부시켰겠습니까? 알아야만 그들과 싸운다 그 일념 아니겠습니까?”

“니 말을 듣고 보이 그렇기는 하다마는, 아무튼 서릿발 겉은 세상이라.”

“마음만이라도 왜놈한테 먹히지 말고 살아야겠지요.”

다소 허탈해지는 듯 홍이 말했다.

“저저이 다 그럼사? 왜놈하고 알음이라도 좀 있다 할 것 겉으믄 고을 원님하고 줄이 닿는 것맨치로 유세하는 세상 앙이가. 고자질하고 앞잽이가 되고, 오서방 손에 죽은 우가 놈만 해도, 오서방을 의병질했다고 관서에다 모함을 하면서부터 앙숙이 되어서 그래 그 지경까지 안 갔나. 상관이 없는 니도 까딱 잘못했이믄 죽을 뿐했고 하야간에 사람 영악한 거는 범보다 무섭고, 니 겡우를 두고 마른하늘의 날베락이라 하는 기라."

"실이 노이 되겄소."

판술네는 웃음을 참는 표정이다.

"머이라?"

"오늘은 우째 그 말이 안 나오는고 싶었제요. 한 말 또 하고 한 말 또 하고 오늘은 그렇기는 안 하요마는 마른하늘의 날베락, 사람 영악한 것 범보다 무섭다, 입에 찰떡겉이 붙어부린 말이 오늘은 우째 한 분 하고 마요?"

"어허어, 저눔의 버르장머리, 말마다 달고 나오네. 삼이웃이 시끄럽기 쫓기날 작정을 안 했이믄 간 큰 소리는 그만두는 기이 우떨꼬?"

그새 멈추었던 입씨름이 다시 시작된다.

"아이고 무섭아라. 쫓기나믄 허연 이 머리빡 남부끄러우짤꼬. 죽은 뒤에도 김씨네 가문에서는 물 한 그릇 못 얻어묵을 기고."

판술네는 자라목 움츠리는 시늉을 해 보인다. 그러면서 쉬지 않고 버선을 깁는다.

"아아 밴 나를 어쩌리, 그 심보겄다? 제집이란 그저 늙으나 젊으나 사흘 안 맞으믄 백여시가 된다 카이."

"늙어감서 입정이 와 그 모앵이오, 야아? 젊은 사람 앞에서 좋은 뽄보기가 될 깁니다."

마누라가 정색을 하니까 영팔노인은 움찔한다.

"보래, 상의아범아. 내 말 좀 들어보래이."

"네."

"니가 하동서 실리오던 날, 그날부텀 저 노인네 마른하늘의 날베락, 사람 영악한 것 범보다 무섭다, 그 말을 아마 열 천 분은 더 했일 기다. 이자는 딱 입버릇이 돼부맀제. 아들한테까지 준통을 묵을 지경이믄 알 만 안 하겄나? 그날만 해도, 내 말 들어보래. 그날만 해도 곰방대 들고 나온다는 기이 철 그른 부채가 웬말이겄노? 그럼시로 날베락 날베락, 중이 염불 외듯이, 보는 사람마다 마른하늘에 이 무신 날베락이겄소……."

"흥, 제 숭은 뒤에 차고 남의 숭은 앞에 차네. 치마를 뒤빗이 입고 병원까지 간 생각은 안 나는 모앵이제?"

모두 한바탕 웃는다. 영팔노인은,

"이러나저러나 좋다. 니가 성해가지고 찾아왔이니 얼매나 좋노."

"신령님이 돌봤제요."

"조상님이 돌보았일 기고 니 아배가 돌봤일 기다."

"하모요. 금지옥엽, 지 목심겉이 니를 키운 월선이도, 저승이사 멀다 카지마는 영신은 오고 간께."

홍이는 고개를 숙인다. 끔찍한 사건이 벌어졌던 정월 초하룻날 아침, 부친의 산소에서 본 환영(幻影). 비몽사몽간이던가. 아니다. 잠이 들락 말락, 그럴 리가 없다. 깨어 있었다. 깨어 있으면서 보았고 들었다.

'답댑이, 불 앞에 아아 앉히놓은 것맨치로 늘 걱정이구마.'

목소리는 지금도 귓가에 또렷하고, 바위의 파아란 이끼 빛깔도 선명하다. 수술이 끝난 뒤 의식을 회복했을 때 홍이 맨 먼저 생각한 것도 그 일이었었다. 금지옥엽, 목심겉이 니를 키운 월선이도, 저승이사 멀다 카지마는 영신은 오고 간께, 판술네 말이 새삼스럽게 폐부를 찌른다. 그리고 그 환영에 대한 이야기가 쉽사리 입 밖에 나오지 않는 까닭이 무겁게 가슴을 내리지른다. 왜 순순히 말 못하는가, 꺼릴 것이 조금도 없는데. 잊었다는 것, 잊고 싶어 한다는 것. 화창하게 열려 있던 봄날이 시든다. 개나리 진달래의 밝은 빛깔이 검푸른 수박색 이끼로 변한다. 그늘이 드리워지고 음산해지고 찌꺼기가 수없이 내리앉으며 마음이 머들거린다(불편해진다). 영팔노인 내외로부터 차츰 차단되어가는 자신을 홍이 느낀다. 나는 무엇이며 저쪽은 무엇인가. 이쪽과 저쪽의 관계에 무슨 의미가 있는가. 항구불멸이 아니다. 어느 땐가 사람은 사람을 잊게 되고 또 버리게 된다. 살아서 등을 돌리며 이별도 배신도 하게 되지만 죽음으로 철저하게 인간은 인간을 배신한다. 마음이 가면 육신이 가고 육신이 사라지면 마음도 사라진다. 마음이 매달려 있다는 것은 착각이며 자기기만은 아닐까. 멀고 먼 저승길은 진실로 있는 길인가. 그것이 진실이라면 왜 사람은 서러워하고 서러워하다가 잊는 것일까. 지난 정월 병원에서 죽어 있는 상태, 마취에서 깨어났을 때 홍이는 아무것도 기억할 수 없었고 캄캄한 밤, 어두운 안개조차 그곳에서는 없었다. 아무것도 없었다. 정지(停止)의 상태, 결코 그것도 아니었다. 완전히 없는 것이었다. 머나먼 저승길 같은 것, 없는 것이라면 슬퍼하다 잊었다고 배신의 자책감 같은 것 느낄 필요는 없다.

'내가 죽을지 모른다는, 그런 고비를 넘긴 때문일까? 왜 갑자기 이 생각들이 달려드는 걸까.'

오래전에 일본군에게 잡혀가서 혹독한 고문을 받고 그 후 장가를 들면서 잘라내버렸던, 아니 구석지에 몰아넣고 굳게 마개를 틀어막아놓은 여러 가지 갈등이 터져 나올 것 같은 위기를 느낀다. 웬만한 일이면 긍정적으로 받아들이고 상처를 내지 않게 방편으로 살리라, 그 결단에 혼란이 인다.

"아재."

"와."

"그때 용정에 있을 때 말입니다."

"응, 그래서?"

"벌목장으로 지가 찾아간 일 기억하십니까?"

"기억하고말고. 니 어매 월선이가 다 죽기 됐다고 아배 데리러 찾아 안 왔더나."

"네."

"니 애비 대신 내가 갔제."

"그랬지요. 산을 내려오시면서 이 독사 겉은 자석아! 니놈은 사람 아니다! 니는 산판에서 떼돈 벌어라! 오늘은 홍이 땜에 그냥 가지마는 어디 보자! 니놈 사지가 성할 긴가! 내 니놈을 직이부릴 기다! 하고 소리소리 지르던 생각 나십니까?"

담뱃대를 빨면서 영팔노인은 고개를 끄덕인다.

"직이부릴 기다! 직이부릴 기다! 산속이 윙윙 울리도록 끝내 아재는 울었습니다. 정말 아버지가 그때 그리 미웠습니까?"

"불쌍해서 그랬제, 불쌍해서. 내가 아무리 미련하기로 니 애비 맴을 몰랐겄나. 아랫도리 벗고 살던 시절부터, 니 애비 일이라 카믄…… 월선이 머리 꽁지 잡아땡기던 그 시절부터 사연을 내가 아는데, 참말로 질긴 인연이었다. 아무도 그렇기는 못 살았일 기고. 애처럽고 불쌍해서 그때 울었제."

"이서방하고 월선의 사연이사 기막힌 것이지마는 홍이 니하고도 예사 인연은 아니다. 열 달 배슬러 낳은 제 자식이라고 다 그럴까. 우리 홍이 장개갈 때까지, 늘 그래쌓더마는 며느리 손에 밥 한 끼 못 얻어묵고, 공 안 든 임이네는 며느리 시중 받아감서 죽었는데."

"그분도 마음 편하게 살다 가시지는 않았습니다."

홍이는 생모 험담을 회피하듯 말했다.

'지 에미 말이라고 듣기가 싫은 모앵이다. 좋으나 궂으나 에민께. 그러니 자식 없는 사램이 섧지.'

판술네는 마음속으로 생각한다.

'오리 새끼는 물로 가고, 남의 속에서 빠진 거는 아무리 거두어도 소앵이 없다 카더마는 옛말 하나 틀린 기이 없제. 그렇기 은골을 빼묵던 임이네였건마는 지 에미라고 죽고 보이 불쌍한 모앵이다.'

판술네는 홍이가 사람이다, 아바니를 닮아서 사람의 도리를 안께, 하면서도 서글퍼진다. 그리고 어쩐지 다시 한번 강조하고 싶어진다.

"아무튼지 조상이 돌보고 니 아배가 돌보고 월선이 돌보아서 니 멩을 건짔일 기다. 생각해보믄 칼날이 우찌……."

"칼날이 아닌 기라. 낫이라 캐도."

"낫이나 칼이나 날은 날 아니겄소? 그놈의 날이 용케도 창자를 피해 갔이니 피를 많이 흘리도 살았제. 우찌 그거를 천행이라 안 할 수 있겄노. 참말 천행이제."

"그놈의 천행 소리. 나보고 날베락 소리 한다고 퉁을 줌서 임자는 천행 소리를 몇 번이나 했는고?"

이때다 싶었는지 영팔노인은 말꼬리를 잡았다.

"물구신맨크로 감고 드요. 말은 바로 하지 날베락보담이사 천행이 안 좋십니까?"

뒤질세라 응수한다.

"물구신이나 됐이믄 버릇없는 조둥이를 꽉 막아부리겄는데 허세비라 허세비, 소싯적 겉으믄……."

"주먹다짐을 앵기겄다 그 말이제요?"

"홍이 니도 잘 명념해두어얄 기다. 제집이란 처음부터 길을 잘 들이놔야 하고 꼬삐를 늦추어도 저 꼴이 되어 가장의 영이 안 선다 말이다."

"길을 잘못 딜이서 내 잘못한 기이 머 있십니까? 김씨 가문에 와서 아들 삼형제 낳아주었겄다, 별의별, 남 안 하는 고생, 말도 마이소. 이야 싶은 날이 있었십니까? 하다못해서 만주 땅에까지 따라가서 뙤놈의 땅 부치묵노라고 그 설움, 손발이 잦아지고 겨울이 되믄은 코 밑에 고드름 달리게 칩운 밤에 배고픈 것 달래감서, 그뿐이겄소? 봄이 오믄 또 우떻고? 얼음이 녹을라 카믄 집이 무너질까 봐 한밤을 꼬박이 뜬눈으로 새운 일이 한두 분이던가요?"

"어허, 이거 와 이라노."

"지내온 일을 적을라 카믄 책도 한두 권으로는 안 될 기요. 그래도 원망 한분 안 하고 죽어지냈는데 저 한다는 소리 들어보제? 내사 가장 모리기 신 한 켤레도 못 사보고 살아왔소."

"젊을 직에는 입 하나 없는 기이 제법이다 싶었더마는 늙어감서 새설만 느는고나."

"새설만 는다고요? 태산 겉은 이야기 내가 하고 살았소? 이날 이때까지 할 말 하고 사는 줄 이녁은 아요? 미치고 기든 이야기……."

월선이 때문에 서글퍼지던 마음이 이제 자기 자신을 위해 서글퍼지는 모양이다. 판술네 어투는 단순한 입씨름을 좀 넘어서 있었다. 영팔노인의 얼굴이 찌푸려진다.

"이녁이 산으로 들어갔일 그때만 해도, 세월이 지나고 본께 이런 말도 입 밖에 내지마는, 그때 생각을 하믄, 그거를 어느 누가 알꼬. 삼수 놈은 밭둑에서 꺼꾸러져 죽지, 석이아배는 읍내로 끌리가서 총 맞아 죽고, 그 정황을 말로 다 못할 기요. 이자는 우리네 목심 속절없이 가는구나, 뒷산의 소나무도 예사로 안 보이고 치마끈을 여밀 적에도 끈이 튼튼한가 잡아땡기보고, 목을 매고 죽은 거복어매 시체가 눈앞에 떠오름서, 참말로 미치고 기들겠더마는. 밤마다 눈만 감으믄 총 맞아 죽은 이녁 시체가 보이고, 그 숭악한 시절을 우찌 보냈는고."

판술네는 옷고름으로 눈물을 찍어낸다.

"삼대 구 년 묵은 얘기는 와 하는고. 치우라 카이!"

영팔노인도 눈을 끔벅거린다.

"그 험한 세월도 이자는 속절없이 가부린 기라. 그때는 그래도 젊었인께."

"야아, 속절없이 가부렀제요. 아이고 참, 와 이라고 있제? 나가봐야 하는데."

판술네는 반짇고리에 일감을 넣고 한 곁에 밀어놓는다.

"시에미 안 나가믄 점심상 못 딜이올까 봐? 잔소리하고 접어서 나가는 기지."

"그런 말 마소. 그것도 내 생전이오."

치맛말을 추켜올리며 판술네는 나간다.

"아재, 되로 주고 말로 받았습니다."

홍이 웃으며 말했다. 영팔노인도 시무룩했으나 웃는다.

"하기야 고생 많이 시킸고오, 효자 자석이 악처만 못하다는 말이 있지. 니 애비는 처복이 없었다."

며느리 풍기네는 장에서 벌써 돌아온 모양이었다. 고부간에 주고받는 얘기소리며 그릇 부딪치는 소리가 들려왔다.

"이분 일로 해서 누구니 누구니 해도 니 댁네가 젤 고생을 많이 했다. 우리가 아무리 걱정을 한들 가숙만이야 했겠나. 그만하믄 처음에야 양반집에서 왔다고 고만을 떨지 않을까 싶었는데 아들 딸 낳았고 여자 맴이 좀 얄더라도 니가 너그럽기 봐야 할 기다. 여자란 다 그런 거는 아니지마는 남편한테 달린 기라."

"알고 있습니다."

"하기는 맺고 끊고 니 애비보다 니가 대차다는 생각을 안 하는 것도 아니다마는."

이때 판술이가 엉거주춤 들어왔다.

"홍이 왔구나."

"네 형님. 어디 갔다 오십니까?"

"음, 연장 좀 베를라꼬 나갔다가, 호롱 하나 살라꼬 시내까지 갔다 온다."

홍이 옆에 슬그머니 앉는다. 판술이는 어미를 닮아 턱이 짧은 편이었다. 중년티가 역력하다.

"그래 몸은 괜찮나?"

"괜찮소."

"운이 나빠서 그런 일이 생깄다. 액땜한 기라. 아부지가 날 베락이라 안 하시더나?"

"댓끼!"

영팔노인은 재떨이를 담뱃대로 친다. 모두 웃는다.

"그렇잖아도 아지매하고 입씨름 심심찮게 벌였지요."

"인자는 만주 가는데 지장 없겠네."

"곧 떠나야겠지요."

"나야 뭐 아부지 어무이가 기신께 털고 일어날 형편도 아니다마는, 그때 벌목장에서 일하던 생각을 하믄 두 분 다시 가고 접잖다."

"그런 고생을 했이니 사람이 된 기라."

흠, 하며 영팔노인은 천장을 올려다본다. 아들이 대견스럽기도 하고 불만스럽기도 한 모양이다.

"아부지보고 원망하는 거는 아닙니다."

픽 웃다가 판술이는,

"그곳에 가서 얻은 기이 있다믄 세상 보는 눈이 좀 열렸다, 그렇게는 말할 수 있겄는데."

"그 덕분에 3·1만세 때 경찰서에도 붙잽히가 본 거 앙이가. 족보에 써넣어두어라. 자손들 보게."

곁눈질을 하며 비꼰다.

"써넣고 접어도 족보가 있이야지요. 할아부지 의병 나간 것도 써넣을 긴데."

응수한다. 부자지간의 대화는 지극히 자유스럽다.

"그렇기는 하다. 하기야 이름 냄길라고 농사꾼이 사는 거는 아닌께. 공자 맹자 알믄 됐지. 부지런히 일하고 조상 섬기고 남한테 해악질 안 하고."

"아부지도 이자 말씸 잘하십니다."

"이놈아, 손이 바쁘믄 입은 노는 기라. 누구 배 속에서 말 배워 나오더나? 농사꾼치고 말 잘하는 놈 없다."

"그거는 아부지 말씸이 맞십니다."

판술이는 머리를 긁적거린다. 홍이 크게 소리 내어 웃고 나머지 두 사람도 따라 웃는다.

"어디로 가든지 내 땅 내 고향겉이 좋은 데가 있이까."

판술이 말에 홍이는 다소 비판하듯,

"그래도 여기보다 나을 거라고 떠나는 사람들은 아직 있습니다. 형님은 일단 생활이 안정돼 있으니까."

"그거는 그렇다. 보통 형편이 딱한 게 아니다. 말이 소작이지 우리는 자작이나 마찬가지니까 꾸리가지마는, 눈 뜨고 못 볼 정상 많제. 자식들은 남의 집 더부살이로 다 내보내도 소출을 하고 나믄 입에 풀칠하기가 어렵어, 소작쟁읜가 뭔가 해보지마는 지주하고 경찰의 배짱이 맞인께 순사 불러서 말썽부리는 사람 넘겨주기, 아니믄 몽둥이 든 불량배들 풀어서 떡

치듯 하니 이자는 그 짓도 할라고들 안 해. 꽁댕이를 빼는 기라. 언젠가 한마디 내가 했다가 면박만 당했다. 당신 겉은 배부르고 속 편한 사람하고 우리 사정은 다르다, 할 말 없더마. 결국 살려고 버둥거려보다가 안 된께 우떤 곳인지 연비도 없는 만주땅으로 무작정 떠나는 거 앙이겄나."

"그렇지요."

"쌀을 맨들어내는 농사꾼이 등겨 밥, 싸래기 밥, 밀죽을 묵어야 하니 비참한 얘기 아니겄나. 비참한 거는 그거뿐이까? 바로 이웃의 일인데. 허 참, 사람들 맴이란 가난해서 나빠지는지 부자라서 나빠지는 건지 모리겄다. 팔려간 딸이 병이 들어 돌아왔는데, 왜 기생맨치로 큰 머리에다가 일본옷 입었다고 모두 구겡들을 간 모앵이라. 모녀가 부등키안고 우는데 그거를 구겡이라고, 참말이제 거기 구겡 갔다는 계집년들 볼때기를 쥐어박고 싶더마는. 후우— 그런데 대낮부터 술집에 앉아서 젓가락 뚜디리며 니나노를 부르는 날건달 색주가만 늘어나니 무신 조화인지 모리겄다."

"그야 전답 팔고 마누라 팔고 환장한 사내, 빚에 넘어온 여자들, 늘어나게 돼 있지 않습니까."

"종 문서가 없어졌다 캐도 사람을 팔고 사는 일은 여전하니께 이놈의 세상이 우찌 될란고. 우떤 때는 아아들 생각하믄 하늘이 노오랗게 뵌다 카이."

"옛날 종들은 암소처럼 새끼 많이 낳아주기를 바랐다 하던

데 요즘 팔려가고 팔려오는 여자들이야, 아재 미안합니다. 젊은 놈이 술도 안 마시고 이런 말 해서."

홍이 쑥스럽게 웃는다.

"다된 세상이라. 개상놈들이 남의 땅에 와서 백성들 다 굿이났다."

문이 열렸다. 명순이가 밥상을 들고 들어온다.

"상의아범, 배고프제?"

판술네가 따라 들어오며 말했다. 명순이는 영팔노인 앞에 밥상을 놨다. 마지막에 들어온 풍기네는 겸상으로 차린 밥상을 홍이 앞에 놓는다.

"반찬은 없지마는 많이 드시이소."

하며 풍기네는 홍이를 보고 웃었다.

"아무래도 상다리 부러지겠습니다."

홍이 말했다. 판술이도 밥상 앞으로 다가앉으며,

"홍이 너 덕분에 포식 좀 해야겄다."

반주로 풍기네는 시아버지 술잔에 술을 따르고 다음 술병을 남편 옆에 밀어놓고 나간다. 명순이도 나가고 판술네는,

"홍아 많이 묵어라. 남기믄 섭섭한께."

그도 나갔다. 그들은 작은방으로 가서 함께 점심을 들 모양이었다.

"자아, 묵자."

반주 한 잔을 마신 영팔노인은 숟가락을 들어 간장부터 떠

먹는다. 판술이는 홍이 술잔에 술을 붓고 홍이는 술병을 받아서 판술이 술잔에 술을 붓는다. 궁하지는 않지만 그렇다고 넉넉한 살림은 아니었는데 잘 차린 점심상이었다. 몸이 성해서 처음 찾아온 홍이를 위해 마음먹고 장을 보아오게 한 듯 노릿노릿하게 구워진 조기, 산뜻하게 무쳐 낸 고사리, 시금치, 콩나물, 마른 가자미는 실고추를 발라 쪄내었고, 대구 아가미젓엔 반듯반듯한 무 조각, 굴젓 그리고 조갯살을 넣어 갈쭉하게 끓인 된장국, 그 밖에 생선전, 햇김치, 계란 찐 것, 모두 먹음직스럽다.

"형님 이 집 아무래도 망조 들겠소."

"머라꼬?"

"농사꾼이 만석꾼같이 점심상을 차려서야 기둥뿌리 남아나겠습니까? 혹 밤일이라도 한다면 모를까."

"운냐, 우리 집 망해묵을 요량이면 앞으로 니한테 그런 일이 자꾸 생기얄 기다. 하하핫핫……."

웃는데 영팔노인이 나무란다.

"망할 놈의 자석들, 무신 소리를 그리 하노. 너거마이(네 엄마) 들었다믄 천길만길 뛨일 기다. 젊은것들 참말로 겁 없네."

"의병질까지 하신 아재가 말 몇 마디 가지고 뭘 그리 벌벌 겁을 냅니까."

"저놈우 자석 봐라? 니 이자 본께, 설마 옛날로 돌아간 거는 아니겠제? 죽다 살아나더마는."

"그것도 겁이 나서 하는 말이지요? 아재."

한바탕 또 웃는다. 그리고 즐겁게들 밥을 먹는다.

"그때 니가 바람잡아 나갔일 직에 이자는 사람 되기 글렀다 싶었제. 애비 닮았이믄 안 그럴 긴데 밭이 나빠서."

하다가,

"홍아, 섭하게 생각지 마라. 죽은 너거마이 험을 해서 미안 쿠나."

"아닙니다. 아재가 돌아가신 모친하고 앙숙이라는 것 모를 사람 없지요."

영팔노인이 무안스럽지 않게 홍이 말했다.

"참 많이도 싸웠다. 그러나 한 분도 이긴 일이 없구마. 허허 허헛헛, 여자들 꿉어도 못 묵고 삶아도 못 묵고 주먹을 쓸 수가 있나…… 입만 가지고 할라 카이 허헛헛헛……."

"아부지 앙숙이 또 한 사람 안 있십니까?"

판술이 끼어든다.

"또 한 사람 있다꼬?"

"예. 성환어매 말입니다. 아부지 또 밥맛 떨어지겄십니다."

"그 제집 때문에 밥맛 떨어져? 그 목을 쳐 죽일 제집 따문에 와 내가 밥맛 떨어지노!"

버럭 소리를 지른다.

"지가 말을 잘못 끄냈는갑십니다."

"형님, 걱정 마시오. 아재 밥그릇 다 비었으니까요."

홍이 농쳐버린다.

"으응."

영팔노인은 용을 쓰다가 며느리를 부른다.

"아가아, 풍기야!"

작은방에서 급히 방문 여는 소리가 났다.

"예, 아버니."

"숭늉 떠 오너라."

며느리가 떠 온 숭늉으로 입가심을 한 영팔노인은 수염을 쓰다듬으며 상머리에서 물러나 앉는다.

"풍기어머니, 잘 먹었습니다."

홍이 인사를 했다.

"솜씨가 없어서."

풍기네는 비어버린 밥그릇을 보며 만족해한다.

"솜씨랄 것도 없제. 묵을 만한 거는 장에서 사 온 거니께."

굴젓, 대구 아가미젓을 두고 하는 말이었다. 농사꾼 집에서 그런 것을 담가놓고 먹을 리 없다. 귀한 손님을 위해 사 온 것이다. 영팔노인은 골통에 담배를 재어서 붙여 문다.

"아부지가 화를 내신께 말도 못 하겄십니다마는 아까 희한한 구겡을 했십니다."

"무신 구겡인데?"

"참 세상을 살다 보이 희한한 일이 다 있고오, 넓고 또 좁은 기이……."

"무신 구겡을 했길래 그라노."

"호롱 하나 살라고 시내까지 나갔다 차부(車部) 앞을 지나는데 사람들이 쌈을 하고 있더란 말입니다."

"차부야 원체 사람들이 들끓는 곳이제."

시큰둥하게 말하는데 판술네가 들어왔다.

"홍아, 밥 많이 묵었나?"

"밥그릇 깨끗이 비웠습니다. 쌀 애끼노라 밥 적게 담았소, 할라다 말았지요."

"그라믄 또 가지오까? 몸이 좋아진께 입맛이 나는 모앵이제?"

"반찬 맛이 좋아서지요. 하지마는 꼬맨 배 터질까 무서워 그만둘랍니다. 하하핫핫……."

판술네도 따라 웃으며 아들 옆에 앉는다.

"무신 얘기를 하고 있었노. 저 노인이 언성을 다 높이고."

"성환어매 얘기를 했더마는."

"성환에미라 카지 마라! 그기이 우째 성환에미고오! 그래 차부에서는 머가 우찌 됐다 카더노."

화를 내다가 역시 궁금한 것 같았다.

"아부지보다도 어무이가 더 좋아할 얘깁니다."

"무슨 얘긴데?"

"성환어매,"

"또 또오, 무신 소리 할 긴고 싶었더마는, 그 제집 말이라 카믄 듣기 싫다."

"듣기 싫으믄 이녁은 작은방에 가이소. 나는 듣고 접네요."

판술네 말에 영팔노인은 입을 다문다.

"무신 얘긴지 해봐라."

"그래 차부에 사람들이 쌈을 하고 있길래 나도 기웃이 디리다봤지요. 그런 망신이 세상에 어딨겄십니까? 기가 차서. 성환, 그 여자하고 친정어매 두 사람이, 참말로 못 볼 것을 봤십니다. 그 두 사람이 나형사를 자동차에서 끌어내릴라 카고 나형사는 여자 얼굴에 주먹질을 하는데 여자 얼굴은 코피가 터져서 피범벅이 되고, 차마, 수라장이더마요."

"그거는 와! 와 그랬던고?"

판술네가 아들 앞으로 바싹 다가앉는다.

"처음에는 나도 와 그라는지 몰랐지요. 옆의 사람 말이, 하참, 기가 맥히서, 참말로 낯짝 뚜껍운 사람도 있더마요."

"낯짝 뚜껍울 정도가 앙이다. 그 제집은 쇠가죽 개가죽을 썼는 기라. 아아들 생각을 하믄, 아아들, 그 제집 사람 앙이다. 임이네도 밉어했지마는 그거는 유도 아닌 기라. 핵교도 댕깄다는 제집이. 목을 쳐 직일 년!"

영팔노인은 흥분한다.

"그만하소. 이야기를 들어봐야제요. 그래 와 그랬다 카더노."

"나형산가 먼가 그놈하고, 그렇고 그렇다는 것은 우리도 알고 있었던 일 아닙니까?"

"그렇지. 친정에미가 형사 사위 봤다고 유세한다는 말도 들었고 숫제 그놈이 성환에미 친정에 들어앉았다는 말도……."

"뜬소문 아닌 사실인가 배요. 나형사 본처는 아이들 데리고 고성에서 시부모를 모시고 있는데."

"본처 있다는 말은 나도 들었다."

"그런 소문이야 빠른 것 아닙니까? 여자하고 살림한다는 말이 본가로 들어가서 시부모가 며느리를 진주로 보냈다 그 건데."

"그년 오직이 당했겄다."

"당하기는커녕 본처가 당했다 하더마요."

"하기사 그 친정에미라는 기이 보통내기가 아닌께."

"나형사는 본처를 달래노라 함께 고성으로 내리갈라고 자동차를 탔는데 모녀가 뒤쫓아서,"

"어이구 세상에."

"나는 이자 들내놓고 사는 계집이다, 수치를 생각하게 됐는가, 여자는 악을 쓰고 친정에미는 하 참 나, 입에 담기도 싫소."

"친정에미가 본시 근본이 좋잖다 하더마. 석이네는 이곳 사람이 아닌께 속은 기지. 근본이 좋잖을 뿐만 아니라 악종으로도 소문이 났고 후취로 들어가서 성환에미, 그거를 하나 낳았는데 전처 소생인 아들은 석이하고 친구 간 아니가? 엄전코 훌륭하고 독립운동도 하는, 그래저래 해서 영감이 죽은 뒤 재산을 싹 뺏았다 카더구마. 아들은 경찰서를 들락날락한께 아직 장가도 못 들고, 집에 붙어 있지도 않다 카데. 성환에미,"

"또오!"

"야아, 알았십니다. 그런께 그 제집은 처녀 적에 예배당에 도 나가고 글도 배웠고 사근사근하니 나도 괜찮다 싶었고 석이네가 우긴 혼사였다 하지마는 그보다 그쪽에서 더 서둘렀지. 석이가 선생질을 한께, 실상 그쪽에도 근본이 그런 데다 악종으로 소문이 나 있었기 때문에 혼담이 시원찮았던 기라. 그런께 석이를 잡았제."

집안을 망쳐놓고 간 여자, 숱하게 흘린 석이네 눈물, 그런 얘기라도 들으면 고소하고 신이 날 것 같았으나 오히려 방 안 공기는 가라앉는다. 가라앉는 공기를 휘젓듯 판술은 한 음계 올라간 목소리로,

"천일이 그눔 아아, 미련한 곰인 줄 알았더마는 허허 참, 그게 아니더구마. 제법 사람이 됐데."

홍이 묻는다.

"천일이는 왜요?"

"그눔 아아가 난데없이 사람을 헤치고 뛰어오더니만 개돼지도 이만한 염치는 있다 함서 두 여자를 뜯어내는데, 그라고는 나형사를 밀어 올리고 문을 닫아부리니 못 떠나고 있던 자동차는 가부리고."

"그눔아아가 형사 놈 편들 거는 머 있노."

영팔노인은 그게 또 불만인 것 같다.

"형사 놈 편을 든 기이 아니지요. 그 아아는 석이형님 내력을 안께 여자들이 밉었던 기지요. 아무튼 힘이 장사더마요."

"애비가 장사였인께."

영팔노인은 천장을 올려다본다. 성환에미에 대한 욕도 하지 않았다.

"그 제집만 불쌍코나. 그러이 사람 맘 한분 잘못 묵으믄 신세 망치는 거사, 아 형사 그놈이야 답답할 것도 손해본 것도 없제. 믹이주고 입히주고 호강시키주고, 돌아오믄은 또 그 집에 등 대서 다 벳기묵어야 나갈 기니, 에미라는 것도 헛 약았제. 형사믄 유세하고 덕볼 줄 알았일 기다."

"그나저나 석이형님은 어디 갔이꼬? 만주로 뛴 것 아니까?"

판술이 말에 홍이는 말없이 쳐다보기만 한다.

17장 보상

판술네 집에서 나왔을 때 밖은 어두웠다. 인가가 드문드문한 들판 길을 홍이는 천천히 걷는다. 얼굴을 스치고 지나가는 바람은 싱그럽고 풀 내음을 머금고 있었다. 어둠 속의 대지는 가슴에 와닿는 듯 답답하고 비좁게 느껴지는데 지평선 없는 공간은 한없이 허황하여 자신이 내던져진 듯 외로움을 안겨준다.

'악독하고 어리석은 여자. 그 여자 덕분에 돌아가신 내 생모가 한 단 올라가는군.'

자기 자신을 비웃는다. 성환이 남희, 그 오누이의 풀 죽은 모습이 떠올랐다. 아이구 머리야, 하며 할머니가 머리만 짚어도 겁이 더럭 실리던 그 네 개의 눈동자. 소매, 치마 길이가 짧아서 꽁지 빠진 새같이 댕강해 보였던 남희의 설빔도.

'성환이할무니를 본께 영 맴이 안 좋다. 석이가 흘리던 눈물도 생각이 나고.'

한복이 하던 말이 귓가에서 울린다.

"나쁜 계집. 천벌을 받아 마땅하지. 어리석은 여자. 바보 천치!"

중얼거렸으나 신명 잃은 광대가 빈 북을 치듯, 바라보는 사람의 말이었을 뿐이다. 남의 일이기 때문에 그랬던 것만은 아닌 성싶다. 바라보는 사람, 홍이는 이 몇 해 동안 뭔가 잃어가고 있었다는 것을 불현듯 느낀다. 나이 탓이 아니다. 세월이 간 때문도 아니다, 스물아홉, 잃을 나이는 아니다. 지난날 생모로 인하여 자기 자신을 파국으로까지 몰고 가지 않으면 안 되었던 그 격렬한 시절의 아픔, 분노, 언제 그런 것들과 이렇게 먼 거리에 와서 있는가. 숱한 그 괴로움을 잃었다. 잊었다가 아니라 잃었다고 생각하는 것은 무슨 까닭일까. 절도(節度)와 미온(微溫)은 어떻게 다른가. 아니면 같은 것인가. 마치 병마처럼 밑바닥으로 몰아넣고 굳게 마개로 밀폐한 그 숱한 청춘의 갈등은 병마개를 따면 과연 터져 나올까? 판술네 집에서 그것들이 터져 나올 것만 같아 위기를 느꼈던 것은 한갓 기우였었는지 모를 일이다. 밀폐해버린 것. 그것들은 모순이며 회의이며 욕망, 또한 절망이기도 했었다. 그것은 혈기였으며 자기 추구였으며 어떤 의미에서는 지순한 것, 방종 뒤켠에 숨겨진 맑은 것, 진실이었을 것이다. 끝도 시작도 없었으며 풀지도 맺지도 못하는 몸부림과 쓰라렸던 것. 그러나 살기 위하여, 살아남기 위하여 적당한 곳에서 매듭짓고 적당한 곳에서 풀어버리고…… 해를 따라가는 해바라기, 나뭇잎 뒤켠에 알을 까는 곤충, 나무는 비옥한 흙을 향해 뿌리를 뻗는 섭리다. 인간의 방편도 그 섭리에 속하는 것인가. 망각과 상실의 강도 그 섭리에 속하는 것인가. 도시 어느 것이 옳고 어느 것이 그르냐! 사람은 해바라기가 아니다. 곤충도 아니다. 한 그루 나무도 아니다. 그것들이 생명을 향한 비밀이 있듯이 사람도 생명을 향한 비밀이 있겠으나, 그게 바로 방편일 수는 없다. 방편은 오히려 인위요 섭리에 반(反)한 것일 수도 있다. 홍이는 부친과 자신을 비교해본다. 영팔노인은 맺고 끊고 애비보다 홍이 대차다고 했다.

'아버지는 사람의 도리를 믿었고 추호도 의심치 않았다. 그 도리에 어긋나지 않으려고 아버지는 고통스럽게 자신을 다스렸던 분이었다. 그분에게는 보리밥 쌀밥의 차이를 헤아리지 못하는, 마음으로 먹고 사는 면이 있었다.'

그 도리라는 것을 뚫고 진실을 보려고 허우적거리다가 돌아와서 자신은 쉽게 자위수단으로 이기주의를 취하지 아니했는가. 제 앞만 쓸고 사는 인간이 되었다. 피는 차디차게 식어버렸으며 먹고 자고 일하며 생식, 그것이 전부인 해바라기나 곤충이나 한 그루 나무와도 같이. 지금 병마개를 딴다면 그 속은 텅하니 비어 있을지 모를 일이다. 홍이는 밤하늘을 올려다본다. 하늘에는 무수한 별들. 작별을 하고 판술네 집을 나섰을 때는 보이지 않았는데, 보석을 뿌려놓은 듯한 하늘가에 산허리가 금을 긋고 있는 것을 볼 수 있었다. 정수리에서부터 발끝까지 썰렁해지는 아름다운 밤이다. 어릴 적에 들었던 옛날 얘기, 천자 별인 자미성이 물을 머금었다던가, 하여 경각을 다투며 천자의 목숨이 위태롭고 별이 떨어지는 것을 보고 죽음을 안다던가. 사람들은 각기 하나씩 자기 별을 가지고 있다고도 했다. 배운 지식으로 말한다 할 것 같으면 사람의 머리론 계산조차 어려운 아득한 곳에서 저 무수한 별들이 빛을 보내고 있다 하는데 한 자 낙낙한 팔이 어찌 내 별을 잡아볼 것인가. 내 앞만 쓸고 사는 티끌 같은 삶, 티끌이 바늘귀 같은 인생의 출구를 빠져나가면 광대하고 무변한 공간, 아아 내 별과 나 사이를 가로지르는 무궁한 공간……. 티끌은 무엇을 어떻게 해야 할꼬. 진리는, 진실은 바로 하늘 어느 곳에선가 헤매고 있을 내 별 안에 있을 터인데.

"아아."

홍이는 머리를 감싸 쥔다. 화창한 봄 날씨와 쾌적한 건강과 노리(老羸)의 행복을 누리는 한 쌍의 노부부, 한때 홍의 마음은 평화스러웠다. 그러나 그것은 한때였을 뿐이다. 그는 내내 우울했었다.

집 앞까지 왔을 때다.

"홍이가?"

어둠 속에 누가 불쑥 나타났다.

"아니."

연학이었다.

"웬일입니까?"

"음, 좀 나갈까?"

"어디로요."

"나가서 술 한잔 하고, 할 얘기도 있인께."

왠지 모르지만 연학의 음성은 잡아당기듯 깐깐했고 또 등을 떠미는 품이 강한 압력으로 느껴진다. 집 안에서 무슨 소리가 들려오는 듯했다. 불안했다.

"집 앞인데, 집에 들어가서 술 마시는 게 어떨까요."

"아니다. 하여간에 나가보자."

집으로 못 들어가게 막기라도 하는 것처럼. 거리에 나온 뒤에도 연학은 길거리의 술집은 거들떠보지도 않고 곧장 걷는다. 군청 앞을 지났다. 일신여고보의 뒷담을 끼고 또 한참을 걷는다.

"무슨 일이라도 있습니까?"

불안해 있던 홍이 물었다.

"있기는 무신 일이 있겄노. 의논 좀 할 일이 있고 해서."

걸으면서 말했다. 아까처럼 목소리가 깐깐하지는 않았다. 대신 무엇인가 골똘히 생각하는 것 같았다.

'집에 무슨 일이 있었구나.'

발길을 돌리고 싶었으나 차마 그럴 수는 없었다. 한편 연학에 대한 신뢰감 때문에 그가 하자는 대로 하는 편이 좋다는 생각도 있었다. 겨우 술집으로 찾아든 연학은,

"방을 주었이믄 좋겄는데."

얹은머리를 하고 회색 주란사 치마에 흰 명주 저고리를 입은 오십 대의 주모는 선뜻 방 하나를 내놨다. 연학하고는 친면이 두터운 사이 같았다.

"어때! 술 좀 마시도 되겄나?"

연학이 물었다.

"네."

담배를 내밀고 권하며 다시,

"무리할 건 없고."

"젊은 놈이 뭐, 그새도 친구들이 찾아와서 술 했습니다."

담배를 붙여 문다. 연학은 주모를 불러 술과 안주 몇 가지를 시켜놓고,

"술 마시기 전에 용건부터, 자네 그 집 어떻게 됐나?"

"어떻게라니, 팔아야지요."

"그래서?"

"말로는 흥정이 끝난 셈인데 며칠 후에 계약하기로 돼 있습니다."

"그러믄 됐다."

"뭐 말입니까?"

"진주 바닥에 팔라고 내놓은 집이 없는 것도 아니지마는 사고팔고 그기이 시끄럽거든."

"그래서요?"

"그 집이 필요해서 그런다."

"네?"

"대금은 자네가 흥정한 대로 낼 기고, 명의변경 같은 거는 할 필요가 없고오, 문서만 주고 가믄 된다."

"무슨 영문인지 잘 모르겠십니다만."

"말이 있었던 사람에게는 집을 안 팔고 아는 사람한테 맽기 놓고 간다, 그렇게 말하믄 된다."

"그거야 뭐 계약금을 받은 것도 아니니 어려울 거는 없지요."

"그럼 그 얘기는 끝난 기다."

"그 일 말고 다른 일은 없습니까?"

"뭐 다른 일이 있을 리 있나."

대답은 그랬으나 연학의 표정은 엉거주춤하는 듯 활짝 개어 있지는 않았다.

"아까 집 앞에서는, 들어가서 기다리지 않고 왜 그랬습니까?"

"자네가 집에 없어서 막 나오던 길이었제."

그래도 뭔가 홍이는 석연치가 않았다. 술상이 들어왔다. 술상을 내려다보면서 홍이,

"오늘은 먹을 복이 터진 것 같소."

"판술이 집에서는 곰배상을 차렸던 모양이제?"

"이래저래 신세만 지고 죄가 많습니다."

죄가 많다는 말에는 연학이 반응을 보였다.

"죄가 많지. 그만하믄."

하다가,

"술이나 마시자."

두 사나이는 술을 마신다.

"술맛 좋은데요?"

홍이 술잔을 놓으며 말했다.

"이 집에 처음 오나?"

"와본 일이 없소. 개미 쳇바퀴 돌듯 차부 부근에서만 먹고 마시고 했으니까."

"술맛이 진주서는 이 집이 제일이다. 소 피 국(선짓국)하고 유명하지."

"성환이 그 아이는 학교 들어갔습니까?"

"음."

"그러면 나룻배 타고 다녀야겠네요."

"그렇지. 다 나룻배 타고 댕긴께."

"영호는 뭘 합니까."

"당분간은 집에서 몸이나 추스리고, 한 달 넘기 당했이니, 하기야 머, 지 혼자 겪은 것도 아니고오, 차차로 우떻게 안 되겄나."

얘기는 겉돌고 있었다. 그러다가 말은 끊어지고 술만 마신다. 가겟방 쪽에서 혀 꼬부라진 사내 음성이 들려온다.

"자기가 잘났이믄 얼매나 잘나고오 돈이 있이믄 얼매나 있노. 누가 그 근본을 모릴 기라고? 흥, 첨 진주 바닥에 밀리왔일 직에는 기어들고 기어나는 곳에서 제집 술장사 시키고 그 자는 연장망태 울러메고 남의 집 지으러 안 댕깄건데? 지 본업이 목수 앙이가. 흥, 나자빠져봐야 보이는 거는 비봉산밖에 더 머가 있일 기라고."

"전에 없이 와 이라요?"

주모의 목소리다.

"전에 없이? 마 그렇게 된 기라요."

"그렇게 되다니?"

"자게 밥 아니믄 모래밭에 쇠 박고 죽을 기든가? 심하다 심하다 해쌓아도 옛날 종살이가 그렇기까지는 안 했일 기라. 배애지는 안 곯았일 긴께. 이녀러 것! 뻬가 빠지기 일해도 시래기죽을 못 면하고, 아, 그래 시래기죽 한 사발 묵고 무신 기운이 나서 코가 땅에 닿도록 절을 하노, 코가 땅에 닿도록 절 안

했다고 내 목을 짤라?"

"그런께 양조장에서 쫓기났다 그 말이오? 방서방."

"그렇기 됐구마. 사람은 얼매든지 있다, 주인 앞에서 넘찌게(건방지게) 구는 놈은 나가주라……."

"일은 난감키 됐네. 아아들하고 우짤라요."

"하다못해 지게를 지더라도 시래기죽이야 못 묵겄소? 내가 분해서 그러요. 양조장이 김두만이 손에 넘어가기 전부터 나는 거기서 일했소."

"돈을 벌어도 인심을 얻어감서 벌어야 하는데. 옛말에도 종이 종을 부리믄 식칼로 형문친다 했인께. 요새 부자는 옛날 부자하고 많이 다르제. 하기야 그것도 사람 나름이지마는."

연학과 홍의 눈이 서로 부딪친다.

"으음."

입맛 없다는 듯 연학은 눈살을 찌푸렸다.

"김두만이 그 사람 얘긴가 본데."

"말이 많다. 말 많은 것 본인도 알고 있일 긴데."

"뭘 믿고 그러지요?"

"와, 몰라서? 아주 든든한 뒷배 안 있나."

"참, 사람 마음이란 알 수 없네요."

"날마다 독해지고 날마다 자리꼽재기(구두쇠)가 돼가고, 한풀이라도 하는 것인가. 원, 밖에서 하는 얘기는 쪼맨치도 보탠 말은 아닐 기다. 굽실거리지 않으믄 당장 눈 밖에 나니께 능히 그랬일 기라. 한배 속에서 나와도 가지가지라. 손가락도 길고 짧은 기이 있인께."

"영만이형님을 만났을 때, 누군가가 부자 형님 두고 왜 그리 때를 못 벗느냐 했지요. 그랬더니 나는 내 생긴 대로 산다, 성이 부자라고 기와집 짓겄나."

"옳은 말이제. 형이 동생 반만 돼도 해독은 안 끼칠 긴데, 김두만이 그 사람 인심을 잃었다고는 하나 그 힘이 커지는 것만은 틀림이 없다. 시장에도 그 사람 소유의 점포가 몇 개 있어서 시장 바닥을 틀어쥐었고 그 도가 술이 판을 치는 데다 비빔밥집, 술 도매상, 그것은 더 크게 넓혔고, 장사수단은 보통 아닌 모앵이다. 경찰서하고는 오래전부터 배가 맞아온 처지니께 억울한 사람도 쉽기 대들지 못하게 맨들어놨이니, 별 재주도 없는 큰아들은 일본으로 유학을 보냈고 나자빠질 만도 하지. 학부형회 회장에다가 무슨, 머 그렇고 그런 친일단체지마는 감투를 몇 개 가지고 있이니, 그런 데는 돈 안 애낄 기다."

"그렇겠지요. 그러지 않고 술장사 해먹겠습니까."

"마, 술장사 잘하고 못하고는 자기 일인께 상관할 바 아닌지 모리겄다마는 이분에 학생들이 들고일어났일 직에 김두만이 그 사람 학부형회회장이라 해서 핵교하고 경찰을 번갈아 댕기믄서 협력을 많이 했다. 다른 학부형한테 협박도 해감서, 성깔 있는 학생아아들이 죽인다 살린다, 불을 지른다, 공기가 험악했다."

"형평사사건 때도 그랬지요. 농청에 술 대주면서 형평사를 칠려고 하지 않았습니까?"

"그때도 관수형님이 이를 갈았다."

"어떻게 그 힘을 좀 빼버릴 수 없을까요?"

홍이는 지난날 조준구의 껍데기까지 벗겨놨던 최서희를 위시한 공노인의 신묘한 술수를 염두에 두고 말했던 것이다. 연학은 홍의 마음을 즉시 읽은 것 같았다. 빙그레 웃는다.

"김두만의 힘이 문제가? 그 뒤에 있는 힘, 하루 이틀에 될 일도 아니다."

"……."

"그런 얘기를 하자 카믄 끝이 없다. 지금 내가 부탁하고 싶은 거는 앞으로 자네가 잘해주어야 한다, 그 말뿐이네."

홍이 긴장했다.

"무슨 뜻입니까."

"그곳으로 가게 되믄 아무래도 자네는 좀 달라져야 안 하겠나?"

"저한테 기대하지 마십시오."

잘라 말한다.

"그거야 머, 내 희망이지 작정하는 거는 자네 자신이겠지. 그러나 사람의 생각도 종이 한 장 차이로 달라지는 긴께, 그 말은 무신 뜻인고 하니, 매사에 조심을 해라 그렇기 받아도 좋을 기다."

초점이 맞지 않는 말이었다.

'무슨 말을 하려는 걸까? 어느 쪽으로 받아야 할까.'

"자네도 알다시피, 정선생의 겡우, 전후 사정이야 우찌 되었든 간에 내 생각으로는 정선생한테도 잘못이 없었던 거는 아니다."

'그 얘기는 왜 꺼낼까?'

"여자야 또 얻으믄 여자라, 그거는 해보는 말이고오, 정선생 겡우는 공사 간에 결과가 좀 엄청났제. 결과가 그리됐다믄 책임은 정선생한테 있는 기고."

"여자 편에서."

"그걸 누가 모리나. 자네보다 내가 더 잘 알제. 끝내는 안 살고 갈 여자라는 것도 잘 안다. 그렇다 치더라도 다루기를 잘못 다룬 기라. 정선생한테 약점이 없었던 것도 아니었고, 이런 말 그냥 하는 기이 아닌께 귀담아들어라. 물론 자네 안사람을 그 여자하고 비교해서 하는 말은 아니다."

"무슨 뜻이지요?"

얼굴에 불안과 혼란이 인다.

"자네는 정선생보다 일 그르칠 염려가 더 많기 때문이다. 자네야 고생을 했다 하지마는 마음고생이제. 그래도 은덕을 많이 받고 안 컸나. 물지게까지 지믄서 어린 동생들을 돌본 정선생 고생에 비하믄 아무것도 아니제. 그런 정선생도……."

"……."

"내가 지나치게 걱정을 하는지는 모리겄다마는."

"뭔가, 솔직하게 말을 안 하시는 것 같은데, 일 그르친다, 그 말은 더욱 이해 못하겠습니다. 따로 문제가 있는 모양입니다만, 그 말에 따르자면 앞으로 날더러 일하라 그건가요?"

홍이는 흥분해 있었다.

"그러면 안 되겄나?"

하기는 했으나 연학은 그 문제에 개의하는 표정은 아니었다. 홍이 역시 남다른 문제가 있다는 생각에 쫓겨서 오히려 그 문제에 매달리는 결과가 된 것이다.

"생각해봐야겠지요. 내 동족을 배반하고 왜놈한테 빌붙어서 살고 싶은 생각은 추호도 없습니다만 그 일이라면 생각해봐야겠지요. 상당히 심각한, 가벼운 일이 아니지 않습니까? 솔직히 말해서 나는 백지상태로 그곳에 가고 싶습니다. 지금 여기서 이러겠다 저러겠다 말 못하겠습니다."

내친걸음같이 홍이는 지껄였고 연학은 홍이 답변에 어떤 감정도 나타내지 않았다.

"그리고 정선생 얘기를 하셨는데 바로, 그 형님 때문에 네, 그분 가족의 비참한 형편을 보았기 때문에, 내 가족을 그렇게 해서는 안 된다, 내 자신은 무슨 일을 하든지 가족을 시궁창에 처박아버릴 수는 없다, 비겁하다 해도 할 수 없습니다. 용기 있고 훌륭하다는 칭찬 뒤에 짓이겨진 가족이 있는 것보다 보잘것없는 사내라도, 나도 오장육부 멀쩡한 사냅니다. 욕망도 있고 울분도 있습니다. 그놈들 등짝에 칼 꽂고 싶은 충동도 많이 느꼈습니다. 그러나 나는 돌아가신 아버지만큼 외골수도 아니며 착하지도 못해요."

흥분, 혼란, 입 밖에 나간 말에 깊은 뜻은 없다. 또 연학의 말은 전혀 예상하지 못하였던 뜻밖의 것도 아니었다. 제 앞만 쓸고 살아왔었다는 자각 자체는 내부에서 뭔가 꿈틀거리고 있다는 것을 설명해준다. 만주행을 앞두고, 그 스스로 백지상태에서 가고 싶다, 그것은 무의식중의 어떤 준비를 나타낸 말이기도 했다. 홍이 당황하고 균형을 잃고 흥분하는 것은 그 일에서 꽁지를 빼려는 것이기보다 집 앞에서부터 느낀 불안 때문이다.

"이자 됐다. 그만해라."

연학은 술을 부었다.

"가거든 정선생 만내서 식구들 걱정하지 마라 캐라. 돌볼 사람은 많은께. 한복이 그 사람도 살았일라."

술집을 나와 헤어질 때,

"내 한 말 새기들으믄 알게 될 기다."

그 말을 남기고 연학은 등을 돌렸다. 집 앞에까지 왔을 때 집 안은 조용했다. 모두 잠든 것처럼 아무 소리도 들리지 않았다. 불도 꺼져 있었다.

"상의야."

홍이 문을 흔들었다. 불은 껐어도 잠은 들지 않았던가, 보연이 달려나왔다.

"이제 오시오?"

음성이 이상했다. 겁에 질려 있는 것 같기도 했다. 직감적으로 홍이는 그것을 느꼈지만 아무 말 없이 방으로 들어간다.

"불부터 켜."

보연은 등잔에 불을 켰다. 아이 둘은 깊이 잠들어 있었다.

"풍기네 집에서 이제 오십니까?"

묻는데 얼굴을 외면하는 것 같은 자세다.

"아니, 연학이형님을 만나서 술 한잔하고."

보연은 굼틀하며 놀라는 것 같다. 그 순간 불빛을 받은 보연의 얼굴, 많이 울었던지 눈이 퉁퉁 부어 있었다.

"당신 왜 그래? 운 것 같은데."

"아, 아니오. 저기,"

홍이는 방바닥을 내려다보며 생각한다.

'역시 뭔가 문제가 있었구나.'

연학의 말을 생각했다. 보연에게 왜 울었느냐고 추궁한다면 일이 간단치 않을 것 같았다. 본인 입에서 말이 나오기까지, 눈앞에 무슨 일이 크게 벌어진 것도 아닌 이상 기다려보리라 작정을 한다.

"늦었으니 자지."

보연은 얼른 일어나 자리를 폈고 홍이는 옷을 벗었다. 이불

속에 들어가기 전에 홍이가 먼저 등불을 불어 껐다. 보연은 아이들을 향해 돌아누운 채 숨을 죽였고 홍이는 반듯이 누웠다. 잠을 청했으나 잠이 올 것 같지 않았다.

'무슨 일이 있었을까?'

아무리 생각을 해보아도 짚이는 일이 없었다. 보연의 행실은 의심할 여지가 없다. 병원에서부터 달포 넘게 집에서 정양하는 동안 보연은 남편에게 헌신적이었다. 모두 주위 사람들조차 서방님에게는 공자라는 말을 들었을 정도였으니까. 행실에 대한 것은 상상조차 할 수 없는 일이었다.

'금전 관계인가!'

홍의 생각이 그곳에서 멈추었다. 돈은 홍이 벌어들였을 뿐 관리는 일체 보연이 해왔다. 보연은 인색하다는 말을 들을 만큼 살림을 알뜰히 살았기 때문에 그것 역시 의심할 여지가 없다.

'그러나 그건 모른다.'

돈을 관리하는 생모의 습성을 잘 아는 만큼 홍이는 다시 금전 문제로 생각을 돌린다.

'남을 주어 떼였다면 떼인 거지, 내 집에서 시끄러울 이유가 없지.'

자세하게는 모르지만 상당히 저축된 것으로 홍이는 알고 있었다.

'남의 돈까지 끌어다 빚놀이를 했나?'

생모의 경우라면 그럴 수도 있었다.

'마침 집도 팔리게 되고 만주로 간다니까 빚쟁이가 몰려왔다…….'

달리 원인을 찾을 수가 없었기 때문에 홍의 생각은 그 주변만 맴돌 수밖에 없다. 겁에 질린 듯한 목소리며 돌아누워서 분명 잠이 든 것 같지도 않는데 숨을 죽이고 있는 것을 미루어, 홍이는 슬그머니 한 팔을 보연의 허리에 얹어본다. 순간 보연의 몸은 오그라들었다. 끌어당겨본다. 보연은 홍의 팔을 뿌리쳤다.

"왜 이래?"

"그, 그냥 주무시오."

"왜 울었지?"

"안 울었어요."

딱 잡아뗀다. 반발 같은 것도 있었다.

"당신 날 속이면 안 돼."

"……."

"잘못한 일은 할 수 없지만 날 속이면 용서 안 할 거야."

"그럼 저는 어떡허지요? 상의아부지가 저를 속일 때."

말이 막힌다. 그렇게 응수해오리란 생각은 못했다.

"어째 말씀을 못하시오?"

"남자의 경우는 속이기보다 말을 못하는 경우가 있지. 여자는 항상 집 안에 있지만 남자는 밖에서 움직여야 하니까."

간신히 말을 꾸려놓고,

"이제 잡시다."

그 정도로 하고 홍이도 돌아누워 잠을 청했다.

이튿날 아침이었다. 홍이는 여자들의 새된 소리에 잠이 깨었다.

"문 안 열어주믄 부수고 들어갈 기요!"

"만일 부수고 들어오면 순사 부르겠소."

그것은 보연의 음성이다. 낮은 음성이었다. 홍이는 일어나 옷을 입고 방문을 열었다.

"무슨 일이오?"

삽짝문을 잡고 있던 보연이 돌아보았다. 얼굴이 백지장이었다.

"문 여소! 말이라도 해야지 분해서 이대로는 못 넘기요! 무신 죄졌다고 불러다 놓고 이 뺨 치고 저 뺨 치고, 지금이 어느 세상인데 양반? 이름이 좋아 양반이오! 뒤에 사람 없다고 업수이본 기이 더 분하다. 문 여소! 안 열 기요? 이자는 당신이 상대 아닌 기라. 우떻기 생기묵었는지 남정네 얼굴이나 봅시다!"

이웃 사람이 울타리 밖에 모여들었다. 홍이는 마루에서 내려섰다. 문간까지 갔을 때 보연이는 필사적으로 사립문을 막고 선다. 홍이는 그를 떠밀어내고 문을 열었다. 주근깨투성이의 얼굴, 광대뼈가 솟았고, 고래고래 소리를 지르며 문을 두드리던 기세와는 달리 홍의 눈과 부딪친 여자는 오히려 뒷걸음질치듯, 댕그란 눈은 홍이를 쳐다본 채. 홍이 머릿속에 번

개같이 지나가는 생각이 있었다.

"들어오시지요."

하다가 다시,

"들어오십시오."

여자는 망설이듯 살금살금 들어왔다. 홍이는 사립문을 닫아걸었다.

"방으로 들어오십시오."

정중하게 대한다. 그리고 어찌할 줄 몰라 하며 서 있는 보연을 성난 눈으로 노려보면서,

"당신은 아이들 데리고 작은방에 가 있어요."

여자는 홍이와 마주 앉았다. 대항의 자세이기는커녕 소리소리 지른 것을 부끄럽게 여겼던지 당황했던지 울기 시작했다. 홍이는 담배를 꺼내어 붙여 물며 여자 입에서 말이 나오기까지 기다리리라 마음먹는다. 태연한 척, 그러나 그의 마음도 결코 평온할 수는 없었다. 여자는 장이 올케였던 것이다. 그는 계속 울었다. 시누이가 불쌍해서도 그랬겠지만 옛날에 시누이와 서로 좋아했던 남자, 잘생긴 남자, 그리고 예의 바르게 대해주는 남자, 조금은 흐뭇하고 달콤하기도 한 울음이었을 것이다. 십 년쯤 되었을까. 그 당시, 장이는 일본으로 건너가 다소 재산을 모았다는 사내에게 시집을 갔었다. 신랑 쪽에서 보내온 혼물(婚物)은 오라비 장가드는 데 쓰여졌고 그 자신은 빈 몸으로 일본에 건너갔던 것이다. 말할 것도 없이 그

것은 희생적인 결혼이었고 이 여인은 장이가 떠난 뒤 오라범댁으로 들어왔으니, 장이의 희생으로 맺어진 부부라 할 수 있을 것이다. 그러니까 이들 시누이 올케가 처음 대면한 것은 시집간 후 한 번, 친정으로 다니러 온 그때였었고 또 통영서 홍이와 장이가 재회함으로써 벌어졌던 기막힌 사건도 그때 일이었다. 그 사건은 오라비 내외에게 큰 충격은 되지 않았다. 통영에서 벌어진 일이기 때문에 실감이 나지 않았을뿐더러 기별을 받고 일본서 달려온 장이 남편은 쉬쉬하며 오히려 장이를 달래어 데려갔었기 때문이다. 오라비 내외는 사건의 내용을 알고 있었지만 창피스런 일이며 제 얼굴에 침 뱉기, 도통 발설을 아니했기에 주위에선 아는 사람이 없었다. 홍이 진주로 돌아와 정착한 뒤 그들과 이웃하여 살면서 서로 거북했던 것은 사실이다. 서로 외면한 채 지내왔었고 차를 모는 직업인 만큼 홍이는 집을 비우기 일쑤였다. 집에 들를 때도 대개는 밤늦게, 그리고 새벽이면 나갔기 때문에 실상 마주치는 일도 거의 없었다. 그렇다고 해서 홍의 마음이 평정했던 것은 아니었다. 방구들을 놓아주며 생계를 잇던 장이의 부친 염서방이 죽은 뒤 오라비 내외만 사는 개천가의 초가집은 때때로 홍이 마음을 쓰라리게 했다. 뒤란 판자 울타리에 나 있는 옹이 빠진 구멍을 볼 때도 홍이 마음은 괴로웠고 비애 같은 것을 느꼈다. 장이를 그리워하여 그랬던 것도 아니며 잊지 못해 그랬던 것도 아니었다. 옹이가 빠진 구멍에 눈을 가져가며 하마나 하며 물동이를 들고 나올 장이를 기다렸던 기억, 청년기로 접어들었던 자기 자신을 되살려보는 데서 오는 비애였는지 모른다. 이사도 생각해보았다. 그러나 만주로 가게 될 것이라는 예상 때문에 홍이는 이사를 결행하지 못했던 것이다. 자의든 타의든, 어쨌든 이들은 서로가 서로를 배반하고 돌아섰다. 상대가 행복했더라면, 자신이 불행하지 않았더라면 이들은 서로를 잊었을는지 모른다. 장이가 불행했기 때문에 홍이는 기억들을 뿌리칠 수 없었고 장이는 자신이 행복했더라면 기억에 매달리지는 않았을 것이다.

"무식하고 없이 살지만 우리가 그리 예절 없는 사람은 아닙니다."

손등으로 눈물을 닦으며 여자는 입을 열었다.

"이미 다 지나간 일 아닙니까. 서로 가정을 가진 사람들이고, 또 잘못이 애기 아부지한테만 있는 것도 아니겼고오, 우리 시누이한테도 있었인께요."

꽉 막힌 여자는 아닌 것 같았다.

"모른 채 서로 지내는 것이 좋고, 그쪽에서 말한다믄 이쪽에서도 할 말 없겠십니까? 어젯밤에는 우리 애기 아부지도 얼매나 울었는지 모립니다. 오래비가 들어 동생 신세 망칬다 함씨로, 우리가 덩거렇기 잘 살았다믄 그런 일이 있었겠십니까. 우리 뒤에 말할 만한 사램이 있어도 그렇기는 안 했을 깁니다. 그런께 더 분하고 원통하고, 지가 머 말 안 해도 잘 알 깁니다. 우리 시누가 우리들 때문에 맘에도 없는 결혼을 했다는 것을. 어지간했이믄 무신 좋은 일이라고 여자가 아침부터 남의 집 대문 앞에서……. 불쌍한 우리 시누!"

또 눈물을 짠다.

"무슨 일이 있었는지 말씀해보십시오. 볼 면목도 없는 처지겠습니다마는."

"그런께 우리 시누는 아무것도 모리고 온 기라요. 지 설움에 온 기라요. 그걸 가지고……."

손등으로 눈물을 닦는다. 눈 가장자리가 달무리처럼 빨갛다. 무릎 위에 올려놓은 홍의 손이 약간 떨리는 것 같다.

"무담시, 어제 이 집 애기 어매가 우리 시누를 불러다 놓고서는 퍼붓고 이 뺨 저 뺨 때리믄서……."

장이 돌아왔으리라는 것은 꿈에도 생각지 못했던 일이다.

"그쪽에서 그런다믄 이쪽에서는 할 말이 없겄십니까? 만내도 먼지 만낸 사람이고, 팔자가 기박하여, 없는 기이 죄지요. 못할 짓을 당한 것도 우리 시누고요. 애기 어매도 통영서 그런 일이 있었인께 감정이 났겄지만 점잖은 양반 댁 사람이라카던데 그럴 수는 없일 깁니다. 그라믄 우리 시누는 친정에도 못 온다 말입니까? 아무것도 모리고 온 깁니다. 통영서 지 남편이 데리고 간 뒤 처음이라 애기 아부지가 여기 사는 것도 모리고 왔다 말입니다. 그런 억설이 어디 있겄소? 편지 내왕을 했다는 둥."

홍이는 얼굴을 숙인다.

"언제 왔습니까."

"며칠 됐십니다."

"무슨 일로 왔습니까."

"……."

"친정 다니러 온 것입니까?"

"……."

얼굴을 들고 여자를 쳐다본다. 여자의 얼굴은 어둡고 절망적으로 보이기까지 했다.

"아무튼 잘못했습니다. 모든 것이 저의 불찰입니다. 그리고 전해주십시오. 깊이 사과한다고, 내, 내가 다 잘못한 짓이라고."

"그 말을 들으니 반분이나 풀립니다. 그라믄 지, 지는 가보겄십니다."

여자는 나갔고 홍이는 앉은 채, 작은방에서 아무 기척이 없다. 갑자기 시계가 멎은 듯했고 세상이 멎어버린 듯했다.

'시누를 불러다 놓고서는 퍼붓고 이 뺨 저 뺨 때리믄서,'

미처 치마도 입지 못하고 저고리도 벗은 채 속치마 바람의 장이가 송장같이 두 사내에 의해 끌려나오던 장면이 눈앞에 생생하다. 중늙은 여자는,

'죽이다마다. 그러나 니 남편 손에 죽어야 할 기다. 이년! 눈이 시퍼런 사나아를 두고 그새를 못 참아서 외간 놈하고 붙어묵어? 이년!'

이 빰 저 빰 번갈아가며 장이를 치던 중늙은 여자. 홍이는 눈을 감아버린다. 악몽 같았던 일이었다. 사람들의 웃음소리, 음탕한 야유가 물밀 듯 귓가에 밀려온다. 죽을 수도 없었던 그때, 오랜 세월 끝에 극복했던 그때 일이.

'장이는 언제나 맞아야만 하는가. 다 빼앗겨도 맞아야 하며 다 잃어도 맞아야 하는가.'

홍이는 호랑이처럼 울부짖고 싶었다. 끝내 장이는 몸으로만 때워야 하는지. 처음 그는 횡포한 홍이의 젊은 피 때문에 짓밟혔다. 다음은 오라비에게 갈 혼물 때문에 그 부채 때문에 짓밟힌다. 그리고 그리움 때문에 짓밟히고 보연이 쪽에 독점권이 있었기 때문에 짓밟혔다. 아무도 그를 구원할 수 없다. 가해자 격인 오라비 내외도 그를 위해 흘리는 눈물 외에 없고 가해의 원흉인 홍이는 돌이 될밖에 없다.

"이 방에 좀 왓!"

홍이 소리를 질렀다.

"이 방에 오라니까!"

방문 여는 소리가 났다. 마룻바닥에 치마 끌리는 소리가 났다. 가면 같은 얼굴을 하고서 보연이 방으로 들어왔다. 용수철같이 홍이 튀어 올랐다.

"아이구!"

보연이 볼을 감싸쥐었다. 그 순간 홍이는 피가 얼어붙는 것을 느낀다. 연학의 말이 생각났던 것이다. 신음하듯 자리에 주저앉는다.

"거기 좀 앉아."

보연은 떨면서 앉았다.

"그 여자를 왜 때렸나."

나직한 목소리다.

"때, 때릴라고 그, 그랬던 것은 아니었는데."

"아니었는데?"

"잡아떼는 바람에 화, 화가 나서."

보연이 울음을 터뜨린다.

"잡아떼기는 뭘 잡아떼!"

"뻔한 걸 가지고 자, 잡아떼니까."

"뻔한 그게 뭐야!"

"당신 그런 끔찍한 일 당하고 병원에서 수, 수술받은 일을,"

"……?"

"그 일을 연락받고 나, 나왔으면서 안 그렇다고 잡아떼니까."

"허허어."

"지, 지도 얼마나 괴로웠으면 그, 그랬겠습니까."

"누가 연락은 했지?"

"다, 당신이거나 아, 아니면 저 집에서."

"맙소사."

"어제는 안 나가던 분이 처음으로 나가시면서 늦어도 걱정 마라 하시지 않았습니까? 풍기네 집에 가신다는 것도 핑곈 줄 알고…… 생각다 생각다 그 여자를 붙잡아둘려고 처음에는 오, 오라 했는데 이, 일이 그렇게 돼버린 거예요."

"이 병신아."

홍이는 어이가 없어 웃고 만다. 담배를 붙여 문다. 담배 하나가 다 타들어가는 동안 홍이는 말이 없었다. 집안 분위기에 질렸는지 작은방에 있는 아이들, 움직이는 기척이 없다. 보연의 얼굴에 차츰 핏기가 돌기 시작했다. 그러나 불안하여 남편의 수그린 이마를 훔쳐보곤 한다. 새로운 담배를 붙여 문 홍이는 말을 꺼내었다.

"앞으론 그런 짓 하지 말아요. 당신의 상상은 어이가 없을 정도로 틀린 것이오. 나는 당신을 속이지는 않을 거요. 장이 문제에 한해서 절대로 당신한테 감추는 일은 없을 거요."

보연의 얼굴이 환해졌다.

"그러나 한 가지 당신이 이해해야 할 일은 있지."

"그게 뭡니까."

"그 여자한테 나는 몹쓸 짓을 했소."

"……."

"그 여자가 당하는 일은 모두 억울한 것이오."

"토, 통영서 그, 그 여자가 찾아가지 않았습니까."

불만을 표시한다.

"긴 설명을 하면 뭘 하겠소. 당신이 나하고 해로하고 싶거든 내 말을 믿어!"

보연은 입을 다물어버린다.

"우리가 만주로 떠나기 전에 한 번은 그 여자를 만나야 할 거요."

"그, 그건 안 돼요!"

"남남의 입장에서 한 번 만나는 것이 왜 안 돼?"

"뜻대로 되나요? 마, 만나게 되면 남녀란, 아, 안 돼요. 만나지 마시오."

애원한다.

"그 여자가 온 것도 나는 처음 알았소. 나는 그 여자에게 뭔가 해주어야 해. 그 여자가 불행하다면 나는 죄졌다는 마음을 버릴 수 없을 게요."

"……."

"그 생각이 짙어지면 당신과 나 사이도 위험해."

"뭘 어떻게 해준다는 거지요?"

"그건 지금 나도 모르겠소. 물질적으로 어렵다면 도와주는 것도 한 방법이겠지."

"아니오!"

"……?"

"그 여자가 원하는 것은 상의아버지 당신뿐이에요."

여자의 본능적인 직감, 보연은 정곡을 찔렀다. 홍이는 보연을 쳐다본다. 오랫동안 오랫동안 쳐다본다. 그러면서 연학의 말을 생각하는 것이었다.

제2편

귀거래(歸去來)

1장 - 5장

1장 남천택(南天澤)이란 사내

효자동 거리를 지나가는 전주의 갑부 전윤경은 십 년 전에 비하여 별로 늙은 것 같지 않았다. 변했다면 금테 안경이 로이드 안경으로 바뀌었다는 것, 차림새가 수수하며 점잖은 신사로 보인다는 그 정도였다. 부친이 세상을 뜨고 명실공히 호주가 된 때문인지, 댄디즘하고는 손을 끊었는가. 대신 동행인 동년배의 좀 작은 듯한 사내는 요란했다. 활동사진에서 빠져나왔나 싶을 만큼 사십 대의 모던 보이, 밀빛 캡을 멋지게 눌러쓰고 연갈색 체크 무늬의 양복, 보타이는 갈색이었고 스틱을 짚었다. 스프링 코트는 팔에 걸린 채, 경박해 보였으나 그 나름으로 세련은 돼 있었다. 윤경과는 동향으로서 남천택(南天

澤), 그는 최근에 일본서 돌아왔다. 가세는 변변치 않아 그저 먹을 만했으니 향리에서는 그 차림새로 하여 조롱을 적잖게 받았다. 항상 그런 차림새였던 것은 아니었지만. 그는 전윤경의 도움을 많이 받았다. 전윤경뿐만 아니라 누구에게든 도움을 받는다. 천재적으로 그는 사람을 잘 사귀었다. 일본인이건 중국인이건 서양인이건 가릴 것 없이 부딪쳤다 하면 금세 친구가 된다. 행동방위도 종횡무진 일본에서 중국, 가는 곳마다 친구, 도움받을 사람이 있었다. 그런 데는 물론 그럴 만한 특징이 있다. 첫째로 꼽을 수 있는 것은 그의 어학실력이다. 그에게 최초로 도움을 준 사람은 미국인 선교사, 그로 인하여 남천택은 신학문의 문턱을 넘어 동경 Y대학 영문과를 통과했으니 영어, 중국어, 일본어 그 세 나라 말은 아주 유창하였다. 노어(露語)도 조금은 할 줄 안다. 결국 남천택은 천재였던 것이다. 다음 이 천재는 상대를 편하게 하는 요령을 터득하고 있었다는 점이다. 아첨하고 뽐내지 않았다. 사람들은 도움을 주면서 그를 업수이여기지 않았고 풍부한 그의 학식에 접하면서 그를 존경하지 않았다. 묘한 얘기이지만. 지금 차림새와 같이 다소 격조가 높은 광대이기 때문인지 모른다.

"서울이 좀 변했나?"

전윤경이 물었다.

"그렇고 그렇지 뭐. 내가 왜 부산서 전주로 직행한지 아나?"

"집이 거기니까 그랬겠지."

"집? 집이란 가족이 있는 곳이 집이네."

"형들이 살고 있잖아."

"이봐 윤경이. 사십 넘은 사내보고 형들이 가족이라 할 수 있겠나?"

"그도 그렇군. 하면은 장가들게나."

"이 사람 보게? 든 장가는 어쩌구. 벌써 일곱 번이나 들었다구."

"정식으로 들라는 게지. 참한 규수 골라서. 사십의 늙은 총각이지만 자네 같으면 올 여자가 있을 게야."

남천택은 팔을 내저었다.

"고리타분한 얘긴 관두어. 여자란 삼 년만 지나면 늙어서 못쓰겠더군. 정식으로 했다간 그 위자료를 누가 감당하누. 발목 잡히는 것도 난 딱 질색이야."

"미친놈."

"내가 미쳤나? 너희들이 탈을 쓰고 있는 게지."

"그래 집도 없는 전주인데 어째 직행을 했나."

"서울을 좀 넓게 볼려구."

"음 그러니까 동경서 든 허파의 바람을 전주에서 토하려 했다 그 말이군."

"내 대가리는 한시도 쉬어주지 않으니까, 좁쌀인가?"

"그래 좁쌀이다. 사내자식이, 단숨에 서울로 꽝! 하면 어떠냐."

"하하핫, 하하핫."

웃으며 스틱을 흔들어본다.

"윤경이."

"말해보게."

"상현이 그 자식 만주로 날았다며?"

"언제 일인데. 별안간 상현이는 왜 물어."

"임명빈 씨를 방문하려니까 그 미인 생각이 나서 그래."

"명희 씨 말인가?"

"그래, 미인이었지. 상현이를 짝사랑했지 않아?"

"자네 나이 몇인데? 미친 소리 그만해. 명희 씨는 남작 조병모의 자부일세."

"그런 사정이야 나도 알아. 그 여자 백계 러시아의 여자 같지 않던가?"

"언제 보았나?"

"일본서 학교 다닐 때 봤지."

"아득한 옛일이다."

"한 십오 년쯤, 그렇게 됐겠군."

임명빈의 집에 거의 다 왔을 때 전윤경은 걸음을 멈추었다.

"천택이."

"말해보게. 상호가 왜 그 모양인고?"

"우리가 뭣하러 임명빈 씨를 찾아왔지?"

"허허어, 이제사 술이 깨는 모양이군."

"술 깨다니?"

남천택은 낄낄 웃는다.

"아침에 자네가 찾아가보자 했지 않았나. 이 화상이 무슨 목적이 있구나, 하고 나는 따라나왔던 게야."

전윤경은 고개를 갸웃거린다.

"아까 자네 뭐라 했나."

남천택이 묻는다.

"내가 뭐라 해."

"근엄하게 말씀이야, 배 속에서 소리가 나는 걸 참았지."

"……?"

"명희 씨는 남작 조병모의 자부일세."

"그랬는데?"

"이젠 자부가 아니지 않는가."

"무슨 소리야?"

"어젯밤 술자리에서 듣던 얘기 다 까먹었어?"

"음……."

"선우일이 하던 말 생각 안 나는가?"

"그, 글쎄."

"자네 한 말도 생각 안 나나? 자네가 내일 임명빈 씨 찾아간다고 큰소리 탕탕 치지 않았어? 해놓고 여기까지 왔는데 아침에 내가 찾아가자 해서 따라나왔다구? 댓끼!"

전윤경은 고개를 흔든다.

"술자리여서 실언을 한 모양이군. 나 실수는 좀체 안 하는 편인데."

전윤경은 아주 난처해하는 웃음을 띤다. 옛날에 전주에서 이상현과 술을 마셨을 때 결벽한 이상현, 기생과는 연애 안 된다는 얘긴데 그러면 안성맞춤이 있긴 있지, 명희아가씬? 했던 전윤경이다. 그때 상현은 취중에도 할 얘기가 따로 있다 하며 몹시 화를 냈던 것이다.

"그래서 자네, 상현이를 들먹였군? 원숭이 같으니라구."

"아아, 아닐세, 난 왜놈 아니라구."

"형편 따라 왜놈도 되구 뙤놈도 되구. 등치고 간 내먹고 쳐다보며 코 베어 가구 변신무쌍 원숭이라면 잘 봐준 게지."

"아무리 그래 봐야 부처님 손바닥이다. 그보다도 남아장부 칼을 한번 뽑았으면 쳐들어가야지."

"아닐세. 제발 그런 일 없던 걸로 해주게. 취중에 무슨 말을 했는지 모르지만 상대도 상대 나름이야."

"홀아비가 이혼녀를 두고 뜻을 품은들 그게 무슨 대역일꼬?"

전윤경은 팔을 내저었다. 부친이 세상을 떴을 뿐만 아니라 윤경은 이 년 전에 상배를 했으며 여태 재취를 하고 있지 않은 형편이었다.

"자아 들어가세."

스틱으로 엉덩이를 떠민다.

"그런 일 아니라도 오래간만에 선배를 찾아보는 것은 무슨 허물인가."

"그렇기는 하다마는."

두 사람은 임명빈 집에 들어섰다.

"아니, 자네들이 웬일인가."

임명빈은 무척 반가워했다.

"오래간만입니다. 선배님."

"오래간만일세. 몇 년 만인가? 자아, 어서들 앉게."

두 사람은 사랑에서 임명빈과 마주 앉는다.

"한잔해야겠지?"

"네. 어젯밤, 과음을 해서 술로 풀어야 할 것 같습니다."

남천택이 전윤경을 보며 실쭉 웃는다. 전윤경은 눈을 깜박깜박했다. 임명빈은 사람을 불러 술상 차리라고 일러놓고,

"윤경이는 더러 보지만, 그렇다 해도 이삼 년 되나? 천택이는 참으로 오래간만이다. 그동안 여기 안 있었지?"

"네. 얼마 전에 동경서 왔습니다. 한데 임선배께서는 교장 감투를 벗으셨다구요."

"그까짓 것 화젯거리나 되나 뭐."

"잘하셨습니다."

해놓고 천택은 또 윤경을 본다. 윤경은 천택을 노려보았다.

"그래 그쪽 형편은 어떤가?"

임명빈은 괴로웠다. 교장직 사퇴는 명희 신상과도 관련이 되기 때문에 화제가 그곳으로 돌아가는 것이 싫었던 것이다.

“차차로 말씀드리지요. 그곳도 편안하지만은 않습니다. 아니 도리어 시끄럽다, 매우 좋잖은 방향으로 가고 있다 해야 할 겁니다.”

“음, 참, 인사가 늦었네. 윤경이 자네 상배를 했다며?”

임명빈은 윤경에게 얼굴을 돌렸다.

“늙지도 젊지도 않은 나이에 큰일 났습니다.”

쓰게 웃는데,

“임선배께서 신부 하나 구해주시지요.”

천택은 능청을 떤다.

“내가 구해주고 말구가 있나. 윤경이 같으면 후보자가 줄지어 있을 터인데 안 그래?”

천택은 그 이상까지는 가지 않았다.

“앞으로 선배님은 무슨 계획이라도 있는지요?”

윤경이 물었다.

“계획이라니, 계획이 뭐 있겠나. 밥벌이나 해야지. 기와공장을 하나 차리기는 차렸는데.”

“하필이면 요즘 같은 불경기에, 어렵겠습니다.”

남천택은 정색을 하고 말했다.

“좀 어렵기는 어렵다마는.”

“황태수 그 양반도 요즘엔 고전을 한다는 소문이더군요.”

윤경의 말이었다. 임명빈은 이맛살을 찌푸렸다. 윤경이나 천택은 다 같이 이맛살을 찌푸리는 임명빈을 바라보며 많이 늙었다는 생각을 한다. 다른 누구보다 임명빈이 많이 늙은 것 같았다.

술상이 들어왔다. 세 사람은 술을 마시며 한동안 제각기의 생각에 잠긴다. 사사로운 문제, 임명빈의 경우나 전윤경의 경우 사사로운 문제가 없지 않았고 나름대로 고통스러우며 또 복잡했지만 역시 이들 세 사람의 공통점은 불안이다. 시국에 대한 불안이 가장 큰 관심사가 아닐 수 없었다. 얼굴을 대하고 보면.

"그쪽 얘기나 하지그래."

임명빈이 입을 떼었다.

"흐음, 네, 별로 희망 있는 형편은 아닙니다만 이쪽 사정과 비슷한 점이 많습니다."

술잔을 입으로 가져가며 천택이 말했다. 그의 눈빛은 가라앉는 것 같았다.

"어떤 면에서?"

"여러 가지 국면에서 그렇습니다만 살벌하다는 점, 대단히 시끄럽지요. 앞으로 뭔가 터지고 말 조짐 아닐까요?"

"전쟁 말인가? 아니면 일본에서 큰 변혁이 일어날 거란 그 얘긴가?"

임명빈은 마시려던 술잔을 상 위에 도로 놓는다.

"여러 가지 여건으로 보아, 사회변혁이 일어날 가능성은 짙습니다. 무르익었다 할 수 있을 만큼, 그러나 결국엔 안 될 겁니다."

"하기야 그걸 믿는 사람은 별로 없을 게야."

"일본의 우익 세력이란 그런 사회운동을 탄압하는 데 그치지 않을 거니까요. 사실 국내의 그런 것은 안중에 없는지도 모르지요. 또 한 가지 만주나 중국에 있어서 얻어낸 기득권을 보호한다는 따위도 시시한 얘긴지 모르지요. 그들의 흐름은 만주를, 몽고를 먹어치우겠다 바로 그겁니다."

"결국 전쟁으로 터진다 그 말이군."

"십중팔구는. 전쟁이란 자고로 국내의 변혁 세력을 눌러버리는 데 쓰여졌던 방법 아닙니까? 지금 전국에 만연하고 있는 경제공황에서 빠져나가는 방법이 될 수도 있겠지요. 상당히 심각하니까요."

"세계적 현상이지. 미국이 특히 심한 모양이더군."

"물가는 폭락에서 또 폭락, 실업자는 홍수, 일본이라고 예외겠습니까? 문을 닫는 공장은 부지기수요, 실업자가 백만을 넘는다 했으니 남은 공장이나 기업도 임금인하, 노사 간 쟁의는 극심하지요. 최저임금 노동자들이 일자리를 잃었다면 그것은 기아선상 아닙니까? 실업자들은 고향으로 돌아가려고 해도 여비가 없어, 하여 철로를 따라서 걷는 남루한 모습은 얼마든지 목격할 수 있어요. 물가폭락으로 살 만하게 된 것은 중산층으로서 사치를 하게 되는 아이러니, 오늘 일본의 현실이 그렇습니다. 밑바닥이 왕창 무너져가고 있는데 말입니다. 해서 지하에 있던 사회주의, 공산주의자들이 이때다! 하고 모두 뛰쳐나오는데 그런 만큼 또 철저하게 깎여버리는 거지요. 말하자면 이제 그들은 소모품입니다. 뒤를 댈 시간도 없이 소모되어가는 거지요. 보통선거법이라는 알사탕을 내놓고 치안유지법이란 독약을 만들었던 일본은 치안유지법에 걸린 자에게 십 년 내지 오 년의 징역에 처한다, 그 조문을 사형 혹은 무기로 바꾸는 것쯤 식은 죽 먹기 아니겠습니까? 그래서 일본 국내에서 일어날 변혁에는 기대하지 말라 그겁니다."

"정말로 중국하고 붙을까?"

"아마도."

"그럼 그건 우리에게 희망적인 것 아닐까?"

"낙관적이군요. 전쟁에서 우리들 씨를 말려도 말입니까?"

세 사내는 침묵에 빠진다.

"하긴 누군가도 그런 말을 하기는 하더라만…… 전쟁이 나면 조선의 청년들은 일본 군대의 방패 역할을 할 것이고 전쟁 수행에 있어서 노역(勞役)을 전담할 것이라, 그럴 경우 국내에 있는 가족은 인질로 써먹게 될 거라구. 물론 그럴 가능성이야 충분히 있지. 허나 이런 상태가 지속된다면, 지속되는 한에 있어서 무슨 희망이 있겠나. 와장창 터져버리기라도 해야 숨구멍이 터지든지 아예 죽어 자빠져버리든지."

임명빈은 의기소침하여, 그래서 자포자기하듯 말하였다.

"지속도 운동은 운동이지요."

남천택의 눈빛은 여전히 싸늘하게 빛났다.

"그건 또 무슨 뜻일꼬?"

"역사라는 것도 생명을 지닌 것 아닐까요?"

"……?"

"끊임없이 탄생하고 움직이다가 벗겨진 허물처럼 계속 죽어가니까요. 지속은 바로 역사의 생명, 그 생명의 운동은 아닌지 모르겠습니다."

"또 낮도깨비 같은 소리 시작한다."

머리를 쓸어넘기다가 전윤경은 말리듯 핀잔주듯 말했다. 그러나 임명빈은,

"역사도 생명이 있는 거라면, 그, 그도 독자적인 운명을 가지고 있다, 그렇게 되는 겐가?"

"독자적이라면 어페가 있겠습니다만 그렇게도 말할 수 있겠지요."

"그, 그렇다면 역사나 민족은 절로 갈 길을 가고 우리네 개인은 별반 할 일이 없다……."

"아니지요. 사람이 감나무 밑에 드러누워 입 벌리고 살아가는 것은 아니지 않습니까."

"그는 그렇지. 하니까 역사에는 역사의 의지가 있다."

"그렇지요. 생명, 모든 생명은 존재하고 운동하는 한에 있

어서 의지가 있다 할 수 있겠지요. 풀잎 하나에도."

"그렇다면 역사는 독자적인 것이 아니라면 지배하는 건가?"

"능동적인 공동체다, 저는 그런 생각을 합니다."

"흠."

"다시 말하면 상부상조의 관계라고나 할까요? 생명체끼리의."

"그렇다면 어째서 역사는 늘 강자의 편이었나."

찌가 흔들리는 순간 낚싯대를 잡아채듯 명빈은 재빨리 말했다.

'청춘이구나. 십 년 가까이 교육계에 몸담았어도 변한 게 없어. 여전히 문청 시대, 사람이 착하고 순수한 것도 어느 정도지, 희극이다 희극.'

전윤경은 짜증이 나서 마음속으로 중얼거렸다.

"악을 두고 강자라 하신다면 역사가 그들 편에 선 게 아니지요. 상부상조의 묵약 내지 질서에 대해 인간이 반역한 거지요. 그러나 강약이 선악과 늘 일치했던 것은 아니지 않습니까? 뺏고 빼앗기는 상태에서 본다면 강자는 악이요 약자는 선이겠으나 이룩하고 다스리는 상태에서 본다면 강자가 선일 수 있고 이룩하고 다스리는 것을 저해하는 기생충 같은 약자는 분명 악일 것입니다."

"다스리고 이룩한다…… 그런 정치개념이 지배한다는 것과 얼마만큼이나 다를꼬? 그런 것 휘두르지 않았던 정복자는 한 사람도 없었다."

"그렇지요. 반역자들은 사양하는 게 없지요. 빼앗고도 영웅이 되고 살육하고도 시혜자가 되고 파괴하면서 창업주가 되고, 허허헛헛……."

웃다가,

"저는 뭐 정치적 측면에서 한 말은 아니었습니다. 그러나 황하를 다스릴 능력을 가진 사람, 즉 요순(堯舜)을 제왕으로 선발하였다는 고사를 두고, 진실한 뜻에서의 강자, 이상적인 정치 형태를 생각할 수 있습니다. 또 재미나는 것은 도편수(都片手)는 재상(宰相)감이다, 한 그 말입니다. 결국 토목(土木)에 능한 사람이 치자(治者)로서의 자격이 있다, 아니겠습니까. 그들의 연장이야 칼도 아니겠지만 그래도 그들은 강자인 것입니다."

"그야말로 요순시대의 잠꼬대로구나. 아전인수, 사기 치기 좋은 주둥이야."

전윤경이 또 빈정거렸다.

"자네는 술이나 마시게."

해놓고 남천택은,

"요순시대의 얘기라 비웃고 믿지 않으려는 것이 바로 오늘을 사는 사람들의 착각이며 모순이며 오류란 말입니다. 특히 조선사람, 그리고 일본사람들이 그래요. 민주주의와 사회주의와 혹은 마르크시즘, 그런 것들이 서구에서 들어온 새로운 사상이라 하여 양복 걸치듯, 또 이상적인 정치형태라 신봉하면서 보국안민의 정치적 요체(要諦)를 간직한 동학은 핫바지라 거들떠보지 아니하고 일종의 사교로 치부하거든요. 다스린다 함은 두말할 것도 없이 고루 족하였는가 보살피는 일이며 옳고 그름을 판단하는 일이며 취하고 버릴 것을 선택하는 일, 결국 알뜰하게 살림을 꾸려가면서 정신적이든 육체적이든 백성이 필요로 하는 것을 백성과 더불어 이룩해가는 일인데, 정치 이념이야 언제나 명쾌한 것 아닙니까? 왜 사람은 존재하는가, 왜 탄생하고 사망하는가, 생명은 어디서 왔고 무엇이냐, 그거야 우선은 정치의 소관 밖의 일일 터이고, 강자에 대한 개념도 그래요. 다스리고 이룩한다, 그 관점에서 본다면 군왕이든 혹은 대통령이든 단위의 크고 작음의 차이일 뿐 일가의 가장이라 하여 그 범주에서 벗어나는 것은 아니지요. 또 대상이 사람에 한한 것도 아니구요. 양 치는 소년은 양의 지도자요 갖바치는 사람의 발을 보살피며 신발을 이룩하고 농부는 땅과 작물을 다스리면서 곡식을 만들어내고 모든 것은 합일 내지 통일을 향한 운동으로 진화해가는 것 아니겠습니까. 우주의 질서는 벌레나 풀잎에도 축소된 상태로 작용하고 우주의 질서, 그것을 신으로 지칭하여도 무방하지요. 그 신이 천지만물을 다스리며 날로 이룩해나가듯 인간도 천지만물을 다스리며 이룩해나갈 가능성을 지니고 있어요. 물론 생명의 비밀을 모르기 때문에 개인에게는 유한한 것이지만 존재하는 한 종횡으로 다스리며 창조하는 것, 허황한 얘긴가요? 아까 저는 반역자란 말을 했습니다. 파괴하고 약탈하고 정복하고 그런 자들이 강자다, 그런 생각에 중독된 식자들에겐 그야말로 허황한 얘기지요. 사실 우리 조선사람들 머리통 속에 일본은 강자다, 하는 관념이 고약같이 눌어붙어서 떨어지지 않는 겁니다. 일본은 강국이다. 노대국 청국과 러시아에게 도전하여 승리한 강국, 이 강국이라는 관념은 그들의 빈약하고 보잘것없는 문화까지 승격하게 했지요. 상스럽고 조잡한 문화가 위대하게 보여지기 시작한다 그 말입니다. 무례한 관습이 당당하게 보이고 섬세한 예의범절이 비굴하게 느껴지는 것입니다. 때려 부수어라, 파괴자에 대응하는 것은 파괴니라, 이런다고 선배님 오해는 마십시오. 총독부 청사에 투탄하는 사람, 왜놈 대갈통에 총알 꽂는 사람, 그 의혈단의 투사들을 두고 빈정대는 말은 결코 아니니까요. 찬밥 더운밥 가릴 겨를도 없는 사람들이 유성기 소리가 귀에 들어가나요? 구습을 타파하라, 기존 가치를 모조리 때려 부수자, 무용지물, 망국을 초래한 것들, 고루하고 미개하며 변변한 총 한 자루 없는 문명 부재의 상태에서 하루빨리 탈피하라, 수치스런 과거를 불식하지 않고 고질적인 것을 뿌리째 뽑아버리지 못한다면 우리는 살아 남지 못하리라, 눈을 떠라, 양양한 바다 건너 찬란한 문화를 보라, 그러면 우리가 얼마나 미개하고 몽매하였는가를 알 수 있으리, 보자보자 하니 어느덧 애국 애족하는 광대들 구호는 일본이 이 땅에 발붙이려 했던 그 시절의 구호와 흡사해가고 있었더란 말입니다. 해서 민족개조론이 나오고 해괴한 신종론(新種論)도 나오고, 참말 웃기는 일들이지요. 지사연, 지도자연하는 그 광대들, 무지막지하고 교활무쌍하고 한 치 바늘 가지고 보검 휘두르듯 하며 천재를 우러러 받들라고 호령하는 염치 좋은 낯짝들, 천재가 어디 있습니까? 천재는 누군가요? 망토나 인버네스 같은 것 입고 미쓰코시[三越]의 에스컬레이터를 타본 위인이 천잽니까? 데이게키[帝劇]의 입장권을 사본 사람이 천잽니까? 전답 팔아 공부한 값을 한답시고 돌아온 그들 천재들의 일성은 미신을 타파하라! 유교 교육의 해독을 아는가! 주역(周易) 따위는 숙명론이니 망국의 씨앗이다! 삼강오륜이 뭣이냐, 신체발부수지부모(身體髮膚受之父母)라 하여 중히 여긴다는 것은 넌센스다, 미래를 위해 자식들은 부모의 고혈까지 빨아 살찌워야 하며 부모 곁에 어물쩍거리는 그 따위 효도야말로 망가망국(亡家亡國)의 흉도(凶道)이니라, 무지몽매한 부녀자들이 치성 드리려고 들락거리는 절은 어떠한가, 중놈 놀고 먹고 빈손으로 와서 빈손으로 간다는 비관주의 허무주의의 불교, 그것도 일없다. 숙명론적이긴 마찬가지겠으나 야소교는 두고 보자, 서양문물의 창구니까 목사나 신부들은 서양 옷 입고 온 사람, 사회주의, 공산주의, 민주주의, 무정부주의, 낭만주의, 고전주의, 공리주의, 실리주의, 야수파, 추상파, 주지파, 인상파, 다 좋다. 서양서 배 타고 온 거니까, 이하(李賀)는 누구인가? 황진이는 기생이었지, 보들레르를 모르고 하이네, 바이런을 모르고 톨스토이를 안 읽고서, 참말 모래알만큼 많기도 하지, 조선에는 뭐가 있나, 텅텅 빈 자루밖에 없다. 미신 바람이 흠뻑 들어찬 빈 자루, 아무것도 없다. 있는 것은 송장이 썩은 묘소뿐이다. 서양에서는 공동묘지에 꽃 한 송이 놓고 고개 숙이면 그만인데, 조선에는 이케바나*조차 없다. 그만큼 정서가 메마른 민족이며 정서가 메말랐다는 것은 아무것도 창안하지 못하고 예술도 꽃피울 수 없다는 이야기다, 제에기랄! 그릇이 없어 대통에 밥 담아 먹던 왜놈이 임진왜란 때 도공들 끌고 간 일은 몰랐던가, 죽일 놈들, 그 주둥아릴 가지고서 애급의 피라미드가 어떻고 스핑크스가 어떻고…… 조선인은 게으르다, 그것은 온돌 때문이다. 온돌을 없이하라, 필요하면 침실로만 써라, 왜놈들하고 꼭 같은 곡조로 나온다 그 말입니다. 침실? 조옿지요. 농가에도 침실 있고 거실 있다면 오죽이나 좋겠습니까? 제일 부지런해야 할 농부에겐 그야말로 쌀 생산을 위한 시책으로도 게으름은 퇴치돼야겠지요. 그것은 총독부에 건의할 사항인 것 같습니다. 세계대전 이후 벼락부자가 생긴 일본에서는 거실 하나 꾸미는 데 이삼만 원 처넣는 작자들도 있다는 말을 들었는데 이삼십 원짜리 농가에 침실 하나, 하하핫 하하하핫…… 담뱃대도 분지르고 요강도 깨버리고 조선옷은 불살라버리고 하, 그런데 갓만은 아깝군요. 왜놈이야 본시 머리에 올려놓은 것이 없으니만큼 그까짓 존마게* 잘라도 버려야 할 관이 없으니 덜 억울하겠습니다만. 거상(居喪)과 제사도 폐하고 보면 가보같이 내려온 제반 집기는 엿장수 차지가 될 거구. 군자대로행이라, 하늘 올려다보며 팔자걸음 걷는 양반님네, 그도 게을러 못쓸 것이며 등 구부리고 땅 내려다보며 안짱걸음 걷는 왜인을 닮아야 할 것인즉."

"그만하고 숨 좀 돌리지 않겠나?"

참다 못한 전윤경이 남천택의 팔을 잡아 흔든다. 어리벙벙해 있던 임명빈이,

"자네 입에서 그런 말 나올 줄은 몰랐다."

술 한 잔을 마신 남천택은 아무 말도 한 일이 없었던 것처럼 씩 웃었다.

"왜 그렇습니까. 최신 유행의 이 옷 탓입니까?"

임명빈은 실소한다.

"알기는 아는군."

남천택은 크게 소리 내어 웃는다.

"착오가 생겼지요. 시골에 가니까 양반들도 평준화되었다고나 할까요? 할 일이 없기론 마찬가진데, 왕시의 권위를 고집하기론 오히려 등과(登科)도 못해보고 그늘살이를 하던 측의 양반들이더군요. 아전 나부랭이들도 그렇고."

"이 사람이 무슨 얘기를 하려는 겐가."

"본시 버릇이 그렇습니다. 이 작자 동경 얘기하려면 서울에

서 시작하고 서울 얘기하려면 동경서 시작하니까요."

전윤경의 말이었다.

"서울의 신파(新派)들을 만나려면 마땅히 도포에다 갓을 써야 하는 것이지만 상투가 없는 처지고 보니, 두루마기라도 걸쳐야 하는 건데 잘못된 거지요."

하는 수 없이 임명빈은 웃는다.

"그렇다면 신파의 욕은 그쯤 했고 시골 구파 양반보고는 무슨 말을 했는가."

"네. 자전거 타는 것을 배우라 했습니다. 노발대발 쫓겨났지요. 하하핫핫, 하하하핫……."

어디까지 진담이며 어디까지가 농담인지 종잡을 수 없다. 임명빈은 뭔가 우롱을 당한 듯하여 불쾌감을 가졌으나 그렇다고 해서 불쾌한 것만은 아니었다. 남천택의 말에는 수긍할 만한 것이 있었지만 편협한 일면이 있었다. 터를 넓게 잡아 울타리를 쳐오는구나, 싶었는데 지극히 속된 일상적인 내용으로 흘러갔고 좀 황당하다. 그러나 이론정연한 곳도 있었다.

'나를 향해 쏘아댄 화살일까?'

그러나 어떻게 생각하면 남천택은 자기 자신을 야유한 것 같기도 했다. 그의 외모를 봐서는 그가 매도한 바로 그런 인물로 느껴졌기 때문이다. 그러나 무엇보다 임명빈의 마음을 관대하게 한 것은 조찬하의 말을 상기했기 때문이다. 남천택은 조찬하와 같이 일본과 조선을 구체적으로 비교해가면서 상반된 점을 명쾌하게 끄집어내지는 않았다. 어쩌면 대가리도 꼬리도 없는 애매한 말, 뛰면서 여기저기 찔러보다가 마는 그런 식이었으나 또 묘하게 상통되는 것이 있는 듯싶기도 했다.

"의외로 자넨 보수적 인물이군."

"천만에요. 저는 단순한 댄디스트지요."

"자네도 서양서 배 타고 온 걸 좋아하는군그래."

"댄디즘이 어디 뭐 세나 보들레르의 전용물입니까? 이조의 선비들 중에도 그게 많았지요. 많았을 정도가 아니라 조금씩은 가지고 있었다 해야겠어요. 의상에서 서가의 일용품에서 기생과 노는 품에서, 깔끔하고 세련된 멋을 볼 수 있고 권문세가에 대한 차디찬 모멸과 냉소적으로 표현하는 자존심 따위, 그 당시는 꼬부랑 글씨로 이름 붙이지 않았다 뿐이지요. 윤경이 이자도 한때는 그런 폼을 재고 다녔습니다만 밑천이 짧았지요. 전주의 갑부라지만 족보가 시원찮았고 저로 말할 것 같으면 남의 호주머니 믿고 살아왔으니 광대기가 몸에 붙어서 여러모로 좀 찌그러졌지요. 남이 열 올려 지껄일 때 비웃듯 말없는 윤경이가 제격이긴 한데 말입니다."

"언제 자네가 열 올려가며 지껄였나? 입만 놀고 심장은 정물(靜物)이었지. 하기는 심장까지 함께 놀았으면 큰일 났을 게야. 선배님 제 잔 받으십시오."

윤경이 명빈에게 술잔을 내밀었다.

부어준 술을 마신 명빈은,

"참말로 세상만사가 답답하네."

한숨을 내쉰다. 남천택이 한바탕 휘저어놨는데 여전히 의기소침한 상태다. 몰골도 초췌했다. 그새 많이 여위어 목은 길어졌으며 고수머리의 두상은 전보다 커 보였다. 교장직을 내던진 뒤 기와공장을 한답시고 동분서주, 설상가상으로 명희 문제가 복잡해졌다. 당장 어떻다는 것은 아니었지만 가세도 기우는 방향으로 가고 있었다.

"이것도 저것도 아닌 나 같은 사람은 그렇다 치고 남군 자네는 요즘 뭘 하나. 학벌 좋고 머리 좋고 오라는 데도 많을 터인데."

임명빈은 화제를 일상으로 돌려놓는다.

"오라는 데도 별로 없지만 어중간하지요. 나이도 그렇고 모든 것이…… 신문사, 학교…… 주저앉아볼까 그런 생각을 해 보았지만 얼마나 가겠습니까?"

"하기는 그래. 빤하지. 아예 친일파가 된다면 모를까 중간지대에서 어물쩍거리다 보면 해괴한 사회잡기나 쓰게 되지. 그 대표적 인물이 이 모(李某) 아니겠나. 솔직히 말해서 그렇게라도 하지 않으면 발붙일 곳이 없는 게 현실이라구."

"좌파든 우파든 활로는 결국 뛰는 것밖에 없겠지요. 뛰지도 않고 저들한테 빌붙지도 않고 사는 사람들, 이제는 바닥이 났을 겝니다. 윤경이야 아직 멀었겠지만."

"사사건건 한 번씩 들먹여야 속이 편하겠나?"

"농담 아닐세. 아무튼 앞으로 안전지대는 없어질 게야."

"그럴 테지."

전윤경도 동의하기는 한다. 임명빈도,

"하기는 일본이 만주를 단념하지는 않을 테니까."

"만주뿐입니까? 수차 국민혁명군이 북벌을 시작할 때마다 재류 일본인의 생명과 재산을 보호한다는 구실로 일본이 출병한 일이며 만주를 장악한 장작림(張作霖)의 열차를 폭파하여 장작림의 사망으로 혼란된 틈을 타서 만주를 점령하려 했던 일이며, 물론 그것은 다 실패로 돌아갔고 오히려 장작림의 아들 장학량(張學良)이 보기 좋게 국민당과 합작하는 결과를 낳아 중국은 명목상 통일이 되어 일본은 복장을 쳤겠지만 하여튼 그간의 집념으로 보아 일본은 결코 만주를 포기하지 않으리라, 그러나 일본은 결코 중국도 포기하지는 않을 겁니다."

"그건 실현 불가능이야. 아무리 일본이 강하기로 조그마한 섬나라가 어찌 그 광활한 땅과 수억의 인민을 다스릴 수 있겠나."

임명빈이 고개를 저었다.

"지난 1927년에 국민혁명군이 상해로 들어갔을 때 열강의 어느 나라보다 혈안이 된 것은 일본이었습니다. 혁명군의 반쪽이 공산당이었거든요. 중국이 공산화된다면 중국은 그림의 떡이 될 테니까요."

"중국은 고사하고 그렇게 됐으면 만주도 침노할 수 없지.

조선조차 그들은 보존하기 어려웠을 게고. 그러나 중국을 먹겠다는 생각은 황당하다. 그렇게는 안 될 게야. 아무리 간뎅이가 부었기로."

"영국을 생각해보십시오. 영국은 일본의 스승입니다. 스승보다 더욱 간교하고 잔학한 게 일본이오."

"그러나."

"그러나가 아닙니다. 두고 보십시오."

하는데 윤경은,

"정말로 일본은 전쟁을 할까?"

짚고 넘어간 일을 되새겨보듯 말했다.

"중국이 만주하고 분리되어 있고, 국내서는 좌우 알력이 극심했을 때 일본으로선 그때가 좋은 기회였었는데 다 놓치지 아니했나. 중국의 정세가 대체로 통일로 굳어져가는데 쳐들어간다는 것은 여간한 결단 아니고는 어렵잖을까?"

"그것은 일반적인 생각일세. 일본은 지금 급해 있거든. 중국이 통일되어 물론 아직은 국공 간의 도저히 용해될 수 없는 문제가 남아 있지만 일단은 내란에 종지부를 찍었다고 생각한다면 중국은 일본에 비하여 두말할 것도 없이 대국 아닌가. 공포지. 꿩도 매도 잃게 될지 모른다는 것은 상상만이 아닐 걸세. 확장할 식민지에의 꿈— 산산이 깨질 것은 말할 것도 없고 손아귀에 넣은 것조차 위태롭다는, 그러니까 영토 면에서도 그렇지만 거대한 시장을 잃는다는 면에서도 등골에 땀이 흐를 지경이지. 특히 공산당의 집권을 무서워한 것은 바로 시장을 잃는다, 그것과 직결이 되는데 그럴 경우 일본은 바람 빠진 풍선 꼴이 되어 순식간에 쭈그러들어. 해서 그들은 만주를 두고 염치 좋게 일본의 생명선(生命線)이라 외쳐대는데 그들의 현실이 그런 것만은 사실이거든. 초조해하고 서둘러대는 건 조금도 무리가 아니야. 그간엔 열강들의 눈치를 살피노라 마른 입술에 침만 바르고 있었지만 이제는 눈치 따위 볼 여유가 없어졌다. 여유가 없어지면 쾅, 하게 마련이지. 경제공황 때문에 미국을 위시하여 세계 각국은 넋이 빠진 상태, 일본도 국내사정이 극심하고 보면 정치, 경제, 사회 풍조, 게다가 혁신 세력의 표면화, 흉작에 허덕이는 농촌, 기아선상에 있는 임금 노동자, 중소기업은 쓰러지고 대기업조차 흔들리는 혼란은 당분간 수습하기 어려울 게야. 그런 제반 문제들을 꾹꾹 눌러버리는 데 전쟁같이 적절한 무기는 없는 법. 한편으론 굶주린 이리 떼 같은 실업자, 중소기업, 중류 이하의 민중들 대다수는 신천지를 향할 듯 고무하는 국책에 자포자기의 동의를 하게 되는 게지."

"실업자가 백만이 넘는다면, 농촌이 피폐해 있다면 무슨 일이 일어날 수도 있으련만."

임명빈은 기대하는 것도 아닌 어투로 말했다.

"그 기대는 일본 내의 혁신 세력이 가져본 기대였었지요. 그러나 적당하게 문명의 물을 마셔본 일본인들은 철저하게 통속적 특질을 갖게 되었고, 네, 감상이라 해도 무방하겠지요. 껄껄한 구석이 없어요. 그런 특성이 쉽게 전쟁으로 동화돼가는 겁니다. 예를 들어 《킹구》라는 대중잡지가 있어요. 이게 보수적인 오락집니다. 권선징악에 에로를 가미한 그런 성격인데 백만 부의 판매부수를 가지고 있다니까 놀랍지 않습니까? 철저한 통속성이 통속적 독자를 부르는데 그 책 구매자는 대체로 혁명의 저해분자로 봐야 할 겁니다. 그 잡지뿐일까요? 대부분 일본의 문화 형태를 그 범주에 넣고 생각하면 별로 틀리지 않을 겁니다. 이런 노래가 있어요. 장발의 마르크스 보이 오늘도 안아보는 붉은 사랑, 공산주의자도 그런 달콤한 사탕으로 발라버리는 게 일본의 국민성이지요. 녹두장군 전봉준을 두고 새야 새야 녹두낭개에 앉지 마라 하고 노래한 조선의 농민들과는 시대적 차이도 있겠으나 기질적으로 상당한 거리가 있지요. 뚝뚝하고 까끄러운 조선의 민중들하고는 말입니다."

임명빈은 조찬하의 얘기를 생각하며 고개를 끄덕이고 있었다.

2장 능욕

마루의 벽시계가 세 번 소리를 내었다. 그러고는 그만이었다. 아무 소리도 들려오지 않는다. 시간은 얼어붙은 것처럼 혹은 녹아 붙은 것처럼, 평소에는 쌩하니 들려오던 밤 소리가 눅눅하고 부식된 듯 느껴진다. 깔근작거리던 쥐 새끼도 잠이 들어버렸는지 모를 일이다. 밤은, 어둠은 살갗에다 손톱을 세워 주욱주욱 찢어발기는 것만 같다. 빨갛게 부푸는 핏자국의 환상, 고통스럽다. 악령에 사로잡힌 것일까. 아니다. 살아 있다는 인식 때문에 때때로 나는 피비린내같이 처절해진다. 파상적으로 오는 현상이겠지. 하기야 뭐 아무려면, 설명 따위가 필요할 까닭이 없다. 겉핥기의 언어나 이유쯤이야 얼마든지 있을 테니까. 견딜 수 없다는 것만은 확실하다. 현재 심장이 뛰고 있다는 것이 고통스럽다. 자살의 유혹이 손짓을 한다. 감미로운 잠같이 손짓을 한다. 심장 뛰는 소리를 듣고 있다 하여 과연 나는 살아 있는가. 생명의 존재를 어떻게 믿어…….

'바보 같은 소리.'

명희는 이불자락을 걷으며 일어난다. 전등을 켜놓고 책상 앞에 도사리고 앉는다. 전등 밑에 드러난 것들. 그것들은 참으로 기괴한 잔해들이었다. 조금은 희극적으로 느껴지는 일용(日用)의 물건들이 일제히 명희를 쳐다보고 있었다. 어머니가 쓰다 남겨놓고 간 구닥다리 집기도 더러 있었다. 삶의 의지를 확인하려 했던 것처럼 닦고 문지르고 해서 아직은 빛을 잃지 않고 있는 반닫이며 장롱, 삶의 의지를 확인하려던 집념의 손길은 지금 간 곳이 없고 물체만 남아서 인간의 생사를 비웃기라도 하는지 명희를 바라본다. 고물상의, 명경이 깨어진 경대 생각이 난다. 결혼 전 학교 출근길에서 본 길모퉁이의 그 고물상. 왠지 모르지만 명희는 깨어진 명경이 늘 마음에 걸리곤 했었다. 깨어진 거울에 얼굴을 비춰보면 얼굴도 깨어져 보일까 하고 생각한다. 그리고 또 가본 일은 없지만 무대 뒤의 소도구실을 상상해본다. 겨울 벌판에 가설된 서커스단의 포장만큼, 구경꾼이 다 떠나버리고 텅 비어버린, 바람에 포장만 펄럭이는 그 가설건물만큼 쓸쓸할 것 같았다. 외롭고 버림받은, 바람만 울어대는 그런 곳일 것만 같았다. 목이 부러진 인형이 굴러 있을지 모른다. 몸뚱이가 떠나버린 탈바가지라든가 허울 같은 광대 의상이며 장갑, 낡은 모자, 콧수염 같은 것이 굴러 있을지 모른다.

'왜 사는 걸까. 나에겐 아이도 없다. 남편도 없다. 왜 살아야 하는 걸까. 사랑하는 사람도 없다. 외칠 소리도 없고 뛰어갈 곳도 없다. 왜 사는 걸까. 갖고 싶은 것, 하고 싶은 것, 먹고 싶은 것도 없다. 이제는 생활의 규율도 없고 인내할 필요도 없어졌다. 위장해야 할 이유도 없다. 어떻게 하지? 이대로 앉아 있을까? 머릿골이 빠개질 것만 같다. 징그럽다. 징그러워! 이 한밤중 우두커니 앉아 있을 이유라도 있는가? 우두커니, 우두커니, 우두커니, 머릿골은 빠개질 것만 같은데 왜 이러고 앉았는가. 아아, 하나 있기는 있군. 눈치 보는 것 말이야. 오라버니 올케언니 눈치 보는 것, 조카들 눈치 보는 일이

있었구나.'

쭈그리고 앉은 채 명희는 웃는다.

'어릴 적에 맞이한 아내를 두고 소년은 최서희라는 여성을 사랑했고 그 청년은 기생에게 계집아이를 낳게 했다. 나하고의 관계는 어떤 건가? 그는 문사였고 나는 조병모 남작의 자부였다. 설혹 서로가 그 이상의 감정을 갖고 있다손 치더라도 그건 아무것도 아니지 않은가.'

마음속으로 중얼거렸으나 명희의 마음은 절실하게 그곳에 매달려 있지는 않았다.

'아무래도 나는 살 수 없을 것 같다. 살아갈 수 없을 것 같다.'

명희는 온몸에 벌레가 기어다니는 듯한 착각 때문에 벌떡 일어섰다가 도로 주질러 앉는다.

그 일의 시작은 교회 앞에서였다. 예배를 보고 교회당에서 나왔을 때 뜨락에는 개나리와 산수유가 시들고 있었다. 황매가 봉오리를 물고 있었으며 버들잎은 한결 짙어져 있었다. 산수유의 노랑빛과 개나리의 노랑빛과 앞으로 피어날 황매의 노랑빛과, 그리고 망사의 장막같이 늘어진 연초록의 버들을, 명희는 그 빛깔들의 오묘함을 잠시 생각하다가 걸음을 옮겨놨다.

"선생님 안녕하세요?"

직접 가르친 일은 없으나 명희가 교편을 잡았을 당시 학생이었던 젊은 부인이 명희를 보고 인사를 하였다. 교회에서 가끔 만나는 얼굴이다. 명희는 웃기만 했다. 그도 명희 신상에 관한 얘기는 어디서 들었던지 해서 안녕하세요, 하고는 대개 다음 말을 잇지 않았다. 그러나 오늘은 말을 걸어왔다.

"선생님은 아직도 너무 아름다우십니다."

"아직도……. 나 아직은 환갑 전이야."

명희도 가볍게 대꾸를 했다.

"선생님도 참, 무슨 농담을 그렇게 하세요?"

"환갑까지 살고 싶어서 그런 말을 했나 부다."

"실망이 되네요."

"어째서?"

"너무 어울리지 않는 말씀만 하시니까요. 제가 입학했을 때 선생님 쳐다보노라고 정신 없었어요. 저만은 아니었을 거예요. 담임도 안 하셨고 선생님의 시간도 없어서 그만두시기까지 한 번도 말씀,"

하다가 말을 끝맺지 못한다. 교회 문밖을 막 나서는데 명희를 막고 선 신사를 명희의 제자가 본 것이다. 조용하였다.

"여보, 저기 차가 와 있소."

조용하는 천연스럽게 말하였다. 베이지색 봄 양복에 검자줏빛 넥타이를 매었고 단정해 뵈는 모습이었다. 명희의 얼굴이 돌처럼 딱딱하게 굳어졌다.

"자아, 갑시다."

팔을 끌었다. 눈은 명희의 눈을 놓치지 않으려는 듯 강하게 빛나고 있었다. 설마 네가 사람 모인 곳에서 내 팔을 뿌리치지는 못하리, 설사 그런다 하여도 물러서지는 않을 것이다. 그의 눈은 그렇게 말하고 있었다.

"나 걸어가겠어요."

명희는 외면을 했다. 난처해진 명희의 제자는,

"선생님 그럼 저 먼저 가겠습니다."

하고 총총걸음으로 떠났지만 교회서는 계속 사람들이 밀려나오고 있었다.

"이러지 말아요. 얘기도 못하겠소?"

나직이 속삭이듯 말했다.

"제발, 나 걸어갈 거예요."

"완력이라도 쓸 작정하고 왔으니까 일단 차를 탄 뒤 얘기합시다."

이번에는 손목을 잡고 끌었다. 조용하의 손은 자석같이 명희 손목에 물려들었다. 운전수는 자동차 문을 열어놓고 서 있었다. 조용하는 명희를 떠밀다시피 차 속에 밀어 넣고 부서져라 문을 닫았다. 그 자신은 왼편으로 돌아가서 차에 오른다.

"어디로 가는 거예요!"

조용하는 굳게 입을 다문 채 운전수의 뒤통수만 노려보고 있었다. 명희도 더 이상 묻지 않았다. 시내를 빠져나간 자동차는 별장이 있는 곳을 향해 달린다. 조용하는 그동안 수삼

차 운전수에게 편지를 들려 보내곤 했었다. 내용은 오해를 하게 된 자신을 용서해달라는 것이었고 돌아올 것을 희망한다는 것이었다. 한번은 옷가지를 챙겨 보내면서,

> 철이 바뀌었는데 당신은 그곳에 그냥 머무르고 있으니, 불편할 것을 생각하여 봄옷 몇 가지 챙겨 윤군 편으로 보내는 거요. 당신의 노여움이 풀릴 때까지 나는 기다려볼 참이오. 그리고 따로 필요한 것이 있으면 윤군한테 말하시오. 그럼 몸조심하고, 요즘 감기가 유행하는 모양이니까.

친정 간 아내에게 보내는 다정한 남편의 편지였다. 문면으로는. 그러나 명희는 집념에 사로잡힌 무서운 사나이의 얼굴을 본 듯하여 편지를 구겨버리고 말았다. 편지뿐만은 아니었다. 외출에서 돌아왔을 때 집 앞에서 기다리고 있는 용하를 두 번 만났다. 그는 명희에게 같이 가줄 것을 간청했으나 명희는 완강히 거절하였다. 그러고는 오늘 작전을 바꿔 그는 교회 앞에 나타난 것이다.

침묵은 납덩어리같이 무거웠다. 차창 밖 풍경은 삭막하게 달아나고 있었다. 운전수는 기계처럼 그림자처럼 핸들을 잡고 있었다. 명희와 용하 사이엔 상당한 거리가 있었으며 자동차가 커브를 돌 때도 두 사람은 다 어느 쪽에 쏠리지 않고 꼿꼿한 자세로 앉아 있었다. 명희는 내심 냉정한 자기 자신에

대하여 놀라고 있었다. 옆에 앉은 사내가 과연 얼마 전까지 자기 남편이었었는가, 의심스러웠다. 타인 이외 어떤 의미도 없는 존재였었기 때문이다. 조용하는 겨우 생각이 난 듯 담배를 꺼내어 입에 문다. 담뱃불을 붙일 때 정맥이 솟은 그의 손이 떨고 있는 것 같았다. 조용하는 풀이 죽어 있지 않았다. 결코 저자세도 아니었다. 손이 떨렸던 것은 분노 때문인지 모른다. 아니, 사실이 그랬다. 조용하는 명희를 철저하게 부숴버리고 망가뜨리고 싶은 분노와 증오의 불을 태우고 있었다. 편지를 보낼 때마다 그는 이를 갈았다. 집 앞에서 잡는 팔을 뿌리치며 명희가 대문을 밀고 모습을 감추었을 때는 살기마저 느꼈던 것이다. 그는 결코 단념하지 않으리라 맹세를 했다. 그러나 한밤중이면 문득 명희는 절대로 돌아오지 않을 것이란 생각을 하곤 했다. 얼음장 같은 여자 옆에서 조용하는 지금 한밤중에 생각하곤 했던 그 절망을 되씹는 것이다. 단념을 하고 싶기도 했다. 끝내버릴까 하는 생각도 들었다. 그러나 어떻게 포기를 하나. 그럴 수는 없다. 속수무책으로 끝낼 수는 없다. 낯가죽이라도 벗겨놔야지. 신데렐라와도 같은 위치를 그리 쉽사리 미련 없이 버리는 이 계집은 바보인가? 담뱃재가 무릎 위에 떨어졌다. 신경질적으로 그것을 털어낸 조용하는 힐끗 명희를 쳐다본다. 오뚝한 콧날이 미동도 않는 것 같았다. 처녀 때 입었었던 옷인가, 검정 세루 치마에 자줏빛 공단 저고리를 입고 있었다. 그리고 검정 구두, 귀부인 대신 지성과 교양으로 다듬어진 여학교 선생님, 옛날 모습으로 명희는 안착이 된 듯 느껴졌다. 순간 조용하의 목 언저리가 벌게졌다. 아무나가 가질 수 없는 부귀를 헌신짝처럼 버릴 수 있었을까? 애소하고 구걸하고 무슨 짓을 해서라도 매달려보려고 몸부림을 쳐야 하는 것이 조용하가 알고 있는 여자에 대한 상식이다. 조병모 남작의 자부요 젊은 실업가 조용하의 부인이던 흔적은 이제 명희한테 남아 있지 않았다. 조용하의 상식으론 경이요 수수께끼다. 한편 명희가 스스로 떠남으로써 짓밟힌 자존심과 속수무책, 자승자박의 결과를 초래케 된 실책 등, 자다가도 이가 갈리고 신열이 날 지경이었지만 용하는 발에 맞는 신발, 명희야말로 자기 발에 맞는 신발이었었다고 생각한 것이다. 미련이었다. 세상에 여자는 많고 삼혼 사혼이라 하더라도 용하가 원하면 올 여자는 얼마든지 있었다. 그러나 명희만 한 여자가 있을 것 같지는 않았다. 지체만 얕았다 뿐이지 기품 있는 용모에 지적 분위기, 멍청하다 싶을 만큼 집착하는 것이 없었으며 약간 살풍경하고 무관심한 듯, 그런 감성은 이기적이며 싫증 내기를 잘하는 용하 같은 성격에는 새로운 매력으로써 지속되어온 것을 부인할 수 없다. 물질적 정신적, 혹은 육체적으로 욕망이 강한 여자를 용하는 싫어했다. 밀착해오는 여자는 일시적 장난감으로서 끝내버린다. 홍성숙이 그런 예에 속한다.

산장 앞에서 자동차는 멎었다. 명희가 먼저 내렸다. 다음

용하가 내리고, 자동차는 흙먼지를 일으키며 오던 길을 되돌아갔다. 명희는 길섶에, 용하한테 등을 돌린 자세로 송림이 점철된 들판을 바라보고 서 있었다. 하얀 깃, 주름 하나 없이 바른 저고리의 뒷고대, 목덜미 쪽에서 머리칼이 바람에 살랑거린다. 무슨 생각을 하고 있는지 용하는 궁금했다.

"여보, 갑시다."

담배를 붙여 물며 용하가 말했다. 명희는 돌아본다. 한참을 쳐다보다가 걸음을 옮긴다.

"나 요즘 이곳에 많이 와 있소."

"……."

"여러 가지 생각도 해보고, 사업상 골치 아픈 일이 많은데 당신까지, 이제는 지쳐버린 것 같애. 나도 과히 구식 남자는 아닐 게요. 당신도 알다시피, 당신이 진정으로 원한다면 이혼 안 해줄 그런 졸장부는 아니다 그 말이오. 그러나 이번 경우는, 따지고 보면 질투의 감정이란 교양이나 절도하고 별개인 것 같소. 망상이 망상을 낳고 결국 애정에서 오는 갈등 때문에 그런 것을, 당신이 이해해주어야지. 당신이 떠난 뒤 사실 나는 내게 있어서 얼마나 중요했던 여자인가 깨달았소. 나같이 좀 남다른 성격에는, 솔직히 고백하지만 어떤 여자가 와도 난 견디지 못할 게요. 당신이 곁에 있는 것만큼 편하질 못할 거다 그 말이오. 내 일생에 있어서 이렇게 괴로워해본 일이 없고 내 자존심은 그야말로 갈갈이 찢겨져, 실은 나도 내 자신을 어떻게 가누어야 하는지 알 수 없소."

진실의 소리는 아니었으나 그러나 생판 거짓도 아니었다.

"뭐라 말 좀 해보아요."

"제 잘못이 많아요."

명희는 짤막하게 말했다.

"그건 무슨 뜻이오?"

"저는 저 자신을 관습적인 여잔 줄 알았으니까요. 살아갈 수 있으리라 믿었거든요."

"……?"

"더 이상 설명 같은 것, 구차스러운 일일 거예요."

두 사람은 별장으로 들어갔다. 조병모 부처는 명희가 없는 본가로 돌아간 모양이었다. 넓은 방 안은 용하가 와서 먹고 자는 흔적이 역력했다. 그의 질서대로 흐트러짐이 없는 방 안, 그러나 어딘지 습기 찬 듯했으며 괸 물같이 음산했다. 명희와 마주 보고 앉은 용하는,

"날아간 새를 잡아온 느낌이 드는군."

웃는데 눈이 번쩍번쩍 빛났다. 실내에 들어온 후 분위기가 달라졌다. 콧날이며 입모습, 손끝까지 선이 굳어지고 거칠어진 것을 알 수 있었다. 일말의 희열 같은 것도 꿈틀거리고 있었다.

"아니지, 엽기소설의 주인공 같은 기분이오."

그 자신도 어쩔 수 없는 것 같다. 미리 짜놓은 대사는 아니

었다. 멀리 인가와 떨어진 산장, 외부와 단절이 된 방, 요새와도 같은 곳에 명희를 데려다 놓고 보니 그간 억압하고 또 억압하였던 본연의 자신이 여기저기서 투두둑, 소리를 내며 터져 나올 것만 같았던 것이다. 그는 바로 이 순간이 거칠 것 없이 방자한, 자신을 위해서만이 행동하는 출발점이라는 것을 느꼈다. 그것은 여태 체험해보지 못한 강렬한 자극이었다. 그리고 예상하지 못했던, 별장에 들어서는 순간에도 예기치 못했던 발견이었다. 조용하는 글라스에 술을 따르며,

"미녀를 납치한 야수, 하하핫핫 하하하하…… 자아, 우리 재회를 위해 축배를 듭시다."

명희의 얼굴은 창백해 있었다.

"무엇을 두려워하는 게요? 농담인데. 남편이 아내를 데려다 놓고 전신이 으시시, 으쓱으쓱한 것을 느꼈다면 그것은 축복할 만한 일 아닐까? 하하핫……."

술은 혼자 마시었다.

"하여간 오래간만이오. 창조주는 항상 공평했던 모양이지? 고통받은 만큼, 오래 헤어져 있었던 만큼 전에는 느낀 바 없는 크나큰 희열을 주셨으니, 안 그렇소? 어부인."

"마음대로 생각하세요. 겁에 질려 있지 않다 하면 흥취가 깨어지겠네요."

명희는 다시 냉정으로 돌아가 있었다.

"쾌락과 자존심은 별개의 것이지. 당신의 냉정은 그만큼 내

쾌락을 연장해주는 것. 자존심이야 항상 남에게 보여주는 것 아니겠소? 이 방에는 방청객이 한 사람도 없으니 자존심 따위 윗도리처럼 걸어놓으리다."

술을 따라 또 마신다.

"바보 같은 자식! 세상엔 천사도 악마도 없어. 사랑을 소꿉장난으로 아는, 말하자면 미숙아, 그렇지 미숙아지. 그놈은 어릴 때부터 바보였어. 서 푼짜리 문사가 지어낸 소설 따위의 인생을 선택한 그놈은……."

하다가,

"이런다고 여지껏 내가 질투를 하고 있다 생각지는 마오."

술을 몇 잔 들이켠 조용하의 눈은 게슴츠레했다. 살갗은 투명하다. 창백했고.

"찬하는 귀족이라는 데 주눅 든 놈이며 부자라는 데 주눅 든 놈이며 형수를 사랑하여 주눅 든 놈, 왜놈 사위가 되어서 면목 없고, 평생 주눅 든 채 면목 없어하며 살아갈 게요. 자존심? 아아 자존심, 아니 내 권위, 그놈을 짓이겨주는 일이라면 서천 서역국 약물이라도 구해오고 싶은 심정이야."

조용하의 얼굴은 가면같이 새파랗게 질리기 시작했다. 서 푼짜리 문사가 지어낸 소설 따위의 인생을 선택한 놈이라 하면서도 그는 찬하에게 압도당했으며 완패한 것을 부정하지 못하겠는 모양이었다. 술을 계속해 마신다. 명희는 혼자 생각에 골몰하듯 그런 자세로 앉아 있었다.

"임명희 씨! 솔직하게 얘기해봐. 이혼하려고 함정을 판 겐가? 얘기해봐요! 종전 같았으면 그놈하고 함께 자동차 타고 들어올 여자가 아니지 않아? 아니면 홍성숙이 그 일 땜에 나한테 복수하려 했는가? 바본 줄 알았는데 꽤 똑똑했어. 시동생이 간부라면 누대로 내려온 명문이라 설마 간통죄로 고소하지는 못하지, 하여 이혼은 가능하다 그건가?"

"틀린 말 아니네요."

"틀린 말 아니라구?"

"네. 성숙이하고 결혼할 처지였었다면 저로선 훨씬 형편이 좋았겠지만요."

"그러면 어째 이혼을 하려 했나!"

"귀부인에 멀미가 났던 게지요."

"음, 결코 돌아오지는 않겠다, 답변인가?"

"네, 답변이에요."

"경멸하는 눈으로 나를 보는군그래. 경멸과 살기 그 어느 쪽이 강할까? 나는 너를 죽이고 싶은데. 그것도 잔인하게 단숨에는 아니고 서서히 서서히 말려 죽이고 싶다. 너를 데려다 놓고 말려 죽일 수만 있다면 나는 내 재산의 반을 희사하겠어. 술 취해 하는 소리는 아니야. 술 취해서, 술 취해서 하는 말은 아니라구, 철저하게 나를 때려 부순 아담과 이브. 왜! 왜! 왜 그랬어!"

용하는 탁자에 주먹질을 했다. 술잔이 넘어졌다. 모로 누운 채 탁자 밑으로 굴러떨어졌다.

"나는 너를 신데렐라로 만들어주었다! 역관 딸은 귀부인이 되어 하인배가 시립한 한복판을 걸어 나오고 걸어 들어오고, 만인이 선망하여 너를 우러러 받들게 하였다. 그건 네가 조용하의 아내였기 때문이다! 너의 오라비는."

하다가 숨이 차는지 윗도리를 벗어 던졌다. 새로운 글라스를 꺼내어 술을 부어 들이켠다. 조용하의 참모습이었다.

"임명희가 감히 나하고 이혼을 해? 이혼은 내가 하지 네가 하는 게 아니야! 임명희가 이혼을 제의해? 핫하하 하핫핫…… 어디까지나 내가 하는 게야."

"물론 그래야지요."

"하, 한데 결과는 어떠한가? 내가, 내가 잘못이라고? 내가 잘못한 거라고 내가 말했다. 그, 그야 말려 죽이려고 그랬었지. 진실로 이혼을 원하거든 매달려야지이, 살게 해달라고 손발을 함께 비벼대야지. 나, 나 청개구린지 몰랐었나! 홍성숙이하고 결혼할 처지였다면 훨씬 형편이 좋았을 거라구? 내가 임명희를 노예 취급했었나? 왜! 왜! 왜 그랬나? 뭐가 마음에 안 들었나? 말해!"

"마음에 들고 안 들고 그런 것 없었어요."

"하면은 왜."

"처음부터, 우리 연애결혼 한 거 아니잖아요?"

"여학교 선생다운 대답이다."

"명문 거족의 자손다운 얘기였고요."

"그야 당연하지 않소."

절정에 올랐다가 내리막길에 접어든 듯 조용하의 어세는 가라앉는다.

"내 어릴 적 얘기 하나 하지. 이름도 다 잊었지만."

술을 또 마신다. 입술까지 파랬다. 명희는 차츰 불안해한다.

'어떻게 하면 피해 나갈 수 있을까?'

용하의 높고 낮은 감정의 발산은 명희의 감정과 무관했다. 철저하게 무관했다. 밉게도 좋게도 보이지 않았다. 등 뒤에서 누가 떠밀듯이 효자동 집으로 돌아가고 싶었을 뿐이다. 죄의식을 느낄 만큼 무관한 남자가 거기 있다는 생각뿐이었다. 발목을 잡히리라는 불안도 아니었다. 효자동 친정이 일시적 머무는 둥지라 하더라도 해 지기 전에 돌아가 아무도 보지 말고 혼자 있고 싶다는 생각만 간절하였다. 불안해지는 것은 하마 해가 지지 않을까 그것 때문이다.

"그러니까 종의 자식이었소. 내가 언덕 아래로 뛰어내려라, 명령을 한 거요. 무서워서 뛰어내리질 못하더구먼. 해서 명령 불복의 형벌로 내가 떠밀었지. 그래 그놈은 절름발이가 되었고 그 후 장질부사를 앓아 죽었다더군. 또 다른 한 놈은 나만 보면 도망을 치는 거요. 어느 날 후닥닥 달아나는 놈을 하인을 시켜 붙잡았지. 붙잡은 뒤 돌로 골통을 깨버렸다 그 말이오. 해서 이마빡에 흉칙한 흉터를 새겨놨소. 하나는 내 발을 씻겨주는데 씻다가 바짓가랑이를 걷어 올리면서 도련님 너무 말랐어요, 하더란 말이오. 그는 계집종이었소. 나는 계집종의 코빼기를 걷어찼지. 순식간에 계집종 얼굴은 피투성이, 코피를 쏟더구먼."

"……?"

"왜 빤히 쳐다보는가? 예수쟁이 상투어, 왜 있지 않소? 구원 못 받을 사람. 그 말을 하고 싶은 게로군. 하지만 임명희같이 감성이 메마른 여자는 예수쟁이 되기가 실상은 어려울 게요. 구원 못 받기는 피차 일반이라는 생각을 해보는 게 좋을 거요. 뭐 그것은 그렇고 명령 불복, 내게서 멀어지는 것, 내게 다가오는 것, 그 세 가지는 오늘도 내가 금기(禁忌)하는 것이며 조찬하라고, 임명희라고 그냥 넘겨버리지는 않을 거요. 반드시 어떤 것으로든 나는 험집을 내고 말 거요. 지식이나 경험이나 혹은 교양 수양까지도, 그것은 사람에게 있어 지팡이 같은 것에 지나지 않소."

흥분 같은 것은 몰랐던 사내. 문제가 중대하면 웃고 말하던 사내였었다. 항상 냉정했으며 자신에 가득 차 있었다. 친절하고 필요 이상 공대할 적에 상대방은 당황했고 기분 나빠했으며 겁을 먹곤 했었다. 명희를 괴롭히려 마음먹었을 때도 그는 미소에서 시작하여 자상한 남편, 다정한 말씨로 비틀기 시작하는 것이다. 청람색(青藍色) 분위기라고나 할까, 은젓가락 같은 철책(鐵柵)이라고나 할까. 그의 정신이 숨 쉬며 안락을 누렸던 성(城)이 무너지기 시작한 것은 지난 정월의 음산했던 그 사건부터였거니와, 생각해보면 항상 희생양과도 같았던 찬하가 그때는 폭력이었으며 폭발이었다. 일고의 여지도 없이, 껍데기를 홀랑 벗겨서 햇볕 아래 내동댕이치듯, 치부를 가려볼 한 조각의 천도 없었으며 빠져나갈 바늘귀만 한 구멍도 없는 상태로 몰고 간 찬하. 그것은 완패였었다. 가지리라, 마음만 작정한다면 영원한 소유물일 수 있다고 믿었던 명희는 어떠했던가. 울면서 그럴 수 있느냐고 대들든지 아니면 충격을 받아 몸져눕든지, 그러나 바로 이때다! 하고 노리듯 새장은 텅 비어 있었다. 찬하는 용하를 엎어뜨렸고 명희는 자빠뜨렸다. 분노와 절망과 어쩌면 허탈의 순간, 허탈의 연속인지 모른다. 이제는 분열의 상태까지 왔는지 모른다. 기가 넘어서 까무라칠 상태까지 온 것은 아닐까. 아직은 알 수 없지만, 그 나름대로 가시덤불에서 뒹굴고 피투성이가 된 감정, 그 감정의 대오를 재정비하여 채어온 명희를 산장의 밀실에서 어떻게 요리할지 아직은 알 수 없는 일이었지만, 아무튼 그는 상처받은 짐승의 울부짖음과도 같은 소리를 이제 명희 앞에 드러내놓고 질러댔다. 빈 벌판에서 땅을 치는 노인의 모습과도 같은 것을 드러내어놓았다. 때론 경기 든 아이같이 몸을 비틀고 경련하는 것 같은 모습도. 실로 헤일 수 없는 여러 가지 절망의 형태가 그를 압축해가는가 하면 풀어놓고, 영혼의 산물도 아닌데 잃는다는 것, 욕망이 저해된다는 것이 이토록 지리멸렬, 고통스런 것인가. 그러나 확실한 것은 벽과 유리창과 도어로 밀폐된 실내에서만이 그의 혼란과 비통과 분노가 난무한다는 사실이다. 그것은 물론 조용하의 내부, 즉 알맹이의 한 면이겠으나 일단 밀폐된 방을 나서서 외부공간에 접하면 종전과 한 치 다를 것이 없는 조용하로 돌아갈 것만은 틀림이 없다. 그것이 비록 그림자나 허울에 불과한 것일지라도 잘 견지할 것이며 빈틈없이 해낼 사내인 것이다. 그를 둘러싼 실로 많은 허울, 문벌과 재산과 학벌과 교양 높은 신사, 수완 있는 젊은 실업가, 차디찬 빛을 간직한 눈동자며 지적으로 느껴지는 창백한 용모, 기품과 누대로 내려온 군림의 몸짓, 크고 작고를 막론하고, 유형 무형을 막론하고 그중의 어느 하나도 포기할 위인은 아닌 것이다. 해서 어쩌면 명희는 안전지대에 있다고 할 수 있을지 모르겠다. 지난 정월, 조용하는 자신을 위하여 결정적으로 각본을 잘못 짰다. 실낱만 한 질투를 근거 삼아 지나친 자극에의 욕구가 도리어 그를 나락으로 빠뜨린 것이다. 동생인 찬하를 정부(情夫)로 설정했기 때문에, 또 찬하가 아니었던들 그 드라마는 성립될 수도 없었지만 바로 찬하였기 때문에, 희생양이 노한 황소가 될 줄은 상상 밖의 일이었다. 버리지 않으려는 사람과 철저하게 버리고서 덤비는 사람과의 대결.

승패를 논할 필요조차 없는 일이다. 이혼하시오! 이혼하시오! 그러면 만천하가 알게 당당히 결혼하겠소! 만천하가 알게 결혼을 해? 두 남녀를 난도질할, 제아무리 날카로운 연장이 있다손 치더라도 만천하가 알게 결혼할 그 일을 어찌 감내할 것인가. 명희의 누명을 벗기려던 찬하의 시도는 성공을 거두었고 한편 명희도 조용하로부터의 탈출을 정당화한 것이다. 찬하의 위협 앞에 굴복한 조용하는 안 살겠다고, 이혼에 동의하고 가버린 명희의 자유에 올가미를 씌울 방도도 없어졌다. 생각하면 할수록 응징할 방법이 없고 빠뜨릴 함정이 없고 조작할 모략의 여지조차 없어진 것을 깨닫게 된다.

"이 나를 거역해? 나를? 나를 치고 달아나아? 그럴 수는 없지. 나는 표독스런 표범이야. 차디찬 독사, 먹이를 채기 위하여 언제까지 기다리는 인내도 있어. 먹이를 가지고 노는 잔인성은 더구나 내 특징이고. 하기는 챈다, 그 말은 잘못이지. 나는 타고나면서부터 어느 누구에게서 빼앗거나 얻어낼 필요가 없었던 사람이니까. 모두 내 들판이었지. 베풀어주고 던져주고 먹여주고 자유자재 그것은 내 권능이었으니까. 나를 거역해? 누가 나를 감히 뿌리치나! 검정 치마에 자주 저고리, 구두는 구식이구, 하하핫 하하하핫핫…… 옛날같이, 임역관의 딸, 분수 넘는 유학을 한 덕분에 귀부인도 될 수 있었지만 분수 넘는 유학이 밑천인 모양, 훈장질하며 입에 풀칠을 하겠다, 그 요량인 게로군. 그렇게 될까? 아마 그렇게는 안 될걸. 형무소에 보내는 일만은 보류하겠으나 임명희도 알다시피 어떤 집안인데? 집안의 추문, 이 조용하 체면에 관한 일이야 할 수 있나. 집안의 추문을 세상에 공개할 바보는 아니지. 그러나 그 일 말고는 내가 못할 일이 어디 있어?"

술잔을 꼭 눌러 잡으며 명희를 뚫어져라 쳐다본다. 무감각 상태로 앉아 있던 명희 눈에 경멸의 빛이 지나간다.

"저주받을 사람이오."

"저주를 받아? 임명희가 아니고 이 내가?"

손가락으로 자기 가슴을 가리킨다.

"다 털어놓으면서 어째서 진실은 덮어두는 거지요? 이 방엔 아무도 없지 않아요? 증인 될 만한 사람이."

명희는 비웃었다.

"아, 아니지."

비웃음에 허둥대다가,

"집안의 추문이라 했지 임명희가 그놈하고 간통했다는 말은 아직 안 했지 않는가."

"그나마 다행이군요."

"다행, 다행일까? 안에서 못 가면 밖에서 가는 길도 있을 게야. 재난은 가는 곳마다 내걸려질 수도 있는 것, 다행이라…… 진실은 버선목같이 뒤집어 보일 수 없는 것이지만 돈이나 힘은 내놓는 만큼 결과를 보여주는 것 아니겠어? 그 진실의 쇠막대기도 녹이 슬고 부러질 날이 온다면 도시 어떤 얼굴들을 할까? 여태까지 구슬을 내 손으로 내가 부순다고 왜 그 생각만 했을까? 나 아니라도 먼 곳에서 간접으로 짓밟고 부수고 가루도 만들 수 있는데 말이야. 왜 웃지? 아이들 소꿉장난 같아서 웃는 게야? 이백 살은 더 먹었을 여자. 으름장을 놓는다, 입씨름을 벌인다, 가면을 벗고 보니 그저 그런 사내……."

용하는 이를 간다.

"그렇게 작정하셨으면 이젠 가도 되겠어요?"

"이제 가도 되겠어요? 태연히? 여전히 태연하게? 감금하지는 않을 테니까 너무 조급히 생각지 말아. 해도 아직은 남아 있고 해야 할 일도 남아 있고오."

명희는 몸 전체를 돌리듯 하며 창을 향해 목을 비튼다. 유리창 밖에는 목련이 가지를 뻗고 있었다. 꽃은 이미 썩은 사과 빛으로 시들어버렸고 잎이 돋아나고 있었다.

'나는 생각을 잃어버린, 다리도 목도 다 부러져버린 인형일까? 현실 같지가 않아. 누가 내 손가락 하나를 부러뜨려버린다 해도 아플 것 같지가 않아. 피도 흐르지 않을 것 같다. 나는 사람일까? 저기 저 계속하여 끝없이 주절대는 사내도 사람일까? 점심을 가져가는 농부의 아낙, 가래질을 하는 농부, 그들보다 천 배 만 배 불행한 나와 저 사나이. 왜 화가 나지 않지? 나는 지금 모욕감도 없다! 구경꾼을 넘어서서 난 이제 송장이 되었나?'

조용하하고 결혼을 생각한다. 얼레설레 아차! 하는 사이에 이루어졌던 결혼. 그가 귀족이 아니었고 자산가가 아니었고 교육받은 신사가 아니었고, 그랬다면 과연 결혼이 이루어졌을지 그것은 의문이다. 차디찬 눈빛과 창백해 보이는 지적인 용모에 명희 마음이 조금은 끌렸던 것을 부인하지는 못할 것이다. 쾌적한 곳에서 풍파 없이 자신을 달래가며 살 수 있으리라는 확신이 전혀 없었던 것도 아니었을 것이다. 그때 상황은 꽃과 관계가 없고 저 푸른 하늘과도 관계가 없고 음악회, 그 분위기와 관계가 있었는지 모른다. 고급 레스토랑의 하얗게 풀 먹인 식탁보와 관계가 있었는지 모른다. 아아 하며 명희는 자기 자신에 대한 수치 때문에 비로소 입술을 깨문다.

"임명빈 그 사람이 기와공장을 차렸다고? 기와공장? 애국애족, 그 공허한 사상을 벗어던질 만큼 급했던 모양인가?"

"……."

"궁리를 하다 하다 망할 궁리를 했구먼."

"관계없는 일 아니에요?"

목을 홱 돌렸다. 눈에 핏발이 섰고 처음으로 명희에게 격렬한 것이 나타났다.

"왜 관계가 없겠어. 내 새끼손가락 하나만 놀려도 기와공장? 하하핫핫…… 뭐 그런 것은 놔두고라도 옛날에는 내 밥 먹고살았던 사람 아닌가."

"구역질이 나네요."

"또 아직은 내 처남이고오."

"어떻게 그런 정도로 후안무치할 수 있을까요? 아니면 건망증이 심하신가요? 그때 오빠 앞에서 선언했던 사람은 어디 출장이라도 가셨어요?"

"듣던 중 재치 있는 말이군."

빈정거렸으나 용하의 표정은 일그러져 있었다. 자기 입에서 쏟아져나가는 모욕적 언사는 차제에 있지 아니하고 명희의 응수를 그는 용서 못한다.

"유치한 것도 정도 문제지요. 당신네들이 아득히 내려다보는 임역관 딸에게도 민망스런 일이라면 문발이라도 좀 쳐놓고 처신하세요."

"천한 것들은 사육할 적에는 개같이 꼬리를 치지만 일단 목사리가 풀렸다 싶으면 말씨부터 대등하게 사용하려 하지. 해서 노예는 노예, 개는 개, 이상도 이하도 아니 되게 취급해야."

물어뜯는다. 바로 물어뜯는데 명희 얼굴은 새파랗게 질린다.

"어느 쪽이 갠지 그것은 조용하 한 사람이 결정할 문제는 아니지요."

서서히, 서서히 오르다가 껑충 뛰듯 명희는 후려쳤다.

"뭣이! 이 천한 것! 다이아몬드에 여우 목도리 둘러봤다고 다 선덕여왕인 줄 아나? 천한 계집년 같으니라구!"

명희는 벌떡 일어섰다. 심한 언사가 목구멍에 걸려서 나오지 않는 것이 안타까왔다. 반사적으로 조용하도 용수철같이 튀어 일어났다.

"내 아버님, 오라버니는 대일본제국의 작위 같은 것 받지 아니했으나 평생 여자를 향해 욕설하는 것을 듣지 못하였소, 조용하 씨."

손목이 아니었다. 머리채를 잡아줘었다. 그리고 뒤로 확 잡아젖혔다.

"오늘을 잘 기억해두어야 할 게다!"

"놔!"

그러나 용하는 명희 머리채를 잡은 채 거실 옆에 붙어 있는 침실 문을 발로 걷어찼다. 침대 위에 명희를 내동댕이친 용하는 도어를 걸어 잠그고 인왕(仁王)같이 우뚝 섰다.

"하하핫 하하하하……."

신들린 것처럼 웃어젖힌다. 승리의 웃음 같기도 했다. 이 순간을 숨죽이며 기다렸던 것 같기도 했다. 그러나 자포자기 비통해하는 울림도 있는 것 같았다. 명희는 침대에서 굴러떨어졌다. 동시에 용하는 돌진해갔다. 바닥에서, 두 몸뚱이가 얽혀 무시무시한 격투가 벌어진다. 신음 소리뿐, 허덕이는 숨소리뿐, 남녀는 혼신의 힘을 다하여 공격하고 방어한다. 용하의 턱을 손바닥으로 받쳐 떠밀어내던 명희는 몸을 솟구치듯 용하 얼굴에 손톱을 세운다.

"앗!"

충격받는 그 틈을 타고 명희는 빠져 달아난다. 그러나 그보다 먼저 도어 앞을 가로막고 선 것은 용하였다. 눈 밑에서부터 입언저리까지, 세 줄기의 손톱 자국, 빨간 피가 배어나고 있었다. 그것은 깨어진 얼굴, 처연하고 무서웠다. 악마의 얼굴이었다. 미친 것 같았고 희열에 떨고 있는 것 같기도 했다. 다시 그는 돌진해왔다. 능욕! 능욕, 스스로 목숨을 끊을 그런 힘조차 빼앗긴 능욕이었다. 철저하게 무자비하고 백정의 손에 달린 한 마리 가엾은 짐승같이 도살, 분명 그것은 육체를 통한 영혼의 도살이었다.

'나는 살 수 없을 것 같다. 도저히, 살아갈 능력이 없어. 능력이…….'

명희는 몸서리쳐지는 그 기억 언저리에도 가지 않으려고 발을 옮겨놓는 듯, 그러나 발을 옮겨놔도 옮겨놔도 제자리, 시커먼 나락은 바로 옆에서 입을 벌리고 있는 것이다.

'내게는 아이도 없다. 남편도 없다. 갈 곳도 없고 할 일도 없다!'

명희 의식 속에는 조용하가 과거에도 남편이 아니었다. 갈가리 찢어진 누더기, 산산조각으로 깨어져버린 것, 이 육체를 끌고 명희는 어디로 가야 할지, 갈 곳이 없었다. 그리움 따위는 한 알의 사탕만큼의 의미도 이제는 명희에게 남아 있지 않았다. 조용하로부터 떠나 친정으로 돌아왔을 때만 해도 명희는 손바닥만 한 땅에 씨를 뿌려볼 각오와 희망이 있었다. 되돌아보고 싶지 않은 과거, 혐오스런 상황에서 빠져나온 안도와 해방감도 있었다. 어디 시골학교에 가서 돌담 쌓은 농가의 한 칸 방 생활을 꿈꾸기도 했다. 겨우 잡은 작은 꿈, 이제는 부스러기 한 조각 남아 있지 않다. 화석이라고나 해야 할까. 미치지 않았던 것이 이상하다. 연속적인 구토 현상이 없는 것도 이상하다.

'갈 곳도 없고 할 일도 없다!'

3장 퇴역장군

일본옷 기모노와 그 위에 걸쳐 입은 하오리*는 수직(手織)인 고급 견직, 유키[結城]였다. 게타*에 검정 다비*를 신고, 모자 없는 모습의 오가타 지로는 조용한 주택가의 완만한 언덕을 올라가고 있었다. 모자를 안 쓴 탓인지 면도를 하고 세발을 한 탓인지 그는 아주 젊게 보였다. 서른하나라면 물론 젊은 나이긴 했다. 꽃샘바람이 분다. 꽃은 지고 있었는데, 풍금소리가 바람을 타고 들려온다. 어느 집 새장에선지 아름다운 카나리아의 울음소리도 간혹 들려오곤 했다.

"좋은 세상이다."

오가타는 혼자 중얼거렸다.

"좋은 세상? 흥!"

스마트한 양장 차림에 단발이 생동감을 주는 여자와 현대적 감각을 십분 살린 와후쿠* 입은 여자, 속발(束髮)에는 꽃 장식의 빗을 꽂고, 눈매가 길었다. 그들은 상류 특유의 언어로 담소하며 오가타 옆을 지나간다. 그들의 향기가 코끝을 스치며 사라지고 맑은 게타 소리도 멀어져갔다.

"참으로 향기로운 세상이로구나. 흐흐흐흣……."

봄은 화사한 그런 정도가 아니었다. 이 집 저 집 담장 밖으로 넘쳐 나온 수목의 연둣빛이 탄다 했으면 좋을지, 간밤에는 소리 없이 비가 내렸고 바람은 깨끗이 빤 무명옷 냄새, 아무튼 세상은 온통 자연과 더불어 기우나 초조함도 없는 듯 한가롭다. 축복받은 듯 아름답다. 굶주림과 헐벗음과도 인연이 있을 것 같지 않았고 억압과 저항 따위는 식민지 조선에서나 있을 일, 빚더미 위에 앉아 신음한다는 농민의 얘기는 더러 신문지상에서 보지만……. 소작료 감면을 요구하는 데 맞서 소작권을 박탈하려는 쌍방 간의 싸움에서 지주는 권총 장총을 휘둘러야 했으며 경찰을 동원해야 했으며 폭력단으로 무장하게 했으며 농민은 농민대로 목도(木刀) 대창 또는 투석으로 대항하는 농촌의 실상, 흙 묻은 무를 씹어 먹는 배고픈 아이들, 차압에 나선 세무서원은 쌀 만드는 농가에 쌀은 없고 삽이나 곡괭이에 붉은 딱지를 붙이지 못하여 난처해하는데 그런저런 농촌의 사정이 고요한 이 주택가하곤 도저히 관계가 없는 것 같다. 보다 가까운 도시 근처에서 날이면 날마다 요란하고 무너지는 소식이 들려오지만 '큰일이야' 하고 신문을 던져버리면 그만이다. 실업자가 백만이건 이백만이건 활자로만 스쳐

가는 것, 공장 굴뚝을 타고 올라가서 목이 터져라 요구사항을 외쳐대는 사내에겐 그 유머러스한 착상으로 하여 쓴웃음을 자아내게 했을 것이며 폐점 혹은 도산하는 은행은 수월찮이 오래전부터였고 연신 쓰러지는 중소기업, 흔들리는 대기업, 함에도 행락 코스인 신주쿠와 오다하라를 잇는 전철은 쉴 새 없이 사람들을 하코네온천으로 실어 나른다. 깃사텐[喫茶店] 바는 장장야 성업이요 에로와 그로는 사회 전반에 팽배하여 그 점에선 앞서간 나라들을 무색케 하고 통속잡지는 백만, 백오십만의 매상에다 통속작가는 명성과 돈방석을 타고 앉아 지대한 영향력을 갖게 되는데, 그러니까 문화의 심장부 역할에 나선 문학은 군부가 강력해지는 만큼 그에 비등하게 대중을 장악했다 한다면 과장인지 모른다. 명치(明治) 후반에서부터 대정(大正) 전반까지 일본의 문학은 괄목할 만한 수준에 이르러 그야말로 백화쟁명(百花爭鳴)*, 신선함과 강건한 골격을 형성하여 대중의 문화적 의식을 끌어올린 것이 사실인데 오늘날, 연체화(軟體化)되고 통속화됨으로써 오히려 더 많은 독자층을 획득했다는 것은 안일을 요구하는 인간의 일면만을 목표로 간행물이 기업화되고 대형화된 데 원인이 있을 것인즉 식민지 조선에까지 중학은 물론 보통학교만 나왔어도 『곤지키야샤[金色夜叉]』 『신주후진[眞珠夫人]』 따위를 애독하는 실정이라면 검과 붓대가 동시에 비대해졌다 할 수 있고 검과 붓대가 식민지를 누르는데 그 힘이 막강하다 할 수 있을 것이다.

자고로 동과 서를 막론하고 검에는 검에 상응하는 문화를 동반한다. 무릇 강자는 육체를 살육하는 검과 정신을 살육하는 붓대를 동시에 필요로 한다. 한편 시류를 좇아 구색처럼 계급 의식을 조금씩 다루어보는 작가는 제외하고 대체로 농촌지도자나 노동운동의 치열한 선봉장들과는 달리 사상의 견습생 같은 경향문학의 작가들 경우 그들이 대중 편에 섰음에도 불구하고 작품의 내용이 도식적이며 왜소하여 달콤한 것에 들뜨고 길들여진 대중들에게 외면당하고 있는 것도 사실이다. 당국의 감시 때문에도 그들은 불우하고 실제 운동에서도 불꽃의 역할 아닌 이선 삼선 뒤켠에, 하여 그들은 계속 불우하며 한빈(寒貧)하고 보잘것없는 영향력, 그리고 시들어버리거나 희생양이 되는 것이다.

어쨌거나 적당한 온도와 습도를 유지하며 병충해 없이 상쾌하게 자라는 식물과도 같이 오가타가 걸어가는 주택가, 이 지역의 주민들은 전쟁 덕분에, 근대화 덕분에 훈도시 하나 차고서 재벌까지 기어 올라간 층과는 사정이 다르다. 대체적으로 황족과 화족(華族)은 아니지만 유서 깊은 가문의 후예들, 고급 관공리, 저명한 학자들, 거의 모두가 저택에 가까운 규모의 주거를 유지하는 만큼 경제적으로 중류에서는 상위에 속할 것이며 정신적으론 단연 상류다. 농민들의 투쟁이나 도시 노동자들의 파업, 기업의 도산과 관계가 없듯 정신적 귀족인 이들은 저속문화하고도 관계가 없다. 히야하야*에 쓴웃음을 띠면서 교양의 범주, 결코 양식에서 벗어나는 일 없이 이들은 탄탄한 구조물, 일본 문학의 태산 같은 모리 오가이[森歐外]의 진가를 인정하고 시니시즘의 작가 나쓰메를 읽으며, 나가이 가후[永井荷風]의 퇴폐미(頹廢美)를 다른 차원에서 이해하고 그의 반속(反俗)에 경의를 표하며, 일본적인 것, 담백하고 직선적인 것을 가장 깨끗하게 끌어올린 시가 나오야[志賀直哉], 그리고 아쿠타가와[芥川], 아리시마[有島]를 사랑한다. 그리고 이 상주의, 민중파 시인 다카무라 고타로[高村光太郎], 신비적이며 현학적인 히나쓰 고노스케[日夏耿之介], 환상과 병적, 고독한 시인 하기하라 사쿠타로[荻原朔太郎], 귀족 출신이면서 서민적 시풍으로 지순함을 노래한 센케 모토마로[千家元麿], 그런 유니크한 시인들의 시를 읽으며, 커피와 홍차를 마시고 음악회, 화랑에 가끔 모습을 나타내며 신극(新劇)에서 상연되는 연극도 보고 골프 치는 모습은 본바닥만큼 세련돼 있다. 오가타는 자신의 출신 성분이 바로 이 지역에 속한다는 것을 오래간만에 자각한다. 동시에 이 무풍지대인 연못에서 튀어나와 뛰고 솟구치고 몸부림하며 기진맥진하였던 그간의 자기 자신도 뼈아프게 되새겨본다. 그러나 오가타는 자신이 이 지역으로 돌아오고 있다는 생각은 아니했다. 이율배반의 심리랄까, 국외자가 갖는 어떤 냉혹과 함께 이별이 갖는 애상(哀傷) 같은 것, 이별하려고 오늘 이곳을 찾아오는 것은 아니었지만 이 지역의 운명 같은 것 때문인지 모른다. 포위당하고 있다는 느낌 때문인지 모른다. 지극히 소수에 속하는 이 지역은 언제까지 안온할 수 있을 것인가. 어느 때인가 저속문화에 침식되어 사라져갈지 모른다. 아니면 태양이 없는 마을, 그곳 주민들에 의해 침식당하며 무너질까. 어쩌면 이들은 나약한 들꽃인지 모른다. 폭풍이 없기만을 바라는 평화 애호자들. 일본이라고 전국(戰國)의 암흑시대만 계속되어온 것은 아니다. 헤이안조[平安朝]나 불교를 숭상하던 나라[奈良]시대의 평화가 있었다. 좋은 시절에 꽃핀 문화의 전통을 수계(受繼)한 것도 아마 이 계층이 아닐까. 일찍이 국비 혹은 사비로 외국에 나가서 그나마 제대로 외국의 문물을 들여온 층도, 해서 저변을 걷어 올린 삼각의 정점을 이룩하지 못하고 수직이나마 급진적 이론가들도 대개는 이곳에서, 하기는 진작부터 이론과 행동은 따로 놀았다. 좋은 집안에서 동대(東大)를 나오고, 이론가의 거반이 그러했듯 미즈노미 뱌쿠쇼* 출신의 대학교수는 물론 대학생도 드물었으니까, 사회주의 이론은 그들 독점물일 수밖에. 가장 무관한 곳에서 싹이 튼다는 것은 아이러니컬한 일이다. 그러나 인간이 집단을 형성하면서부터 쉬운 말로 단순한 느낌으로 그런 사회적 부조리는 이미 거론되어왔다는 사실도 잊어서는 아니 될 것 같다.

오가타는 걸음을 멈추었다. 회벽의 담장을 둘러친, 순전한 일본식 건물 앞이었다. 규모도 상당했지만 그보다 오랜 연륜을 쌓은 듯 목조는 어두운 회갈색이었다. 소나무와 손질이 잘

된 향나무가 담장 위에서 오가타를 내려다본다. 담장과 담장 사이의 나무살 문을 통해 안의 현관이 보였다. 백만 석의 다이묘[大名], 아무아무개 번주(藩主)의 중신(重臣)으로서 청태(青苔) 낀 오랜 구가(舊家) 유서 깊은 가문, 근왕파(勤王派)였던 조부가 살았었던 집, 현재는 청일·노일 양 전쟁에 참가했으며 전공도 적지 않았던 백부가 육군소장으로 퇴역한 뒤 이 집에 살고 있었다. 초인종을 누르고 나서, 오가타가 문을 열고 들어간다. 잔돌이 깔려 있는 길을 따라 현관문을 열었다. 하녀 오후지가 무릎을 꿇고 앉아 있었다.

"어서 오십시오."

"오래간만이군."

"네."

오후지는 절을 했다.

"아가씨는?"

"차노마*에 계십니다. 아침부터 기다리셨습니다."

오후지를 따라 복도를 지나면서,

"오후지는 시집 안 가는 거야?"

오가타가 말했다.

"저 같은 추녀를 누가 데려가겠습니까. 여기 두어주시는 것만도 고맙게 생각하고 있습니다."

"신통하구나."

방 앞에 이르러 오후지는 다시 꿇어앉았다.

"아가씨."

하는데,

"오라버니 오셨니?"

"네, 아가씨."

"들어오십시오."

오가타는 방문을 열고 들어갔다.

"지에짱, 오래간만이군."

"그래요. 참 오래간만이네요."

사촌누이 지에코는 꽃꽂이를 하다 말고 오가타를 올려다보며 웃었다.

"너 그동안 예뻐졌구나."

오가타는 방석 위에 앉는다.

"그런 아첨 안 하셔도 괜찮아요."

밝은 색상, 달맞이꽃 무늬의 기모노를 입고 속발인 지에코는 사실 전보다 한결 아름다웠다. 앳된 것이 없어지고 성숙해졌다는 느낌도 들었다. 오가타의 백부는 상처를 한 번 했는데 전처 사이에는 자식이 없었다. 재혼을 한 뒤 사십이 가까워져 겨우 딸을 하나 얻었던 것이다. 지에코는 그러니까 외동딸이었다. 여학교를 나온 뒤 가정에서 신부수업을 하고 있는 셈이다. 나이는 스물여섯. 혼기는 이미 늦어 있었다. 집안 형편상 데릴사위, 아니 양자를 얻어야 할 판인데 따로 사람을 구하지 않고 이들은 기다리고 있는 상태였다. 그것은 오가타 지로가 큰댁에 양자로 들어와야 했기 때문이다. 아첨하지 않아도 괜찮다는 지에코의 말에는 아무튼 그런저런 원망이 서려 있었다. 꽃꽂이를 끝내고 품에서 손수건을 꺼내어 손을 닦은 지에코는,

"오라버니, 우리가 만난 지 몇 년 만이지요?"

"몇 년 만이라니? 호들갑 떠는 것 지에짱답지 않다."

"아주 오래된 것 같아서 그래요."

풀이 죽는다. 순간 오가타의 얼굴은 어두워졌다. 담배를 꺼내어 붙여 문다.

"어머님은?"

"잠시 나가셨는데 곧 돌아오실 거예요."

"큰아버님께서 왜 날 오라 하셨을까?"

"글쎄……."

"이 층에 계시나?"

"네."

"건강은 어떠신지."

"괜찮아요. 워낙이 정정하신 어른이라, 왜요? 겁나서 그러세요?"

"응, 겁나지, 일본도 휘두르시면 어떡하나?"

지에코는 까르르 웃는다. 대장성 요직에 있었던 오가타의 부친은 네 살 위인 형을 몹시 두려워했었다. 몇 해 전에 세상을 뜨고 없지만.

"어릴 적에 숙부님 앞에서 일본도 내미시는 아버님 보고 혼비백산한 일 기억하세요?"

"하구말구. 둘이서 도장으로 도망갔었지."

"제가 일곱 살 때 일이에요."

"무엇 땜에 그러셨을까?"

"글쎄요."

오가타 마음에 검은 구름이 지나간다. 왜 그랬을까? 좀처럼 잊혀지지 않는 일이었다. 그 일이 있은 후 형제는 십 년 가까이 만나지 않았고 양가의 내왕도 없었다. 담배를 눌러 끄고 홍차를 마시는 오가타를 물끄러미 바라보는 지에코, 그도 홍차잔을 들었다.

"지에코."

오가타 음성은 목에 이물이 걸린 것 같았다.

"네."

"미안하다."

"그건, 무슨 뜻이에요?"

"무슨 뜻인지 모르겠나?"

지에코는 쓴웃음을 띠었다.

"오라버니, 저한테 미안해하실 것 없습니다, 으음…… 조금은 다르겠지만 저도 오라버니랑 비슷한 처지 아니겠습니까? 다만 부모가 하라면 순종할밖에 없는 처지, 또오…… 네, 자존심도 조금은 상했을 거예요. 하지만 남이 아닌 오라버니니까 뭐."

지에코는 가식 없이 정직하게 말하는 것 같았다. 오가타는 지에코를 유심히 바라본다. 똑바로 자란 풀잎같이 연하고 신선해 보였다. 지난날 무척 귀여워했던 누이동생.

"그럼 지에코 네가 좀 적극적으로, 가령 너 스스로 선택하는,"

"연애를 하라 그 말씀이신가요?"

"그, 그렇지. 옛날과는 달라서 결혼문제뿐만 아니라 여자도 자신의 세계를 갖는다 그런 뜻에서도 말이야."

"그러면 오라버니가 안심할 수 있다, 그건가요?"

"그 정도라도 너에게 성실했다면 좋겠다만 나는 우리들 문제는 거의 잊고 살아."

"그건 너무 심해요."

"그런가? 허허헛…… 허헛, 무풍지대에서 약간의 갈등쯤 소꿉장난 같은 거지. 참으로 고통스런 사람이 너무 많아."

"가난한 사람 얘긴가요?"

"물론 가난한 사람 얘기지만 그보다 짓밟히는 사람……."

"그간 어디를 다니셨습니까."

"지방신문을 전전했지. 코딱지만 한 섬나란데 버려진 곳이 왜 그리 많은지. 내던져놓고 주장하는 권리는 왜 그리 많은지, 전쟁이 났다 하면 버려진 사람들 먼저 긁어모아 군주와 국가를 위해 목숨을 버릴 영광을 준다 할 것 아냐? 참말 염치

없지."

"그럼 우리는 죄인인가요?"

오가타는 당황한다.

"그런 얘기는 관두자. 자기 자신이 헤아릴 일이다. 나는 크리스찬은 아니지만 너는 죄인이다! 하고 자신 있게 말할 사람이 몇이나 되는지 모르겠다."

침묵이 흘렀다. 한참 만에,

"아버님 봬야잖겠습니까?"

"좀 더 있다가……."

오가타는 담배를 붙여 물다가 좀 신경질적으로 손을 내저었다.

"지에코."

"네."

"너 그리움 같은 것 느껴본 일이 있나?"

"그야 뭐, 제 나이 스물여섯 아니에요?"

"사춘기에서 십 년이니까 물어본다는 게 바보스럽구나."

"왜 물어보셨지요?"

"글쎄다. 살맛이 안 나서 그런지 모르겠다. 잔인하고 비천하고 탐욕스럽고 향락적이고, 그리움이나 사랑 같은 것이 그중에서 얼마만큼 무게가 나가는 건지 도시 모르겠다. 내 자신도 내가 뭣인지, 적당한 곳에서 어물쩍거리고 있는 것이 부끄러워."

"하지만 때에 따라서 사랑이 목숨까지 내던지게 하는 일도 있잖습니까?"

"일장기 꽂고 죽어 자빠지는 병사들은 모두 나라에 대한 사랑 때문에 그러냐?"

"개인의 경우 말이지요."

"개인? 신문지상을 어지럽히는 그놈의 신주* 말이냐?"

"말 자체는 저속하지만요."

"내용도 저속하지. 애욕 때문이거나 차가운 두뇌가 어느 날 벽에 부딪치다 보면 모든 게 알 수 없는 바보가 되고 해서 겁이 나기 시작하여 죄 없는 여자 끌고 가서 죽어버리는 거지."

"참 많이 변했어요, 오라버니는. 어찌 그리 나쁘게만 보시려 할까? 남의 진실은 추측 가지고는 안 되는 거 아닐까요? 아무리 그렇기로 죽음이 그리 수월한 일, 아니잖겠습니까?"

"그건 네 말이 맞다."

오가타가 껄껄 소리 내어 웃는다.

"오라버니도 참."

지에코도 따라 웃는다. 항상 그랬었지만 오가타는 지에코를 만나면 혼인문제가 있는데도 불구하고 마음의 부담이 적어서 좋았다. 오히려 큰아버지 내외를 대하기 거북하여 좀체 발걸음을 아니했다. 인실을 몰랐더라면, 지진으로 인하여 조선인 학생들과 친교를 맺지 않았더라면 오가타와 지에코의 결혼은 아마 이루어졌을 것이다. 큰댁에 양자 갈 사람은 문중에서 오가타 지로밖에 없었고 풍습상 사촌끼리 혼인하는 경우는 매우 흔한 일이기 때문이다. 그러나 오가타는 인실을 잊지 못하여 지에코와의 결혼을 거부하는 것은 아니었다. 물론 인실을 사랑하는 마음에 변함은 없었고 어떤 때는 화살같이 조선으로 달려가고 싶은 충동에 사로잡히곤 했었다. 그리움이란 참으로 행복하고 고통스런 것이었다. 그리움이란! 완성할 수 없는 인실과의 사랑 그 자체였다. 그러나 그것이 오가타를 불행하게 하는 것만은 아니었다. 인실은 일생 결혼하지 않겠다고 맹서하였다. 그러나 오가타는 결혼 아니할 것을 맹서하지는 않았지만 대신 그는 자신의 생애가 방랑으로 출발하고 있다는 것을 의식하였다. 불꽃과 인내의 여자 유인실. 뜨거움과 폐부를 찌르듯 싸늘하게 들이대는 칼날의 여자. 불꽃도 그의 진실이요 인내도 그의 진실. 그 여자는 위대하지 않았고 오가타가 갈 길을 비춰주는 등불도 아니었다. 오히려 험한 길 괴로움의 길로 자신을 내몰아버린 여자인지 모른다. 뼈를 쪼아대듯 냉혹한 바람이 부는 거리, 뛰고 솟구치고 몸부림쳐야 하는, 그러나 무풍지대의 미지근한 온도 속에서 뱃멀미와 같은 인생의 허실을 오가타는 인실을 통해서 알게 된 것이다. 바로 그것 때문에 지에코와의 결혼을 거부하는 것이다. 결코 이 무풍지대에 뿌리를 내리지 못하리라는 이유 때문에. 그것은 지에코를 위한 것이기도 했다.

"뭐 드실 거라도 가져오게 할까요?"

지에코가 물었다.

"아니, 뜨거운 차나 한 잔 더 마시고 싶군."

지에코는 오후지를 불러 녹차를 달여오라 이른다. 한참 후 오가타는 오후지가 가지고 온 녹차를 마시며,

"조선사람들이 하는 말 중에 역마살이라는 것이 있다. 포수나 장돌뱅이, 그러니까 연중 집에 붙어 있지 못하고 객지나 혹은 산중을 쏘아다녀야 하는 사람의 운명을 두고 한 말이지. 아무 곳에도 뿌리를 내리지 못하는 그런 사람, 방랑자라는 뜻도 되는데…… 나는 거지를 생각해본 일이 있어. 결국 가난하여 거지가 됐겠지만 숙식을 보장받는 대신 자유를 저당 잡혀야 할 경우 그들은 어느 쪽을 택하겠나? 얼핏 생각하기엔 숙식의 보장 그것이 가장 중요한 것 같지. 거지 자신들도 숙식의 보장이야말로 끝없이 열망해온 일이었을 거야. 한데도 그들은 결국 자유를 택하여 일생을 방랑하지."

"아무리 가난해도 먹고 마시는 것이 전부가 아니라는 뜻이군요."

"음. 극단적으로 말하자면 지에코가 살고 있고 나도 소속되었었던 이 지역의 사람들은 사로잡힌 상태다. 사로잡힌 상태에서 길들여진 사람이다."

"그거는 뭐, 다소의 차이는 있겠지만 사람이 살아가는 데 있어서 어쩔 수 없는 일 아니겠어요?"

"그렇지. 어쩔 수 없는 일이겠지. 해서 의무니 권리니 하는

말도 생기고, 그러나 사로잡혔다거나 길들여졌다거나 그런 생각 좀처럼 안 하는 것 같고 오히려 주어진 상태를 보존하기 위하여 의무니 권리니 하는 거 아닐까? 사로잡혔다, 길들여졌다 하고 깨닫는 사람, 그러니까 조선사람들이 운명적으로 말하는 역마살이 들었다. 바로 그렇게 되는 거 아니겠나?"

지에코의 표정은 심각했다.

"오라버니가 어째서 그런 말씀하시는지 알겠습니다."

"그래, 이해 못해도 그만이지만."

"이해할 수 있어요."

"큰어머니 큰아버지께서 어떻게 생각하시든 사실 그건 두렵지 않지만…… 너하곤 옛날같이 오라비 누이이고 싶었다. 오늘은 틀림없이 너와의 혼인문제를 큰아버지께서 들고 나오실 게야."

지에코는 고개를 끄덕였다.

"자아 그러면,"

오가타는 자리에서 일어섰다.

"이 층 서재에 계신다 했지?"

"네. 저랑 함께 가세요."

"아니야. 나 혼자 가겠어."

층계의 널빤지는 미끄러질 만큼 길이 나 있었지만 오래된 집이어서 좀 삐걱거렸다.

"큰아버님, 지로입니다. 들어가도 되겠습니까."

“들어와라.”

가라앉은 음성이다. 장지문을 열고 들어간 방 안은 남향이어서 환했다. 오가타 겐사쿠[緒方健作], 돋보기를 쓴 그는 조카를 올려다보았다. 눈빛이 강인했으나 모습은 학자타입이라고나 할까. 몸집이 작았고 군인답지 않게 몹시 섬세한 느낌을 준다. 오가타는 백부에게 절을 올리고 방석 위에 정좌를 했다.

“자주 문안드리지 못하여 죄송합니다.”

백부는 아무 말도 하지 않았다. 오가타도 침묵이다. 이삼분이나 시간이 흘렀을까? 백부는 보고 있던 책장을 팔랑팔랑 넘기다가,

“요즘 빨갱이에 가담했다 그런 소문이 들리는데 사실이냐?”

“사실무근입니다.”

“야마센[山本宣治]을 따라다녔다는 것도 사실무근이냐?”

“생전에 야마모토 선생님을 몇 번 뵌 적이 있었습니다.”

“그래도 빨갱이에 가담 안 했다 할 수 있느냐?”

“야마모토 선생님은 빨갱이가 아닙니다. 농촌지도자일 뿐입니다.”

야마모토 센지는 오가타의 말대로 농촌지도자이며 노농당대의원(勞農黨代議員)으로 제1회 보통선거에 당선된 사람으로서 결핵의 병구를 이끌고 당국과 맞서온 투사였다. 그는 작년 봄에 우익청년들에 의해 암살되었다.

“그런 적색분자를 만나는 데는 이유나 목적이 있을 거 아닌

가."

"존경하니까 만나뵌 거고 신문기자로서 만나뵌 것입니다."

"네가 관계했다는 그 신문 자체가 빨갱이 신문 아니냐. 그리고 넌 급진적 사상을 가진 교수하고도 접촉이 잦다는 소문이야. 바보 같은 놈들. 국비로 해외 유학하고 돌아와서는 반국가적 사상을 학생들 머릿속에 쑤셔넣은 배은망덕한 놈들. 국가에서 많은 급료를 받고 교단에서 그런 주둥이나 까라고 우리 군이 피를 흘린 줄 아나? 수차례 전쟁에서 이룬 승리 없이 그들이 존재했을 것 같은가? 정작 뱃가죽이 등에 붙은 가난뱅이들은 말이 없는데 호의호식하고 누구네 집 자식 하면 알 만한 젊은것들이 설치고 나서니 기가 막히지. 젊은 혈기라고는 하나, 부모가 물려준 재산을 앉아서 축내는 그런 바보를 두둔할 생각은 추호도 없다. 그리고 국가의 앞날을 위해 그런 방향으로 설쳐야 옳은가! 나도 장님은 아니다. 볼 것은 다 보고 들을 것도 다 듣는다. 정의나 평등을 나쁘다 할 사람이 어디 있어. 그러나 말로만 되는 일인가. 만주 중국으로 뻗어 나가지 못한다면, 조선을 잃는다면 일본은 자멸이다! 엄연한 현실이야. 너희들이 하는 짓이란 쥐 한 마리 잡으려고 독을 깨는 그따위 우둔을 범하고 있다. 조그마한 섬나라가 세계의 강국 중 하나로 부상한 것은 우연도 신의 가호도 아닌 게야. 피로써 얻어진 게야. 그것을 누구 마음대로? 반전을 외치는 그 아가리 속에 들어가는 쌀이 조선에서 온 것인 줄 모르고 하는 소린가? 현실은 언제나 참혹하고 냉엄한 게야. 나도 사회문제에 관심이 전혀 없는 것도 아니다. 시대에 따라 사회변천에 따라 개혁할 일이면 의당 개혁해야 한다는 정도는 알고 있어. 급히 서둔다고 되는 것도 아니요, 첫술에 배부른 것도 아니다. 점진적으로, 그래야 부작용도 없고, 네가 조선에서 시시한 사건에 관련되었을 때 그때 나는 네놈을 두고 웃었다. 오가타 집안에서 처음으로 바보가 하나 탄생했다구. 노여워할 값어치조차 없었다. 중국 공산당에 가담했다면 모를까, 역적이 되려면 대역, 그까짓 피래미, 부끄럽지도 않았나?"

오가타는 맞설 생각을 아니했다. 지에코와의 결혼문제를 결정하기 위한 전제가 아닌가 싶었기 때문이다.

"한마디로 멍청한 게야. 너 애비도 그랬었다. 그 자식도 멍청이였다."

순간 백부의 얼굴은 일그러졌다. 이십 년 전의 일을 그는 생각하는 것 같았다. 오가타는 주의 깊게 그의 표정을 바라본다.

'무슨 일 땜에 그랬을까? 아버지를 군도로 내리치려 했다. 그리고 십 년 가까이 의절했던 그 사연은 무엇일까?'

아버지 다카시[隆]는 문관이었지만 군인이던 형보다 체격이 컸고 선이 굵은 사람이었다. 성격도 그러했다. 해서 사람들은 형제가 바뀌어 됐으면 좋았을걸 하곤 했었다.

"지나간 일은 다 묻어버리기로 하자. 생각한들 별수 없지."

한숨 섞인 말이었다. 조카에게보다 이제는 지하의 잠든 동생을 보고 하는 말인 것 같았다. 오가타는 백부로부터 눈을 떼었다. 서가에는 군사에 관한 책이 가득 들어차 있었다. 조부는 장남이라 하여 그를 군인에의 길로 보냈을 것이다. 육군 소장으로 퇴역했다면 군인으로서 출세를 못한 편은 아니다. 그는 용장(勇將)이기보다 지장(智將)으로서 그의 길을 뚫고 나갔을 것이다. 후회가 있는지 없는지 그의 심중을 알지 못하나 상식적인 말을 할 때도 어쩐지 그의 얼굴에는 우수 같은 것이 있었다. 망처와의 금슬이 어떠했는지 그것은 잘 모를 일이지만 십오륙 세나 차이 나는 후처, 그러니까 지에코의 모친인데 그들 두 사람의 사이는 언제나 냉랭한 것을 느끼게 했다. 지에코의 모친 신코[新子]는 대단한 미인이었다. 오가타는 백부를 싫어하지는 않았다. 나약하고 다치기 쉬운 감성, 그것은 그의 괴로운 비밀 같은 것인 성싶었다. 해서 오가타는 아까와 같이 백부가 속사포처럼 쏘아댈 때는 대개 침묵으로 응수하였다. 어쩌면 그것은 자기 자신을 향한 억지 같은 것이었는지 모르기 때문이며 지에코와의 결혼문제만 하더라도, 기정사실로 알고는 있되 조카에게 강력하게 내비치기는커녕 왕왕 애매하기조차 했던 것이다.

"그래, 넌 앞으로도 후라이 보즈*처럼 그러고 살 참이냐?"

"부끄러운 말씀이오나 아직 목표를 정하지 못했습니다."

"한심한 놈이군."

"지금 생각으론 중국으로 건너가볼까, 실행하고 싶습니다만.”

“중국 가서 설마 아편장사라도 해서 일확천금을 잡겠다는 건 아니겠지.”

팔짱을 끼고 있다가 한 손으로 턱을 만지며 건성으로 말했다. 대답할 필요를 느끼지 않는다는 듯 오가타는 입을 다물었다.

“고로쓰키*같이 상해 뒷거리를 헤매다 보면 인간의 순수함이 얼마나 덧없는가를 알게 될 거야. 이성의 힘, 교활한 타협 없인 모두 아편쟁이가 되든지 미쳐 죽든지, 바로 그런 것 때문에 군대가 설립된다, 할 것 같으면 넌 미처 이해하지 못할 게야.”

“아닙니다. 이해할 수 있습니다.”

“이해할 수 있다…….”

처음으로 백부는 냉소를 머금었다.

“결국 허무하기 때문에 허무의 분자가 모여 군대가 성립된다, 그리하여 허무를 긴장으로 고조시킨다, 그런 뜻도 되는 거 아니겠습니까?”

“나는 군대를 신성시하고 있지는 않지만 그렇다고 그 희생을 과소평가할 마음도 없다. 개인이나 집단이나 힘이 세다는 것은 다소의 야만성을 동반하게 되는데, 내가 생각하기론 정복에도 두 가지 형태가 있다고 본다. 이해관계야 대동소이하나 강대국에 의한 정복은 군림과 이상(理想)이 따르지만, 또 과

욕이 따르지만, 우리나라 같은 경우의 정복이란 살아남기 위한 유일의 방법으로 보아야 할 게다. 그런 만큼 동원되는 무기는 무엇이든 다 써먹고 예까지 왔다. 개미처럼 일사불란, 거둬들인 거지. 앞으론 꿀을 지키기 위하여 꿀벌이 돼야 할 게다. 후퇴의 가능성은 없고 후퇴할 수도 없는 지경에 이르렀지. 우리는 지금까지 가난하여 싸운 것이다. 비극은 우리에게도 있어. 강대국들을 업고 그야말로 각고의 세월이었다, 할 수 있을 게야. 앞으로 그 물량을 어떻게 감당할지……."

"물론 반전은 아니시겠지요."

"당연하지 않느냐?"

정신을 차리듯 그는 조카를 똑바로 응시했다.

"언제까지 계속입니까. 땅끝까집니까? 마지막 한 사람이 될 때까집니까?"

"그 한계가 정치 아니겠나. 이상이나 휴머니즘 따위는 불급(不及)이다!"

그는 펴놨던 책을 소리 나게 덮었다.

"지로."

"네."

"간단히 끝내자. 너 지에코하고 결혼하고 취직해라."

"……."

"네가 하고 있는 짓에는 풋내음이 난다. 연내에 혼인을 하는 거다."

"지에코에겐 지에코에 맞는 사람이 있을 것이며 이 집에도 이 집에 맞는 사람이 따로 있을 것입니다."

"그 문제는 나도 생각해보았다. 그러나 혈통이 없어."

"지에코가 혈통 아닙니까."

"으흠."

겐사쿠는 담배를 붙여 물었다. 높이 자란 소나무의 가지가 이 층 유리창 밖에 있었다. 공기가 맑은 실내에 푸른 담배 연기가 흩어진다.

"소나무란 언제 보아도 아름다워. 싫증이 나지 않아."

방금 중대한 집안 문제, 지에코와의 결혼문제를 꺼내었고 그것을 거절당했는데 겐사쿠는 아무 일 없었던 것처럼 창문 밖의 소나무를 바라보며 혼잣말을 했다.

"소나무는 동양적이며 매우 일본적인 나무다. 곧게 뻗어 올라가는가 하면 굽어져 뻗기도 하고 그야말로 나뭇가지가 천태만상이거든. 안 그러냐?"

"일본적이기도 하지만 보다 조선적인 나무 아닐까요?"

오가타도 아무 일 없었던 것같이 대답했다.

"어째서?"

"이건 느낌입니다만 소나무는 척박한 땅에서 구부러지고 비틀어지며 자라는 거 아닌가 싶습니다. 곧게 뻗은 소나무보다 구부러져서 자란 소나무의 풍치가 훨씬 좋다는 것은, 뭐 그런 탓도 아니겠습니다만 인고(忍苦)의 모습이라고나 할까요? 시뻘건 땅에, 혹은 암벽 사이에서 비틀어지고 구부러져서 견디는 소나무, 그것은 바로 식민지 조선의 모습이 아닐까요?"

"어째 네가 조선에서 태어나지 않았는가, 이상한 일이로군."

겐사쿠는 경멸하듯 비틀었다.

"인고의 모습이 아름다운 것이라면 인간으로서 불명예스러울 이유가 없는 거지요."

"지능이 문제로구나. 바보 같은 놈. 인고라고? 그런 의식이라도 있는 민족이면 제 나라를 왜 뺏겨. 희망 없는 인종이야. 비틀어지고 구부러지고 그런 소나무나마 방치한다면 남아나기나 할 것 같으냐? 온돌인가 뭔가 하는 그놈의 야만적인 아궁이가 산을 다 잡아먹고 해마다 홍수, 자멸할밖에 없는 백성이다."

감정적으로 매도한다.

"편견입니다. 대단한 편견이지요. 일본이 먹기 전에도 조선은 수천 년을 자멸하지 않고 그들 특유의 문화를 형성하며 존재해왔습니다. 일찍이 나무를 땔감으로 삼지 않았던 민족이 있었습니까? 야만적인 온돌이라 하셨는데 저는 일본의 다다미야말로 야만적인 것으로 생각합니다. 건초더미에서 자던 습성이 약간 정리된 것 아니겠습니까? 온갖 먼지를 흡수하고 벼룩이 들끓는 다다미, 일 년에 한두 번씩 걷어서 일광욕이나 하고 두드려서 먼지를 털고, 비 오는 날엔 무릎이 끈적끈적할 만큼 습기가 차고, 물걸레질을 매일 했다간 썩지요. 저는 온돌이야말로 가장 정결한 거처라 생각합니다. 의자나 침대 같은 것도 매일매일 걸레질하며 사용할 수 없는 거 아닙니까? 설령 커버나 시트로 덮는다 하더라도 안엔 먼지가 쌓이지요. 경험에서 알았습니다만 온돌이란 맨발로 밟으면 모래 알갱이 하나까지 발바닥에 느껴지니까요. 거울같이 매끄럽고 딱딱하여 차게 보이지만 여름 한 철만 기분 좋은 냉기를 가질 뿐, 앉으면 따뜻하고 아무리 비가 와도, 오히려 비 오는 날의 실내가 더 쾌적합니다. 그들은 대단한 문화민족이며 온돌은 난방 작품치고 매우 우수한 것을, 이러쿵저러쿵……."

"너 그래도 되는 거냐?"

그러나 오가타는 계속했다.

"우월감 그 자체가 열등감이란 생각을 안 해보셨습니까? 사실 우리가 다 좋은 것도 아니며 조선이 다 나쁜 것도 아닙니다. 반대로 조선이 다 좋은 것도 아니며 우리가 다 나쁜 것도 아닙니다. 일등국민이다, 일등국민이다, 구두선처럼 된다는 그 자체부터 일등국민이 아닌 어릿광대지요. 개인에게도 품위가 있듯, 민족이나 국가에도 품위는 있어야 한다고 봅니다. 대단히 훌륭한 신사가 민족이나 국가에 관해서는 사리에 안 맞는 언사, 억지, 편견, 심지어는 살인자까지 된다는 것 어떻게 설명이 되야겠습니까? 자기 자신을 안다는 것이 자부심 아니겠습니까? 자기 존엄과 우월감은 분명히 다를 것입니다. 너무 심해요! 관동대지진 때, 피에 굶주린 이리 떼 모양으로 조선인 학살에 미쳐 날뛰던 일본민중들을 기억하실 것입니다. 민중을 그 방향으로 몰고 간 위정자들의 간지(奸智)를 저는 똑똑히 기억하고 있습니다. 그래도 일등국민이며 우월감을 가져야 하겠습니까?"

"이 반역자."

하는데 겐사쿠의 목소리는 힘찬 것이 아니었다. 희미한 갈등 같은 것이 있었다.

"좋습니다. 하늘의 법과 일본의 법이 다른 만큼 반역자라 하신대도, 군도로 저를 치신대도 좋습니다."

겐사쿠의 얼굴빛이 싹 변했다. 오가타의 안색도 달라졌다. 서로가 서로를 노려본다. 오가타는 귀가 멍멍해지는 것을 느낀다. 한참 후 겐사쿠는 팔짱을 끼었다. 희미하게, 입술을 깨물듯 하며 웃는다.

"너 아까 중국으로 가겠다 했느냐?"

"네. 그런 말 했습니다."

"중국 말고 만주로 가라!"

오가타의 양어깨가 축 처졌다. 겐사쿠의 답변이었던 것이다. 지에코와의 혼인문제는 백지로 돌리자는 답변.

"저녁 먹고 가겠나?"

"아닙니다. 누님 집에 들러봐야겠습니다."

오가타의 누이 유키코[雪子]의 집은 이곳에서 과히 멀지 않은 곳에 있었다.

이 층에서 층계를 밟고 내려올 때 오가타는 또다시 귀가 멍멍해지는 것을 느낀다. 왜 그리 흥분을 했을까? 걱정이 되었던지 지에코가 층계 밑에서 서성거리고 있었다.

"오라버니 별일 없었지요?"

"응."

하는데 오가타는 지에코가 애처롭고 사랑스러워 가슴이 뭉클해온다.

"지에코."

어깨에 두 손을 얹으며,

"아버님은 폭군이 아니다. 군도엔 녹이 슬었어. 너도 너의 운명에 대하여 적극적이어야 한다."

지에코는 맑은 눈을 크게 뜨며 오가타를 쳐다본다.

"알았어?"

고개를 끄덕인다.

"어머님은 아직인가?"

"아직, 왜 늦으실까요?"

"그럼, 나 가겠다. 또 만나러 올게. 멀리 가 있을 때는 편지하겠다."

"저도, 그러겠어요. 편지하겠습니다."

"잘 있어."

오가타는 손을 흔들어주고 집을 나섰다. 그리고 언덕을 향해 막 내려가려는데 맞은켠에서 고개를 숙인 자세로 올라오는 백모 신코의 모습이 있었다. 거의 마주칠 때까지 신코는 오가타가 서서 기다리고 있는 것을 모르는 것 같았다.

"어머나!"

"안녕하십니까."

웃으며 오가타는 인사를 한다.

"어머나, 어머, 지로상 오래간만이군요."

신코는 무척 반가워했다. 갓 오십인가, 옷도 그러했지만 나이보다 젊어 보였고 용모도 눈에 확 들어오는 미인이다. 육십의 중반기에 들어선 남편 겐사쿠도 나이에 비해 젊은 편이었지만.

"뵙고 가려고 기다렸습니다만."

"나도 지로상이 온다기에 급히 오는 길이에요. 한데 벌써 가다니?"

최대 경어는 아니었지만 신코는 조카에게 경어를 썼다. 상류사회에선 어머니가 아들에게도 경어를 쓰는 사람이 많았다.

"누님 집에 들르려고요. 오래 못 가보았거든요."

"저녁도 함께 안 하고서……."

아쉬워하는 표정이었지만 남편이 오가타를 왜 불렀으며 무슨 얘기를 했는가 그것에 대해선 언급이 없다. 은회색 오비의 오비도메*는 선명하게 붉은 산호였다. 손가락에도 두 캐럿 정도의 다이아몬드 반지를 끼고 있었다. 지체는 떨어지지만 신코의 친정은 본시 부자였었다.

"요다음에 또 오지요. 그때……."

"할 수 없지만, 꼭 와야 해요."

4장 진보적인 엄마

오래간만에 오가타는 누이 유키코의 가족과 저녁을 함께한다. 사 남매를 둔 유키코는 서른아홉인데 오십인 신코와 비슷하게 늙은 것 같았다. 워낙이 신코가 젊어 뵈는 데다 조혼하여 열아홉에 첫아들을 낳은 뒤 계속 생산을 했으므로 유키코는 나이보다 늙어 보였던 것이다. 게다가 성질이 내성적이었고 가사와 육아에 전념하여 거의 바깥과 담을 쌓고 살아왔기 때문에 몸을 가꾸거나 의상 따위에 별 관심이 없어 일단은 평범한 인상이다. 유모와 하녀가 있었지만 전적으로 집안은 그가 다스려왔었다. 큰아들 시게루[繁]는 늘 어머니는 박식해, 모르는 것 없지라고, 말했다.

그 말은 유키코가 독서가인 것을 증명한다. 남편 요시에[吉江]는 회사중역으로서 출타 중이며 장남 시게루는 아직 귀가하지 않았고 식탁엔 어린 조카 셋과 유키코, 오가타 다섯이었다.

"시게루는 늦게까지 어딜 싸돌아다니지요?"

오가타가 물었다. 늦게까지 돌아다니는 것을 비난하기 위해 한 말은 아니었다. 그는 시게루가 보고 싶었던 것이다.

"친구들하고 어울려 있는 모양이지."

"예과 이 학년인가요?"

"응."

"형님은 치밀한 성격인데 그 애는 좀 덜렁덜렁하지요?"

"그런 편인가 봐. 의외로 예민하고 섬세할 때도 있어."

"요즘 어렵지요?"

"어려워."

"형님은 잘해나갈 겁니다."

"그렇지도 않아. 이것 좀 먹어봐."

"뭔데요?"

"바리바리라 하던지……."

"엄마 가리가리 아니에요?"

막내의 말이었다.

"무 아닙니까?"

"실은 술안준데, 귀한 거라 내놨다. 선물받은 거야."

"무 따위가."

하다가 먹어본 뒤,

"응, 맛있군요."

"지방에서 부쳐온 거라던가, 시중에서 파는 건 아니래. 엄청나게 값이 비싸다는 거야. 만드는 고장에서도."

"무가 비싸면 얼마나 비싸려구요. 맛은 있는데요. 정말 맛있어요."

"나도 들은 얘기다만 이걸 만들려면 우선 무를 고르는데, 수많은 중에 몇 개를 골라낸다는 거야. 간장에 오랫동안 담그고, 미린*에 또 얼마 동안 담궈두고, 시일도 오래 걸리지만 정성이 여간 드는 게 아니라는구나."

"누님."

"응."

"이게 바로 문화 아닙니까? 그렇지요?"

유키코는 웃는다.

"아저씨, 이게 문화라니요? 먹는 건데 뭐가 문화인가요?"

셋째, 보통학교 오 학년짜리가 말했다.

"라디오도 아니구 전화도 아니구, 또오."

"준짱, 그건 아저씨 말씀이 옳아요. 두고두고 생각해보도록 해."

유키코는 조용히 말했다. 아이는 고개를 갸우뚱한다.

식사가 끝난 뒤 아이들은 잘 먹었다는 말을 남기고 그들 공부방으로 흩어져갔다. 다다미 열두 장짜리 방을 개조한 응접실에 남매는 자리를 옮겼다.

"커피로 할까?"

"네."

얼마 후 하녀가 커피를 날라 왔다. 아들은 어머니를 박식하다 했지만 유키코는 원래 말수가 적은 여자였다.

"요즘도 어머님은 천식 땜에 괴로워하시지?"

"그런가 보지요. 많이 늙으셨더군요."

"이치로[一郞] 부부가 잘해주니까 나는 한결 마음이 놓여."

"그만하면 잘하지요. 형수 성품이 어질어서 다행입니다."

"그래. 한데 큰집에는…… 결혼문제겠지?"

조심스럽게 물었다.

"그런 셈이지요."

"지에짱 맘에 안 들어? 좋은 아인데."

"좋은 애지요. 누님 비슷한 데가 있어서 난 그 앨 좋아합니다."

"그렇다면은…… 큰아버님 때문이냐?"

"누님."

"왜?"

"나도 왜 그런지 모르지만 그 양반이 측은해져서, 뭐라 표현해야 좋을지……."

유키코의 표정이 약간 흔들렸다.

"아주 외로운 사람 같았어요. 인생에 대한 회의에 가득 찬 그런 느낌이었습니다. 비록 퇴역이긴 하지만 장군 아닙니까? 대일본제국의 육군소장, 그 면모를 찾아볼 수 없더군요."

"내 생각에도 큰아버지는 군인기질이기보다 글쎄…… 학자나 예술가……."

"섬세하고 나약한 면을 줄로 썰어서 오늘까지 버텨왔다, 그런 느낌이었습니다."

유키코는 놀라는 듯 동생을 쳐다본다.

"혼인문제는 강요하지 않았습니다. 구론(口論)을 했지요. 피차 뭔지 모를 흥분에 사로잡혀서 말입니다. 큰아버님은 군복으로 무장된 충성과 일본제일주의, 그건 마음속 깊이 있는 회의에 대한 저항 그것 때문에 더욱 강경했던 것 같았습니다. 반론하는 내 자신도, 그렇지요, 강한 신념이 있었던 것도 아니어서. 그러니까 결국 피장파장, 서로 지식에 오염되고 약화된……. 나는 젊기 때문에 불안하고 초조한 겁니다. 그러나 그 상태는 결코 절망적인 것은 아니지요. 나는 지금 혼란 속에 빠져 있습니다. 내가 뭣이며 내 능력이 실로 바위 밑에 있는 한 알갱이의 좁쌀 같은 것이라는 의식이 나를 끝없이 괴롭히곤 하지만 이상하게 또 바람을 타고 날 수 있다는 생각을 하거든요. 떨어지는 곳이 비옥한 땅 아닌 황무지든 사막이든, 나는 큰아버님같이 별자리 밑에 지성을 숨기며 살고 싶지 않아요. 형같이 십 년간의 일정이 꼭 같은 생활을 되풀이하고 싶지도 않아요. 어느 만큼 접근할 수 있는가 어느 만큼 진실에 접근할 수 있는가, 문학이나 사상이나 그걸 통해서가 아닌 몸으로 가고 싶은 것입니다. 누님은 이해해줄 것 같아요."

"……."

"나는 고집스런 전통주의자도 싫지만 몸에 맞지 않는 드레스 입고 춤추는 꼴이나 화가랍시고 기름덩이 같은 나체를 그려 전람회를 여는 꼴도 보기 싫습니다. 인간이나 민족이 나름대로 살아온 진실의 표현이 문화라면, 진실의 껍데기만 거머잡고 버둥거리는 전통주의자나 아예 그걸 버리고 쓰레기통에 남이 쓰다 버린 것을 뒤지고 다니는 반전통주의, 모두가 싫습니다. 사이교[西行]와 잇사[一茶]를 합하여 그것이 보다 치열하게 육박해가는 세계를 보고 싶다 그 말입니다. 내가 보기엔 진실한 고행자는 거의 없다! 나를 포함하여 거의가 달콤하다, 달콤한 것도 빼고 짠 것도 빼고 그리고 강한 것, 누님 당신은 이해해줄 겁니다. 내가 말 못하는 것, 표현 안 되는 것까지."

"넌 어릴 때도 이상한 아이였다. 기르던 강아지가 죽었다고 사흘 밤 사흘 낮을 운 일이 있었다. 난 네가 크면 중이 되지 않을까 하고 생각했는데."

오가타는 잠시 고개를 숙였다가,

"내가 지에코하고 결혼 못하는 이유는 더 설명 안 해도 되겠지요?"

유키코는 고개를 끄덕였다. 오가타는 그렇기 때문에 나는 유인실이라는 조선의 여자를 사랑한다는 말은 하지 못한다. 담배를 붙여 문다. 인실에게 생각이 머문다. 쓰라림이었다. 그리움이기도 했다. 불기둥같이 뜨겁고 강한 감정을 억제하는 그 여자의 인고의 모습, 조선의 비틀어지고 구부러진 소나무하고는 다른, 뭔가 다른 유인실의 모습이다. 그것은 당당함이었다. 갈고리와 갈고리가 서로 물려들어 빠지지 않는 단단함이었다. 그냥 인고하는 모습은 결코 아니었다. 내일을 향해 비상하려는 의지와 희망과 긍지에 넘치는, 오가타는 순간 선망 같은 시기심 같은 것을 느낀다.

"누님."

"응."

"옛날 큰아버님이 아버님한테 군도를 뽑아 들이댄 사건 기억하시지요?"

유키코의 낯빛이 싹 달라졌다.

"왜 그러셨는지 나는 아직 그 사정을 모릅니다만 오늘 좀 기묘한 느낌을 받았습니다."

"무슨?"

숨을 죽이듯 유키코는 동생을 쳐다본다.

"내가 좀 심한 말씀을 드렸지요. 대일본제국에 대한 비난은 어쩌면 오가타 겐사쿠, 대일본제국의 육군소장에 대한 비난일 수도 있었겠지요. 큰아버님은 나를 반역자라 하셨고 나는 하늘의 법과 일본의 법이 다른 만큼 반역자라 하신대도, 군도로 저를 치신대도 좋다 그렇게 말씀드렸더니,"

"뭐라구!"

"큰아버님 안색이 싹 변하지 않았겠습니까?"

"……."

"그렇게 그 말이 충격적이었을까요? 나는 반사적으로 어릴 때 그 일을 생각했던 것입니다. 귓속이 멍멍해지더군요. 마치 귀싸대기를 심하게 맞은 것 같았습니다."

"……."

"누님은 왜 그러셨는지 아시지요."

"어른들의 일을 어떻게 알겠니."

유키코는 눈을 내리깔았다.

"하지만 누님은 그때 알 만한 나이가 아니었습니까."

"형제분의 언쟁이 발전해서 그렇게 되셨겠지. 지나간 일을 가지고 지나치게 큰 사건처럼 상상할 필요가 있을까? 호사가처럼."

유키코의 목소리는 차분했다.

"그건 그렇습니다. 좀 이상해서,"

하는데 조카 요시에 시게루[吉江繁]가 들어왔다.

"아, 아저씨!"

덩치가 컸으며 실한 나무 같고 젊은 맹수처럼 정한해 뵈는 청년, 스물한 살. 머리는 짧게 깎고 있었다.

"야아, 이거 몰라보게 됐구나. 학생이 아니라 역사(力士) 아니야?"

시게루는 오가타 맞은켠에 앉으며 뒷머리를 긁적긁적 긁었다.

"무슨 운동을 하나?"

"유도 합니다."

"몇 단이야?"

"뭐 아직은 이 단이지만……."

"대단한데,"

"시게루."

"네, 어머니."

"저녁은 어떻게 했느냐?"

"밖에서 했습니다. 친구들하고."

"아저씨가 널 무척 기다렸단다."

"저도 아저씨를 꼭 만나봬야겠다구 생각했는데 계신 곳을 알아야지요."

"꼭 만나야 할 일이라도 있었나?"

오가타는 양 무릎 위에 가지런히 놓은 시게루의 큰 주먹을 보며 미소한다.

"세상은 넓고도 좁다고, 진부한 얘깁니다만 서로 만나보아야 할 사람이 있어서 말입니다."

"……?"

"제 친구에 조선놈이 하나 있습니다."

"조선놈이라니. 말버릇이 나쁘구나."

유키코가 나무란다.

"친구 간인데 뭐 상관 있겠습니까."

오가타가 말했다.

"학교도 같지만 친해지기론 유도 때문인데……."

"그 사람도 유도를 하니?"

"네, 어머니. 저하고도 막상막하, 힘도 좋지요. 이순철, 이름은 그래요."

"이순철? 처음 듣는 이름인데 어째서 나하고 만나야 할 사람이냐?"

"만나야 할 사람은 그놈이 아닙니다."

"또오. 서로 그렇게 부르는 건 친구니까 상관없지만 엄마 앞에선 그러지 말아라."

"네. 그 친구의 친구지요. 그러니까 역시 조선사람입니다. 최환국이라는."

"……?"

"더 간단하게 얘기하자면 아저씨가 연루되어 조선서 검거된 일이 있지 않았습니까?"

"그래서?"

오가타는 다소 긴장하여 반문했다.

"그때 만주서 잡혀온 사람 그 사람의 아들입니다."

"거 이상하군. 그 사람의 성은 김인데?"

"가명일 수도 있지 않습니까?"

"하기는."

"지로상. 이 애가 이렇게 엄벙덤벙해서 괜찮겠니?"

유키코는 불안한 듯 물었다.

"누님, 이 애기를 나보고 묻는 겁니까? 엄벙덤벙한 장본인 보고요. 하하하핫……."

"어머니, 걱정 마십시오. 관음보살입니다."

"관음보살? 그건 무슨 뜻이냐?"

"최환국이라는 친구 말입니다. 천하무비의 미남이구요, 일본의 귀족들은 저만큼 나앉으라 할 만하구요. 굶주린 호랑이한테 살신공양 할 만큼 자비롭습니다."

"허풍 그만 떨어라."

"어머니, 조금도 허풍 아닙니다. 제가 아주 반해버렸습니다."

"그의 부친도 잘생긴 남자였지."

"물론 아저씨는 그 친구 아버지를 잘 아시겠지요?"

"그렇지는 않아. 그 사건 전에는 듣도 보도 못했던 사람이니까. 조사받으러 나갈 때 가끔 눈이 마주칠 정도였지."

"그렇다면 어째서 사건 하나에 함께 검거된 거지요?"

"서라는 사람, 그러니까 사건의 주모자였던 그 사람하고 관계가 있었던 거지. 뭐 이런다고 누님, 총독부 청사를 폭파하려던 그런 사건 아니니까 걱정 마십시오."

"그건 나도 아는 일 아니니? 비밀결사, 비밀집회, 또 불온문서, 요즘 일본서도 흔해진 일이란 정도는 알아. 문제는 네가 조선사람들 속에 끼어 있었다, 그건데……."

"누님도 큰아버님과 같은 편견을 가지고 계십니까?"

"그렇지는 않지만 색다르긴 하지. 남이 안 하는 일. 자칫 잘못하면 어릿광대로 보일 수도 있고."

유키코는 조용하게, 그러나 정곡을 찌르는 말을 했다.

"그게 편견 아닐까요? 어떤 사실 혹은 진실만 논하면 되는 거 아니겠습니까?"

"너 자신은 할 수 있는 말이지만 누이나 엄마의 처지에선 객관적으로 보아야지 않을까?"

"그건 그렇습니다."

"나는…… 시류를 타는 경박을 경계하지만 젊은 사람, 내 자식들한테 진실을 외면하라, 그런 엄마가 되고 싶지는 않아. 물론 적극적인 것은 아니지만, 사물을 보는 폭을 넓혀가야, 그런 뜻에서 당국이나 우익진영에선 다소 신경질적이며 감정적인 것 같더구먼. 지휘관과 병사만으로 사회가 구성되는 건 아닐 테니까."

"우리 엄마 이렇게 진보적입니다, 아저씨."

"진보적이기보다 관조적이지. 안 그렇습니까? 누님."

"놀리지 말아요. 조용히 앉아 생각할 시간이 있으면 누구나 그런 정도의 의견쯤 있지 않을까? 아이들을 길러본 체험이기도 하고."

유키코는 미소 지었다. 그리고 일어서며,

"오래간만에 만난 숙질끼리 실컷 얘기해. 뭐 마실 거라도 보내주랴?"

"걱정 마십시오. 필요하면 오후사보고 말할 테니까요."

유키코가 자리를 뜨자 담배를 붙여 물고 한동안 침묵을 지키던 오가타는,

"조선인을 넌 어떻게 생각하나."

하고 물었다.

"어떻게 생각하다니, 음…… 좀 막연한데요."

"그들에 대한 감정이라 해도 좋고 그 민족에 대한 평가."

시게루는 오가타의 다음 말을 기다리지 않고,

"그건 전혀 없지요. 특정된 사람이면 모르겠으나 총괄적으로 말씀하신다면 전혀 없지요. 한마디로 나는 조선, 조선인에 대하여 아는 게 없습니다. 안다면 지도상(地圖上)의 사실, 일본의 식민지라는 것뿐입니다."

"백지상태다 그 말이군. 그도 그렇긴 하다."

시게루는 뒤늦게 생각해보듯 말했다.

"그렇지요. 백지상태, 아무런 선입관 없이 조선인 두 사람을 우연히 알게 되었다, 지극히 자연스럽게 말입니다. 백인들 같은 이질감이 없고 언어도 유창하여,"

"저항을 느끼지 않았다 그 말인데, 그러나 상대는 그렇지 않았을 게야. 너를 친구로서 또 한 개인으로 좋아하든 싫어하든 그들 가슴속에는 일본인에 대한 응어리가 있어. 나는 신물이 나게 그걸 겪었다. 항의도 하고 이해할 것을 바라기도 했고 그러나 민족의식, 민족적 원한은 철벽이었다."

"전부가 다 그럴까요? 전부가 다 그렇다면 어째 나라가 망했을까."

나직이 뇌듯 말했다.

"물론 전부는 아니지. 그러나 그들이 망한 이유 중에 가장 큰 것은 반역자들의 소행은 아니야. 물량이지. 힘이란 말이야."

"그러니까 조선인 전부가 철벽은 아니란 말 아닙니까."

"제 민족을 등진 사람은 어느 누구의 진정한 친구도 될 수 없다."

"아저씨는 민족을 부정하시지 않았습니까."

"형편없는 우문이다. 인간의 총체는 인류가 아닌가. 민족은 부분이다. 인간의 비극은 인류의 비극이요 민족의 비극도 인류의 비극이다. 개인이건 민족이건 생존을 저해하고 압박하는 것은 죄악이며, 근본적으로 부조리다. 이런 말 하는 나를 이상주의자라 흔히들 비웃지만, 하지만 염치없는 이기주의를 어찌 옳다 하겠느냐. 애국, 민족만 내세우면 범죄도 해소되는 그 기만을 수긍할 수가 없다. 그리고 나는 민족을 부정하지는 않았다. 약육강식의 민족주의를 부정했을 뿐이야."

"하지만 현실은 언제나 강자였고 이상은 패배자이지 않았습니까. 현실은 숫자이지만 이상은 항상 연기였습니다."

"무슨 소리. 너는 벌써부터 아전인수를 농하느냐? 그리고 도식적 그따위 사고방식은 대단히 경계해야만 할 일이다. 하나에 하나를 보태면 둘이다. 물론 그렇다. 그러나 아무리 빼고 더하고 해도 생명은 산출되지는 않는다. 인간 존엄성도 산출되지 않는다. 인간의 생명과 존엄은 본질적으로 어느 누구도 침해하고 억압할 권리는 없어. 사회주의 유물론을 눈엣가시처럼 생각하는 일본 보수파들, 그들이야말로 알고 보면 철저한 유물론자 아니겠느냐? 신도니 황도니 그것 다 허울에 불과한 거야."

"……."

"애국심이나 국수주의는 출발에 있어선 아름답고 도덕적이다. 그러나 그것이 강해지면 질수록 추악해지고 비도덕적으로 된다는 것을 명심해야 할 게다. 빼앗긴 자나 잃은 자가 원망하고 증오하는 것은 합당하지만, 또 민족주의를 구심점으로 삼는 것은 비장한 아름다움으로 받아들일 수 있지만, 도끼 들고 강탈한 자의 애국심, 민족주의는 일종의 호도 합리화에 불과하고 진실과는 관계가 없어. 흔히들 국가와 국가 사이, 민족과 민족 사이엔 휴머니티가 존재하지 않는다고들 하지. 그 말은 국가나 민족을 업고서 저지르는 도둑질이나 살인은 범죄가 아니라는 것과도 통한다. 하여 사람들은 얼굴 없는 하수인, 동물적인 광란에도 수치심 죄의식이 없게 된다. 군중은 강력하지만 군중 속의 개인들은 무책임하고 방종하다. 권력이 그것을 조종할 때 권력은 인간의 부정적인 면 포악한 속성을 식지(食指)가 움직이는 곳으로 풀어주고 사냥해온 물소의 고기 한 점 던져주면서 국수주의의, 애국 애족의 이리를 만드는 거지. 박애주의다, 평등이다, 그 밖의 수없이 많은 슬로건은 일주일에 한 번씩 바뀌는 극장 앞의 영화 프로와 같은 게야. 사실 우리는 조선을 동정하기 앞서 우리 자신을 동정해야 하며 약자에게 포악할 자유만이 허용되는, 그 현실을 직시해야 한다."

"아저씨의 말씀은 다 옳습니다. 그러나 우리는 생존을 포기할 수 없는 일 아닙니까? 저도 군국주의는 반댑니다."

시게루는 국수주의, 민족주의라는 말 대신 군국주의라 했다.

오가타의 얼굴이 일그러졌다. 다음 순간 그는 외롭게 웃었다.

"너무 엄청납니다. 차차로 문제를 확대해보겠습니다. 부딪쳐가면서 말입니다. 제가 알아야 하고 배워야 할 일이 지금 산적돼 있으니까요."

"그러나 지식은 별로 도움이 안 될 게다. 사실은 나도 절망하고 있다. 한계를 지어버리기엔 난 아직 젊어. 큰아버지가 이런 말씀을 하셨다. 군인인 큰아버지가 반전론자일 순 절대로 없지. 내가 전쟁, 물론 앞으로 터질 전쟁이라면 일본의 침략전쟁이겠지. 그 전쟁을 두고 언제까지 계속입니까, 땅끝까집니까, 마지막 한 사람이 될 때까집니까, 했더니 그 한계가 정치 아니겠나, 이상이나 휴머니즘 따위는 불급이다! 큰아버지 말씀이야."

5장 사랑은 창조의 능력

사라지는 새벽별같이 아득히 들려오는 목소리였다. 멀리, 먼 곳에서 여름밤 개구리들이 울어대는 소리 같기도 했다. 옥색과 남색이, 회색과 흑색이 엇갈리는 미명(未明), 매화의 꽃봉오리가 수백 수천 송이. 그러나 그것은 수백 수천의 밥풀 알갱이였고 공간을, 어둠을 찢는 반딧불이었다.

"아아—."

명희는 무슨 말이든 외쳐야 했다. 그러나 입술은 꿰매놓은 듯, 몸을 움직이려 했으나 납덩이 같았다. 수렁 속으로 한없이 빠져들기만 했다.

"아아—."

몸을 흔들었다. 천 근 바위를 들어올리듯 두 팔에 힘을 주었다. 그러나 그것은 미동에 불과했었다.

"보소 각시요, 정신 좀 차리이소 야?"

"이자는 깨어나겠소. 심장 뛰는 소리가 차차 커지요."

"아이고오, 움지락거리는 거를 보이 살아날 긴갑다!"

명희는 눈을 떴다. 사내와 여자의 얼굴이 아슴푸레하게 보였다.

"이자 살아났구마! 정신이 듭니꺼?"

여자의 입술은 두툼하고 컸다. 새까만 얼굴이었다. 활짝 웃는다. 이빨만이 가지런하고 하얗다. 명희는 일어나보려고 애를 쓴다.

"그만 누워 기시이소. 곡구(곡기)라도 해야지. 미음을 끓이올 긴께."

여자는 댓살 문을 밀고 급히 방에서 나갔다.

"여기가 어디지요?"

순간 명희는 어째서 그랬던지 소설이나 영화 같은 데서 곧잘 하는 말을 자신이 하고 있다는 것을, 자신을 비웃는 흐미한 웃음이 입가에 번진다.

"우리 집입니더."

사내가 말했다. 그 역시 얼굴은 새까맣고 눈알만 반짝반짝 빛나고 있었다.

"내가 이곳에, 어떻게 와 있는 거지요?"

연극 영화의 그 흔해빠진 대사를 또 되풀이하는구나, 서까래가 드러난 천장으로 명희는 시선을 올렸다.

"전혀 모리겼십니꺼?"

"글쎄…… 아마 댁이 나를 구출한 모양이지요?"

"하야간에 몸부터 추시리고 나서, 이야기는 차차 하입시다."

명희는 고개를 끄덕였다. 그리고 눈을 감아버린다. 전혀 모리겼십니꺼? 전혀 모르지는 않았다. 물론 이 사내가 나를 구해주었구나, 하는데 좀 시간이 걸렸을 뿐이다. 어젯밤, 그러니까 지금은 낮인가 밤인가, 멀리서 닭의 홰치는 소리가 들려온다. 새벽인 것 같다. 명희는 눈을 떴다. 맞은켠 벽에 남폿불이 있는 것을 비로소 인식한다. 어젯밤 자정이 지났을까? 방파제 끝에서 몸을 날린 순간까지는 똑똑히 기억에 살아난다. 찝찔한 바다 냄새, 눅눅한 바닷바람도 감각 속에서 되살아난다. 밤은 칠흑같이 어두웠다. 음흉하고 날쌔며 바닥을 알 수 없는 바다의 덩어리보다 어둠은 더욱 음흉하고 잔학한 운명의 괴수만 같았다. 운명을 믿지 않으면서, 그러나 명희는 밤도 아니요 낮도 아닌, 어쩌면 시간까지 없는 곳에 내던져진 것이 자신의 운명일 거란 생각을 해보았다. 치열한 미움이라도 있었더라면, 때때로 엄습해오는 구토증, 산다는 것이 혐오스러울 뿐, 그것도 통증은 아니며 멀미 같은 것이다. 실낱같은 희망은 밤하늘의 별이 아니었다. 오히려 바다 쪽에서 깜박거리는 고깃불에 희망 같은 것이 아주 경미하게 흔들렸을까? 그 흔들림을 느끼는 순간 명희는 투신자살을 결행했던 것이다. 집을 나올 때는 올케에게 여수에 있는 길여옥을 만나러 간다는 말을 남겼다. 자살을 결심했던 것도 아니었다. 계획한 것도 아니었다. 사실 명희는 뚜렷한 목적이나 이유는 없었지만 여옥을 만나려고 부산행 기차를 탔던 것이다.

"그라믄 편히 누워 기시이소."

사나이는 뒷걸음질치듯, 방을 나갔다. 사람의 목숨을 구해준 득의는커녕 풀이 죽고 당황해하는 태도였다. 눈을 감은 채 명희는 절실하게 고마울 것도 없고 원망스러움도 없이, 그러나 왠지 걸리적거리는 것이 없는 편안함을 느낀다. 남의 신세를 지는 데 대해선 신경질적일 만큼 부담을 느꼈었던 명희가 그 부담의 짐을 어디다가 부려놓고 온 것과도 같이. 서울서 부산에 도착한 명희는 하룻밤을 여관에서 묵고 이튿날 여수행 기선을 탔던 것이다. 길여옥을 왜 만나러 가는지 여전히 막연하였으나 자살 같은 것을 구체적으로 생각해보지는 않았다. 배는 시끄러운 부두를 떠나 방향을 돌리며 항구 밖을 향하였다. 물살을 가르며 뱃고동을 울리며 영도를 벗어나는데 명희는 선실로 들어가지 않고 갑판 난간에 기대어 서 있었다. 물살이 센 가덕 앞바다의 심한 동요에 대비해서 대부분 선객들은 선실로 들어갔고 더러의 사람들이 명희처럼 갑판에 머무르며 바다를 바라보고 있었으며 말씨 몸짓이 다 거칠게만 느껴지는 선원들이 바쁘게 오가는 것을 볼 수 있었다.

"여부자네 아들아아가 저기 방파제 끝에서 빠져 죽었지."

흰 모자를 쓴 중년 신사가 말했다.

"그 얘기는 나도 들었네. 저기라면 영락없지. 구조할 재간 없었을 거구만."

일행인 듯 담배를 피우던 뚱뚱한 사내의 말이었다. 긴 방파제였다. 하얀 물살이 거세게 부딪치고 있었다.

"그렇게 죽을 줄 알았다면 여급이건, 색주가든 함께 살게 내버려두는 건데, 하기야 후회한들 무슨 소용이 있겠나."

"넋이 빠져 있었던 게지. 죽지 말고 도망을 갔으면 될 거 아닌가. 죽을 수 있다면 못할 일이 어디 있어."

"도망간 것을 붙잡아왔다는 말도 들었다. 젊은것들, 요즘 시류가 그런 모양이야. 뭐 천국에서 맺어지는 사랑이라 하던지, 그런 게 유행이라 하기는 하더라만."

"시체는 찾았나?"

“찾기는 찾았는데 두 시체는 눈 뜨고 못 볼 형상이라.”

“망한 집구석이지. 외아들이 그 지경으로 됐으니.”

“망한 세상이지 뭐. 옛날과는 달라. 부모가 자식을 다스리던 시절은 갔어. 부모는 자식한테 지고 살아야, 그래야 뒤탈이 없다 그 말 아니겠나 허허헛…….”

“들어가세. 선실에 가서 소주나 마시자구.”

“그래야겠네.”

두 사내는 명희에게 곁눈질을 하며 선실 쪽으로 사라졌다. 방파제를 빠져나온 배는 굼실거리기 시작했다. 그러나 명희는 선실로 들어가지 않았다. 난간을 꼭 잡지 않으면 몸의 중심을 잡기 어려울 만큼 배는 흔들렸으나, 또 멀미가 나지 않는 것도 아니었으나 명희의 멀미란 일상이었다. 항상 그는 멀미 같은 것, 구역질 같은 것을 느끼며 지내왔었다. 배를 탔기 때문에 일어난 증세, 그러나 새삼스러울 것이 없는 증세였었다. 얇은 블라우스가 축축이 젖을 만큼 습기와 소금기 머금은 바람은 명희의 머리칼을 산란하게 흐트러뜨리며 불어오고 또 불어온다. 뱃전에 부딪는 파도같이 지겹게 반복하고 또 반복한다. 섬도 눈에 띄지 않는 수평선이 아득하다. 그 아득한 수평선을 향해 가던 관부연락선. 조선에서 일본으로 일본서 조선으로 오가던 시절은 어느덧 십여 년, 그 뒷전으로 떠밀며 가버리고 휴지 조각처럼 흩어져 가버리고, 명희는 아기 울음같이 울며 나는 갈매기를 바라본다. 시각이 단절되어 마치 송곳 끝같이 마음을 찌르며 달아나는 것 같았다. 저 갈매기가 방금 물어 올려서 삼켜버린 생선의 달콤함이나 나비같이 떠 있는 돛단배의 햇살은 한 찰나이건만 진정 그것은 삶인가. 삶이 한 찰나라면 인생은 무슨 의미가 있는가. 의미 같은 것은 없어도 좋다. 차라리 없는 편이 좋을지 모른다. 그런데 왜 세월은 앙금같이 마음에 쌓이는가.

기선은 망망대해에서 벗어나 섬들이 널려 있는 다도해로 접어들었다. 용 허리같이 꿈틀거리며 굴러오던 파도는 비늘 조각처럼 잘게 변하고 기선의 동요도 한결 줄어들었다. 선실에서 선객들이 슬금슬금 갑판으로 나오면서 주변은 소란스러워졌다. 명희는 비로소 난간으로부터 물러나 선미(船尾) 쪽으로 옮겨간다. 그곳에는 꾀죄죄한 사내가 담배를 입에 물고 달아나는 하얀 물살을 하염없이 바라보고 있었는데 사람의 기척을 느꼈음인지 힐끗 돌아본다. 눈이 조그마한 사십 넘어 뵈는 사내였다. 차림으로는 노동자 같기도 했고 장돌뱅이 같기도 했다. 명희는 까닭 없이 당황해버린다. 사나이의 눈빛이 차림새하고는 전혀 어울리지 않게 대담했기 때문인지 모른다. 뿐만 아니라 상대를 내동댕이치듯 냉담했으며 깊은 생각이 감추어진 듯 그 눈빛은 낯설지가 않았다. 그러나 그것은 한순간이었다. 사내는 자리를 양보하듯 갑판 쪽으로 슬그머니 사라졌다.

열두 시가 지났을 무렵 여수행 기선은 통영(統營)에 기항했다. 활기찬 선원들의 고함과, 내가 왔다 하듯 길게 울리는 뱃고동 소리, 그리고 하선하는 사람, 승선하는 사람, 독특한 사투리의 장사꾼, 짐꾼, 역두하고는 전혀 다른 삶의 현장이다. 부산 부두하고도 다른 분위기다. 신선한 바다 냄새, 부두 가장자리에 즐비하게 매어놓은 쪽배, 범선, 비스듬하게 쌓은 방천엔 파아란 파래가 끼어 있고 게들이 제물에 놀라 바위틈에 숨곤 한다. 파닥거리는 생선 같은 항구다. 명희는 저 자신도 모르게 가방 하나를 들고 하선하여 줄지어 삼판을 건너는 사람들 속에 떠밀려가고 있었다.

"이거는 여수 선표 아입니까?"

표를 거두어들이는 청년이 명희를 쳐다보았다.

"네. 저어."

"마, 괜찮십니다. 우리사, 손님이 손해다 그 말이지요."

명희는 거리로 나왔다. 참 이상한 일이었다. 뱃머리의 그 소음과 활기는 현실이 아니었던 것처럼 거리는 오수(午睡)에 잠겨 있는 것처럼 조용했다. 지나가는 사람들조차 실루엣 같기만 했다. 간혹 자전거 소달구지도 지나갔으나 사람들은 대부분 천천히 걷고 있었다. 여관은 물을 것도 없이 쉽게 찾을 수 있었다. 여관 사람들은 명희 미모에 긴장을 할 정도였다. 손수 만든 블라우스를 아무렇게나 입었고 다부지게 걷어 올려서 말아 붙인 머리, 화장기는커녕 근래에 와서는 크림도 찍어 바른 일이 없는 얼굴 피부는 꺼칠꺼칠했는데 타고난 미모, 지적인 기품은 그대로 숨겨지지가 않았다. 명희는 세숫물을 청하여 세수부터, 바닷바람이 남겨준 소금기를 씻어낸다.

"손님, 여기 여관에서는 아침 저녁 두 끼만 밥상을 내는데요, 점심은 어떻게 했십니까?"

안주인이 말을 해왔다.

"점심은 안 해도 돼요. 그보다 여기 가볼 만한 곳이 있나요."

"그라믄 구겡하러 오싰습니까?"

"아니, 여수 가는 길에 잠시 들렀어요."

"예. 말씨를 듣고 보이 서울서 오싰는 모앵이제요?"

안주인은 명희를 쳐다보기 위해 말을 끄는 것 같았다. 종업원들도 입을 헤벌린 채 바라보고 서 있었다.

"머, 볼 만한 곳이라 카믄 명절골에 충렬사가 있고요, 세병관이사 핵교가 됐인께. 또 남방산에 가시믄 거기서 바다가 보이서 경치가 좋십니다. 그라고 저기 바라다보이는 한산도는, 잠시지마는 배를 타고 가야 하고 수만 학들이 모이서 볼 만합니다. 그러나 머니 머니 해도 통영서는 판데굴이 젤이오. 외지에서 그거를 볼라고 많이들 온께요."

"판데굴?"

"예, 바다 밑에 굴이 있십니더. 바다 밑에요."

심부름꾼 소년이 신이 나서 큰 소리로 말했다. 명희는 여관방에 가방은 두고 지갑과 손수건만 들고 나왔다. 여관집 여주인이 설명해준 대로 신작로로 나온 명희는 곧장 걸어간다. 목적지가 그 바닷속에 있다는 굴이라는 것을, 목적지가 있어서 얼마나 다행인지 모르겠다는 듯 열심히 한눈도 팔지 않고 초여름 햇볕 속에 얼굴을 드러낸 채 명희는 걷는다. 바닷속에 있다는 굴에 대해서는 관심도 호기심도 없었지만 목적지라는 이유 하나만으로 명희는 의욕을 나타냈던 것이다. 바닷가에는 끌어올려놓은 배들이 있었고 어부들은 어망을 손질하며 노래를 부르고 있었다. 배꼽을 내놓은 아이들은 철사에 바다가재를 꿰어들고 뛰어간다. 아낙들은 뻘밭에서 개발(갯벌에서 조개 파는 일)을 하고 있었다. 햇볕은 눈부셨다. 짙푸른 바다도 눈부셨다. 하얀 돛단배, 흰 갈매기, 청명하고 아름다웠다.

'여기로구나.'

아가리를 딱 벌린 듯 멀리서도 굴의 입구를 볼 수 있었다. 그리고 굴 양켠에는 음식점 같은 것이 몇 채 있었다. 명희는 내리막으로 된 굴 입구에 들어섰다. 설렁한 냉기가 얼굴을 쳤다. 사뭇 내려갔을 때 햇볕은 완전히 차단되었고 전등이 희미하게 사방을 비춰준다. 사방은 모두 완벽한 콘크리트, 사방에서 울려오는 소리는 모두 명희 자신의 발소리였다. 발소리는 벽에 부딪혀 멀리 갔다가 다시 벽에 부딪혀 돌아오는 것이었다. 천국도 지옥도 아니었다. 극락은 더욱 아니었다. 다만 저승이었을 뿐이었다. 저승! 철저하지는 않았지만 기독교가 몸에 밴 명희였으나 바다 밑 굴속은 저승이라는 말 외 적절한 어휘는 없을 것 같았다. 굴을 빠져 나왔을 때 세상은 햇볕에 가득 찼다기보다 눈부시게 흰, 그것도 투명한 모시 베로

둘러쳐져 있다는 느낌을 받았다. 명희는 굴 앞에서 걸음을 멈추었다. 목적지를 이제는 잃은 것이다. 새로운 목적지를 찾아야만 했다. 굴 앞에는 노파가 한 사람 삶은 감자를 팔고 있었다. 햇볕에 녹은 엿도 몇 가락 모판 속에 있었다. 내일 이승을 하직하고 저승으로 갈지 모를 백발의 노파. 자식 없는 늙은것이 살아남아 미안하다는 듯한 눈빛을 하고 쳐다보는 노파. 명희는 발길을 돌려 방축을 쌓은 바닷가 길을 따라 걷기 시작한다. 통영의 항구는 보이지 않았으나 항구로 들어가는 배는 볼 수 있었다. 명희의 걸음은 느릿느릿했다. 방천 아래 바다는 바다라기보다 수로(水路)였다. 바다 건너편의 오가는 사람들을 똑똑히 볼 수 있었다. 그편에는 더러 집들이 있었으나 이켠은 집도 없을 뿐만 아니라 무인지경이었다. 맞은편에는 산허리까지 보리밭이었다. 똥장군을 진 농부가 지겟발로 언덕을 짚어가며 힘겹게 올라가는 모습, 양산 쓴 여자와 꾸러미를 든 남자가 나란히 바닷가 길을 따라가는 것도 볼 수 있었다.

"여기도 방파제가 있네?"

명희는 큰 발견이라도 한 듯 주춤하고 서버린다. 부산 항구의 그 긴 방파제에 비하면 몇 십분의 일도 안 되는, 실은 방파제라기보다 간조(干潮) 때 배를 대기 위한 곳인 듯 길에서 약 삼십 미터쯤의 길이로 쌓아올린 방천이었다. 길 옆의 방천에는 만조 때 그어진 눈금이 있었다. 그러니까 짧다 해도 삼십 미터쯤 들어간 곳의 바다 깊이는 만조 때면 상당하리라, 명희는 생각한다. 왜 그런 생각을 하는지 거의 무의식적이었다. 여수 쪽으로 향한 수로에는 범선이 지나가고 연통에서 엔진 소리와 박자를 맞추듯 연기를 퐁퐁 내며 통통배가 지나간다. 그러고는 다시, 바다는 조용해졌다. 명희는 벌이줄 매는 곳에 오랫동안 걸터앉아 아무 생각도 없이 있다가 멀리 고갯길에서 사람들이 내려오는 것을 보고 일어섰다. 이날 밤, 그러니까 어젯밤 명희는 여관을 빠져나와 다시 이곳을 찾아왔던 것이다. 저승길 같은 바다 밑의 굴길을 지나서 방파제에 당도한 것은 거의 자정 가까울 무렵이었다. 목적도 없고 이유도 없었던 그의 여행길같이, 그리고 착각같이 명희는 파도소리를 들으며 물에 빠졌던 것이다.

'어떤 남자가 나를 구해주지 않았더라면 지금쯤 나는 물속에서…… 고기 떼가 몰려와 뜯기고 있을 거야. 여기 이리 누워 있는 나하고 물속에서 살점을 뜯기고 있을 나하고 어떻게 다른가. 생명이 있다는 것과 없다는 것의 차이겠지. 생명은, 그러면 생명이란 살아만 있다면 그게 생명인가? 방천에 눌어붙은 파아란 파래도 생명은 생명이지. 내게는 창조의 능력이 없다. 인간의 생명이 생명이기 위해선 창조적 능력이 있어야 하는 거 아닐까? 창조의 능력…….'

명희는 창조의 능력이란 말에 엄청난 의미가 있는 것을 깨닫는다. 그는 좁은 뜻에서의 예술을 두고 그 말을 뇌었던 것은 아니었다. 명희에게 그것은 엄청나게 큰, 우주와 개미까지 합친 의미를 가진 것이었다. 우주와 미물이 모두 창조에 동참하고 있다는 깨달음이었던 것이다. 그 깨달음은 희망이기보다 더욱더 큰 절망, 절망이 어떤 것인가를 뚜렷하게 명희 앞에 모습을 드러낸 것이다.

'나는 무엇을 하였나. 배추 한 포기 깨끗이 씻어 기쁜 마음으로 김치를 담가 내 가족을 즐겁게 하여 생명이 싱싱한 나무같이 뻗어나게…… 그렇게 한 일이 한 번이나 있었던가? 겨울 삭풍에 손끝이 시리지 않게 장갑 한 켤레 만든 일이 있었나? 즐거운 마음으로, 혹은 즐거워하게끔 고통스럽게 일을 한 일이 있었나? 게으르지는 않았지만 나는 즐겁게 일한 일이 없고 고통스럽게 일한 일도 없다. 고양이도 새끼를 낳아 그 생명을 자라게 하고 닭도 병아리를 품으며 그 생명을 자라게 하고 혼신의 힘으로, 다 바쳐서……. 내게는 사랑이 없었구나. 있었다고 생각한 것은 착각이며 오해였어. 창조의 능력이 없다는 것은 사랑이 없다는 얘길 거야. 하나님이 사랑이신 것은 바로 그 창조의 능력 때문이지. 주여! 저에게 사랑을 내리시옵소서! 욕망이라도 주시옵소서! 집착이라도 주십시오! 주여.'

"아이고, 그놈의 생나무를 때서 미음을 쑬라 카이 영 더딥니더."

아낙이 미음 그릇을 올려놓은 개다리소반을 들고 들어왔다.

"저기, 각시라 해야 할지 머라고 불러야 할지 모리겄소. 촌에서 일하고 밥만 묵고 살아놔서, 아무튼지 미음 좀 마시고 기운을 채리야 안 하겠소?"

명희는 일어나 앉는다.

"고맙습니다."

"고맙기는요. 사람 사는 곳은 다 마찬가지 아니겠소. 자아, 어서 한 모금 마시보이소."

명희는 상머리에 다가앉는다. 숟가락으로 미음을 떠넣는다. 혀끝에 고소한 미음의 맛이 느껴졌다. 이상한 일이었다.

"우짜믄 손도 저리 희고 고불꼬? 백설 겉고 명지 고름 겉소."

"불쌍한 손이지요. 아주머니는 모르실 거예요."

"아아니, 무신 말을 그렇게 할꼬?"

명희는 웃는다.

"하기사 머 손뿐이겠소. 나는 난생 각시 겉은 사람을 본 일이 없소. 하루를 살아도 그런 인물로 태어났이믄 무신 여한이 있겠소."

아낙은 부럽다 못해 괴로움마저 느끼는 것 같았다. 명희는 미음을 반쯤 먹고 상 앞에서 물러나 앉는다.

"와 더 안 들고 그럽니까?"

"많이 먹었습니다."

"학식도 많은 것 겉고 부잣집 사람 겉은데 우째 그랬십니까. 우리 겉은 사람도 살아볼라꼬 바둥거리는데 참 이상합니더. 무신 사연이 있는지 모리지마는."

"별 사연도 없어요. 그냥, 할 일 없는 사람, 농부들이 땀 흘려 지은 쌀만 축내니까요."

명희는 자신도 놀랄 만큼 저항 없이 스스럼도 없이 말을 했다.

"혼인은 했일 긴데……."

"……."

"애기는 없십니꺼?"

대답이 없자 결혼한 것으로 단정한 아낙은, 또 결혼 아니했으리라 믿을 수 없는 나이였으므로 아이 말을 물었을 것이다.

"없어요."

"아이구, 나만 아이 못 낳는 줄 알았더마는 기맥힌 사람이 또 있구마요. 알 만합니다. 우리겉이 기찹은(가난한) 처지야 애새끼보다 목구멍이 포도청이라 딴생각할 새가 없지마는, 쌀섬이나 두고 사는 사람은 어디 그렇겄소? 자식 볼라꼬 발버둥치는 것은 당연할 깁니더. 그래서 서방님이 작은 각시를 얻었는가 배요. 그래 죽을라 캤십니꺼?"

"그런 거 아니래두요."

"금슬 좋은 내외간이믄 그럴 만도 하겄지요. 하지마는 나겉으믄 그만한 인물에 살림 걱정 없이믄 작은 각시 열이라도 보고 살겄소."

명희는 하는 수 없이 웃는다.

"사람의 명이란 인력으로 되는 거는 아닌가 배요. 어젯밤만 해도 우리 집 그 사람 멜막*에 가 있었는데 무담시 집에 오고 접더랍니더. 멜막이래야 별로 멀지도 않지마는, 옷도 갈아입고 그럴라꼬 통구맹이(작은 배)를 타고 오는데 각시가……."

각시라 부를 나이는 지났는데 아낙의 눈엔 아름다워 달리 적당한 호칭이 없었던 것 같다.

"그래 우리 집 남정네는 사람 하나 살렸다고 대기 좋아라 안 합니꺼. 이자는 마음 잘 묵고 영 그런 생각일랑 털어부리이소. 옛말에 죽은 정승보다 산 개 팔자가 낫다 안 하던가요? 우리 겉은 사람도 사는데. 우리야 어디 자식만 없겄십니까? 밑 양식 한 됫박 없이, 사시절 배 타는 것도 아니고 멜어장도 잠시라요. 개발도 해서 팔고 품도 팔고."

"편히 좀 쉬얄 긴데 무신 새살(사설)이 그리 많은지 모리겄네."

방 밖에서 들려오는 남정네 목소리였다.

"아, 알았십니더."

아낙은 당황하며 개다리상을 들고 일어섰다.

"지가 씰데없는 소리를 했는갑십니다."

방문을 열고 나간 아낙은,

"아이구, 벌써 날 새네? 내가 마 천상서 하강한 선녀 겉은 얼굴 보니라고 정신없었소."

"제집이란 답댑이 그래서 탈인 기라. 남은 죽는다 산다 하는데 무신 정에……."

"남자는 더 그렇십디다. 남보다 잘생기믄 한 분 볼 것 두 분

보고.”

“잔소리 말고 골방에서 눈 좀 붙이지.”

밖에서 내외가 하는 말이었다.

“이녁은 우짤라요?”

“우짜기는?”

“멜막에 가야 안 하겠소?”

“지금 갈라누마. 우떻더노? 또 그런 짓 할 것 겉지 않더나?”

소리를 낮추어 묻는다.

“그럴 것 겉지는 않십디다마는 사람의 속을 우찌 알겠소. 겉으로는 그런 짓 한 사람 겉지도 않게 태연하더마요.”

남정네는 나가는 기척이었다.

한나절이 지났을 때 명희는 구겨지고 눅눅하게 덜 마른 옷을 다려 입고,

“이제 나 안 죽을 테니 걱정 마세요. 안 죽을 거예요.”

“하모 그래야지요. 그보다 기운 채릴 만합니까?”

“다친 데도 없는데 괜찮아요.”

“미음밖에는 안 묵고…….”

명희는 팔목의 시계를 풀었다. 무슨 말을 해야 할까 망설이다가,

“기념으로 받아주시겠습니까?”

아낙은 놀라서 손을 저었다.

“아, 아입니다. 우, 우리한테 이런 기이 무, 무슨 소용이오?”

한사코 사양하는 것을, 명희는 마루 끝에 시계를 놔두고 도망치듯 외딴 오막살이, 울타리도 없는 집에서 떠났다. 그리고 여관에 잠시 들러 계산을 끝내고 가방을 든 채 명희는 부두로 향하였다. 여수에 도착한 것은 해 질 무렵, 바다에는 석양을 받은 갈매기 떼가 스산하게 난무하고 있었다. 여수 시내에서도 한참 변두리에 있는 여옥의 숙소를 물어서 찾아들었을 때 사방은 어둑어둑했다.

"명희! 네가 웬일이니?"

여옥은 놀랐다. 그는 어떤 부인네와 함께 있었다.

"앉아. 정말 뜻밖이야."

명희는 낯선 부인에게는 별 신경을 쓰지 않았다.

"여기 오기가 어쩜 그리 어려웠을까? 하마트면 물귀신 될 뻔했지."

말하는 품이 전과 달리 소탈하여 여옥은 어리둥절해하다가,

"음, 알았다. 너 해방되었구나. 그렇지?"

그 말에 명희는 까르르 웃었다.

"이 애가 웃는 것도 달라졌네? 복순엄마."

"야."

"내 친구예요. 그리고 이분은 이웃에 사신다."

여자는 흔히 하는 말은 하지 않았다. 눈인사만 했는데 그러나, 여옥을 찾아온 손님을 위해 자리를 비울 생각은 도시 안 하는 것 같았다.

"전도사님, 나 한 가지 어려운 일이 있어요."

"어려운 일이라니요?"

"목사님 댁에서 이번 목사님 생신에는 교인들을 많이 초대하게 됐다 그 얘기를 들으셨지요?"

"못 들었는데요."

"나는 알고 계시는 줄 알았는데, 글쎄 사모님께서 날더러 음식장만을 하라 하시잖겠어요?"

"그야 복순엄마 솜씨가 좋으니까 그렇지요."

"솜씨를 말한다면 실이엄마를 당할 수 있나요? 작년에는 실이엄마가 당했는데 입장 곤란하게 됐지 뭐예요."

"그럴 수도 있는 일 아닙니까? 실이엄마한테 사정이 있었겠지요."

"그게 아니라 사모님이 부르지 않는 거예요."

"왜요?"

"글쎄…… 내 입장도 곤란하지만 여포 창날 같은 사모님 맘에 들게 내가 해낼 수 있을지 걱정도 되구요. 전도사님이 좀 도와주세요."

"허 참, 사내같이 싸돌아다니는 내가 부엌에 들어서보아야 그릇만 깨지. 밭에 가서 김을 매라 하면 사양 않겠지만, 작년에도 그 댁 일 했다니까 실이엄마를 불러서 함께하세요."

"그건 안 돼요. 사모님 눈 밖에 나서, 실이엄마 안 부르려고 날 시킨 일인데, 사모님의 성질도 좀 너그럽지 못하지만 실이

엄마한테도 좋잖은 것이 있어요. 음식솜씨가 좋아서 생일잔치, 환갑잔치, 많이 불려 다녔지만 요즘엔 따돌림을 당하는 형편이지요."

"왜 그럴까?"

"애들을 다 데리고 오지요. 강아지까지 데려와서 인정사정없이 먹이는 거예요. 맛있는 것만 골라서, 귀띔을 해주어도 소용없어요. 버릇이 되어 자기 자신도 어쩔 수 없는 모양이에요. 누가 그러데요, 메뚜기 떼가 지나간 것 같다구요."

"인상은 아주 온순해 뵈는데."

여자는 표정으로 보아 헐뜯자고 하는 말은 아닌 것 같았다.

"명희야, 너 저녁은 어떻게 했니?"

"하고 왔어."

여자는 좀처럼 일어서지 않았다. 이런저런 얘기를 계속하면서 한 시간가량 뭉개고 앉았다가 겨우 돌아갔다. 여자가 나가기 바쁘게,

"나 배고파 쓰러질 것 같다. 찬밥이라도 있으면 빨리 주어."

"그럼 아깐 왜 그랬니?"

"너무 노골적으로 그 여자 쫓아내는 것 같아서."

여옥은,

"빨리 밥 지어 올게, 배고파도 참아. 너, 어리광은 어디서 배웠니? 학교 때도 안 그랬는데."

"물속에서 배웠나 봐."

서둘러 여옥은 밥을 지어왔다. 명희는 저녁을 맛있게 먹었다. 여옥은 명희의 변화가 믿어지지 않는 듯 어리둥절해하다가 물었다.

"너 이혼했니?"

"응."

"간단하구나."

"지금 생각하니까 간단한 일이었던 것 같다."

"당황해지는구나. 너 어찌 그리 변했지? 백팔십 도쯤 되는 거 아니야?"

"내가 지금 바라는 것은 오늘 밤 꿈꾸지 않고 잤으면 좋겠다 그거야."

"무슨 뜻이니?"

"몇 달 동안 난 꿈에 시달려왔다."

"무슨 꿈인데, 끔찍한 꿈이냐?"

"구역질을 느끼게 하는 더러운 꿈이야. 밤마다 더러운 꿈을 꾸는 거야. 그러고 나면 온종일 구역질을 느끼지."

"원인이 있겠구나."

"있어. 이혼은 간단했지만 더러운 꿈, 구역질에서 빠져나오는 것은 쉽지 않았다. 나는 걸레 조각이야. 나는 오물 속의 돼지야. 나는 영혼을 믿을 수 없어."

"왜 그랬는지 얘기해. 넌 엄청난 일을 겪은 모양이구나. 나만큼 당했니?"

명희는 숨기는 것 없이 조용하에게 납치되어 산장에서 겪은 일을 얘기했다. 아무 감정의 기복 없이 평이한 음성으로 얘기하는 것이었다. 여옥의 낯빛이 달라졌다. 사실도 끔찍했으나 그 사실을 더도 아니고 덜도 아닌 표현으로 얘기하는 명희에게 경악을 금치 못한다.

"악마로구나."

"짐승이지."

명희는 낮은 목소리로 웃었다. 순결하고 청정해 보였던 임명희, 개성은 없었지만 순결하고 청정해 보이는 용모에는 신의 축복이 내린 듯했었는데, 결혼한 이후에도 순결하고 청정해 보이는 것만은 변하지 않았었다.

"음…… 그러면, 그래, 이제부터 넌 사람이 된 거다. 사람이 된 거야."

하면서도 여옥은 명희의 구토증이 자신에게 옮겨오는 것을 느낀다.

"또 하나 있어."

"또 하나!"

여옥은 펄쩍 뛰듯, 공포마저 얼굴에 서린다.

"그건 멀미야. 구토증하곤 좀 달라. 온종일 멀미를 하는 거야. 아무 일도 할 수 없고 능력이 없다는, 그건 사랑이 없다는 얘기도 되겠지. 옛날에 난 자살 비슷한 일을 감행한 일이 있었다. 결혼 전에 학교에 나갔을 무렵이야. 난 어떤 남자를 사랑한다고 생각했어. 그 남자는 내게 무관심이었다. 비 오는 날, 아니 돌아올 때 비가 내렸어. 흐린 날 나는 그 남자의 하숙을 찾아갔던 거야. 그리고 어젯밤에는 통영 바다에 뛰어들었다가 어부 한 사람이 날 구해주었어."

"뭐라구? 너 무슨 말 하는 거니?"

"여옥아, 나 미치지 않았다. 투신자살 얘기는 사실이야. 그러나 어젯밤 바다에 뛰어든 것 이상으로 남자 하숙에 찾아갔었던 내 행위는 자살 이상이었다. 죽도록 사랑했기 때문은 아니야. 사랑했겠지. 사랑했을 거야. 그러나 죽도록은 아니었어. 죽도록 사랑했었다면 난 뭔가를 할 수 있었을 거야. 나는 아무것도 할 수 없었거든. 훈장질도 했고 결혼 생활도 했고 그러나 그것은 하고 안 하고 한계 지을 수 없는 멀미였을 뿐이었지. 난 사실 말을 하면서도 지금 나를 명확하게 느낄 수 없고 앞이나 뒤가 있는 것 같지도 않아. 한 가지 확실한 것은 창조의 능력이 없다, 사랑이 없다, 사랑이 없으면 어떤 것도 창조할 수 없다, 그거야. 의식하건 안 하건 생활 그 자체는 창조여야 하지 않을까? 옛날에 내가 그 남자를 찾아간 것은 어쩌면 나는 살아갈 가능성이 있는가 하고 한번 죽어보자 그거였을 거야. 조용하하고의 결혼은……. 그렇지, 넌 나를 오해했고, 그건 내 자신이 나를 오해했을 지경이니 무리는 아니었을 거야. 그래 맞아. 난 엉거주춤한 상태로 그 기차를 타고 갈 수 있으리라, 엉거주춤……."

명희의 눈빛은 또렷했다.

"멀미를 느끼면서 어차피 탁상 위의 화초일 테니까 사랑이 없어도 생활을 창조해가지 않아도, 멀미는 내 지병일 터이고……."

여옥은 무릎을 꿇고 기도하고 있었다.

"난 막연히 집을 떠났어. 자살하리라는 생각도 안 했었고 너에게 이런 말 하리라는 생각도 안 했고, 그렇지만 어떻게 생각하면 어젯밤 난 목욕을 했는지 몰라. 왜 지금 그 생각이 나는고 하니, 새벽에 나를 건져준 어부의 아내가 쑤어온 미음 맛이 지금도 혀끝에 남아 있는 것 같아. 그것은 맛이었어. 맛이란 참 상쾌하더구먼. 그리고 또 부산에서 통영까지 올 동안 난 멀미를 안 했거든. 그건 무슨 뜻인고 하니 새삼스럽게 뱃멀미를 할 필요가 없었지. 멀미는 언제나 나랑 함께 있었으니까. 그랬는데 통영서 여수까지 오는 동안 멀미를 지독하게 하지 않았겠어? 또 있는 것 같다. 아까 이제부터 넌 사람이 된 거다, 그런 말을 했지? 그랬는지도 몰라. 가려야 하고 싸안아야 할 것이 없다, 그건 참 홀가분한 일일 거야. 아무 곳에나 갈 수 있고 아무하고나 얘기할 수 있고 무슨 일이든 할 수 있고, 화분이 아닌 빗자루."

여옥과 명희는 밤을 지새우며 얘기를 했다. 명희가 얘기를 하며 자기 자신을 파악해가는 것과 마찬가지로 여옥은 얘기를 들으면서 명희의 변화를 파악해가고 있었다.

"너는 네가 갇혀 있던 벽을 뚫은 거야. 이제 넌 자유다."

명희의 눈은 빛나고 있었다.

"그래, 자유야!"

"너 얘기를 들으면서 생각한 건데 여기 나랑 같이 있으면서 일할 것을 난 바란다. 그러나 넌 진주로 가야."

"음. 생각하고 있어."

"최씨네한테 가서 도움을 청하는 거다. 이제 넌 안정된 상태로 그런 도움을 청할 수 있을 거야. 그곳 여학교에 취직을 해서 우선 너 자신의 자리를 마련해놓고."

"이제 피곤이 오는 것 같다."

"그래. 넌 지금 태산을 넘어온 거야. 자리 깔아줄게."

여옥은 자리를 깔았다.

"난 요 덮고 방바닥에 잘 테니 넌 이불 한 자락 깔고 한 자락은 덮고, 옛다, 방석 가지고 베개 해라."

명희와 여옥은 누웠으나 막상 눕고 보니 둘 다 잠을 자지 못했다.

"명희야, 넌 추악한 곳을 지나왔기 때문에 너 자신을 극복했는데 난 아직 증오심을 극복하지 못했다. 한번 그들이 사는 곳을 찾아가서 방망이라도 휘둘러볼까."

농담이었지만 여옥은 자신보다 명희가 먼저 갇힌 곳에서 뛰쳐나온 것이 아무래도 신기하고 부러움마저 느꼈던 것이다.

"자아, 이제 정말로 자는 거다. 내일 아침엔 보리밥하고 열

무김치하고 맛있게 먹자."

"음, 잘게."

한동안 잠이 든 척했으나 여옥이 먼저 입을 열었다.

"얘, 우리가 정말 서른에서도 중반기에 접어든 여자들이냐?"

"그럼 남자란 말이야?"

낄낄낄 웃는다.

"나 요즘 본 얘기 하나 할게. 어이구, 잠자기는 다 글렀지 뭐. 내일 김매다가 졸리면 나무 그늘에서 한숨 자면 되겠다."

"무슨 얘긴데?"

"인생이 여기저기 널려 있는데, 그래 여기저기 널려 있지. 얼마 전에 이곳에서 한참 들어가는 산골에 교우 문병을 갔다 돌아오는 길이었어. 반백의 할머니 한 분이 밭에서 김을 매고 계시더란 말이야. 난 거지 말고 그렇게 남루한 옷을 입은 노인을 보지 못했어. 때가 묻은 것은 아니었지만 여기저기 구멍이 숭숭 나서 온통 살이 드러나 있더란 말이야. 그날은 초여름인데 한증막같이 더웠다. 비가 오실려고 그랬던가 봐. 난, 할머니 덥겠습니다 했지. 그랬더니 할머니 대답이 바람이 불어서 덥지 않다, 실상 바람 한 점 없었는데. 그래 다시 젊은 사람들은 어디 가고 노인네가 김을 매십니까 하고 또 물었지. 외마리 강아지 같은 아들놈 하나 있으나 앉은뱅이가 되어 일 못한다 하시질 않겠어? 얼마나 고생이 되겠습니까, 내 귀에도 내 목소리는 어설프게 들리더구먼. 천석꾼은 천 가지 걱정, 만석꾼은 만 가지 걱정, 나는 한 가지 걱정밖에 없으니 고생을 낙으로 삼아야지, 말만 그럴까? 할머니의 땀이 흐르는 얼굴은 평화스럽게 보이더군. 그 한 가지 걱정은 뭡니까 했더니 앉은뱅이 아들이라, 눈물이 쏟아질 것 같아서 혼났다. 그래서 어제는 가서 고추밭을 매어주고, 그 일이 다 끝나지 않았거든. 내일 가서 끝내주고 와야 한다."

"난 그런 일엔 생소하다."

"네가 뭐 언제 시골에 와보기나 했니? 당연하지. 내일 날 따라올 생각은 말아."

"어떻게 따라가니? 호미 잡는 것도 모르는데."

"널 위해서가 아니야. 할머니를 불편하게 하고 할머니를 업수이여기는 게 되니까 그러는 거지."

"어제 통영에서도, 굴간 같은 방이 그렇게 편할 수가 없었어. 그런데 너무 처음 대해보는 곳이어서 뭘 어떻게 해야 할지 난처하긴 했어."

"너에게야 그런 일 아무려면 어때. 농촌지도자가 되겠니? 나같이 전도부인이 될 것도 아닐 거고, 넌 너 갈 길을 가면 돼. 아무튼 난 지금은 주님께 감사하고 싶은 마음뿐이다."

"고마워."

"이젠 꿈 안 꿀 거야."

〈14권으로 이어집니다〉